Ronald Ryley

Der Tod steigt aus dem Sarkophag

Ronald Ryley

Der Tod steigt aus dem Sarkophag

Ein London-Krimi

DRYAS

London-Krimi

Ryley, Roland: Der Tod steigt aus dem Sarkophag.
Ein London-Krimi. Hamburg Dryas Verlag 2022

1. Auflage 2022
ISBN: 978-3 98672-010-0

Dieses Buch ist auch als ePub erhältlich und kann über den Handel
oder den Verlag bezogen werden.
ePub-eBook: 978-98672-011-7

Lektorat: Andreas Barth, Oldenburg
Korrektorat: Joachim Schwend, Leipzig
Satz: Julia Walch, Bad Soden
Umschlag: © Guter Punkt, München unter Verwendung von Motiven
von istock / Getty Images (© LightFieldStudios, © noppadon_sangpeam,
© denisik11) und
© MAEADV / Shutterstock

Bibliografische Information der Deutschen Nationalbibliothek:
Die Deutsche Nationalbibliothek verzeichnet diese Publikation
in der Deutschen Nationalbibliografie; detsillierte bibliografische Daten
sind im Internet über https://dnb.d-nb.de abrufbar.

Der Dryas Verlag ist ein Imprint der Bedey und Thoms Media GmbH,
Hermannstal 119k, 22119 Hamburg

London
21. Januar 1944

01

U-Bahnstation British Museum, mitten in der Nacht

Agatha blickte die Tunnelröhre hinab. Obwohl der Eingang über ihnen längst im Nirgendwo verschwunden war, lag noch immer eine nicht enden wollende Zahl an Steinstufen vor ihnen. Selbst bis so tief in die U-Bahnstation hinein waren die Luftschutzsirenen zu hören. Wie Dämonengeschrei fegte ihr Geheule über London hinweg. Agatha wusste nur zu gut, was ihnen bevorstand. Jeden Moment würden die Deutschen die Stadt erreichen und in finsteren Schwärmen aus knatternden Propellermonstern alles in Schutt und Asche verwandeln.

»Wo bleibt Charles?«, stöhnte Mrs Granville mit gequälter Stimme. »Warum ist er noch nicht da?«

»Sie müssen sich beruhigen, Mrs Granville.« Agatha betete. »Ganz besonders in Ihrer Lage.« Für einen gesunden Menschen waren diese Stufen schon gefährlich genug, erst recht, wenn hunderte panische Londoner neben ihnen in die Schutz versprechenden Schächte hinabeilten. Aber für eine Hochschwangere?

Endlich erreichten sie das Ende der Treppe. Mrs Granville stoppte für eine kurze Pause und legte ihre Hände auf ihren dunkelbraunen Wollmantel, sodass ihr kugelrunder Bauch darunter deutlich wurde. Agatha zog ein Tuch aus ihrer Dienstmädchenuniform. Vorsichtig tupfte sie ihrer Dienstgeberin den Schweiß von der Stirn, wie es einst ihre Mutter bei

Agatha selbst getan hatte. Vor dem Krieg. Zwölf war sie da gewesen. Und jetzt, knappe fünf Jahre später, fühlte sie sich manchmal schon wie eine gebrechliche alte Frau. »Ich bin mir sicher, es wird alles gutgehen, Mrs Granville.« Gott sei Dank war sie viel zu schwach, um die Unsicherheit in Agathas Stimme zu bemerken. *Gutgehen*, nichts fiel Agatha schwerer in diesen Tagen, als sich den Glauben an das Gute zu bewahren. Mrs Granville packte Agatha am Handgelenk und zog sie dicht an sich heran.

»Lassen Sie mich hier. Ich schaffe den restlichen Weg bis zum Bahnsteig allein. Eilen Sie zu meinem Mann. Helfen Sie ihm!«

»Keinesfalls. Ich bleibe bei Ihnen, Madam. Sie und Ihr Ungeborenes, Sie brauchen mich jetzt mehr als er.« Sie stützte ihre Dienstgeberin an der Schulter und ermutigte sie, weiterzugehen. Endlich erreichten sie den Bahnsteig. Gerade richtete ein Reporter seine Kamera auf die Unmenge von Menschen, die sich mit ihrem Hab und Gut dicht aneinander gereiht auf dem Gleisbett niedergelassen hatten. Das Blitzlicht zuckte in Richtung Tunnel und erhellte das Gesicht des Polizisten, der dort wie versprochen stand und wartete. Mr Granville hatte ihn hierher beordert, um die unzähligen Kunstschätze aus dem British Museum zu bewachen, die sich unmittelbar hinter ihm in dutzenden Holzkisten über- und nebeneinander bis weit in den U-Bahn-Tunnel hinein stapelten. Drei der Kisten hatte der nette Polizist zu einer kleinen Treppe aufgebaut, auf der Mrs Granville vorsichtig hinab ins Gleisbett steigen konnte. Agatha half ihr aus ihrem Wollmantel heraus, und hielt ihre Hand, damit Mrs Granville auf der bereitgelegten Matratze Platz nehmen konnte. »Warten Sie!«, flüsterte sie. Rasch schlug sie noch eine der bereitgelegten Decken um Mrs Granvilles Schultern. »Sonst wird Ihr wunderschönes lila Kleid mit den weißen Tupfen noch ganz schmutzig an den nackten Steinen.« Sie wickelte die Decke eng um ihre Dienstgeberin und half ihr, sich gegen die Tunnelwand zu lehnen. Mrs Granvilles Mund zog Speichelfäden, als sie ihn öffnete.

»Jetzt gehen Sie aber, Agatha. Bitte!«

»Keinesfalls.« Der Schweißfluss ihrer Dienstgeberin wurde zusehends stärker, der Atem nervöser.

»Sie müssen, Agatha! Wenn er noch nicht da ist, dann …«

»… wird er sicher jeden Moment auftauchen«, erwiderte Agatha beharrlich. »Alle Kunstschätze sind längst in Sicherheit gebracht.« Sie deutete auf die zahlreichen Kisten. »Sehen Sie.«

Ihre Dienstgeberin schüttelte mit dem Kopf. »Aber nicht die Mumien!« Ihre Stimme klang, als wäre Mrs Granville selbst kurz davor, sich in eine zu verwandeln. »Die U-Bahn-Tunnel sind für die Mumien zu feucht. Das haben sie nicht bedacht. Mein Mann muss sie an einen anderen Ort bringen. Und uns läuft die Zeit davon.« Ein dumpfes Grollen hallte durch den Tunnel. Der Boden bebte. »Die Deutschen, sie dürfen sie keinesfalls finden.« Von einer unerwartet kräftigen Wehe gepackt schrie Mrs Granville auf. Agatha faltete eine weitere Decke zu einem Kissen und stopfte es zwischen Wand und Rücken, sodass ihre Dienstgeberin halbwegs aufrecht sitzen konnte. Das machte ihr das Atmen leichter. Wieder vibrierte der Boden. »Die Mumien sind mächtig!«

Schon hatten sich neue Schweißperlen auf der Stirn ihrer Dienstgeberin gebildet. Sorgsam strich Agatha sie ihr aus dem Gesicht. »Sorgen Sie sich nicht.« Was sollten ein paar in Leinen eingewickelte Leichen schon bewirken können, wenn nicht einmal der Herrgott selbst in der Lage war, das Deutsche Reich zu bremsen. Manchmal fragte Agatha sich, warum sie überhaupt noch betete. Warum sollte sie dann an die gespenstische Geschichte eines ägyptischen Professors glauben, der behauptete, dass sich in den alten Mumien ein Geheimnis verbarg, das verriet, wie man ein Serum brauen konnte, das unsterblich machte?

Mrs Granville versuchte, ihren Atem zu kontrollieren. Aber es gelang ihr immer weniger. »Alles hat eine gute und eine dunkle Seite, wissen Sie, Agatha?« Jedes Wort schien ein Kampf für sie. »Zerstören wir die Mumien, wird sich der Geist der Amun-Ra an uns rächen.«

Der Geist der Amun-Ra, wenn Agatha das schon hörte. Konnte ein Gespenst schlimmer sein als der Bombenhagel der Nazis? Kürzlich hatte sie beim Putzen im British Museum ein Gespräch zwischen zwei Professoren aus dem Museumsvorstand aufgeschnappt, die von Forschungen an einer Bombe erzählten, die angeblich eine ganze Stadt auf einen Schlag vernichten konnte. Mrs Granville rüttelte an Agathas Hand, um sicherzugehen, dass sie weiterhin zuhörte.

»Zerstören wir die Mumien nicht, und der Führer bekommt sie in die Hände und lüftet ihr Geheimn…« Eine Wehe verformte Mrs Granvilles letztes Wort in einen gequälten Schrei. Zeitgleich jagte ein weiteres Grollen durch die Tunnel. Alles um sie herum erzitterte. Das Licht flackerte, beruhigte sich aber wieder. Wie während des großen Blitzes, dem ersten Luftangriff der Deutschen vor vier Jahren. Damals hatte Agatha als Einzige ihrer Familie nicht auf den fatalen Rat der Stadt gehört, keinesfalls Schutz in den U-Bahntunneln zu suchen. Nur wegen ihrer besten Freundin war sie damals ebenfalls hierher geflüchtet. Und hatte dadurch überlebt. Dass die Granvilles sie nach dem Tod ihrer gesamten Familie so großherzig aufgenommen hatten, war nur ihrem haushälterischen Geschick sowie ihrem außergewöhnlichen Talent in der Küche zu verdanken. Und dem Fakt, dass sich die vorherige Haushälterin der Granvilles als eine Spionin des russischen Geheimdienstes entpuppt hatte. Eines hatte Agatha schnell gelernt: So glamourös das Leben der legendären Granville-Familie schien, so gefährlich war es auch. Erst recht, seit das Familienoberhaupt Charles sich der Jagd nach dem Geheimnis der Pharaonen verschrieben hatte.

Mrs Granville krümmte sich vor Schmerzen und schrie auf. Agatha glaubte zu sehen, wie sich der Bauch ihrer Dienstgeberin unter dem Kleid für einen kurzen Moment nach außen wölbte. Umgehend legte Mrs Granville ihre Hand auf die entsprechende Stelle. »Ganz ruhig, mein Kleiner. Es ist alles gut.«

Überhaupt nichts war gut. Mrs Granville gehörte in ein Bett, neben einen warmen Ofen. Sie sollte eine Schüssel mit heißem Wasser bei sich haben. Und eine Hebamme, oder wenigstens eine Frau, die mehr Erfahrungen in solchen Dingen hatte als Agatha. Schritte näherten sich. Der Polizist trat zur Seite und ließ Charles Granville hinab zu ihnen ins Gleisbett. Endlich.

»Charles!«, hauchte Mrs Granville, während ihr Mann mit rußverschmiertem Gesicht seine Finger auf ihre Lippen legte.

»Sorge dich nicht. Die Mumien sind in Sicherheit.«

Mrs Granville versuchte zu antworten. Sofort meldete sich das Kind in ihrem Leib zurück. Sie stöhnte und presste ein kurzes »Wo?« hervor.

Der Blick ihres Mannes wechselte auffallend zwischen ihr und dem Polizisten auf dem Bahnsteig hin und her. »Jetzt nicht«, antwortete er. »Nicht hier.« Er beugte sich über sie und gab ihr einen Kuss auf die Stirn. Agatha konnte genau sehen, wie er dabei ein wunderschönes Medaillon in die Hand seiner Frau gleiten ließ. »Ich liebe dich, mein …« Sein Satz stockte. Sein Kopf schnellte so auffällig schnell in Richtung des Bahnsteigs, dass auch Agatha den spähenden Blick des fremden Mannes mit einer russischen Pelzmütze auf dem Kopf bemerkte, der neugierig zu ihnen herübersah. Kaum dass seine Augen sich mit denen von Mr Granville getroffen hatten, zuckte der Fremde zusammen und rannte davon.

»Halten Sie ihn!«, fuhr Mr Granville den Polizisten an. Umgehend sprintete der dem Fremden hinterher. Schüsse hallten durch den U-Bahnhof. Schreie ertönten. »Verdammt!« Mr Granville schnellte in die Höhe.

»Charles, geh nicht!«, rief seine Frau.

Zu spät. Schon war auch ihr Gatte im Tumult verschwunden. Mrs Granville schrie mit einer derartigen Verzweiflung auf, dass es Agatha das Herz zerriss. Endlich beruhigte sie sich wieder. Um kurz darauf erneut aufzuschreien. Dann wieder. Und ein weiteres Mal. Bis plötzlich die Welt um sie herum in sich zusammenzufallen schien. Ein ohrenbetäubender Donner grollte durch den Schacht. Staub rieselte von den Wänden. Das Licht erlosch. Sprang wieder an. Agatha sah zu ihrer Dienstgeberin, die wie tot vor ihr an der Tunnelwand lehnte.

»Mrs Granville!«, wollte sie rufen. Aber nichts als ein hohes Piepen hüllte sie ein. Erst als ihre Ohren sich beruhigt und der erste Schock sich wieder gelegt hatte, bemerkte sie das hohe, aufgeregte Schreien. Und dann sah sie es, das kleine menschliche Wesen, das zwischen Mrs Granvilles Beinen lag.

Für einen Augenblick erstarrte Agatha. Sie musste irgendetwas tun. Während der Geburt ihrer kleinen Schwester hatte sie der Hebamme assistiert. Agatha versuchte, sich zu erinnern. Die Nabelschnur! Hastig suchte Agatha nach dem Näh-Set in ihrer Handtasche, band die Nabelschnur ab, durchtrennte sie und wischte das Neugeborene trocken. In eine der bereitgelegten Decken gewickelt legte sie es ihrer Dienstgeberin auf die Brust.

»Mrs Granville, es ist ein Mädchen!«

Kraftlos, aber lebendig schmiegte ihre Dienstgeberin ihre frisch geborene Tochter an sich. Mit völlig erschöpfter und dennoch der wohl glücklichsten Stimme in dieser grausamen Nacht flüsterte sie: »Meine kleine Mildred.«

Heute
4 Tage vor Mildreds 77. Geburtstag

02

7:30 pm, Crowndale Road, Working Men's College

Zwei Hände packten Teddys Hals, pressten sich gegen seine Kehle, raubten ihm die Luft zum Atmen. Die Augen seines Gegenübers verengten sich. Der Möbelpackertyp wog locker 250 Pfund und war ein Schrank gegen Teddys drahtigen Kung-Fu-Körper. Teddy schoss das Adrenalin in die Adern. Er spürte, wie sein Gesicht rot anlief. Der Angreifer verzog die Oberlippe vor Zorn. Speichel spritzte Teddy entgegen.

»Ich mach dich fertig, du scheiß Bulle!«

Teddys erster Reflex ließ ihn an seine Dienstwaffe denken. Ein verheerender Fehler. Erstens hatte er sie während seiner Lehrtätigkeit am Working Men's College nie dabei und zweitens nutzte der Angreifer Teddys kurze Geistesabwesenheit, um ihn nach hinten zu schubsen und ins Taumeln zu bringen. Teddy fluchte. Er durfte sich von der Unterrichtssituation nicht aus der Ruhe bringen lassen. Auf den Atem fokussieren. Achtsam sein. Ganz so, wie es ihn sein Vater in Chinatown gelehrt hatte. Auch wenn sein Angreifer fast doppelt so breit und einen guten Kopf größer war als er, er hatte nicht vor, sich hier von ihm fertig machen zu lassen. Nicht er, Detective Chief Inspector Teddy Chan! Der mit dem Lächeln von Buddha und dem Herz eines Karatekämpfers, wie Tante Wenwen in Hongkong immer zu sagen pflegte. Blitzschnell streckte er seine Knie durch, schoss mit seinen Armen in die Höhe, sodass sie kerzengerade zwischen denen seines Angreifers hindurchragten und drehte sich seitlich. Dabei kickte seine rechte Schulter gegen einen Arm seines Gegners, hebelte ihn aus. Der Würgegriff wurde schwächer. Nun rammte Teddy mit ganzer Kraft seinen rechten Ellenbogen nach unten gegen den Unterarmknochen des Angreifers. Schmerzerfüllt ließ sein Gegner los. Teddy nutzte den Schwung und kickte ihm mit dem Ellenbogen in den Schritt. Mit einem lauten »Shit!« krümmte sein Gegner sich, sodass Teddy nur noch seinen angewinkelten Arm öffnen musste, um ihn mit einem saftigen Kinnhaken vollkommen auszuknocken. Unter lautem Schmerzgeschrei brach Bernie auf dem Boden zusammen. »Fuck! Scheiße. Alter!«

Teddy lockerte seine Schultern, ging in die Knie und klopfte ihm tröstend die Schulter. »Alles okay?«

Bernie schnaufte, richtete sich auf und blickte Teddy wütend an. »Sie haben gesagt, nur halbe Kraft.«

Teddy reichte ihm die Hand. »Dann können Sie sich vorstellen, was dieselbe Verteidigungstechnik bei voller Kraft bewirken kann.«

Bernie winselte und humpelte zurück auf seinen Platz.

»Sie müssten es doch eigentlich aus Ihrem Zooladen in Camden Town kennen«, rief Teddy hinterher. »Manchmal können die kleinsten Tiere die Giftigsten sein.«

Die Klasse lachte.

Teddy ließ seinen Blick von Bernie aus in die Runde schweifen. »In den meisten Selbstverteidigungskursen dort draußen üben Sie völlig lebensfremde Situationen. Wenn Sie als Privatermittler in Gefahr geraten, haben Sie jedoch leider nicht die beste Freundin gegenüber, die Ihnen beim Taekwondo behutsam an den Hals gefasst hat. Dann müssen Sie mit Kerlen wie ihm hier fertig werden.« Teddy deutete auf Bernie, der noch immer leicht gekrümmt auf seinem Platz hockte. »Dann wird vielleicht eine Pistole auf Sie gerichtet, ein Baseballschläger erhoben oder …« Teddy griff in Windeseile in die Tasche, zog sein Trainings-Butterfly heraus und ließ die Klinge hervorschnellen. »… ein Messer gezückt.«

Ein Raunen ging durch die Klasse. Dabei war Teddys Aussage keineswegs übertrieben. Als gebürtiger Hongkong-Chinese hatte er es während seiner Jugend in Chinatown oft genug erlebt.

»Und was machen wir bei Mumien?«, rief jemand in die Runde.

Die Klasse lachte. Sofort sah Teddy auf den leeren Platz im Unterrichtsraum. Er ließ sich schon ganz kirre machen von diesem albernen Gerede. Was war das hier? Kindergarten?

»Wenn Sie an den Fluch einer Mumie glauben, gehören Sie vielleicht ins Fernsehen. Aber nicht in einen Kurs zum Privatermittler.« Teddy schwenkte seinen Arm. »Also entscheiden Sie sich. Dort ist die Tür.«

Gespenstische Stille kehrte ein.

»Ich weiß, Sie finden das lustig. Und es hat ja durchaus auch einen gewissen Unterhaltungswert, dass ausgerechnet Ihre Kommilitonin Alison Granville sich für heute krankmelden musste, kurz nachdem sie gemeinsam mit ihrer Tante Mildred die Wiederentdeckung der verloren geglaubten Mumien bekannt gegeben hat.«

»Genau!«, rief jemand in die Runde. »Die Tante Mildred soll ja angeblich auch krank sein.«

Schon stimmte die halbe Klasse mit ein.

»Steht heute in der SUN!«

»Richtig. Und kennen Sie nicht den Fluch des Tutanchamun? Alle Expeditionsteilnehmer sind kurz nach der Ausgrabung gestorben.«

»Und Sie sterben auch irgendwann«, antwortete Teddy. »Aber nicht wegen einer Mumie.«

Die Klasse lachte.

»Außerdem haben Alison und ihre Tante Mildred die Mumien nicht ausgegraben, sondern sich nur während einer Pressekonferenz daneben gestellt. Davon wird man nicht verflucht.«

»Aber warum sind sie dann krank?«, rief jemand. »Die Mumien stammen ja auch aus deren Familienbesitz.«

Teddy atmete tief durch. »Ich sage Ihnen, warum Alison krank ist.« Teddy setzte sich auf seinen Dozententisch und verschränkte die Arme vor der Brust. »Weil sie sich niemals Ruhe gönnt. Weil sie ihren Traum, Detektivin zu werden, nicht aufgegeben hat, nachdem sie ihre Ausbildung bei der Metropolitan Police vermasselt hat. Weil sie sich als Mitglied einer der wohlhabendsten und einflussreichsten Londoner Familien nicht zu fein dazu war, hier, am Working Men's College, gemeinsam mit Ihnen einen Abendkurs zu besuchen. Sie, die Nichte der legendären Mildred Granville.« Er machte eine bedeutungsvolle Pause. »Weil Alison die eigene Bestimmung wichtiger ist als ihr Ansehen.«

Mitfühlende und ergriffene Gesichter blickten Teddy an. Als sein Blick auf Rosa traf, legte sie erschrocken ihr Smartphone auf den Tisch und spielte mit ihren knallbunt lackierten Fingernägeln an ihren Dreadlocks herum. Hatte sie ihn etwa gefilmt? Videos konnte sie gern bei einem ihrer Auftritte mit den Giant Gospel Singers machen. Aber nicht in seinem Kurs. Die Leute wurden immer dreister. Ertappt ließ sie ihr Handy in ihrer Tasche verschwinden.

»Lassen Sie sich das eine Lehre sein«, sprach Teddy mit einem mahnenden Ton weiter. »Ehrgeiz ist gut. Aber Sie müssen auch lernen, mit Ihren Kräften hauszuhalten. Lernen Sie Ihre Grenzen kennen und akzeptieren.« Er deutete auf Bernie.

»Oder Ihr Gegner wird Profit daraus schlagen und Sie schlimmstenfalls töten.«

Er nahm sich einen Moment Zeit, um seine Worte wirken zu lassen. Dann klatschte er in die Hände. »Also wieder an die Arbeit! Wer meldet sich freiwillig?«

Schlagartig senkten sich alle Köpfe. Teddy kannte das bereits. »Wie wollen Sie sich den dunklen Seiten des Lebens stellen, wenn Sie schon eine simple Herausforderung an einer Abendschule fürchten?«

Rosa stand auf. »Ich mach's.«

Teddy nickte anerkennend. »Hervorragend. Gehen Sie bitte kurz nach draußen. Nehmen Sie sich dort einen Moment Zeit, um sich einen Charakter und eine Straftat zu überlegen. Fragen Sie sich, welchen Plan Sie verfolgen und wie Sie mich und alle anderen hier im Raum an der Nase herumführen und in Ihre Gewalt bringen wollen. Sobald Sie bereit sind, klopfen Sie. Ich werde die Tür öffnen, mich völlig ahnungslos geben und sehen, ob ich Ihr Vorhaben aufhalten kann.«

Rosa sah ihn skeptisch an.

»Okay?«, hakte Teddy nach.

Sie atmete tief durch. Kaum hatte sie den Kursraum verlassen, legte er seinen Finger auf die Lippen und deutete auf Bernie. Er zuckte wie vom Blitz getroffen. »Keine Panik«, flüsterte Teddy. »Sie haben sich eine Revanche verdient.«

Bernie zögerte.

»Es wird lustig!«, sagte Teddy.

Endlich gab Bernie nach. Teddy reichte ihm eine Sturmhaube.

»Sobald es an der Tür klopft, öffne nicht ich, sondern Sie.« Er holte eine vollgeladene Wasserpistole aus seinem Trainingskoffer. »Überraschen Sie Rosa damit!«

Bernie grinste schelmisch, zog die Sturmhaube über und nahm die Waffe. Teddy wandte sich zurück an die Klasse.

»Und wir werden alles genau beobachten und im Anschluss Feedback geben.« Wie auf Kommando klopfte es an der Tür. Bernie griff mit der Linken nach der Türklinke und hob die Waffe. Beim überraschenden Anblick der alten Dame mit ihrem Hund an der Leine, fühlte sich Teddy, als habe er in eine Steckdose gefasst. »Nein, nicht!«, rief er noch.

Zu spät. Schon drückte Bernie ab. Die Klasse schrie auf, als Mildred Granville die volle Ladung Wasser in die Augen spritzte. Diese holte prompt mit ihrem magentafarbenen Gehstock aus und rammte ihn Bernie mit voller Wucht zwischen die Beine. Der heulte auf, krümmte sich vor Schmerzen und giftete Teddy mit hochrotem Kopf an. »Das zahl ich Ihnen heim!«

Die Klasse lachte.

Da schnellte Mildred Granvilles Hund vor. Blitzschnell verbiss sich der fuchsbraune Corgi in Bernies Hose und brachte den ohnehin schon taumelnden Berg von Mann endgültig zu Fall. Mildred drehte ihren Gehstock in der Luft herum, stemmte den Fritzgriff gegen Bernies Kehle und fixierte ihn damit am Boden. Die Klasse tobte.

»Mrs Granville«, rief Teddy. »Entschuldigen Sie die Verwechslung!«

Mildred pfiff Alfie zurück, löste ihren Stock von Bernies Kehle und richtete ihre schwarze Pelzmütze. »Wieso? Ist das hier nicht Ihr Abendkurs?«

Teddy war verwirrt. »Doch natürlich. Haben Sie sich verletzt?«

»Die hat sich verletzt?«, winselte Bernie vom Boden. »Diese Verrückte hat mich beinahe zur Frau gemacht.«

»Ein schreckliches Missverständnis«, versuchte Teddy die Situation zu schlichten. »Was machen Sie hier, Mrs Granville?«

»Ich denke, Sie sind Detektiv, Herr Chan.«

Die Klasse lachte.

»Ich möchte zu meiner Nichte.«

Teddy wurde hellhörig. »Sie meinen Alison?«

»Nein, ich spreche von der geheimen unehelichen Tochter, die mein Bruder an eine Kinderhändlerin in Southwark verkauft hat.«

Teddy stutzte. Mildred hob die Stimme.

»Natürlich meine ich Alison!«

Teddy brauchte einen Moment, bis er sich wieder gesammelt hatte. »Es tut mir leid, Mrs Granville. Aber Alison ist nicht da.«

»Sie ist nicht da?« Mildred zupfte den großen Kragen ihres eng geschnittenen, magentafarbenen Wollmantels zurecht. »Das kenne ich.« Sie stützte sich auf ihren Stock und ließ ihren Blick durch den Raum wandern. »Wo hat sie sich versteckt? Ich finde sie.«

»Sie ist krank«, hallte es aus der Klasse.

Mildred verzog das Gesicht, als habe sie in einen fauligen Apfel gebissen. »Eine Granville wird nicht krank.«

Genau das meinte er. Wenn sie ständig diesem Leistungsdruck ihrer Tante ausgesetzt war, konnte Alison nicht lernen, mit ihren Kräften hauszuhalten. Im Gegenteil. »Sie müssen das verstehen.«

»Nehmen Sie sie nicht noch in Schutz! Wieso ist sie nicht da?«

»Ihre Nichte hat eine Menge durchgemacht, Mrs Granville.«

»Sie hat eine Menge angefangen. Wirklich durchgemacht hat sie noch nie etwas. Sie ist nicht da. Typisch!«

Mit einem Schlag war es so still im Raum, dass Teddy sich fragte, ob sich seine Kursteilnehmer in Luft aufgelöst hatten.

»Ich habe auch viel zu tun«, sprach Mildred weiter. »Und? Bin ich krank?«

Krank vielleicht nicht, dachte Teddy. Aber jetzt, wo Mildred nach all den Wochen seit ihrer letzten Begegnung im Savoy Hotel vor ihm stand, musste er zugeben, dass sie erschreckend müde aussah. Davon konnten auch die Perlenkette und die sechsblättrige Blumenmanschette aus Diamanten nicht ablenken. Damals war sie im berüchtigten Zimmer 502 Opfer eines gespenstischen Spuks geworden und hatte dennoch um Welten frischer gewirkt. Vielleicht war doch etwas dran, an dem Fluch dieser Mumien. Teddy streifte die Ärmel seines schwarzen Hoodies zurück. »Es tut mir leid, dass Sie jetzt völlig umsonst gekommen sind.«

»Ich komme nie umsonst.« Mildred sah ihn durchdringend an. »Beenden Sie Ihren Kurs. Und dann begleiten Sie mich.«

Teddy war perplex. Ganz abgesehen von dem Kurs, er hatte seiner Frau versprochen, pünktlich in Chinatown zu sein. Er durfte sie nicht warten lassen. Nicht schon wieder. Nicht heute. »Bei allem Respekt, aber ich kann nicht einfach den Lehrplan …«

»Das ist doch eine wunderbare Lektion, nicht wahr?«, fiel Mildred ihm ins Wort. Sie trat in den Raum und sah bedeutungsvoll in die Runde. »Merken Sie sich das. Im Leben läuft es nie nach Plan.«

Aus der hintersten Reihe des Klassenzimmers leuchtete der Blitz einer Handykamera auf. »Die Granville bei uns im Kurs. Das glaubt mir ja sonst niemand.«

»Während Sie hier Ihre Zeit mit dem Knipsen von Fotos vergeuden, nutzt jemand anderes dort draußen gerade die Chance seines Lebens.« Sie stützte sich auf ihren Stock. »Die Uhr tickt. Niemand von uns bekommt eine zweite Chance. Wenn Sie wirklich etwas verändern wollen, brauchen Sie den Mut, Regeln zu brechen und Dinge anzupacken. Das Zauberwort lautet: Improvisation.« Dann wandte sie sich wieder Teddy zu. »Wo bleiben Sie?«

03

8:00 pm, British Museum, Granville Room

»So?«

»Fester!«, rief Alison. Sie brauchte mehr Widerstand. Die Hände ihrer besten Freundin konnte sie kaum spüren. Außerdem packte sie Alison an den Schultern und nicht am Hals. »Jetzt leg doch wenigstens das Klemmbrett beiseite.« Noch immer steckte es unter Peggys Oberarm. Wie sollte Alison sich da eine bedrohliche Angreiferin vorstellen, während sie mit hochkonzentriertem Blick Teddys Bewegungen auf dem Handydisplay folgte: Arme in die Höhe strecken, seitlich drehen, Kick gegen die rechte Schulter, dann gegen den rechten Unterarmknochen, Ellenbogen und ein angedeuteter Schlag in den Schritt. Peggy krümmte sich mit ihrem Oberkörper übertrieben um das Klemmbrett in ihrer Hand.

»Oh mein Gott! Du siehst ja nicht nur aus wie eine ägyptische Göttin. Du kämpfst auch wie eine.«

Schön wär's! Dass Alison nach ihrer verpatzten Prüfung bei der Metropolitan Police ausgerechnet diesen Teil der Ausbildung am Working Men's College verpasste, war ihr überhaupt nicht recht. Sie packte Peggy an den Schultern und schob sie beiseite. »Du stehst im Bild.« Das Stativ, in das sie ihr Handy geklemmt hatte, war ohnehin schon zu klein. Endlich konnte sie wieder einen Blick auf Teddy erhaschen. Er sah gut aus in seinem sportlichen Kapuzensweater und seine asiatischen Knopfaugen konnten einem im Videoformat fast das Herz brechen. Erst recht in Kombination mit der perfekt geföhnten Elvistolle, die er seit ihrem gemeinsamen Savoy-Abenteuer immer trug. Schon fuchtelte die Visagistin vom Stylingteam mit ihrem Pinsel Alison wieder im Gesicht herum. Alison schloss die Augen und bemühte sich um Fassung.

»Auch ein Schluck Mondwasser?«, witzelte Peggy.

Von dem streng nach Mondphasen abgefüllten Wasser, das dadurch angeblich die Kraft des Mondes in seinen Molekülen speicherte? »Damit ich mich bei Vollmond in eine Mumie verwandle?« Alison seufzte. So energiegeladen wie Peggy stets war, schien vielleicht wirklich etwas dran zu sein. Andere in der High Society koksten sich die Nase zu. Peggy trank Mondwasser. Vielleicht war sie aber auch einfach nur eine echte Powerfrau? Eine mit extrem gutem Geschmack. Ihr goldbrauner Jumpsuit mit den weißen, wattierten Boots und dem breiten weißen Gürtel war der Brüller. Ganz zu schweigen von dem Kapuzenkragen. Warum konnte Alison nicht genauso geradlinig und zielstrebig durchs Leben gehen wie sie? »Deine esoterischen Gesundheitsprodukte können mir jetzt auch nicht mehr helfen.«

»Jetzt mach dich nicht verrückt, Kleine«, sagte Peggy. »Du wirst diesen Kurs mit Bravour meistern. Wenn Teddy sehen könnte, wie du dich hier ins Zeug wirfst, wäre er begeistert.«

»Er würde ausflippen!« Er hatte es nicht verdient, ausgerechnet von ihr so hintergangen und angelogen zu werden. Während er sie krank im Bett wähnte, ließ sie sich für eine Presseveranstaltung im British Museum als Pharaonin verkleiden. Peggy blickte auf das Foto in der Hand der Visagistin, dann zurück zu Alison und schob ihr eine Locke aus dem Gesicht.

»Du schwänzt den Kurs ja nicht. Immerhin streamt ihn Rosa heimlich für dich. Als eine Granville hat man eben Verpflichtungen.«

Und wie sie das hasste! »Du meinst, das Lichtdouble für meine Tante zu spielen? Warum kann sie das nicht selber machen?«

Peggy hielt inne und sah sie vorwurfsvoll an.

Ja, eh klar. Wie konnte sie nur. Mildred, die arme, alte Frau. »Hast du sie überhaupt gefragt?«

»Alison!«, raunte Peggy.

Also nicht. Natürlich nicht. Schließlich war Peggy der Job als Eventmanagerin viel zu wichtig, als dass sie es wagen würde, sich mit ihrer besten Kundin Mildred Granville anzulegen. Außerdem wusste ja jeder: Mildred hatte keine Zeit für so was. Mildred Granvilles Terminkalender war randvoll gepackt mit weltbewegenden Meetings. Aber wenn sie, Alison, ihren Unterricht am Working Men's College platzen lassen musste, war das okay. Sollte sie doch dankbar sein, dass Mildred es ihr überhaupt erlaubte, Zeit mit normalen Menschen zu verbringen. Jetzt hörte sie auch noch aus dem Handylautsprecher, wie Teddy den anderen Leuten im Kurs einen Vortrag darüber hielt, wie wichtig sie die Ausbildung nahm und wie krank sie doch war. Warum konnte der Boden sich unter ihr nicht einfach auftun und sie verschlingen? Hier und jetzt, auf der Stelle? Stattdessen trat die Visagistin einen Schritt zurück, warf einen Blick auf das Foto in ihrer Hand, um anschließend wieder Alison anzusehen.

»Sie sehen Ihrer Tante aber auch wirklich zum Verwechseln ähnlich.«

»Sie meinen bis auf die fünfzig Jahre Altersunterschied?«

Sofort kicherte Peggy amüsiert über Alisons Kommentar und die Visagistin sah sie betreten an. Aber sorry, Alison hatte doch auch recht. Ihre Tante wurde 77! Alison war 30. Und jetzt brach auch noch die Verbindung zum Live-Stream von Rosa ab und das Handydisplay wurde schwarz.

»Verzeihung«, nuschelte die Visagistin. »Ich meinte Ihre Gesichtskonturen, das perfekte Kinn, die leichte Stupsnase, die welligen kastanienbraunen Haare …«

Alison biss sich auf die Unterlippe. Wenn ihr hier jetzt aus reinem Frust herausplatzte, dass an Mildreds Haaren mittlerweile so rein gar nichts mehr echt war, würde ihr ihre Tante dafür den Hals umdrehen. Immerhin wimmelte es nur so von

Presse im Haus. Und diese ältere Museumsaufseherin dort hinten, die mit ihrem Pisaturm-Dutt selbst in ihrer Uniform noch aussah wie eine russische Ballerina, schlich auch schon die ganze Zeit um sie herum. Wie hieß sie noch mal? Mrs Tarassowna? Das klang doch regelrecht nach einer zwielichtigen Spionin aus einem altmodischen James-Bond-Roman.

»... und dann Ihre Figur, Ms Alison«, mischte sich jetzt auch noch die Dresserin ein. »Das Kleid sitzt wie angegossen.«

»Meine Rede!«, warf Peggy mit ausgebreiteten Armen ein. »Da hörst du es, Alison. Ich sage doch, dass du das perfekte Double für deine Tante bist. Dein Gesicht wird man eh nicht erkennen. Und je bessere Fotos wir bei der Technikprobe heute machen können, desto wirksamere Presse bekommen wir. Je mehr Presse, desto erfolgreicher wird die Party.« Sie riss ihre Augen auf und betonte jede Silbe. »Hey, Mustafa Madbuli persönlich hat sein Kommen angekündigt!«

Alison ließ verzweifelt den Kopf hängen. Genau das meinte sie doch. Reichte es nicht, dass ihre Tante 77 wurde? Mildred machte so schon genug Wirbel um alles. Hand aufs Herz, wer sonst in London konnte die ägyptische Skulpturengalerie im British Museum für die eigene Geburtstagsparty mieten? Wieso musste ausgerechnet jetzt auch noch eine Kuratorin auf die Idee kommen, einen alten deutschen Schrein zu restaurieren und dabei die verloren geglaubten Mumien aus dem Familienbesitz der Granvilles wiederfinden? Nur damit Mildred auf ihrer Geburtstagsparty in vier Tagen mit noch mehr Tamtam, Video-Show und begleitet vom London Philharmonic Orchestra diese Mumien persönlich zurück an den ägyptischen Ministerpräsidenten übergeben konnte? Die Londoner Regenbogenpresse kam schon jetzt nicht mehr aus dem Jubeln heraus:

MUMMY MIA! Granvilles geben verschollen geglaubte Mystik-Mumien zurück an das ägyptische Volk.

Die Dresserin griff Alisons golden glitzernden Rock und hob ihn vorsichtig hoch, um die Verschnürungen der ebenfalls goldenen Highheel-Sandalenstiefel zu bewundern. Meisterhaft stylisch wickelten sie sich kniehoch um Alisons Beine. Selbst Peggy kam aus dem Staunen nicht heraus.

»Ich finde es beeindruckend, dass deine Tante trotz Stock immer noch in solchen Schuhen laufen kann.« Peggy fixierte ihr Klemmbrett zwischen Brustkorb und Oberarm. »Und dass sie noch immer die Figur einer 30-Jährigen hat.« Nun rückte sie die Pharaonenhaube auf Alisons Kopf zurecht. »Da kannst du was lernen, Schätzchen. Das ist die Macht der eisernen Disziplin.«

»Und des eisernen Herzens«, antwortete Alison.

Peggy senkte ihren Kopf. Dabei ließ ihr stylisch kantiger Pagenschnitt ihren Blick noch strenger erscheinen. Peggy brauchte kein Pharao-Kostüm. Sie sah auch so schon aus wie Kleopatra, erst recht, seit sie sich gegen Wasserstoffblond und für Jet Black entschieden hatte. »Hattest du dir nicht vorgenommen, nach dem Trubel im Savoy Hotel letztes Jahr nicht mehr allzu hart mit ihr ins Gericht zu gehen, Süße?«

Alison seufzte. Hatte sie. Schließlich war Mildred das letzte bisschen Familie, das ihr nach dem plötzlichen Tod ihres Vaters geblieben war. Umso seltsamer war es, jetzt ausgerechnet an diesem Ort hier zu stehen, mitten im Granville Room. Mit ihren Fingern fuhr sie über das geheimnisvoll anmutende Relief im Holz des antiken Regals an der Wand neben ihr. Diese kunstvolle Einkerbung war ihr direkt am ersten Tag aufgefallen. Wie hingebungsvoll und detailliert sie gestaltet war. Als hätte eine Mildred persönlich das Relief hineinfräsen lassen. Ob es an irgendein spezielles Ereignis erinnerte? Nirgends sonst im gesamten Museum hatte sie bisher etwas Vergleichbares gesehen. Kein anderes Detail atmete so sehr den Geist ihrer Vorfahren.

Zwar nutzte das British Museum den Granville Room nur noch als Souvenir-Shop, aber noch immer waren die Wände über zwei Etagen hinweg komplett mit den ursprünglichen altenglischen Bücherregalen aus edlem Mahagoniholz verziert. Und genau dort hatten sie einst gestanden: die mehr als zwanzigtausend Bücher aus der Privatbibliothek von Alisons Mehrfachuronkel Sir Thomas Granville, die er nach seinem Tod im Jahr 1847 dem British Museum vererbt hatte. Natürlich war er Zeit seines Lebens obendrein Mitglied im Vorstand des Museums gewesen. Sowie ein enger Freund von Sir Robert Smirke, dem Architekten des British Museum. Und nun stand sie hier. Alison Granville. Und was hatte sie vorzuweisen? Wäre sie nach Mildred nicht das letzte Familienmitglied, hätte man sie wahrscheinlich längst als das schwarze Schaf aussortiert. Sie blickte zurück zu ihrem Handy im Stativ. Der Livestream war noch immer unterbrochen. Das passte überhaupt nicht zu Rosa. War die Aktion etwa aufgeflogen? Teddy hasste es, wenn sie ihre Smartphones während des Kurses verwendeten. Alison fühlte sich schon elend genug. Sie wollte nicht auch noch schuld daran sein, dass Rosa ihretwegen Probleme bekam.

Jemand stemmte die Flügeltür zum Granville-Room auf und der Dirigent des London Philharmonic Orchestra steckte seinen Kopf herein. »Wir können!« Aufgeregt eilte Peggy zu ihm, drückte den Knopf des Funkgerätes an ihrem Gürtel, kommandierte in ihr Headset hinein und winkte Alison zu. Alison gab ihr einen Daumen nach oben, während sie geduldig darauf wartete, dass die Chef-Stylistin ein letztes Mal Haare und Kostüm an ihr zurechtzupfte. Dabei wurde Alisons Aufmerksamkeit auf das Geschehen hinter dem Dirigenten gelenkt. Durch die halb geöffnete Flügeltür konnte sie direkt in die große Eingangshalle des Museums sehen. Unmittelbar vor der imposanten Treppe, die zwischen gigantischen Steinsäulen antik-heroisch in die erste Etage führte, erkannte sie Mr Buckland, den Assistenten des Chefs des British Museum. Bei ihm war Prof. Elizabeth Reid, jene bekannte Kuratorin, welche die besagten Mumien im Schrein wiederentdeckt hatte. Im grellen, blauweißen Licht eines transportablen LED-Scheinwerfers beantworteten sie die neugierigen Fragen eines BBC-Reporters. Und nur wenige Yards von ihnen entfernt, hinter einer der breiten, eckigen Steinsäulen, stand – schon wieder – diese auffallend neugierige Museumsaufseherin Mrs Tarassowna. Für das Interview-Team dürfte sie mit Sicherheit vollkommen hinter der Säule verborgen sein. Aber Alison konnte sie von ihrer Position aus uneingeschränkt sehen. Und sie hätte schwören können, dass sie nicht rein zufällig dort stand. Sie lauschte.

Peggy klatschte auffordernd in die Hände. »Alison!«

Alison bedankte sich bei der Visagistin und lief ebenfalls zu Peggy. Und Mrs Tarassowna? Sieh an! Von Peggys lautstarkem Geklatsche aufgeschreckt zuckte sie wie ein wildes Huhn zusammen, trat von der Säule weg und eilte auf verdächtig leisen Sohlen in Richtung ägyptische Skulpturengalerie.

04

7:30 pm, Thurloe Square

Teddys kleiner Rover Mini knurrte regelrecht, als er ihn zwischen Mildreds Rolls Royce und dem auf Hochglanz polierten Porsche Cayenne unmittelbar vor Alisons Haustür parkte. Er stoppte den Motor und wartete einen Moment, um die letzten Zeilen von Darcy Diamonds Coverversion des Madonna-Hits *Frozen* in seinem Autoradio ausklingen zu lassen. Klar, er hatte Darcy schon immer vergöttert. Aber seit er Londons ehemalige Disco-Queen während der Mörderjagd im Savoy Hotel persönlich kennengelernt hatte, erschien ihm Darcys Musik wie Magie. Es war diese Verletzlichkeit, die aus ihrer Kehle drang. *You only see, what your eyes want to see.* Und dann die dicken, märchenhaften Schneeflocken dazu, die wie auf Bestellung im Laternenlicht vor der Frontscheibe seines Minis zu Boden schwebten. Gänsehaut. Da konnte Madonna sich warm anziehen. Von wegen, Darcy habe nach dem Flugzeugabsturz ihre Stimme verloren. Sie hatte an Charakter gewonnen! Abgesehen davon hatte Madonna während ihres groß angekündigten Auftritts beim Eurovision Song Contest damals selber keinen einzigen Ton getroffen.

Die Fahrertür des Rolls Royce vor ihm öffnete sich. Mildreds Chauffeur verließ die Limousine und half ihr aus dem Wagen. Teddy erschrak, wie alt sie dabei wirkte. Alfie hüpfte hinterher und jagte Schneeflocken. Also zog auch Teddy den Schlüssel endgültig ab und stieg aus.

So sah es also aus, das Reihenhaus einer Alison Granville: graubrauner Backstein mit von weißen Stuckelementen eingerahmten Fenstern. Dazu ein kleiner Portico, der mit seinen weißen Säulen an den Eingang eines griechischen Tempels erinnerte und auf dessen Dach ein ausladender Balkon thronte – mit vom leichten Schneefall angezuckerten Rosen hinter einem kunstvoll verschnörkelten, schwarz glänzenden Geländer. Teddy brauchte sich gar nicht erst auszumalen, was ein derartiger Luxus auf vier Etagen in South Kensington kostete. Selbst mit seinem neuen Chief-Inspector-Gehalt würde er gar nicht lange genug arbeiten können, um so eine Immobilie auch nur ansatzweise abzubezahlen.

Alisons Butler öffnete. Auch sein angenehmes und zuvorkommendes Wesen hatte Teddy während der Jagd nach dem Mörder im Savoy zu schätzen gelernt. Royston Taylor strahlte mit seinem stets perfekt gepflegten, schneeweißen Vollbart nicht nur eine ungemeine Herzlichkeit aus, er war obendrein ein unschlagbares Allround-Talent. Letzteres verwunderte Teddy weniger bei all der Erfahrung, die Roy in seinen mehr als fünfzig Dienstjahren für die Granville-Familie inzwischen gesammelt haben musste. Wie man allerdings mehrere Jahrzehnte als Butler des störrischen Commissioner Ronald Granville überleben konnte, ohne seine gute Laune zu verlieren, würde für Teddy immer ein Rätsel bleiben. Bei der Verbissenheit, mit der Alisons Vater die Teams des Scotland Yard geführt und bevormundet hatte, grenzte es fast schon an ein Wunder, dass er nicht bereits früher an einem Herzinfarkt verstorben war. Gegen ihn war Mildred Granville das reinste Schmusekätzchen. Und Alison? Alison war sowieso anders als alle. Mit ihrem aufrichtigen, warmen Herzen und der ungewöhnlich ausgeprägten sozialen Ader passte sie überhaupt nicht in diese Familie.

»Mrs Granville, Mr Detective Chief Inspector Teddy Chan, was für eine Überraschung. So kommen Sie doch herein. Eine erkältete Seele ist wahrlich genug in diesem Haus.« Mit weit ausladender Geste winkte er sie in den von einem modernen, spiralförmig gewundenen Kristallkronleuchter beleuchteten Hausflur hinein. Teddy zuckte, als er völlig unvorbereitet dem lebensgroßen und gruselig lebendig wirkenden Ölgemälde von Commissioner Ronald Granville gegenübertrat. Rasch wandte er seinen Blick dem ebenfalls lebensgroßen Portrait von Alison auf der gegenüberliegenden Wand zu. Das Kleid, die meisterhaft hochgesteckten Haare – sie sah aus wie eine Königin. Dann der ebenfalls in Öl gefasste und in Form einer immer imposanter verzweigt in die Höhe wachsenden Eiche dargestellte Stammbaum daneben, der bis ins sechzehnte Jahrhundert zurück reichte. Fast fühlte Teddy sich geehrt, eine Frau wie Alison unterrichten zu dürfen.

Alfie warf sich aufgeregt in seine Leine und bellte. Prompt legte Roy seinen Finger auf die Lippen. »Shhh, mein Kleiner«, flüsterte er und löste den Karabiner am Halsband. »Husch, schnell in den Garten.« Alfie bellte einmal kurz auf, flitzte den Flur bis zum Ende hin entlang, bog nach links ab und verschwand. Prompt wendete sich Roy wieder seinen Gästen zu. »Ich nehme an, Sie wollen zu Alison?« Er legte seine Hände ineinander und senkte bedrückt Kopf und Stimme. »Sie plagt sich leider schon den ganzen Tag mit einem fürchterlichen Virus herum. Es hat mich einiges an Durchsetzungsvermögen gekostet, Mr Chan, sie davon zu überzeugen, heute doch lieber daheim zu bleiben.« Jetzt faltete er seine Hände wie zum Gebet vor seiner Brust. »Sie ahnen gar nicht, wie wichtig ihr die Anwesenheit in Ihrem Kurs ist.« Er hob seinen Zeigefinger. »Ms Alison hält sehr viel auf Sie, müssen Sie wissen.«

»Dann wird sie sich umso mehr über einen Besuch von ihm freuen«, antwortete Mildred und stapfte die Treppe hinauf. Mit erstaunlicher Agilität für seine 71 Jahre überholte Alisons Butler sie. Teddy stutzte. Auch wenn Roy das mit seiner hochprofessionellen Art gekonnt zu überspielen verstand, er versperrte ihr den Weg.

»Um Himmels Willen, Mrs Granville, Sie könnten sich mit einem aggressiven Virus infizieren. Und das so kurz vor Ihrer so bedeutsamen Begegnung mit Ministerpräsident Mustafa Madbuli.« Er neigte dramatisch seinen Kopf. »Ganz Großbritannien schaut auf Sie!«

»Papperlapapp. Mein Alfie leckt mir regelmäßig das Gesicht und ich lebe immer noch.«

Das schon, dachte Teddy. Allerdings bezweifelte er nach allem, was Mildred ihm nach Kursende im Working Men's College noch über den Grund ihres plötzlichen Auftauchens anvertraut hatte, dass es mit ihrer Gesundheit wirklich so gut aussah, wie sie vorgab. »Roy hat sicher recht«, wandte Teddy deshalb ein. »Sie sollten besser kein Risiko eingehen.«

»Wie auch immer«, antwortete Mildred, schob Roy beiseite und stieg weiter die Treppe hinauf. »Ich habe jetzt etwas Wichtiges mit meiner Nichte zu besprechen.«

»Aber Madam ...«

Ohne anzuhalten schnürte Mildred dem Butler das Wort ab, indem sie ihre Hand in die Höhe riss. »Nichts da. Was bitte hat sie denn, Malaria?«

»Um Himmels Willen, ich hoffe nicht!« Wieder beschleunigte Roy und überholte Mildred. Dieses Mal stoppte er jedoch nicht, um ihr den Weg zu versperren, sondern eilte weiter voraus. In der zweiten Etage blieb er vor einer verschlossenen Tür stehen. Alisons Appartement, nahm Teddy an. Er rieb sich die Augen. Das hier war kein Wohnhaus. Es war ein Schloss.

»Wohnt Alisons Freund auch hier?«, fragte er. Mildred lachte so laut auf, dass Teddy sich umgehend für seine indiskrete Frage schämte. Roy beschwichtigte.

»Mr Holden Young zieht das Savoy vor.« Er nickte stolz. »Außerdem ist Alison eine sehr selbstbewusste und autarke Frau. Wenn wirklich eines Tages ein Mann in diesem Haus schlafen sollte, dann kann man sicher bereits die Hochzeitsglocken läuten hören.«

»Bevor hier ein Mann übernachtet, sind die Granvilles ausgestorben«, ätzte Mildred. »Umso wichtiger, dass ich jetzt ein paar Worte mit meiner Nichte reden kann.«

Beschwichtigend hob Roy die Hand. »Dann geben Sie mir wenigstens die Zeit, Alison vorzuwarnen, damit sie sich frisch machen kann. Ich schaue derweil, ob ich noch eine der von mir selbst genähten Masken für Sie finde, die wir während dieser anstrengenden Pandemie getragen haben.«

Mildred stützte sich auf ihren Stock und schnaufte. »Aber machen Sie schnell, ich werde 77 und habe keine Minute mehr zu verschenken.«

»Sie müssen ihn verstehen«, versuchte Teddy zu beschwichtigen, nachdem Roy in Alisons Appartement verschwunden war. »Er meint es nur gut mit Ihnen.«

»Glauben Sie mir«, antwortete Mildred. »Ich verstehe sehr gut, was sich hier gerade abspielt.«

Tat sie das? So wie Alisons Butler sich benahm, schien es Alison sogar noch schlimmer erwischt zu haben, als Teddy befürchtet hatte. Ohne dass er es wollte, musste er an die Mumiengeschichten seiner Kursteilnehmer denken. Was für ein Irrsinn! In Anbetracht der unerwartet starken Kältewelle, die seit einigen Tagen über London hinwegrollte, war eine Virus-Infektion absolut kein Wunder.

Endlich öffnete sich die Tür wieder und Roy trat heraus. Ohne Maske. Dafür jedoch mit beängstigend besorgtem Gesicht. »So leid es mir tut, ich fürchte, ich muss Sie wieder nach Hause schicken, Mrs Granville.«

»Das ist doch lächerlich.«

Mit überzeugender Bestimmtheit hob Roy die Hand, um Mildred abzublocken. »Alison schläft bereits tief und fest und im Sinne ihrer raschen Genesung und auch zum Schutz Ihrer Gesundheit muss ich in diesem Punkt leider konsequent sein.«

Mildred lachte.

Erneut legte Roy seinen Finger auf die Lippen, öffnete die Tür einen Spalt breit und deutete auf das Bett im vollkommen abgedunkelten Zimmer. »Überzeugen Sie sich selbst, Madam.«

Teddy überkam das schlechte Gewissen. Auf dem Nachttisch stapelten sich Berge von Kursmaterial. Alison sollte sich doch erholen und nicht in ihren Unterlagen versinken. Sie selbst lag tief in ihre Decke gewickelt in ihrem Bett und rührte sich nicht. »Ich fürchte Roy hat recht, Madam«, flüsterte er. »Lassen wir sie schlafen und besprechen einfach alles derweil mit ihm.«

Mildred fuhr zu Teddy herum. »Lassen wir Sie schlafen?« Mit einem erschütterten Ausdruck in ihren Augen sah sie ihn an. »Und Sie wurden gerade zum Detective Chief Inspector befördert?«

Teddy stockte der Atem. Er schnappte nach Luft.

»Ich denke, Sie haben einen Sohn!«

Teddy runzelte die Stirn. »Ich verstehe nicht, was …«

»Und da fallen Sie noch auf solche billigen Tricks herein?« Sie schob Roy beiseite, marschierte in das Zimmer, zog die Bettdecke herunter, riss eine Perücke vom Kopfkissen, warf Teddy einen Rugbyball zu und deutete mit ihrem Stock auf das leere Bett. »Sie ist nicht da!«

05

8:00 pm, British Museum, ägyptische Skulpturengalerie

Als Alison die Sänfte sah, die bereits auf Position stand, wurde ihr ganz schwindelig. Peggy klopfte ihr auf die Schulter. »Jetzt mach mir nicht schlapp, Süße. Du weißt, wie wichtig das hier ist.«

Alison nickte. »Der Schneesturm in Manchester.« Der unerwartet heftige Schneefall in Nordengland verzögerte die Anlieferung der Möbel für das Catering und nun hatte Peggy die Foto- und Videoaufnahmen für die Pressemappen vorverlegen müssen. Deswegen war ihr schließlich auch Mildreds hochbezahltes Double ausgefallen.

»Und Orchester, Crew und Technik können leider nur außerhalb der Besuchszeiten im Museum proben«, fügte Peggy hinzu. Sie hatte ja recht. Auch wenn Mildred ihre Gästeliste der Location und dem politischen Anlass zuliebe dieses Mal auf den absolut kleinstmöglichen Kreis von 250 Leuten reduziert hatte, diese Party sollte etwas Besonderes sein und den Namen der Granville-Familie in Ehren halten.

Peggy half ihr die kleine Trittleiter hinauf, die auf die Ebene mit dem Thron führte. Denn natürlich würde keiner der zwanzig Tänzer im ägyptischen Soldatenkostüm die Sänfte wirklich tragen. Ein unter weißen mit Goldverzierungen versehenen Tüchern verborgenes Fahrgestell würde dafür sorgen, dass Mildred an ihrem großen Tag majestätisch und würdevoll in die Skulpturengalerie hineingleiten konnte.

Als Alison saß, zupfte das Stylingteam ein letztes Mal Haar, Haube und Kostüm zurecht. Peggy schnipste mit dem Finger, um Alisons volle Aufmerksamkeit zu bekommen. »Sobald es dunkel ist, leiten die Bühnentechniker die Sänfte auf Start-Position«, rief sie. »Dann übernehmen die Tänzer. Alles klar?«

Alison hob den Daumen.

»Schade, dass dein Honeybun dich so nicht sehen kann«, rief Peggy. »Du siehst umwerfend aus, Süße.« Kurz darauf war sie verschwunden.

Um Himmels Willen, dachte Alison. Niemand sollte sie so sehen. Weder Holden noch Teddy noch irgendwer! Alison konnte ihren Herzschlag spüren. Warum um alles in der Welt war sie so nervös? Sie würde doch noch sitzen und stillhalten können. Das Licht erlosch. Für einen letzten Check-up huschten die Moving-Lights durch die Galerie. Dabei warfen für den Bruchteil einer Sekunde die drei Sarkophage, welche hinter der abgesenkten Videoleinwand am anderen Ende der Halle positioniert waren, ihre Schatten an die Seitenwand. Und es sah aus, als wenn sich jemand an ihnen zu schaffen machte. Alison glaubte die Form eines weit in die Höhe geschraubten Dutts zu erkennen. Wie bei der Frisur einer russischen Ballerina. Mrs Tarassowna? Was hatte die Museumsaufseherin hier und jetzt am Set zu suchen? Und vor allem: an den Mumien!

Alisons Gedanken lösten sich auf, als völlige Dunkelheit die Räume des Museums erfüllte. Aus der Ferne hörte sie leise Xylophonklänge. Wie von Peggy angekündigt rollte Alisons Sänfte zu den ersten zarten Melodien des Orchesters auf Position. Ein dramatisches Violinentremolo erfüllte die Galerie. Alison hörte das Zischen der Nebelmaschine. Bläser ertönten. Synchron mit dem Klang eines Beckens erstrahlte die Videoleinwand und schwebte im Rhythmus der Musik der Decke entgegen. Alte Bilder zeigten die 21 Pferdewagen, die 1847 Sir Thomas Granvilles Büchersammlung nach seinem Tod ins British Museum brachten. Vergilbte Fotos erzählten von den zahlreichen ägyptischen Expeditionen, die im 19. Jahrhundert von der Granville-Familie für das British Museum mitfinanziert worden waren. Erste, kratzige Filmaufnahmen präsentierten die Sarkophage mit den drei Mumien, die Alisons Urgroßvater einst in Luxor ausgegraben und mit nach London gebracht hatte, gefolgt von der Evakuierung sämtlicher Kunstgegenstände des British Museums während des Zweiten Weltkrieges und einer in eine Decke eingewickelten Mildred Granville, die am 21. Januar 1944 während eines Luftangriffs der Deutschen zwischen den in Kisten und Truhen verstauten Museumsschätzen in einem zum Luftschutzbunker umfunktionierten U-Bahnschacht geboren worden war.

Die Stimme von Stephen Fry ertönte. Mit dramatischem Timbre berichtete er von der tiefen Verbundenheit, die dieses Ereignis zwischen Mildred Granville und dem British Museum begründen sollte. Er erzählte von den drei Mumien, die seither über Jahrzehnte hinweg spurlos verschwunden waren. Bis zu jenem Tag, an dem ein seit dem Krieg nicht weiter beachteter deutscher Schrein aus den Lagern des British Museums geholt und für die Restauration geöffnet worden war. Bilder zeigten den spektakulären Fund: die drei verloren geglaubten Mumien, die nach Jahrzehnten endlich zurück in ihre Sarkophage gelegt werden konnten.

Eine Fanfare ertönte. »Und nun feiern Sie mit mir die Frau, welche die Rückführung dieser Mumien nach Kairo mit unerbittlichem Einsatz ermöglicht und finanziert hat. Einen riesigen Applaus zum siebenundsiebzigsten Geburtstag der umwerfenden Mildred Granville!« Laserstrahlen zuckten durch die Galerie. Das Bild von Alison, dem Mildred-Double auf dem Thron, erschien auf der Leinwand, während unter der Leinwand in dichten Nebelwolken die drei offenen Sarkophage mit den wiederentdeckten Mumien hereingerollt wurden. Alison spürte, wie sich die Sänfte zusammen mit dem Gänsehautklang majestätischer Pauken und Trompeten in Bewegung setzte. Begleitet von dem aus zwanzig Tänzern bestehenden ägyptischen Soldatentrupp schwebte sie zwischen den von goldenen Lichtkegeln eingehüllten Grandoriorit-Statuen von Amenophis und seinen zwei wachenden Löwen hindurch, an der falschen Tür von Architrav vorbei, direkt auf den mehrere Yards großen in rosagrauen Granit geschlagenen Oberkörper von Ramses II. zu, über dem die Leinwand schwebte. Die Sänfte stoppte, drehte sich um ihre eigene Achse. An den Stellen, wo für die Technikprobe Kameras und Fotoapparate aufgestellt waren, würden in wenigen Tagen die Stühle und Tische der jubelnden Gäste stehen, die anwesend sein würden, um die unvergängliche Macht und Schönheit der großen Mildred Granville zu feiern.

Blitzlichter zuckten. Ein Kamerakran fuhr vor Alison auf und ab. Ein Hund bellte. Alison stutzte. Hatte sie richtig gehört? Ein Hund bellte? Plötzlich verquoll die Orchestermusik zu einem einzigen Brei. Streicher quietschten, Bläser quäkten, verstummten endgültig, bis nur noch das Fluchen des Dirigenten zu hören war, der im hoffnungslosen Kampf gegen das immer lauter werdende Hundegekeife schließlich ebenfalls aufgab.

Auf der Suche nach der Ursache des Desasters senkte Alison ihren Kopf. Das war doch Alfie, der da im Scheinwerferlicht vor ihr auf und ab sprang, und das neben ihr ... Alison schnellte von ihrem Thron aus in die Höhe. »Teddy?« Alfie drehte seinen Buschelschwanz schneller als den Propeller einer Turboprop-Maschine. »Was machen Sie hier?«

»Ihre Tante hat bei uns im Working Men's College nach Ihrer Majestät gefragt«, rief er zu ihr hinauf. »Aber da Sie ja heute leider schwer erkrankt zu Hause bleiben mussten, hat sie Sie natürlich nicht angetroffen.«

Die Ironie in seiner Stimme war unüberhörbar. Teddy war sauer. Stinksauer. Und er hatte allen Grund dazu. »Hören Sie, Teddy. Das hier ist nicht das, wonach es aussieht.«

Er hielt ihr demonstrativ die Hundeleine entgegen, wohl wissend, dass Alison sie jetzt unmöglich nehmen konnte. »Daher habe ich mich bereiterklärt, Ihnen Alfie persönlich vorbeizubringen. Die aktuellen Ereignisse zwingen Ihre Tante leider dazu, ihn für die nächsten Tage in Ihre Hände zu geben.«

Peggy eilte zu Teddy und nahm ihm mit peinlich berührtem Blick die Leine aus der Hand. Alison war völlig paralysiert. »Teddy, aber ... ich kann nicht ...«

»Ich denke, Sie werden das in Anbetracht der Umstände sicher alles gut unter einen Hut bekommen.« Er sah sie eine Weile schweigend an, bevor er weitersprach. »Zusammen mit Ihrem Kurs am Working Men's College.«

»Ich schwöre, Teddy. Sie verstehen das hier alles gerade völlig falsch. Das hier ... ich habe Verpflichtungen.«

Der Ton seiner Stimme änderte sich. Sie wurde beängstigend kalt. »Ihre einzige Verpflichtung, Alison, ist Ihr Fall.

Wenn Sie das nicht lernen, werden Sie nie eine Ermittlerin sein.«

Das war nicht fair. So war das doch überhaupt nicht gemeint. Sie schlug sich mit der Hand gegen die Hüfte vor Wut. »Warum um alles in der Welt kommt diese blöde Kuh auch ausgerechnet heute auf die Idee, ihren Hund bei mir abzuladen?«

Ein Raunen fegte durch die Galerie. Ein wahres Blitzlichtgewitter brach über Alison herein. Der Kamerakran fuhr direkt auf Alisons Gesicht hinzu. Sie biss sich auf die Lippen. Wie hatte sie das nur sagen können? Peggy rannte panisch von Kamera zu Kamera, um die anwesende Presse zu beschwichtigen.

Teddy hingegen zeigte sich von der spontanen Aufregung völlig unbeeindruckt. »Ihre arme Tante ist im Krankenhaus«, antwortete er trocken, drehte sich um und ging.

06

8:45 pm, Wardour Street, Young Chan Restaurant

Teddy atmete ein, öffnete seine Arme, reckte sein Gesicht dem Himmel entgegen und fühlte die schmelzenden Schneeflocken auf seiner Haut. Dann ließ er seine Arme vor seinem Körper wieder herabsinken und atmete aus, während er seine Knie leicht beugte. Kurz hielt er inne, nur um anschließend seine Arme über die Seite wieder zu öffnen und erneut einzuatmen. Vergebens. Nach zehn Wiederholungen gab er auf. Er konnte gar nicht so viel Quigong machen, wie er hätte schreien wollen. Das hätte ihm nicht passieren dürfen. Er kannte die Granville-Familie doch. Und vor allem hatte er während seiner Zeit bei Scotland Yard oft genug gesehen, wie die Dinge liefen. Reichtum und Macht kamen nicht von ungefähr. Warum sollte ausgerechnet eine Alison da anders sein? Was für eine Unverschämtheit, ihn derart vorzuführen! Und wie kindisch, sich davon aus der Fassung bringen zu lassen. Wer bitte war er denn?

Er blickte auf die Eisblumen, die sich in den letzten Tagen auf dem Schaufenster des Restaurants seiner Eltern gebildet hatten. Genauso fühlte sich das Leben mit seiner Frau Benisha in den letzten Wochen an. Als wäre er gefangen in einem Eispalast. Festgefroren. Mit einer Frau, der die Eifersucht einen Splitter ins Herz gejagt hatte. Aber das würde er ändern. Die Dinge bewegten sich doch in die richtige Richtung. Und er liebte Benisha. Punkt. Also gab er sich einen Ruck und betrat das Restaurant.

Das Young Chan war bis auf den letzten Platz gefüllt. Er hielt nach Benisha Ausschau, konnte sie aber nirgends entdecken. Teddy wurde unruhig. Er wusste, wie sehr Benisha es hasste zu warten – erst recht an einem Ort wie diesem. Aber das strahlende Gesicht seiner Mutter, die in ihren knallbunten Blümchensandalen und mit ihrer viel zu großen roten Schürze auf ihn zu gerannt kam, stimmte ihn optimistisch.

»Chief Inspector!«, rief sie so laut, dass sich alle Gäste schlagartig nach ihm umdrehten. »Hast du wieder einen Mörder gefasst?«

»Mama«, flüsterte Teddy. »Du weißt, ich mag das nicht.«

Sie kickte ihm mit dem Ellenbogen in die Seite. »Die Leute können ruhig wissen, dass du beim Scotland Yard arbeitest.«

Teddy gab ihr einen Kuss auf die Stirn. Er fand es schließlich gut, wenn seine Eltern sich sicher fühlten. Nicht nur, dass Chinatown im Vergleich zum Rest von London eine ziemlich hohe Kriminalitätsrate hatte. Kam es zu einer Konfrontation, ging es hier meist auch rauer zu als anderswo. Trotzdem liebte er das quirlige, überdrehte Flair dieser Gegend. Genauso wie die knalligen, orangefarbenen Lampions an der Decke und die bis auf den letzten Winkel mit Bildern der angebotenen Speisen zugekleisterten Wände dieses viel zu kleinen Restaurants – ganz im Gegensatz zu Benisha.

»Wo ist sie?«, fragte Teddy.

Seine Mutter nickte mit ihren so typisch charmant rollenden Augen zur absolut hintersten Bank in der entferntesten Ecke.

»Mama, müsst ihr sie ausgerechnet direkt neben die Küchentür und zwischen Servietten und Besteckkasten setzen?«

Sie wackelte mit dem Kopf. »Bei dir ist das Glas auch immer nur halbleer.« Sie zupfte seinen Kapuzenpullover und die Lederjacke zurecht. »Sie sitzt direkt neben dem Aquarium.« Sie zog Teddy ganz dicht zu sich heran und flüsterte. »Dein Vater sagt, das ist der Feng-Shui-Bereich für eine glückliche Partnerschaft.«

Teddy seufzte. Prompt stupste seine Mutter ihn an.

»Du hättest deiner Frau Blumen mitbringen sollen, mein Sohn!«

Schneller als Teddy zur Antwort ansetzen konnte, griff sie in die Vasen der drei angrenzenden Tische, tropfte die Stiele der roten und gelben Tulpen mit ein paar schwungvollen Armbewegungen ab, band sie mit einer Serviette provisorisch zu einem Strauß zusammen und drückte ihn in Teddys Hand. »Das wird schon.« Dann schubste sie ihn in Benishas Richtung.

Benisha empfing ihn mit einem finsteren Blick. »Du bist zu spät.«

Er setzte sich ihr gegenüber und nahm ihre kalte Hand. Es war wirklich unglaublich. Selbst die verzogensten Mundwinkel konnten Benishas Gesicht nicht entstellen. In ihrem dunkelblauen, kunstvoll gemusterten Kleid sah sie aus wie aus Tausendundeiner Nacht. »Es tut mir wirklich leid. Aber kurz vor Ende meines Kurses gab es einen Zwischenfall und ich musste noch ganz dringend …«

»… zu Alison?«, fiel sie ihm ins Wort.

Er hasste es, wenn sie diesen Namen so betonte. Bei ihr klang das immer, als gäbe es für ihn nichts Erfüllenderes als seine Zeit an der Seite dieser unaufrichtigen und völlig abgehobenen Frau zu verbringen. Aber er hatte wirklich keine Lust, sich noch weiter über sie zu ärgern. »Ich hab dich vermisst, Schatz.«

»Ich dich auch«, stichelte Benisha zurück. »Über eine Stunde lang.« Teddy zog sich der Magen zusammen. Niemand vermochte es wie Benisha, selbst Komplimente als Waffe zu benutzen. »Wenigstens haben deine Eltern mir dieses Mal keine Peking-Ente serviert«, flüsterte sie und fuhr sich dabei mit der rechten Hand über den Unterarm. »Es reicht schon, dass meine Poren jetzt völlig verstopft sind von dieser fettigen Imbiss-Luft.«

Imbiss? Das war nun wirklich nicht fair. Ja, das hier war nicht der Savoy Grill. Aber dieses Restaurant war das Herz seiner Familie. Dank ihm hatten sie Teddy seine Ausbildung bei der Metropolitan Police ermöglichen können. Alles, was sie hier auf sich nahmen, taten sie nur für ihn, wie bereits der Name des Restaurants verriet: Young Chan. Und genauso versuchte auch er nur alles in seiner Macht Stehende dafür zu tun, Dustin und Benisha ein besseres Leben zu ermöglichen. Er hielt ihr die Blumen vor die Nase. Für eine Sekunde lächelte sie wie die lebensfrohe Bollywood-Prinzessin mit den großen dunkelbraunen Kulleraugen, in die er sich vor zwanzig Jahren auf dem College so unsterblich verliebt hatte. Doch dann fuhr sie sich mit der Hand durch ihr perfekt geföhntes, schwarz-braun gesträhntes Haar und seufzte.

»Meinst du etwa, damit machst du jetzt alles wieder gut?« Sie nahm ihr Coca-Cola-Glas, füllte es mit Leitungswasser aus der Karaffe auf und stellte die Blumen hinein. »Hättest du nicht so schlecht verhandelt bei deiner Beförderung, müsstest du mir auch nicht so einen geschmacklosen Strauß an der Tankstelle kaufen.«

Jetzt schnappte Teddy dann doch nach Luft.

»Und Dustin könnte sich vollkommen auf die Schule konzentrieren.«

»Er ist immerhin bald siebzehn. Da finde ich es großartig, dass er Verantwortung für seine eigene Wohnung übernimmt und sich Geld dazu verdient.«

»Bei der besten Freundin von deiner …« Benisha machte eine Pause, als wollte sie tief Luft holen, um den Namen extra abfällig aussprechen zu können. »… Alison Granville.«

»Sie ist nicht *meine* Alison. Sie hat einen Freund. Und das weißt du.« Außerdem fand Teddy das wirklich unfair. »Du hast Dustin und Alison doch damals erst zusammengebracht mit deiner Idee für den Chor vom Bacon's College.«

»Siehst du?« Sie pochte mit ihren rot lackierten Fingernägeln auf die Tischplatte. »Genau das ist doch der Punkt. Man streckt den kleinen Finger nach ihr aus und sie nimmt gleich die ganze Hand.« Benisha lachte höhnisch. »Ach, was rede ich. Meine ganze Familie! Ist ja auch kein Wunder. Schließlich hat sie keine.«

»Baby, du steigerst dich in etwas hinein.«

»Ach? Tue ich das?« Sie stützte sich auf ihre Unterarme und lehnte sich vor. »Wann hast du bitte das letzte Mal mit deinem Sohn in aller Ruhe gesprochen?«

Teddy schluckte. Er wollte ja, aber irgendwie war in letzter Zeit immer was dazwischengekommen. In seinem Magen machte sich ein Gefühl breit, als habe er verdorbenen Fisch gegessen. Als Assistent von Alisons Freundin Peggy war sein Sohn in jedes Detail der Eventplanung involviert. Vielleicht hatte er ihn deswegen heute im British Museum nicht gesehen? Weil er in das verlogene Spiel mit Alisons Krankmeldung eingeweiht gewesen war und sich nun schämte, seinem Vater unter die Augen zu treten? Verflucht, vielleicht hatte Benisha doch recht und Teddy war kurz davor, dass ihm die Fäden aus der Hand glitten. Das dürfte er nicht zulassen. »Ich habe mir übermorgen den halben Tag freigenommen. Dustin und ich gehen gemeinsam frühstücken. Ein richtiger Männertag. Das weißt du doch.«

»Ein richtiger Männertag.« Teddy war entsetzt darüber, wie verächtlich das aus Benishas Mund plötzlich klang. »Dann frag deinen Sohn doch mal ...« Ihre Stimme stockte. »... was er so treibt, in seiner Männer-Freizeit.« Zitterten ihre Lippen etwa? Das kannte er gar nicht von ihr. Sie presste ihre Hand vor den Mund und eine Träne rann über ihre Wange.

»Baby, was ist los?«

Benisha schluchzte. »Ich sage dir: Das ist alles Alisons Schuld.«

»Benisha, was ist mit Dustin?«

Sie nahm eine Serviette, tupfte ihre Augen trocken, knüllte das Papier zusammen und sah Teddy direkt an. »Das musst du ihn fragen und nicht mich. Wenn du mal wieder etwas Zeit in deinem Terminkalender findest.«

Ein Knall ertönte. Konfetti prasselte auf Teddy und Benisha hernieder. Teddys Vater platzierte ein Tablett mit einer riesigen Peking-Ente auf den Tisch, in die zwei funkelnde Wunderkerzen gesteckt waren. Teddys Mutter stellte einen chinesischen Mondkuchen in Herzform daneben, auf dem *18 Jahre Hochzeit* stand. Sie schlug ihre Hände zusammen. »Wir sind so froh, dass ihr wieder gut miteinander seid.« Sie schob sich an Teddy vorbei, legte ihre Arme um ihn und Benisha, drückte sie an sich und strahlte in die Handykamera, die Teddys Vater ihnen »Cheese!« rufend vor die Nase hielt.

07

8:45 pm, British Museum, ägyptische Skulpturengalerie

Wieder erreichte Alison nur Teddys Mailbox. Stattdessen ploppte eine Textnachricht auf ihrem Handydisplay auf.

Na, du Göttin? Hast du die Mumien im Griff?

Liebe dich, Holden.

Sie tippte eine gefühlte Ewigkeit an einer passenden Antwort an ihren Honeybun herum, gab nach drei neuen Anläufen auf und packte ihr Handy weg. Zumindest musste sie nicht mehr in diesem Ägyptenfummel herumlaufen. Ihr kanariengelbes Givenchy-Strickkleid war wesentlich bequemer. Und da ihre rotbraune Lederleggins direkt in die Highheels überging, fror sie auch nicht mehr so. Sie hörte ein Schmatzen, sah zur Seite und erstarrte fast vor Schreck.

»Alfie, weg da!«

Da hatte sie sich einmal umgedreht und schon schleckte der verrückte Corgi an den Füßen der Mumien herum. Sein roter Buschelschwanz zitterte regelrecht vor Aufregung. Gott sei Dank war die Videoleinwand schon wieder herabgelassen. So hatte wenigstens niemand Alfies Missetat bemerkt.

Alison sah sich die Mumien noch einmal genau an. In ihren Rollgestellen nahezu aufrecht stehend waren sie aber auch wie auf einem Tablett drapiert. Peggy hatte die Gestelle so anfertigen lassen, dass die Sarkophage unter der hochgezogenen Videoleinwand hindurch geschoben werden konnten. Alison hatte es während der Probe mit eigenen Augen gesehen. Wenn die Mumien unter der Videoleinwand hereinrollten, wirkte es, als würden sie aus ihren Sarkophagen steigen. Aber die geniale Konstruktion hatte einen Nachteil: Die unteren Enden der Mumien lugten so aus den drei offenen und bunt bemalten Holz-Sarkophagen heraus, dass Alfie mit dem

Kopf genau an die Fußenden kam. Rasch packte Alison ihn an seinem magentafarbenen, mit Svarovski-Steinen besetzten Geschirr und zog ihn zu sich. Als wenn sie sich nicht schon genug Ärger eingebrockt hätte.

Von der anderen Seite der Videoleinwand hörte sie Peggys beschwichtigende Stimme auf die aufgekratzte Presse einreden.

»Natürlich wird Mildred Granville zu ihrer Geburtstagsfeier anwesend sein. Es handelt sich um einen reinen Routineeingriff.«

Als wenn Peggy das wüsste. Mildred hatte nicht einmal Alison über den Grund ihres plötzlichen Krankenhausaufenthaltes informiert. Mildred war lediglich noch genügend Zeit geblieben, um Alfie zu ihr zu bringen – ins Working Men's College. Keine zehn Pferde würden Mildred sonst an diesen Ort bekommen. Es musste also eine ganz plötzliche Sache gewesen sein. Wie bei ihrem Vater im letzten Jahr. Nur hatte der das Krankenhaus nicht mehr lebend verlassen. »Oh Gott, Alfie«, flüsterte sie in sein Fell.

»Nein«, sagte Peggy hinter der Videoleinwand, »ihr Gesundheitszustand hat nichts mit den Mumien zu tun …«

Das war mal wieder typisch. Für die Regenbogenpresse war Mildreds Klinikbesuch ein gefundenes Fressen.

»… ja, die Mumien sind unversehrt und wir achten selbstverständlich auch akribisch darauf, dass das so bleibt.« Peggy senkte kurzzeitig ihre Stimme. »Sie brauchen sich also keine Sorgen zu machen, dass wir den Fluch irgendeines ägyptischen Dämons auf uns ziehen«, um unmittelbar darauf wieder normal weiterzusprechen. »Der beste Beweis: Allen anderen Personen, die mit den Mumien in Kontakt gekommen sind, geht es ausgezeichnet …«

Ein guter Punkt! Alison hatte keine Lust, sich jetzt für die nächsten vier Tage auch noch Zeitungsgeschichten über den

Fluch der Mumien anzuhören. Oder schlimmer noch: dass nun Mildred, Holden und sie ununterbrochen von der Presse belagert wurden, in sehnsüchtiger Erwartung eines mysteriösen Todesfalls.

»... schauen Sie mich an!«, witzelte Peggy. »Ich lebe noch!«

Die anwesende Presse lachte.

»Und als Organisatorin von Mildred Granvilles spektakulärer Geburtstagsfeier habe ich ebenfalls täglich intensiven Kontakt mit diesen einzigartigen Objekten.«

Peggy hatte den Laden im Griff, wie immer. Warum konnte Alison nicht wenigstens ein bisschen sein wie sie? Als sie sich vor zehn Jahren auf der Regent's University kennengelernt hatten, war Alison sofort von ihrem Organisationstalent begeistert gewesen. Peggy haute nichts vom Hocker. Jede noch so große Katastrophe wurde in einen Triumph verwandelt. Kein Wunder, dass sie ihr Studium mit Auszeichnung abgeschlossen hatte. *Oh Gott,* dachte Alison, *Business and Luxury Brand Management, noch so eine Katastrophe.* Dass sie dieses Studium verhauen und nach drei Semestern abgebrochen hatte, hielt Mildred ihr noch lieber vor als die verpatzte Prüfung bei der Metropolitan Police. Alison nahm den wuscheligen Alfie fest in den Arm, um ihn zu kraulen, und versuchte dabei Peggys Stimme auszublenden. Aber sofort hallten dafür Teddys Worte wieder durch ihr Ohr. *Ihre einzige Verpflichtung ist Ihr Fall. Wenn Sie das nicht lernen, werden Sie nie eine Ermittlerin sein.* Dieser Satz hatte wie eine Drohung geklungen. Was, wenn er sie aus dem Kurs warf? Konnte er das? Selbst wenn – in London war es ihr nicht verboten, auch ohne Lizenz als Privatermittlerin zu arbeiten. Aber hier ging es ums Prinzip. Darum, dass sie einfach keinen Bock mehr darauf hatte zu versagen. Darum, wie sie sich fühlte, wenn sie in den Spiegel sah – oder an ihren Vater dachte, den allseits bewunderten Commissioner von Scotland Yard. Der Gedanke daran, dass dieser Geburtstag von Mildred der erste ohne ihn sein würde, ließ ihre Laune gleich noch tiefer in den Keller sausen.

Alfie winselte, als könne er in ihren Gefühlen lesen. Er wand sich wie ein Wurm, kitzelte Alisons Nase mit seinem roten Buschelschwanz, sprang von ihrem Arm, flitzte sofort wieder zu den Mumien und schleckte an ihren Füßen herum.

»Alfie!«

So kannte Alison den kleinen Frechdachs gar nicht. Auch, wenn sie es nicht begründen konnte. Sie wurde das Gefühl nicht los, dass irgendetwas mit den Mumien nicht stimmte. Der geheimnisvolle Schatten von Mrs Tarassowna kurz vor dem technischen Durchlauf kam ihr wieder in den Sinn. Hatte sie sich nicht auch an den Mumien zu schaffen gemacht? Und wo steckte sie überhaupt? Alison zog Alfie zu sich. »Platz!«, flüsterte sie. Vorbildlich wie ein Polizeihund legte er sich auf den Boden und strahlte Alison mit der eleganten Körperhaltung einer Sphinx an. Unglaublich, Mildreds strenge englische Schule machte selbst vor ihrem Schmusehund nicht Halt. »Braver Hund«, flüsterte Alison und spähte vorsichtig an der Videoleinwand vorbei in die vom Arbeitslicht hell erleuchtete Skulpturengalerie. Da war Peggy, die neugierige Presse, aber von einer Mrs Tarassowna fehlte jede Spur. War das nicht seltsam? Die ganze Zeit über schlich diese Museumsaufseherin umher wie eine neugierige Elster und jetzt plötzlich, als es wirklich etwas zu hören und zu sehen gab, schien sie wie vom Erdboden verschluckt?

»Alfie, verflucht!«, zischte Alison, als sie sah, dass er sich schon wieder heimlich an die Mumien herangeschlichen hatte. Erneut packte sie ihn am Geschirr und zog ihn zu sich. Diesmal jedoch ging sie in die Hocke, um die Mumien aus der Nähe genauer zu betrachten.

Auf den ersten Blick konnte sie nichts Merkwürdiges entdecken. Die Mumien sahen aus, wie Mumien eben aussahen.

Vergilbte, alte Bandagen, die einen einbalsamierten Körper umwickelten. Vielleicht waren es irgendwelche ätherischen Dämpfe, die Alfie so verrückt auf die Fundstücke machten. Oder … »Alfie!«, flüsterte Alison, als sie die ausgefransten Fasern am Fußende der Mumie rechts außen bemerkte. »Das warst doch hoffentlich nicht du?«

Mit eingeklemmtem Schwanz winselnd verdrehte er die Augen und ließ seinen Kopf sinken. Ernsthaft? Gut, Alfie war der vielleicht verfressenste Hund, den Alison kannte. Aber selbst er hatte Geschmack. Und seit wann knabberte er Gegenstände an? Er hatte sich doch noch nicht einmal für das quiekende Plüschschweinchen aus dem Golden Glitter Doggy Palace in der Bond Street interessiert.

Ein lautstarkes »Alfie, wo ist der Keks?« riss Alison aus ihren Gedanken. Wie vom Blitz getroffen sprang Alfie auf. Alison sah sich um. Während sie hier ganz ins Nachdenken über die Mumien vertieft gewesen war, war die Videoleinwand wieder hochgezogen worden und alle Pressemitarbeiter hatten sich verabschiedet. Die Skulpturengalerie schien komplett verlassen. Nur Alfie hüpfte neben Alison pingpongartig auf der Stelle und spähte dabei mit aufgerissenen Augen und den roten Buschelschwanz wie eine zitternde Antenne in die Höhe gestreckt in alle Richtungen.

Wieder rief jemand: »Alfie, wo ist der Keks?«

Alfie blieb stehen, bellte zweimal kurz, presste seine Nase gegen den Steinboden und schnüffelte sich wie ein aufgeregter Staubwedel durch die Halle, wurde immer schneller, bis er schließlich hysterisch bellend hinter einem der größten Ausstellungsobjekte in der Skulpturengalerie verschwand: die falsche Tür von Architrav. Wenig später kam er genüsslich schmatzend auf Peggys Arm wieder zum Vorschein.

»Hast du mich gefunden?«

Alfie bellte Peggy an.

»Du kleiner Spürhund, du!«

Mit wedelndem Buschelschwanz schleckte er ihr Gesicht. Sie schien sichtlich erleichtert, die Presse endlich wieder vom Hals zu haben.

»Kämpfst du schon wieder mit unfairen Mitteln?«, rief Alison, während sie in Peggys Richtung lief.

»Unfair?« Peggy lächelte Alison unschuldig an. »Er liebt mich einfach.«

»Du meinst deine Käsekekse.«

Peggy gab sich überrascht, ließ Alfie von ihrem Arm herunter, verstellte ihre Stimme, als würde sie mit einem Baby reden und machte passend dazu ihr Putzi-Putzi-Face: Augen zusammenkneifen wie ein Eichhörnchen und mit den Zähnen grinsen. »Alfie, wo ist der Keks?«

Der Hund drehte sich im Kreis, machte eine Rolle und stupste Peggy mit der Pfote an. Prompt griff sie in ihre Tasche und warf Alfie einen weiteren knackigen, aromatisch stinkenden Deluxe-Hundekeks zu. Peggy war auch wirklich immer auf alles vorbereitet. Alison konnte förmlich sehen, wie Alfie noch beim Kauen hypnotisch mit den Augen rollte. Peggy warf gespielt schwungvoll ihre Haarsträhne aus dem Gesicht. »Hach, ich bringe einfach jeden dazu, zu machen, was ich will.«

»Kannst du das auch mal bei Teddy probieren?«

Peggy seufzte. »Er wird sich schon wieder beruhigen. Er weiß doch, wie deine Tante tickt.«

Genau das war das Schlagwort. Alison wagte gar nicht, die alles entscheidende Frage zu stellen. »Hast du schon etwas herausgefunden?«

Alison spürte, dass Peggy es nicht wollte, trotzdem wurde ihr Gesichtsausdruck ernst. »Mildred ist im Independent Specialists' Hospital.«

Das Independent, natürlich. Alison kannte diese Klinik. Sie

beschäftigte einige der besten Ärzte weltweit und war für ihre innovativen Behandlungsmethoden bekannt.

»Und sie befindet sich gerade im OP.«

Alisons rechte Hand schnellte wie von selbst vor ihren Mund. »Wie schlimm ist es?«

»Dazu kann ich leider nichts sagen, Alison. Alles, was ich in Erfahrung bringen konnte, ist, dass es sich um einen äußerst komplizierten Eingriff handelt, der bisher nur bei zwei anderen Personen auf der Welt zum Einsatz gekommen ist.«

Alison war geschockt. Peggy erhob die Hände wie zur Meditation. »Kein Grund zur Panik. Deine Tante ist eine starke Frau. Ich bin mir sicher, alles wird gut.«

Ein greller Schrei erfüllte die Skulpturengalerie. Alfie quiekte wie am Spieß. Es krachte. Dann war es totenstill. Peggy schien genauso verwirrt wie Alison. »Alfie? Wo ist der Keks?«, rief sie.

Niemand antwortete.

Mit schockgeweiteten Augen starrte sie an Alison vorbei in Richtung der Sarkophage und rührte sich nicht. Alison drehte sich um. Mrs Tarassowna stand neben den Sarkophagen. Sie war also doch da. Nur war jegliche Neugier aus ihrem Gesicht gewichen. Und jegliche Farbe ebenfalls. Mrs Tarassowna war käseweiß und blickte wie vom Blitz getroffen. Was hatten denn auf einmal alle?

»Der Hund«, stammelte Mrs Tarassowna. »Er, er hat mich erschreckt.«

Erst jetzt bemerkte Alison, dass Mrs Tarassowna nicht mit ihnen, sondern mit Prof. Elizabeth Reid sprach, jener Kuratorin, welche die Mumien wiederentdeckt hatte. Sie stand ebenfalls ganz in Mrs Tarassownas Nähe und starrte sie mit finsterer Miene an.

Peggy krallte sich an Alisons Arm fest. »Sag, dass das nicht wahr ist.« Wie benebelt taumelte sie auf die Mumien zu. Eine von ihnen war samt Gestell umgekippt und zu Boden gefallen. Und jetzt, als Alison genauer hinsah, erkannte sie es auch. Deswegen hatte niemand auf Peggys zittriges »Alfie, wo ist der Keks?« reagiert. Ein dichter, fuchsbrauner Buschelschwanz ragte unter dem Sarkophag hervor. Und rührte sich nicht.

3 Tage vor Mildreds Geburtstag

08

3:00 pm, British Museum, Haupteingang Great Russell Street

Die hohen Tempelsäulen in der Gebäudefassade des British Museum schienen den ungewöhnlich kalten Januarwind regelrecht anzuziehen. Immer wieder wehte er Alison plötzlich aufkommende Böen ins Gesicht, biss ihr in die Wangen und heulte ins Handy. Sie drückte es fest ans Ohr und zog die schwarze Baumwollkapuze darüber fest. Als ob Alison das Telefonat mit ihrer Tante nicht bereits schwer genug fiel. Bis zur Unverständlichkeit verzerrte Silben reihte Mildred am anderen Ende der Leitung aneinander und beendete sie mit dem Wort »Alfie«.

Alison schluckte. Was sollte sie ihrer Tante sagen? Sollte sie verschweigen, was mit Alfie geschehen war? Und dass sie und ihr Freund Holden nun gerade dabei waren, sich mit Peggy und dem Assistenten des Chefs des British Museum persönlich zu treffen, um Schadensbegrenzung zu betreiben? Schließlich konnten sie dem ägyptischen Ministerpräsidenten Mustafa Madbuli auf Mildreds Geburtstagsparty keine beschädigte Mumie übergeben. Aber auch gut möglich, dass ihre Tante längst Bescheid wusste und Alison nun eiskalt auf die Probe stellte: Mildred, das sehende Auge des Pharaos. Nach siebenundsiebzig Jahren Networking in der Londoner High Society hatte diese Frau ihre Informanten wie eine Spinne ihr Netz über die gesamte Stadt verteilt. Aber was, wenn nicht? Was, wenn Mildred mit ihrem mysteriösen Krankenhausaufenthalt selbst einen Schlaganfall zu vertuschen suchte (zumindest klang sie so) und Alison sie mit ihrer Hiobsbotschaft noch tiefer in den Abgrund riss. »Oh Gott«, fuhr es ihr über die Lippen.

»Was?«, rief Mildred unverzüglich in den Hörer zurück.

Alison zuckte innerlich. Wieso hatte sie ihre Zunge nicht besser unter Kontrolle? »Ich sagte: Oh, gut!«

»Voll Blut?« Mildreds Stimme schnellte bedrohlich in die Höhe. Im Hintergrund piepten medizinische Geräte um die Wette. *Bitte nicht noch eine Katastrophe.* Alison wich einer erneuten Bö aus.

»Nein, gut! Oh gut, es geht Alfie gut, habe ich gesagt.« Alison sendete ein stummes Stoßgebet gen Himmel, dass Mildred die Unsicherheit in ihrer Stimme nicht hörte. Ihre Tante antwortete nicht mehr. Aufgeregte Stimmen murmelten stattdessen im Hintergrund. Es raschelte im Hörer. Eine Schwester sprach durchs Telefon.

»Es ist besser, Sie machen eine kurze Pause. Ihre Tante braucht jetzt dringend Ruhe.« Das Besetztzeichen tutete in Alisons Ohr. Dann war es still im Hörer.

Alison ließ das Telefon sinken und in der Tasche ihres zinnoberroten Max Mara Mantels verschwinden. Sie hörte das Kreischen der aufgeregten Kinder auf dem Museumsvorplatz, das Kratzen des Schneeschiebers auf der Great Russell Street, roch das lieblich-herbe Parfüm von ihrem Honeybun, der ganz nah an sie herankam und einen Arm um sie legte. Aber der Klumpen in ihrem Magen wollte einfach nicht verschwinden. Sie ließ ihren Blick über den Museumsvorplatz schweifen. Peggy war immer noch nicht zu sehen. Dabei wollte sie doch schon vor fünfzehn Minuten hier sein. Das sah ihrer besten Freundin überhaupt nicht ähnlich. Schon gar nicht, wenn es um den Besuch des ägyptischen Ministerpräsidenten Mustafa Madbuli ging.

»Das mit Alfie war doch nicht deine Schuld, Süße«, flüsterte Holden ihr ins Ohr.

Alison kuschelte sich tief in den Pelzkragen seines Daunen-Parkas, als könne sie darin verschwinden. »Du meinst, dass ich schon wieder gelogen habe?«

»Du bist echt die aufrichtigste Seele, die ich kenne. Und genau deswegen liebe ich dich so.« Er küsste ihr die Schläfe. »Du hast Mildred nicht belogen. Du hast ihr einfach nur nicht alles erzählt.«

So konnte man es natürlich auch sehen. Besser fühlte es sich trotzdem nicht an. Holden legte auch seinen zweiten Arm von hinten um sie und wiegte sie behutsam hin und her. *Wie ein schützender Engel,* dachte sie, als sie dabei aus dem Augenwinkel seine hellblonden, kurzen Locken im Winterwind wehen sah.

»Du hast alles richtig gemacht. Deine Tante hat gerade eine schwere Operation hinter sich …«

Eben. Was, wenn es wirklich schlimmer war, als Mildred zugeben wollte? Wenn es genauso endete wie vor einem Jahr mit ihrem Vater? »Ich kann das nicht alles noch einmal durchmachen, Holden«, sagte sie. Sie war froh, dass sie den plötzlichen Tod ihres Vaters gerade einigermaßen überwunden hatte. »Und erst recht nicht jetzt.« Schließlich musste sie diesen Abschluss als Privatdetektivin schaffen. Auch wenn es nur ein Kurs am Working Men's College war. Dann würde es zumindest endlich offiziell sein: Sie hatte das Zeug zur Ermittlerin. Bestätigt durch Detective Chief Inspector Teddy Chan von Scotland Yard. Dann konnte auch eine Mildred Granville nicht mehr murren und Alison würde ein für alle Mal mit allem abschließen können.

»In ein paar Tagen ist alles überstanden«, antwortete Holden.

Mildreds Geburtstagsparty vielleicht, dachte Alison. Vorausgesetzt, ihre Tante würde diesen Geburtstag noch erleben. Und der Londoner Verkehr bei dem Wetter nicht komplett zum Erliegen kommen. Das Wort *Winterreifen* war in dieser Stadt schließlich ein Fremdwort. Ganz abgesehen davon, was drohte, wenn Mildred erst einmal herausfand, was ihrem geliebten Alfie zugestoßen war … »Sie wird mich umbringen.«

Holden lachte. »Das werde ich verhindern.«

Ein übermütiges Bellen hallte über den Museumsvorplatz.

»Du hast doch recht«, fügte er hinzu. »Es geht ihm gut!«

Ja, zumindest seit sie ihm bei London Bitch den zinnoberroten Pufferwintermantel aus Polyamid mit Daunenfederfüllung und integriertem Geschirr besorgt hatten. So sah niemand mehr, dass Alfie für die Untersuchung im CT fast am ganzen Körper kahlgeschoren worden war. Alison löste sich aus der Umarmung und sah zur Seite. »Alfie, Vorsicht!«, rief sie noch. Doch schon raste der crazy Corgi in seinem Designer-Outfit den kniehohen Schneehaufen hinauf, der sich durch die Räumungsarbeiten neben dem Fußweg angehäuft hatte, und rollte sich mit aufgerissener Schnauze und herausbaumelnder Zunge herunter. Was Alison auch versuchte, dem kleinen Wurm kam es überhaupt nicht in den Sinn, sich an den Rat der Tierärztin zu halten. An Schonhaltung und Ruhe war nicht zu denken. Wenigstens störte ihn die vergoldete Halskrause nicht, die ihm der Notfall-Chirurg des London Animal Hospital angelegt hatte. »Du bist genauso ein Sturkopf wie dein Frauchen.«

Prompt bellte Alfie und wälzte sich ein weiteres Mal.

»Du hast eine Gehirnerschütterung!«, mahnte Alison. Er aber bohrte nur übermütig seine Nase in den Schnee. Ach was, sollte er ruhig. So einen Winter gab es in London gefühlt alle hundert Jahre. Wer wusste schon, ob Alfie das in seinem Hundeleben je noch einmal erleben würde. Außerdem grenzte es schon fast an ein Wunder, dass der Sarkophag nicht mehr Schaden angerichtet hatte. Immerhin war er direkt auf ihn hinabgestürzt und Alfie für gut eine Minute bewusstlos gewesen. Wie er dagelegen hatte. Wie tot. Glücklicherweise musste er genau in die Ritze zwischen Mumie und Sarkophag gerutscht sein.

»Alison!«, rief Holden.

Sie fuhr herum. Ein dicker, kalter Schneeball traf sie mitten im Gesicht. Holden stand nur wenige Yards hinter ihr und schlug sich vor Lachen auf die Knie. »Na warte.« Sie deutete auf ihn. »Alfie, fass!« Der Hund stürmte auf ihn zu und sprang übermütig an ihm auf und ab. Alison nutzte den Moment der Ablenkung, schnappte sich ebenfalls eine Handvoll Schnee, rannte hinterher und rieb sie Holden ins Gesicht. Der Schnee aus ihrer Hand landete direkt in seinem Mund. Eine kurze Schrecksekunde lang starten sie sich an. Dann plötzlich taumelte Holden.

»Honeybun?«, fragte Alison verunsichert.

Holden reagierte nicht. Er würgte den Schnee aus seinem Mund. Völlig neben sich rieb er sich die Augen, torkelte in Richtung Museum und stützte sich an einer der Säulen des Haupteingangs ab. In gekrümmter Haltung blieb er stehen und atmete schwer.

»Holden!«, rief Alison und eilte ihm nach. »Was ist los?« Eine Truppe Jugendlicher stieg neben ihnen die Stufen zum Haupteingang des Museums hinauf.

»Zu viel getrunken, was?«

Holden zwang sich ein Lächeln ab und winkte ihnen zu. Für einen Außenstehenden wirkte er vielleicht cool. Aber Alison war nicht blind. Binnen Sekunden war sein Gesicht bleicher geworden als der Schnee rings um sie herum. »Reingefallen!«, versuchte er die Situation zu retten.

»Blödsinn. Gestern im Savoy Hotel ist dir auch schon plötzlich schwindlig geworden.«

Holden richtete sich auf. So langsam kehrte die Farbe in sein Gesicht zurück. »Oh Gott, erst Mildred, jetzt ich.« Er schlug beide Hände gegen seine Wangen. »Das ist der Fluch der Mumie!«

Alison schnaufte vor Ärger. »Das ist nicht lustig, Holden.«

»Stimmt«, antwortete er. »Brian Jones, Jimi Hendrix, Janis Joplin, Jim Morrison, Kurt Cobain und Amy Winehouse sind auch mit 27 gestorben.«

»Bitte?«

»Hey, das heißt, ich werde nach meinem Tod als Legende wieder auferstehen.«

»Holden!«

Er streichelte ihre Wange. »Ich schwöre dir, Baby, es ist nichts. Ich bin einfach noch immer ein wenig erschöpft. Die letzten Monate waren ganz schön taff.«

Das glaubte sie ihm gern. Fast ein halbes Jahr lang war er nach dem Ende seines Medizinstudiums an der Oxford University von einem Ort zum nächsten gejettet, um Praxiserfahrung zu sammeln und Kontakte in der Forschung zu knüpfen. Er hatte noch nicht einmal die Zeit gefunden, sich eine neue Wohnung in London zu suchen. Allerdings war so ein Leben im Savoy Hotel auch bequem. Vielleicht war er aber mit dem plötzlichen Tod ihres Vaters genauso überfordert gewesen wie sie. Nicht nur, weil Holden und ihr Vater ein Leib und eine Seele gewesen waren. Viel mehr, weil Holden seinen Vater ebenfalls viel zu früh verloren hatte. Eine gemeinsame Wunde, die Alisons und Holdens Verbindung seither nur noch enger hatte werden lassen. Und ein Drama, vor dem er Alison nicht hatte beschützen können. Dabei war doch genau das der Grund für sein Medizinstudium gewesen. »Umso schöner, dass du wieder da bist«, sagte sie, und fühlte sich schon wieder wie eine Lügnerin. Nicht, dass sie Holdens Anwesenheit nicht genoss. Aber der Kurs am Working Men's

College, jetzt auch noch der Trubel um Mildreds Geburtstag und der Ärger mit Teddy, dazu der alltägliche Wahnsinn … Als ihr Honeybun nur auf Zoom existierte, war es irgendwie einfacher gewesen, das alles unter einen Hut zu bekommen. Womit sie beim Thema war.

Sie sah sich um. »Wo bleibt Peggy nur?« So langsam konnten sie nicht mehr warten. Also nahm Alison den kleinen Alfie an die Leine. Holden hielt ihr den Arm hin, damit sie sich bei ihm einhakte. Sie schmiegte sich an ihn und sie betraten das Gebäude.

Mr Buckland, den Assistenten des Chefs vom British Museum, entdeckte sie sofort. Zwar war er einen guten Kopf kleiner als sie, aber dafür gut doppelt so breit. Während er in seinem schwarzen Anzug nach ihnen Ausschau hielt, wirkte er wie ein aufgeregter Pinguin. Er stand genau an derselben Stelle, an der er gestern Abend noch gemeinsam mit Prof. Elizabeth Reid sein Fernsehinterview gegeben hatte. Kaum erblickte er Alison und Holden ebenfalls, eilte er auch schon auf sie zu. »Da sind Sie ja!«

Alison kam sich dumm vor. Natürlich würde ein Mann wie er nicht draußen in der Kälte auf sie warten, und wenn er hier war, würde auch Peggy sicher nicht weit sein. Mr Buckland streckte Alison seine Hand zum Gruß entgegen und kam direkt zur Sache.

»Machen Sie sich keine Sorgen. Von einem Sturz kann die Mumie kaum so schwer beschädigt sein, dass wir es nicht wieder hinbekommen. Wir machen einfach eine kurze Bestandsaufnahme und dann geht die Mumie heute noch ins WCEC«, redete er weiter.

»Wohin?«, fragte Holden neugierig.

»Oh Verzeihung«, antwortete Buckland. »Ins World Conservation and Exhibitions Centre. Das ist der neue Gebäudeanbau, den wir 2014 speziell für die Kuration unserer Sammlung errichtet haben.« Mr Buckland stellte sich auf seine Zehenspitzen und sah sich in der Eingangshalle des British Museum um. »Aber eigentlich hatte ich Ms Parker ebenfalls erwartet? Ist sie verhindert?«

Alison stutzte. Jetzt wurde ihr die Sache dann doch allmählich unheimlich. Sie holte ihr Handy heraus. Keine neuen Nachrichten oder Anrufe. »Ist Peggy gar nicht hier?«

Mr Buckland sah sie verwundert an. »Nicht, dass ich wüsste.« Er sah auf die Uhr. »Leider habe ich in einer halben Stunde auch schon wieder einen neuen Termin und kann nicht länger warten. Und Ihr Team muss sicher ebenfalls zeitnah mit den Aufbauarbeiten weitermachen.«

Und ob! Soweit sie wusste, wurden heute noch wichtige Lieferungen mit Dekorationsgegenständen erwartet. Deswegen wunderte es Alison umso mehr, dass Peggy weder aufgetaucht war, noch ihr eine Nachricht hinterlassen hatte. Mr Buckland winkte ab.

»Sicher ist sie nur im Verkehr stecken geblieben. Wegen des Schnees sind mehrere Züge ausgefallen.« Er lehnte sich vor und flüsterte zwinkernd. »Oder es ist der Fluch der Mumie.« Mr Buckland lachte. Holden stimmte gekonnt höflich mit ein. Alfie hingegen verkroch sich winselnd hinter Alisons Beinen. Sie war nicht sicher, ob aus Angst oder Fremdscham.

»Aber ich denke, die kurze Absprache, was an den Mumien repariert werden muss, kriegen wir auch alleine hin«, redete Mr Buckland weiter. Er öffnete das Absperrband, das Besucher bis zu Mildreds Geburtstag von dem Weg zur ägyptischen Skulpturengalerie fernhielt, eilte durch den langen Gang voraus, blieb auf halbem Weg stehen, drehte sich um und winkte ihnen zu. »Kommen Sie, kommen Sie!«

Es war ein bedrückendes Gefühl, die Galerie so ganz ohne anwesendes Technik- und Eventteam zu betreten. Die ungewohnte Stille zwischen all den Statuen und Artefakten fühlte sich gespenstisch an. Die undefinierbare Melodie, die Mr Buckland währenddessen vor sich hin pfiff, machte das nicht besser. Irgendwie erinnerte sie Alison an den Vorspann der Fernsehserie Akte X.

Als sie auf die heruntergelassene Videoleinwand zuliefen, verweigerte Alfie sich plötzlich und blieb so abrupt stehen, dass sogar Holden sich wunderte.

»Was hat er denn?«

Alison konnte nur mutmaßen. »Vielleicht erinnert er sich an den Unfall gestern.« Als Alfie vor ein paar Wochen auf den Hügeln von Hampstead Heath von einem Pitbull gebissen worden war, hatte er ebenfalls einige Anläufe gebraucht, bis er dort wieder entspannt Gassi gehen konnte. »Jedenfalls scheint er Angst zu haben.« Sie streckte gerade ihre Hand nach ihm aus, als Mr Buckland von der anderen Seite der Videoleinwand her einen tiefen, panischen »Uhuhu!«-Laut ausstieß. Umgehend sprang Alfie auf Alisons Arm. Sie drückte ihn schützend an sich und eilte gemeinsam mit Holden auf die andere Seite.

Holden sah es zuerst. »Oh verdammt!«, rief er. Zunächst hielt Alison die zerbrochene ägyptische Vase am Boden für den Grund seines Fluchs. Doch dann erspähte auch sie den reglosen Körper zu Füßen der Mumien. Alfie jaulte kurz auf und vergrub seine Augen unter seinen Vorderpfoten. Mr Buckland eilte hinaus und rief nach einem Krankenwagen. Alison schüttelte nur mit dem Kopf. Sie brauchte nicht einmal nach einem Puls tasten, um zu erkennen, dass ein Arzt hier nicht mehr helfen konnte.

09

3:30 pm, Camden Lock Market

Teddy fühlte sich wie in einer frisch ausgegrabenen Tempelruine. Normalerweise liebte er das Flair des Camden Lock Market, die labyrinthartigen Tunnelgewölbe aus warmem Backstein, die kunterbunte Vielfalt an kleinen Shops und Marktständen. Aber seit Alison und ihre Tante Mildred ganz London in Mumien-Hysterie versetzt hatten, kam man selbst an einem eher alternativ und künstlerisch geprägten Ort wie dem Camden Lock Market aus dem Pharao-Wahn nicht mehr heraus. Banner mit ägyptischen Hieroglyphen hingen von den Decken. Räucherstäbchen raubten einem die Luft zum Atmen. Alle paar Yards brannte eine antike Fackellampe – und das bei den ohnehin schwierigen Brandschutzbestimmungen hier. Reines Glück, dass es bisher noch nie zu einer Katastrophe gekommen war. Benisha packte Teddy am Ärmel und zog ihn zur Seite. Er erschrak, als er bemerkte, dass er beinahe in drei anderthalb Yards hohe, neonfarbige Sphinx-Figuren hineingelaufen wäre.

»Wo bist du schon wieder mit deinen Gedanken«, zischte ihn Benisha von der Seite an.

»Bei dir, wo sonst?« Er nahm ihre Hand.

Benisha lachte höhnisch. »Du bist so ein schlechter Lügner.« Sie entzog ihm die Hand. »Du bist nicht einmal wirklich da, wenn du bei mir bist.«

»Benisha, du weißt, dass das nicht wahr ist.«

Sie wollte weitergehen, aber er hielt sie fest.

»Ich habe extra alles stehen und liegen lassen, weil du angerufen hast. Also, was ist los?« Er zog sie zu sich heran. »Was auch immer geschehen ist, bisher haben wir es jedes Mal wieder geradegebogen. Es tut mir leid, wenn ich mich bei meinen Eltern gestern dumm verhalten habe.«

»Du?« Sie riss sich von ihm los. »*Ich* war dumm.« Sie lief weiter und bog in die Umbrella Street ein, jenen Gang der Markthalle, dessen Dach aus unendlich vielen knallbunten in der Luft schwebenden Regenschirmen bestand. Hier hatten sie sich vor fast zwanzig Jahren das erste Mal geküsst. »Ich habe dir geglaubt.«

Er holte auf. »Ich bin immer ehrlich zu dir gewesen.«

Sie wich seinem Blick aus. »Davon rede ich nicht.«

Wie konnte man sich nur so nah und gleichzeitig so fern sein? Er liebte sie doch.

»Ich meine deinen schrecklichen Idealismus. Von Ehre, Aufrichtigkeit und harter Arbeit.«

»Und? Was ist so falsch daran?«

»Ja, schau dich doch an. Du hast die halbe Nacht nicht geschlafen, weil Alison Granville dich angelogen hat.« Sie blieb stehen und breitete ihre Hände aus. »Nun verrate mir eins. Wer hat die große Kohle gemacht. Du? Oder sie?«

»Sie wurde mit der großen Kohle geboren. Meine Eltern hatten nichts, als sie aus Hongkong hierherkamen. Sie haben hart gearbeitet. Das weißt du. Und ich auch. Hey, ich bin gerade erst Chief Inspector geworden.«

»Du bist Quotenpolizist. Bildest du dir ernsthaft ein, du hättest auch nur eine Beförderung bekommen, wenn sie nicht mit dir ihre Statistik aufhübschen müssten?«

»Nein, das tue ich nicht!«, fauchte er zurück. Jetzt hatte er wahrlich genug. »Weil ein *Quotenpolizist* doppelt so hart arbeiten muss, um sich seine Beförderung zu verdienen.«

»Für ein lächerliches Gehalt. Weil du nicht genug Mumm in den Knochen hast, um anständig zu verhandeln.«

»Benisha, das ist nicht fair!«

»Nur keinen Konflikt riskieren. Immer allen in den Hintern kriechen. Hast du dich einmal gefragt, wie das auf deinen Sohn wirken muss? So einen Softie als Vater zu haben?«

Teddy war fassungslos. War das noch immer dieselbe Frau, die er geheiratet hatte? Was war nur in sie gefahren? Wie konnte sie so reden? Irgendwo im Hintergrund heulte eine arabische Sängerin zu ägyptischen Trommeln längst vergessen geglaubte Götter an. »Hast du mich deswegen alles stehen und liegen lassen? Damit ich hierherkomme, um mir das anzuhören?«

»Ich wollte dich sehen , um dir das hier zu geben.« Mit zitternder Hand öffnete sie ihre Handtasche, holte ihren Wohnungsschlüssel heraus und drückte ihn Teddy in die Hand. »Den zweiten lasse ich dann einfach in der Wohnung, wenn ich meine Sachen abgeholt habe.« Teddy fühlte sich wie zu Eis erstarrt. Als würde die Zeit für ihn stehenbleiben und die Welt um ihn herum sich dennoch weiterdrehen. Und vor ihm davonlaufen. »Ich verlasse euch, Teddy. Und dieses Mal ist es endgültig.«

Euch? Nicht ihn? Ihre Worte hallten in seinem Schädel nach wie in einer gigantischen, gottverlassenen Kathedrale.

Benisha griff erneut nach ihrer Handtasche und holte einen Zettel heraus. »Ich bin müde. Ich habe mich die ganze Nacht informiert und schlau gemacht.« Teddy spürte ein kaltes, feuchtes Kribbeln seine Wangen entlanglaufen.

»Was ist der Grund?«

Benisha antwortete nicht.

»Hast du einen anderen?«

Benisha flüchtete sich mit ihrem Blick auf ihren Zettel. »Dustin ist jetzt dein Problem.«

Dustin war sein Sohn und kein Problem.

»Er braucht ganz dringend Vitamin D. Fleisch, Fisch, Milchprodukte und Eier. Wahrscheinlich schläft er auch zu wenig. Weil er ja ständig am Arbeiten ist! Damit er sich Geld für seine Miete dazuverdienen kann, die eigentlich nur seine Eltern zahlen sollten.«

»Dustin?« Er versuchte sich zu konzentrieren. Halt zu finden.

»Geh am besten mal mit ihm zu diesem guten Fleischer in der Cathedral Street. Der, der seine Tiere noch selbst schlachtet. Mit der Hand … Das braucht er jetzt.«

»Benisha …«

»Und vor allem braucht er einen Vater.«

»Was ist los?«

»Das fragst du mich jetzt?« Sie trat einen Schritt zurück. Wie sie ihn dabei ansah. So verächtlich. »Tut mir leid, Teddy. Du kannst nicht erwarten, dass ich das meiner Familie antue.«

»Was? Wovon redest du?«

»Hättest du mehr Zeit für deinen Sohn, hätte er es vielleicht dir erzählt und nicht mir.«

»Was erzählt?«

»Schau mich nicht so an.« Sie hob ihre Hand und marschierte davon, drehte sich noch einmal kurz um. »Diese Suppe darfst du alleine auslöffeln. Er ist auch dein Sohn.« Sie schüttelte den Kopf und ging. »Zu viel ist zu viel.«

Teddy rührte sich nicht. Sie zog tatsächlich aus? Nachdem sie das ganze letzte Jahr so sehr umeinander gekämpft hatten? Aber wohin ging sie? Und Dustin? Sollte das heißen, dass sie ihren eigenen Sohn so einfach zurückließ? Dass sie Teddy *wegen* Dustin verließ? Gut, Dustin war ein Sturkopf. Er rauchte. Vor ein paar Wochen hatte Teddy ihn sturzbetrunken von einer Party abholen müssen. Aber das war normal und würde sich wieder legen. Seit Teddy wieder zurück zu Benisha gezogen war, hatte Dustin seine erste eigene Wohnung. Er stieß sich die Hörner ab. Mehr nicht. Im Grunde war er doch ein guter Junge. Teddy war stolz auf ihn. Wie konnte Benisha das alles hinwerfen?

Erst das Vibrieren des Handys in seiner Hosentasche riss ihn aus seinem Gedankenkreislauf. Wie die Elektroden eines

Elektroschockers. Er zog es aus der Tasche. Mit dem Daumen wischte er über das Display und gab seine PIN ein, um die Bildschirmsperre aufzuheben.

6 Anrufe in Abwesenheit. Alison Granville und *Scotland Yard.*

10

4:38 pm, British Museum, ägyptische Skulpturengalerie

Endlich ertönte der Signalton auf Alisons Handy. Die Enttäuschung folgte umgehend. Wieder keine Nachricht von Peggy. Stattdessen hatte sich Dustin zurückgemeldet:

Erreiche Peggy auch nicht. Vielleicht steckt sie im Funkloch?

Das Handy signalisierte Alison, dass Dustin weiterschrieb. Sie überlegte, während sie auf seine nächste Nachricht wartete. Das mit dem Funkloch war gar nicht so unwahrscheinlich. Gut möglich, dass Peggy in einem Aufzug gefangen war. Alison hatte es schon oft erlebt, dass die dicken Stahlwände dort einen vernünftigen Handyempfang unmöglich machten. Der Signalton ertönte wieder und Dustins nächste Nachricht ploppte auf.

Ist aber seltsam. Sie wollte schon vor dir ins Museum. Wegen Mrs Tarassowna.

Wegen Mrs Tarassowna? Das war Alison völlig neu. Warum immer ausgerechnet Mrs Tarassowna? Was war mit dieser Frau? Das Handy piepte erneut.

Ist irgendwas passiert?

Das konnte man laut sagen. Alison wurde flau im Magen. Genau diese Mrs Tarassowna lag tot am Boden der ägyptischen Skulpturengalerie.

Wird dir dein Vater später sicher noch erzählen, antwortete sie.

Teddy hatte nach seiner Ankunft vor gut einer halben Stunde seinen Constable direkt in die Verwaltung geschickt, um eine Kopie der Überwachungsvideos zu organisieren. Danach war er eine gefühlte Ewigkeit um die Leiche herumgeschlichen. Nun unterhielt er sich hochkonzentriert mit Holden und Mr Buckland. Das Handy piepte.

Was???, schrieb Dustin. *Ist mein Vater etwa bei dir? Oh fuck!*

Alison stutzte. Dustin schrieb weiter, löschte das Geschriebene wieder, setzte erneut an. Die nächste Nachricht erschien:

Vorsicht. Dicke Luft! Gefolgt von einem Gebrochenes-Herz-Icon.

Also hatte es sich doch nicht eingebildet. Teddy ignorierte sie absichtlich. Sie sah zu Teddy, dann zurück auf das Bild des gebrochenen Herzens. Dass Teddy ihr Krankmeldungs-Fail derart nahe gegangen war, überraschte sie dann doch. Das hatte sie nicht gewollt. Aber war es ein Wunder? Während der Ermittlungen im Savoy Hotel waren sie zum Ende hin ein richtig eingefleischtes Team gewesen. Sie erinnerte sich an ihren gemeinsamen Abend auf dem Sofa im Zimmer 502, an das Shanghai Surprise Dinner, die Wunderkerzen. Sie waren eben doch mehr als Lehrer und Schülerin. Sie waren nicht nur Freunde. Sie waren Partner. Und sie hatte ihn dermaßen auflaufen lassen. Oh Mann …

Sie sah wieder zu ihm hinüber. Deswegen wirkte er also so verkrampft und angespannt. Und ging zu ihr auf Distanz. Dabei hätte sie ihm jede Menge mitzuteilen. Denn natürlich hatte auch sie sich den Tatort schon mehr als genau angesehen. Und dass es sich hier um einen Tatort handelte, war zweifelsfrei erkennbar. Kriminalistisches Denken, Lektion 1: Bei jedem unerwarteten Tod muss untersucht werden, ob es sich um einen gewaltsamen Tod handelt. Der Tod von Mrs Tarassowna war definitiv unerwartet, erst recht an diesem Ort. Und gewaltsam war er auch gewesen. Schließlich prangten an ihrem

Kopf drei schwere Verletzungen. Zwar hätte sie sich auch während eines plötzlichen Schwindelanfalls irgendwo gestoßen haben können, aber gleich drei Mal? Abgesehen davon waren an keinem Objekt in ihrer unmittelbaren Umgebung Blutspuren zu finden, weder an den Sarkophagen, noch an einem anderen Ausstellungsgegenstand. Nicht einmal an den Scherben, die am Boden lagen, befand sich Blut.

Aus der Online-Datenbank des British Museum wusste Alison dank einer kurzen Recherche auf ihrem Smartphone längst, dass es sich bei dem zerbrochenen Gegenstand um die Stein-Kanope von Djedbastiufankh handeln musste. Ein 20 Zoll hohes Tongefäß mit 10 Zoll Durchmesser, das etwa drei Yards von der toten Mrs Tarassnowa auf einem Steinsockel ausgestellt gewesen war. Dass es heruntergestoßen worden war, deutete auf einen Kampf hin. Das hieß, es war gut möglich, dass Fingerabdrücke auf den Tonscherben zu finden waren. Aber all das schien absolut niemanden an diesem Ort zu interessieren. Ebenso wenig wie die kleine, seltsame Schuppe, die Alison an einer der Scherben entdeckt hatte. Im Gegenteil: Teddy hatte Alisons Hinweis galant ignoriert. *Das ist ein öffentlicher Ort. Da können wir schließlich nicht jedes Staubkorn untersuchen.* Inzwischen war eine Praktikantin aus der Kurationsabteilung damit beschäftigt, die Scherben für die Reparatur des Ausstellungsobjektes einzusammeln. Also hatte Alison die Schuppe sicherheitshalber mit Hilfe ihrer Notfall-Pinzette für störrische Augenbrauen in ihrem Schminkkästchen gesichert.

Alfie schnaufte laut und ließ seinen Kopf schwer auf ihre Füße sinken. Wenigstens einer, der sie verstand.

»Alison …«

Endlich sah Teddy sie an. Prompt stand auch Alfie neben ihr vom Boden auf, wedelte mit dem Schwanz und lief auf Teddy zu, wurde aber nach wenigen Tapsern von der Leine in

Alisons Hand gestoppt. Also kam Teddy ihm entgegen, ging in die Hocke und nahm ihn in den Arm. »Oh weh, musstest du jetzt zusammen mit der Alison so lange stillsitzen und warten, mein Kleiner.« Dabei klang seine Stimme ganz sanft und einfühlsam. »Aber schick siehst du aus in deiner neuen Winterjacke.«

Alfie bellte.

Alison atmete erleichtert auf. Er war ihr also doch nicht böse? Teddy sah wieder zu ihr.

»… wie viele männliche Mitarbeiter mit dem Rang Chief Inspector arbeiten derzeit in London?«, fragte er.

Alison stutzte. Rosa und Bernie aus dem Kurs hatten ihr in den Ohren gelegen, weil sie der felsenfesten Überzeugung waren, dass die öffentlich einsehbare Datensammlung über die aktuelle Anzahl von Polizeibeamten in Wales und England nie im Leben Prüfungsthema werden würde, erst recht nicht für eine Privatermittler-Lizenz. Zumal sich die Daten aufgrund von Entlassungen, Kündigungen und Neuzugängen ständig änderten. Natürlich hatte Alison die siebzehn Tabellen mit ihren etlichen Datensätzen trotzdem zusammen mit ihrem Butler Roy hoch und runtergebetet. Aber was tat das hier zur Sache? »Mit Stand Dezember: dreihunderteinunddreißig«, antwortete sie. »Dreihundertfünf bei der Metropolitan Police und siebenundzwanzig in der City of London.«

Teddy nickte, schubberte Alfie den Rücken, spielte *Gib Pfötchen* und steckte ihm zur Belohnung einen Hundekeks ins Maul. Wieso hatte die ganze Welt eigentlich immer und überall Hundekekse dabei? Er sah zur ihr auf.

»Und da werde ausgerechnet ich zum Tatort beordert, wenn bei Ihnen eine Leiche auftaucht. Verrückt, nicht wahr?«

Alison schluckte. Er war also doch sauer? In drei Tagen sollte sich an diesem Ort hier Mildred mit dem ägyptischen Ministerpräsidenten Mustafa Madbuli treffen. Wollte Teddy ihr jetzt tatsächlich einen Strick daraus drehen, dass sie nach dem Entdecken der Leiche nicht den Notruf, sondern direkt die Nummer von Commander Kilburn gewählt hatte? Es ging hier um alles, und da wollte sie nicht irgendeinen Detective Chief Inspector, sondern den Besten. Sie wollte ihn.

Teddy steckte seine Hände in die Taschen und schien sich ein Lächeln zu verkneifen. Als wollte er nicht, dass sie merkte, wie sehr er sich tief im Inneren darüber freute, jetzt wieder mit ihr zusammenarbeiten zu können. Zumindest wirkte es für einen kurzen Augenblick so. Alison fiel ein Stein vom Herzen. Ach was, eine Felswand. »Wo ist eigentlich Peggy?«, fragte er.

Sie zuckte mit den Schultern. »Ich weiß es nicht.« Noch während sie die Worte aussprach, sah sie, wie sich Teddys Gesichtsausdruck verfinsterte, und spürte, wie etwas in ihr zerbrach. Plötzlich konnte sie ihn nicht länger von sich fernhalten, den zwingenden Gedanken, dass auch mit Peggy etwas Entsetzliches geschehen sein musste.

»Nun«, sagte Teddy in einem seltsam sachlichen Ton. Wie an dem Tag, als sie im Kurs geübt hatten, Todesnachrichten zu überbringen. »Das Sicherheitssystem des Museums zeigt an, dass Peggy heute kurz vor zwei Uhr mit der ihr für die Eventplanung zur Verfügung stehenden Schlüsselkarte das Museum über den Mitarbeitereingang betreten hat. Können Sie sich das erklären?«

Alison fühlte sich völlig vor den Kopf gestoßen. Das konnte sie nicht. »Aber dann müsste sie doch hier sein.«

»Es sei denn«, antwortete Teddy, »jemand hat ihr die Schlüsselkarte entwendet, um an ihrer Stelle ins Museum zu gelangen.«

»So ein Quatsch«, antwortete Alison. »Erstens ist Peggy eine der vorsichtigsten Menschen, die ich kenne und arbeitet hochprofessionell. Und zweitens steht das Museum doch für jeden sperrangelweit offen. Man muss nicht einmal Eintritt bezahlen. Warum sollte sich dann jemand die Mühe machen, eine Schlüsselkarte zu stehlen? Abgesehen davon haben alle, die an diesem Event mitarbeiten, eine Schlüsselkarte für diesen Bereich hier.« Sie griff in ihre Handtasche. »Ich auch.«

Teddys Blick ruhte eine ganze Weile auf ihr, als wartete er auf irgendetwas. Dann drehte er sich halb zur Seite, während Holden und Mr Buckland zu ihm herantraten – und eine dunkelblonde, sichtlich aufgeregte Frau mit einem freundlichen Gesicht, das sie noch nie zuvor gesehen hatte.

»Mr Buckland meint sich zu erinnern, dass Peggy sich an diesem Ort mit Ihnen treffen wollte.«

»Das ist richtig«, antwortete Alison. »Ich habe auch schon die ganze Zeit über versucht, sie zu erreichen, aber …«

»Das hier ist Mrs Jane Kingston«, unterbrach Teddy sie und schob die fremde Dame ins Bild. »Sie war gerade gemeinsam mit ihrem Neffen aus Österreich in der Eingangshalle, als sie etwas Seltsames bemerkt hat.«

Mrs Kingston sah Alison völlig eingeschüchtert an. Fast wirkte es, als fürchtete sie sich vor ihr. Dann blickte sie fragend zu Teddy, presste ihre Lippen zusammen und nickte kurz, als er sie aufforderte, ihre Aussage zu wiederholen. »Mein Neffe recherchiert für ein literarisches Projekt«, sagte sie in perfektem Englisch, aber mit einem auffallend deutschen Akzent. »Er ist extra wegen der Skulpturengalerie aus Wien angereist und war natürlich enttäuscht darüber, dass sie gerade gesperrt ist. Daher ist uns die Aufseherin aufgefallen. Sie hat die Absperrung geöffnet und wir haben gehofft, ausnahmsweise einen kurzen Blick hineinwagen zu können. Aber sie hat hinter sich direkt wieder zugesperrt, ist in Richtung Skulpturengalerie gerannt und hat dabei laut gerufen, dass die Feier auf gar keinen Fall stattfinden wird.« Dann erhob Mrs Kingston die Hände und riss dramatisch die Augen auf. »Das wäre nämlich ein Skandal!«

Teddy führte die Zeugin einen Schritt vor und deutete auf die Leiche. »War das diese Frau da?«

Mrs Kingston spähte zur Leiche, hielt sich erschrocken die Hand vor die Augen und wandte sich nickend ab. Teddy bedankte sich bei ihr und schickte sie wieder nach draußen. Dann sah er Alison fragend an. »Was denken Sie?«

Was sie dachte? Das war doch eindeutig. »Dass jemand um jeden Preis versucht, die Party zu sabotieren.« Tausend Gedanken schossen ihr gleichzeitig durch den Kopf. »Mildred!«, rief sie. »Sie müssen dringend jemanden zu Mildred schicken, Teddy. Was, wenn Sie ebenfalls in Gefahr ist?«

Teddy reagierte nicht. Mr Buckland räusperte sich und Holden sah sie an, als wäre sie gerade dabei, den Verstand zu verlieren. Wahrscheinlich lag es an dem Anblick der toten Mrs Tarassowna. Die erste Leiche war immer die heftigste. Aber davon durfte sie sich jetzt nicht aus dem Konzept bringen lassen. Sie musste irgendwie Ordnung ins Chaos bringen. »Mrs Tarassowna ist mir schon gestern aufgefallen. Alles und jeden hat sie belauscht und an den Mumien war sie auch gewesen. Vielleicht hat sie irgendetwas entdeckt, dass sie nicht hätte sehen sollen.«

»Ganz genau …«, antwortete Teddy.

Ein Adrenalinschub packte sie. Sie war also auf dem richtigen Weg.

»… und Peggy …«

»Natürlich!«, fiel Alison Teddy ins Wort. Jetzt fiel es ihr wie Schuppen von den Augen. Nun war ihr auch klar, warum Holden und Mr Buckland sie derart mitfühlend anstarrten. Sie wussten nicht, wie sie ihr die Schreckensnachricht überbringen sollten. »Dann hat Peggy den Mord vielleicht beobachtet und ist ebenfalls in Gefahr. Oder sie liegt irgendwo hier verletzt im Gebäude und braucht unsere Hilfe!« Sie sah sich um. Wohin würde sie flüchten, wenn sie an diesem Ort einem Mörder begegnen würde? Teddys Hand berührte sie an der Schulter.

»Alison …«

»Jetzt nicht!« Sie musste nachdenken. Das British Museum war ein gigantisches Gebäude. Zum Zeitpunkt des Mordes war es voller Besucher gewesen. »Wieso hat Peggy nicht einfach um Hilfe gerufen?«

»Ganz genau«, erwiderte Teddy.

»Sie hat doch ein Telefon. Das macht keinen Sinn!«

»Eben.«

Sie hatte das seltsame Gefühl, dass Teddy sie beruhigen wollte. Aber seine bestätigenden Kommentare feuerten sie nur noch mehr an. »Vielleicht wurde sie verschleppt!« Alison suchte den Boden ab. »Aber dann müsste es doch Spuren geben. Kratzer, Flecken, eine Fährte. Irgendwas!«

Alfie bellte.

Plötzlich hallten ihre eigenen Worte in ihr nach. Was hatte sie gesagt? Eine Fährte? »Vielleicht ist das die Lösung.« Sie erinnerte sich daran, wie Alfie gestern voller Freude nach Peggy gesucht hatte. Sie wandte sich Alfie zu. Er blickte sie erwartungsvoll an. Einen Versuch war es wert, was gab es zu verlieren? »Alfie!«, flüsterte Alison so motivierend wie möglich. »Such!«

Er bellte.

Teddy seufzte.

»Such Peggy!« Alfie sprang in Lauerstellung, zitterte vor Aufregung am ganzen Körper, rührte sich aber nicht.

»Ein toller Hund«, flüsterte Holden.

»Oh!«, leierte Mr Bucklands Stimme. »Ist er ein Spürhund? Es ist ja so unglaublich, was Tiere alles können.«

»Oder auch nicht«, nuschelte Teddy. »Alison, so leid es mir tut …«

Alison hatte nicht vor, sich aus der Ruhe bringen zu lassen.

Alfie konnte das. Das wusste sie. Er verstand sie nur nicht. Sie versuchte sich zu erinnern, wie Peggy das immer tat. Sie kniff ihre Augen zusammen, zeigte ihre Grinsezähne und fragte mit übertrieben hoher Stimme: »Alfie, wo ist der Keks?«

Schlagartig drückte Alfie seine Nase in den Boden, schnüffelte aufgeregt hin und her, drehte sich im Kreis, schnupperte an der toten Mrs Tarassowna, machte eine 180-Grad-Drehung und warf sich in die Leine. Alison folgte ihm. Winselnd und bellend zog er sie durchs Museum bis hin zum Besuchereingang. Von dort stürmte er nach draußen. Dabei stemmte er sich dermaßen stark gegen sein Geschirr, dass sein Hecheln sich in ein lautes Röcheln verwandelte, sprang die Stufen vor dem Gebäude hinab, schob seine Nase durch den Schnee bis sie das Besuchertor in der Umzäunung passiert hatten, bog nach links auf die Great Russell Street ein und blieb plötzlich in einer mittelgroßen Parklücke zwischen zwei Autos stehen. Abwechselnd steckte er seine Nase in den Boden, bellte, sah zu Alison, steckte seine Nase in den Boden und bellte erneut.

»Was willst du mir sagen, Kleiner«, flüsterte Alison mehr zu sich selbst. Langsam ging sie in die Knie und blickte auf den festgefahrenen Schnee am Boden. »Wir haben eine Spur!«, jubelte Alison dem Trupp aus Holden, Teddy und Mr Buckland zu, der durch den Schnee hindurch hinterhergeschlittert kam. Aufgeregt deutete sie auf den Boden. »Das dort ist der Reifenabdruck!«

»Sie meinen, das ist irgendein Reifenabdruck«, konterte Teddy.

»Ganz im Gegenteil!« Alison spürte es deutlicher als je zuvor. Peggy befand sich in großer Gefahr. Insgeheim betete sie, dass sie überhaupt noch lebte. »Hier verliert sich ihre Fährte. Also muss sie an genau dieser Stelle in ein Auto gestiegen sein.« Sie deutete auf den Boden. »Und das dort ist der Reifenabdruck des Wagens, der sie mitgenommen hat.«

»Vielleicht«, antwortete Teddy.

»Vorsicht! Meine Schuhe. Ah …« In letzter Sekunde fing Holden den hilflos auf dem plattgetretenen Schnee umherschlitternden Mr Buckland auf. »Uhuhuhu, das war knapp.« Mr Buckland starrte voller Faszination in den Schnee. »Wie interessant. Warten Sie, Detective Alison. Ich hole mein Handy raus und fotografiere die Spur für Sie!«

»Wir gehen jetzt am besten wieder rein«, antwortete Teddy.

Alison verstand nicht recht. »Was heißt, wir gehen wieder rein? Peggy schwebt in großer Gefahr, das versuchen Sie mir doch selbst schon die ganze Zeit über weiszumachen.«

Teddy atmete tief und sah Alison schon wieder so merkwürdig an. Mit glasigem Blick. Hatte er etwa geweint? Was war hier los? »Was ich Ihnen die ganze Zeit über zu erklären versuche, ist, dass allem Anschein nach Peggy die Täterin ist.«

Alison glaubte, sie hörte nicht recht. »Sie ist was?«

»Sie haben es doch selbst gehört. Mrs Tarassowna wollte die Party mit aller Macht verhindern. Kurz darauf trifft sie sich mit Peggy, jener Frau, die für die Party verantwortlich ist. Danach ist sie tot und Peggy wie vom Erdboden verschluckt.«

»Weil man ihr ebenfalls etwas angetan hat!«

»Weil sie in Panik untergetaucht ist, Alison.«

»Was?«

Teddy starrte sie an und antwortete nicht. Mr Buckland räusperte sich. Holden trat zu ihr und suchte nach ihrer Hand.

»Das ist wohl ein Witz.«

»Alison, ich verstehe, dass das ein Schock für Sie sein muss.«

Teddy verstand rein gar nichts. Alison deutete in den Schnee. »Mr Buckland wollte eben sogar noch ein Foto von der Spur machen. So absurd kann es also gar nicht sein.«

»Völlig korrekt. Warten Sie!« Umgehend nestelte Buckland wieder in seiner Hosentasche herum.

»Alison«, schnaufte Teddy. »Ich habe bereits eine Fahndung ausgerufen. In Kürze bekommen wir die Überwachungsvideos und ich fürchte, dass sie meine Theorie bestätigen werden.«

»Peggy. Ist. Keine. Mörderin!«

»Alison …«

»Foto!«, kommandierte sie. Mr Buckland setzte das Handy an.

»Das ist doch sinnlos.«

»Sinnlos?«, rief Alison. »Was, wenn das hier das wichtigste Teil im Puzzle ist?« Dabei rempelte sie Teddy ungewollt heftig an.

»Uhuhuhu!«, tönte es neben ihr. Mr Bucklands Arme wirbelten empor. Sein Handy flog durch die Luft. Geistesgegenwärtig fing Holden es auf. Mr Buckland hingegen verlor das Gleichgewicht. Mit einem schmerzerfüllten »Uhuhuhu!« klatschte sein Hintern direkt auf die Reifenspur.

11

5:43 pm, University College Hospital

Teddys Rover Mini hüpfte hart über eine Unebenheit in der Straße. Mr Buckland heulte kurz auf, lachte seinen Schreck dann aber ebenso übertrieben wieder weg. »Uhuhuhu, Sie sind ja ein richtiger Rennfahrer, Mr Chan.« Die Sirene des mobilen Blaulichts auf dem Dach mischte sich mit den Klängen von Darcy Diamonds Chart-Flop *You can't hurt me anymore,* während Mr Buckland sich stöhnend das Becken rieb.

Teddy riss sich zusammen und schenkte seinem Beifahrer einen freundlichen Blick. »Wenn ich schon den Krankentransport übernehme, möchte ich Ihnen auch etwas bieten.« Erst hatte Mr Buckland sich nach seinem Sturz geweigert, einen Krankenwagen zu rufen, dann musste Teddy ihn unbedingt überreden, ihn wenigstens in die Notaufnahme fahren zu dürfen und danach hatten sie auch noch eine Viertelstunde damit verbracht, ihn irgendwie schmerzfrei in Teddys Mini zu bekommen. Jetzt wollte Teddy nur noch ans Ziel. In anderthalb Stunden begann seine nächste Kurseinheit am Working Men's College und er hatte noch nicht einmal die Stunde fertig vorbereitet. Erst das mit Benisha und jetzt spielte er auch noch Krankenfahrer. Er war wirklich zu gutmütig. Irgendwas lief in seinem Leben gerade völlig verkehrt.

Teddy bog in einer scharfen Kurve auf die Gower Street ein. Dabei bemerkte er, wie Mr Buckland sich an den Türgriff krallte. »Keine Panik, wir sind schon da.« Zum Glück war das University College Hospital nur einen Katzensprung vom British Museum entfernt. Er hielt direkt vor dem Emergency Department. »Warten Sie, ich organisiere nur rasch einen Rollstuhl für Sie.«

»Nur keine Eile.« Bei dem Versuch, sich ein höfliches Lachen abzuringen, verzerrte Mr Buckland sein Gesicht auf gruselige Art und Weise. »Ich habe es ja bequem.« Dabei fasste er sich mit der rechten Hand erneut verdächtig in die Magengegend. »Uhuhuhu.« Wurde er etwa weiß im Gesicht? Vielleicht hatte Mr Buckland eine Gehirnerschütterung und musste sich übergeben? Naja, höchstens, wenn er sein Hirn in der Hose trug. Mit strammem Schritt eilte Teddy zur Notaufnahme, drehte sich kurz vor dem Eingang noch einmal um und rief: »Nur nicht bewegen!«

Die automatische Tür des Emergency Departments öffnete sich und Teddy flitzte zur Anmeldung. Dieser gigantische Glastempel erinnerte ihn jedes Mal an eines dieser hochmodernen Flughafenterminals. Zum Glück kannte er sich aus. Kurz nach der Eröffnung des Neubaus im Jahr 2005 hatte es

Zeiten gegeben, zu denen er hier fast täglich aufgetaucht war. Ob wegen häuslicher Gewalt, Schuss- oder Stichwunden, für jemanden, der frisch von der Polizeischule kam, gab es in London immer jede Menge zu tun. Von Anfang an mochte er die Energie dieses Lehrkrankenhauses. Die Studentinnen und Studenten, die hier ihre Praxiserfahrung sammelten, waren noch voller Elan und Tatendrang. Sie wollten forschen, die Medizinversorgung verbessern, unheilbare Krankheiten besiegen. So war er auch einmal gewesen. Damals, als ihn das Leben noch nicht ausgebremst hatte. Er hatte felsenfest daran geglaubt, etwas verändern zu können, die Welt besser zu machen … am Ende hatte es nicht einmal für seine Ehe gereicht. Egal, dafür war jetzt keine Zeit. Er brauchte einen Arzt.

Wenig später hatte er Tiffany an seiner Seite, rothaarig, Mitte Zwanzig und Medizinstudentin im dritten Jahr. Als sie gemeinsam mit Teddy wieder nach draußen eilte, hatte sich Mr Buckland natürlich doch bewegt. Nun hockte er regungslos im Türrahmen des Rover Mini und verzog schmerzerfüllt das Gesicht. Tiffany warf Teddy einen vernichtenden Blick zu.

»Wieso haben Sie keinen Krankenwagen gerufen?«

Wollte er ja.

Sie ging in die Hocke und analysierte die Sitzposition von Mr Buckland. »Haben Sie sich verkeilt?«

»Bin ich so fett?« Mr Buckland schien selbst erschrocken über seinen harschen Tonfall. Seine Schmerzen gepaart mit dem Anblick dieses zierlichen Medizin-Mode-Models waren offensichtlich keine gesunde Kombination. »Verzeihung, my Darling.« Mr Buckland schüttelte den Kopf. »Ich musste plötzlich ganz dringend auf die Toilette und wollte aussteigen, aber …«

Tiffany nickte, griff ihm unter den Arm und versuchte, ihm herauszuhelfen. Sofort schrie Mr Buckland auf.

»… aber nun kann ich plötzlich nicht mehr aufstehen.«

Tiffany streichelte tröstend seine Schulter, richtete sich auf und zog Teddy zur Seite. »Was haben Sie sich dabei gedacht, den verletzten Mann in dieses Matchboxauto zu quetschen? Warum müsst ihr Kerle von der Polizei immer den Helden spielen?«

Teddy holte Luft, aber Tiffany war schneller.

»Wir machen das jetzt gemeinsam. Ich nehme ihn an der rechten Schulter und Sie an der linken.« Dann beugte sie sich wieder zu Mr Buckland und sprach mit zarter, einfühlsamer Stimme.

»Das wird jetzt ein wenig weh tun, aber wir müssen es nur dieses kleine Stück herüber in den Rollstuhl schaffen, okay?«

Mr Buckland nickte. »Von Ihnen lasse ich mir doch gerne weh tun.« Er kämpfte sich ein kurzes Kichern ab.

Jetzt sah sie wieder Teddy an. »Eins, zwei …«

»Uhuhuhaaa!« Mr Buckland schrie wie am Spieß.

»Das geht so nicht.« Tiffany seufzte, trat einen Schritt zurück und betrachtete den Rover Mini. »War die Fahrt sehr unruhig?«

Mr Buckland presste die Lippen aufeinander und sah zu Teddy. Er hob die Hände verteidigend in die Höhe.

»Das war ein Notfall. Wir hatten es eilig!«

Tiffany rollte mit den Augen. »Schlechte Federung?«

»Gar keine«, winselte Mr Buckland.

»Na wunderbar.«

»Ich verstehe das nicht, Frau Doktor. Ich konnte doch noch problemlos einsteigen.«

Problemlos war mehr als übertrieben. Teddy hätte auf sein Gefühl hören und sich mit dem Krankenwagen durchsetzen sollen. Aber dieser Mann war mindestens ebenso dickköpfig wie wehleidig. Jetzt hatte er den Salat.

»Sie haben sich beim Sturz wahrscheinlich den Schambeinast angerissen. Das haben wir wegen der unerwarteten Glätte gerade häufig. Und während der Fahrt ist er dann vielleicht komplett gebrochen.« Tiffany schwenkte ihren Blick zu Teddy, um kurz Feuer zu spucken. »Im Sitzen geht das schnell. Ein kleines Schlagloch genügt.«

»Eins?«, heulte Mr Buckland auf, worauf sich Tiffanys Blick noch mehr verfinsterte. Teddy gab es ja zu. Es hatte einfach gutgetan, bei jedem krachenden Schlagloch an Benisha zu denken.

»Deswegen auch der plötzliche Harndrang. Das kommt von der Nervenreizung.«

»Oh Gott!« Mr Buckland schluchzte. »Bin ich gelähmt?«

Impotent, dachte Teddy.

»Nein, es ist einfach eine sehr schmerzhafte Angelegenheit.« Tiffany griff in ihre Kitteltasche und nahm eine Nasenspray-Flasche mit der Aufschrift *Dormicum* heraus. »Es kann sein, dass Ihnen jetzt ein wenig schwindelig wird.«

Mr Buckland reagierte auf den plötzlichen Sprühstoß in seine Nase lediglich mit einem kurzen Zucken.

»Merken Sie schon etwas?«

»… Hui! …«

Tiffany strich ihm besorgt den Unterarm. »Geht es Ihnen gut, Mr …«

»… Buckland«, fiel er ihr ins Wort. »Wie der Gitarrist von Coldplay.« Er spielte Luftgitarre und prustete dabei mit seinen Lippen herum. Tiffany nickte Teddy zu.

»Alles klar, wir versuchen es jetzt noch einmal. Eins, zwei …«

»Ich fliege!«, rief Mr Buckland, als Teddy und Tiffany ihn gemeinsam aus dem Auto hievten. Er torkelte Teddy direkt um den Hals. »Hui, Sie sind aber stark, Mr Inspector!« Er lehnte sich an ihn. »Ich verrate Ihnen ein Geheimnis.« Sein Atem roch nach einer unangenehmen Mischung aus zu viel Kaffee und Zigaretten. »Das ist alles nur wegen der Mumien passiert.« Sein Finger stocherte auf Teddys Brust ein. »Ich wette, Mrs Tarassowna war eine Spionin vom russischen Geheimdienst.«

Tiffany seufzte. »Er weiß nicht, was er redet. Das kommt alles vom Dormicum.« Gemeinsam hievten sie ihn in den Rollstuhl. »In ein paar Stunden kann er sich an nichts mehr erinnern.«

Mr Buckland warf seinen Kopf in den Nacken. »Jetzt ist Mrs Tarassowna tot.« Er rollte mit den Augen. »Aber die Mumien machen sie wieder lebendig!« Er wirbelte zum Monsterspiel mit den Händen durch die Luft und machte Gespenstergeräusche. »Es redet niemand gerne darüber. Aber bei uns im Museum spuken die Mumien schon lange herum.« Dann, ganz plötzlich, kippte sein Kopf zur Seite. Er schielte Teddy an. »Aber nicht verraten, Teddybär. Sonst haut Ihnen auch noch jemand auf den Kopf.«

Die Studentin packte die Griffe des Rollstuhls und drehte Mr Buckland von Teddy weg. »So, Mr Buckland, ich fahre Sie jetzt ins Krankenhaus und da machen wir ein paar Bilder von ihrem Becken.«

»Becken checken!« Er quietschte wie ein Kind und machte mit seinen Lippen Motorgeräusche, während sich der Rollstuhl in Bewegung setzte.

Als sich die Tür zur Notaufnahme öffnete, stutzte Teddy für einen Moment. War das nicht sein Sohn Dustin, der da gerade an der Anmeldung vorbeilief? Er rieb sich die Augen. Natürlich war er das. Benishas ganzes Gehabe um Ernährung und Vitamine ging ihm durch den Kopf. Was, wenn … Egal, auch wenn Teddy Dustin morgen ohnehin sehen würde. Er zögerte erst gar nicht lange. Er schloss seinen Wagen ab und lief zurück zur Notaufnahme. Sein Handy klingelte. Teddy stoppte. Zu spät. Der Anrufer hatte bereits wieder aufgelegt. Er checkte das Display. Die Nummer gehörte zur Holborn

Police Station. Das war doch wohl ein schlechter Scherz. Was wollten die denn nun noch von ihm? Spielte jetzt die ganze Stadt verrückt? Teddy würde drei Kreuze machen, wenn Mildred Granvilles Geburtstag vorbei und diese nervtötenden Mumien endlich außer Landes waren. Er drückte auf Rückruf, legte sein Handy ans Ohr, lief weiter, betrat die Notaufnahme und sah sich um. Aber Dustin war wie vom Erdboden verschluckt.

12

eine halbe Stunde vorher, Museum Tavern, Great Russell Street

Alison nippte an ihrem Gin Tonic und zwang sich, wenigstens ein paar Bissen von ihrem Chicken Pie zu essen. Sie brauchte Energie, um nachzudenken. Aber alles, absolut alles an diesem Pub erinnerte sie an Peggy. Die rustikalen Lampen, die wie riesige Weintrauben von den Decken hingen, die gesteppte Lederbank, auf der sie saß, die abgewrackten Holztische, die überfüllte Bar mit den unaufhörlich zischenden Zapfhähnen. Peggy liebte diesen Ort. Deswegen war Alison auch hierhergekommen. Weil sie hoffte, dass ihre beste Freundin jeden Augenblick hereinplatzen und die ganze Sache aufklären würde. Vergebens. Ein weiteres Mal holte Alison ihr Handy heraus und wählte Peggys Nummer. Mittlerweile klingelte es nicht einmal mehr. Direkt tönte Peggys Mailboxansage durch den Lautsprecher. Ein ausgeschaltetes Handy? Undenkbar bei Peggy. In Alisons Kehle drückte ein schwerer Kloß, während sie Peggys Stimme lauschte. In was war sie nur hineingeraten?

Eine Nachricht ploppte auf ihrem Smartphone auf. Sofort

hoffte Alison auf Peggy. Vergebens. Honeybun schrieb. *Bin jetzt im Savoy. Pass auf dich auf! Ich bin sicher, alles wird gut. Küss dich, Baby. Holden.* Alison drückte das Telefon in ihrer Hand. Gott sei Dank hatte er sich doch noch überzeugen lassen, im Hotel zu bleiben. Auch wenn er es ständig herunterspielte, die Schwindelanfälle, die ihn seit der Pressekonferenz mit den Mumien plagten, bereiteten Alison Sorge. Sie blickte auf den Artikel aus dem Economist, den sie beim Blättern in der Zeitung gefunden hatte.

SPUKT ES IM BRITISH MUSEUM?

Unerklärliche Geräusche, spektrale Erscheinungen, plötzliche Temperaturabfälle – etwas Seltsames geht vor im British Museum. Während die Vorfreude auf die feierliche Übergabe der wiederentdeckten Mumien an den ägyptischen Ministerpräsidenten Mustafa Madbuli steigt, geht unser Autor Stephen Fox Berichten von einer wieder auferstandenen ägyptischen Prinzessin, sich bewegenden Objekten und selbstständig öffnenden Türen nach.

Dass solche Geschichten immer wieder hochkochten, wenn es entsprechende Anlässe gab, war normal. Aber der Economist war alles andere als ein Schmierblatt.

Ein eisiger Luftstrom streifte von der Lokaltür her ihr Gesicht. Peggy? Alison blickte auf. Ein älterer Mann mit Schirm und Melone betrat den Pub. Sie sprang auf und lief ihm entgegen. »Roy!« Fest legte ihr Butler seine Arme um sie. »Danke, dass Sie so schnell kommen konnten.« Wie gut das tat. Für eine kurze Ewigkeit lehnte sich Alison eng an ihn und genoss den Halt, den er ihr schenkte.

»Ich dachte mir, bei so einem verzwickten Fall können Sie jede Hilfe gebrauchen, die Sie kriegen können. Außerdem müssen Sie in einer Stunde zum Kurs. Wir sollten keine Zeit verlieren. Am besten ist, Sie zeigen mir gleich, bis wohin Alfie die Fährte nachverfolgen konnte.« Er reckte seinen Kopf und spähte in die Menge. »Wo ist denn unser heldenhafter Polizeihund?«

»Oh!« Alison drehte sich um und sah zum Tisch. Völlig aufgeregt zottelte er an der Leine und trat von einem Bein aufs andere. Nach dem Schock mit dem umgestürzten Sarkophag gestern hatte sie ihn dieses Mal extra fest angebunden. Noch ein paar Minuten und er würde vor lauter Aufregung den gesamten Tisch durchs Lokal schleifen. Alison ging zu ihm, beglich ihre Rechnung, während Roy sich noch rasch eine große Flasche stilles Wasser am Tresen kaufte und schon gingen sie hinüber auf die andere Straßenseite.

Um diese Zeit herrschte relativ wenig Verkehr auf der Great Russell Street. Zudem hatten das vordere und hintere Auto so ungeschickt geparkt, dass die Lücke, an der Alfie gestoppt hatte, viel zu klein für einen herkömmlichen PKW und somit noch immer frei war. Allerdings hatte Mr Bucklands Sturz jeden Ansatz von Spur restlos zerstört, sodass Alison selbst bei größtem Optimismus nicht mehr an verwertbare Hinweise glaubte. Roy erhob den Finger.

»Geben Sie nicht zu früh auf, Madam! Wenn die jahrelange Arbeit für Ihren Vater mich eines gelehrt hat, dann, dass ein Täter immer Spuren hinterlässt.«

Nur waren in der Zwischenzeit wahrscheinlich ebenfalls hunderte Nicht-Täter über diese Parklücke gelatscht. Wie sollten sie deren Spuren von den wichtigen trennen können? Das hier war die sprichwörtliche Suche nach der Nadel im Heuhaufen.

»Vielleicht haben wir Glück und finden zumindest noch einen minimalen Ansatz eines Reifenabdruckes, den wir später rekonstruieren können.« Roy stellte seinen Arbeitskoffer auf dem Gehsteig ab und sah zu Alison. »Was schlagen Sie vor?«

»Ich?«

Roy richtete seinen Hut. »Sie leiten die Ermittlungen.«

Die Art, wie er dabei schmunzelte, ließ Alison das Herz aufgehen. Roy glaubte an sie. Und er hatte recht. Sie hatte den hinterhältigen Mörder im Savoy Hotel enttarnt und einen angeblichen Spuk als betrügerische Masche entlarvt. Also konnte sie auch diesen Fall lösen. Peggy war keine Mörderin. Im Gegenteil: Sie brauchte Hilfe. Alison überlegte. »Ich denke, wir sollten uns aufteilen. Jeder übernimmt genau eine Hälfte der Stelle. Wichtig ist, dass wir jeweils vom Gehsteig oder der Straße aus suchen, um sicherzustellen, dass wir nicht selbst noch verwertbare Spuren zerstören.«

Roy öffnete seinen Arbeitskoffer, zauberte zwei Warnwesten hervor, reichte eine davon Alison und sicherte die Parklücke zusätzlich mit einem Warndreieck. Er war unglaublich.

»Roy, Sie sind mein Held.«

Er schmunzelte bescheiden. »Ich mache nur meine Arbeit, Madam.« Seine Augen wurden groß und rund. »Oh! Ich hätte fast das Wichtigste vergessen.« Er griff ein weiteres Mal in seinen Koffer und holte eine zusammengefaltete Kuscheldecke heraus. Alison staunte immer wieder.

»Sie sind ein wahrer Zauber-Butler«, flunkerte sie. »Selbst Mary Poppins hätte nicht mehr in eine Tasche bekommen.«

Roy nickte nur kurz mit dem Kopf. »Ordnung und System, Madam. Zusammen wirken diese zwei Dinge wie Magie.« Er legte die Kuscheldecke auf den Gehweg vor dem Zaun zum Museumsvorplatz, wies Alfie an, darauf Platz zu machen, bestach ihn mit einem seiner Lieblingskauknochen, stellte ihm ein winziges Näpfchen dazu und goss einen Schluck Wasser aus der Flasche ein, die er gerade eben in der Museum Tavern gekauft hatte. Die Leine befestigte er am Zaun. Zufrieden klatschte Roy in seine behandschuhten Hände. »Worauf warten wir noch?«, fragte er. »Legen wir los!«

Schon im nächsten Moment leuchteten sie jeden noch so kleinen Winkel der Straße mit ihren Handytaschenlampen aus. So langsam schwand in Alison auch der allerletzte Funke Hoffnung. Das hier am Boden war nichts als festgefrorener Matsch. »Sie dürfen nicht so früh aufgeben«, flüsterte Roy ihr zu. »Leuchten Sie das Eis ab. Vielleicht ist etwas eingefroren. Etwas, das Peggy verloren hat, oder jemand, dem sie hier begegnet ist.«

Roy hatte recht. Sie hielt ihr Handylicht dicht über das Eis. Aber außer Dreck, Holz und kleine Steine konnte sie beim besten Willen nichts erkennen. Doch dann plötzlich, unter dem angrenzenden Fahrzeug, funkelte ihr ein vereister Abdruck entgegen. Alison jubelte. »Die Reifenspur geht unter dem angrenzenden Auto hier weiter! Offenbar ist der Wagen eingeparkt, nachdem das andere Fahrzeug mit Peggy verschwunden ist.« Alison deaktivierte ihre Taschenlampenfunktion, schaltete ihre Kamera ein und drückte ab. Das Ergebnis war ernüchternd. Zwar war die Spur gerade noch so zu erkennen, aber Schnee und Eis reflektierten das Licht derart stark, dass die Konturen bis zur Unkenntlichkeit verschwammen und jegliches Gefühl für die Profiltiefe verlorenging. Sie müssten das Foto bei Tageslicht machen, aber so viel Zeit hatten sie nicht. Und wer wusste schon, ob das Eis bis dahin nicht längst geschmolzen war.

»Besser als nichts«, versuchte Roy Zuversicht zu verbreiten. Damit hatte er auch nicht Unrecht. Trotzdem, es musste einen besseren Weg geben. Sie schob ihre Hand unter das Fahrzeug und tastete die Spur behutsam ab.

»Sie ist komplett vereist«, sagte Alison. »Wenn wir nur einen Gipsabguss machen könnten …«

Prompt griff Roy in seinen Koffer und holte eine Packung Trockengips sowie ein kleines Plastikgefäß zum Anrühren heraus. »Roy, Sie sind genial!«

Sein Oberlippenbart zuckte. »Ich habe lediglich gemeinsam mit Ihnen tagaus tagein für das Working Men's College gelernt. Als Sie am Telefon von einem Reifenabdruck sprachen, war mir sofort klar, dass wir das hier brauchen würden. Hoffen wir nur, dass es auch auf Eis funktioniert.«

Alison erinnerte sich an das erste Trimester zum Thema Spurensicherung. »Lektion sieben, Abschnitt drei: Gips wird härter, weil er das Wasser chemisch bindet. Das geschieht durch die Bildung von Kristallen. Dabei verzahnen sich die Wassermoleküle und der Gips wird fest. Da spielt die Temperatur also keine Rolle. Und mit ein wenig Glück ist der Gips schneller fest, als das Eis darunter schmelzen kann.«

Roy sah sie bedächtig an. »Schauen Sie sich an, wie gut Sie gewappnet sind. Ihr Vater wäre stolz auf sie.« Er nahm die Plastikschale und hielt sie an den Fahrzeugspalt. »Allerdings haben wir ein Problem.«

Jetzt sah Alison es auch. »Die Schale ist zu groß. Damit kommen wir niemals unter das Fahrzeug.«

»Ich hole eine Kelle aus der Museum Tavern.«

Alison schüttelte den Kopf. »Der Gips härtet viel zu schnell aus. Die angerührte Masse wäre schneller fest, als wir sie mit der Kelle über die Spur verteilen können.«

»Dann müssen wir das anders lösen.« Roy sah sich um und lief schließlich auf ein junges Pärchen zu, das wenige Yards von ihnen entfernt ihr Auto bestieg. Nach einem kurzen Gespräch und mehreren ausgetauschten Hundert-Pfund-Noten kehrte Roy mit einem Wagenheber in der Hand zurück. Er setzte ihn an dem fremden Fahrzeug an und begann zu kurbeln. Alison wurde mulmig.

»Dürfen wir das?«

»Für solche Fragen haben wir keine Zeit. Nehmen Sie den Rest des Wassers, das ich gekauft habe, um die Masse anzurühren!«

Kaum folgte Alison Roys Anweisungen, ertönte ein schriller Ton. Die Warnblicklichter des Wagens sprangen an. Alison fluchte. »Die Alarmanlage.«

»Die geht in wenigen Minuten von alleine wieder aus.« Roy kurbelte unbeeindruckt weiter. »Beeilen Sie sich!«

Alison hielt die Plastikschale an den Spalt. »Das ist noch nicht hoch genug, Roy. Wenn ich nicht gleich gieße, ist der Gips hart.«

Roy kurbelte schneller. Die Alarmanlage verstummte. Dafür ertönte in der Ferne eine Sirene. Durch die verschneiten Baumwipfel über ihnen flitzte Blaulicht, das langsam stärker und greller wurde. Ein Streifenwagen näherte sich ihnen. »Oh nein«, seufzte Alison.

»Haben Sie ein Problem, Madam?«

Zwei Männer in Uniform standen mit in die Hüften gestemmten Armen neben ihr und sahen sie mit finsterer Miene an. Noch bevor Alison antworten konnte, flüsterte Roy ihr zu. »Gießen Sie den Gips ein.« Dann stand er auf und ging auf die Männer zu. Alison machte einen erneuten Test. Jetzt war der Spalt tatsächlich groß genug. Im Hintergrund hörte sie die Polizisten lachen. Roy konnte auch wirklich jeden um seinen Finger wickeln. Sie hielt die Schale über die vereiste Spur. Es funktionierte. Der Gips verteilte sich. Jetzt musste sie nur noch 15 Minuten warten. Leider kam genau in diesem Moment auch noch ausgerechnet Teddys Kollege Constable Smith aus dem British Museum geeilt. Verwundert blickte er in Richtung des Blaulichts und stürmte schließlich auf Roy und die beiden Polizisten zu. Alison erinnerte sich. Teddy hatte erwähnt, ihn wegen der Überwachungsvideos in die Museumsverwaltung geschickt zu haben. Aber hatte das wirklich so lange gedauert? Smith hatte ihr nun gerade noch gefehlt. Jung, komplett grün hinter den Ohren und ein Ego für alle DCIs beim Scotland Yard zusammen. Alison duckte sich und hoffte dabei, irgendwie zwischen den beiden Fahrzeugen zu verschwinden.

Es funktionierte. Zehn Minuten später war nicht nur Smith verschwunden und die Polizisten stiegen wieder in ihren Wagen, auch der Gips fühlte sich hart genug an. »Sie sind unglaublich«, bedankte sich Alison bei Roy.

Er räusperte sich. »Ich habe lediglich erzählt, es handele sich um eine überaus wichtige Projektarbeit für Detective Chief Inspector Teddy Chan im Rahmen Ihres Kurses am WMC.«

Alison presste ihre Lippen zusammen, um sich ein lautes Lachen zu verkneifen. »Und das haben sie geglaubt?«

»Mehr noch.« Er hielt ihr einen USB-Stick vor die Nase. »Ich habe sogar das hier bekommen.«

»Was ist das?«

»Constable Smith hat sich auf diesen Stick die Kopien der Überwachungsvideos ziehen lassen.« Roy grinste Alison schelmisch von der Seite an. »Ich meinte, damit müsse er natürlich nicht extra noch einmal ins Präsidium fahren, der Arme. Da Sie Detective Chief Inspector Teddy Chan ohnehin gleich im Kurs sehen, könnten Sie ihm den Stick doch mitnehmen.« Er senkte seine Stimme. »Und vielleicht vorher eine kleine Sicherungskopie davon machen.«

»Roy!«, jubelte Alison.

Er legte seinen Finger auf den Mund und deutete auf den Gipsabguss. Vorsichtig hob Alison ihn an und drehte ihn um.

»Er ist perfekt!« Gerade als sie kurz davor war, vor Freude in die Luft zu springen, quietschten erneut Autobremsen hinter ihr. Sie erkannte Teddys Stimme.

»Eine Projektarbeit für das Working Men's College?« Er deutete auf den angehobenen Wagen. »Was haben Sie sich dabei gedacht?«

Roy erbleichte, doch Alison hielt ihn davon ab, sich einzumischen. Er hatte schon genug für Sie getan. »Peggy ist in Gefahr, Teddy. So glauben Sie mir doch.«

»Sie meinen, wie bei Ihrer Krankmeldung?«

»Was ist das denn bitte für ein alberner Vergleich.«

»Jetzt bin ich also auch noch albern.«

»Das habe ich nicht gesagt. Peggy ist keine Mörderin.«

»Auf jeden Fall ist sie Ihre beste Freundin und Sie sind befangen. Das Einzige, was Sie mit Ihren Aktionen erreichen, ist eine Behinderung der Ermittlungen.«

»Das ist nicht fair! Meine einzige Verpflichtung ist der Fall, haben Sie das nicht gesagt?«

Teddy sah sie mit ernster Miene an. »Sie haben aber keinen Fall. Und wenn Sie nicht aufhören, sich über Ihre Befugnisse hinwegzusetzen und gleich am Working Men's College sind, werden Sie auch nie einen haben.«

Alison schnappte nach Luft. »Was soll das heißen?«

»Ganz einfach. Wenn Sie noch einmal fehlen, sind Sie raus. Für immer!« Er deutete auf seine Uhr. »Also beeilen Sie sich.«

»Das ist nicht fair!«

»Willkommen in der Realität.« Er kurbelte seine Fensterscheibe hoch und gab Gas. Der Motor heulte so stark auf, dass die Räder auf der verschneiten Straße durchdrehten und der Wagen mit der Hinterachse kurzzeitig ins Schlingern geriet.

»Was bitte war das denn, verdammt noch mal!«, fluchte Alison ihm hinterher.

»Ich bin sicher, er will Sie nur beschützen, Madam. Sorgen Sie sich nicht. Wenn ich Ihnen ein Taxi rufe, schaffen Sie es noch rechtzeitig zum Working Men's College.«

Alison schüttelte den Kopf. »Ich habe eine bessere Idee.«

13

6:17 pm, Museum Tavern, Great Russell Street

Alison atmete das Geschirrklappern und Stimmengemurmel um sie herum ein. Es war verrückt. Jetzt, wo sie endlich eine Spur hatten, half ihr die lebendige Geräuschkulisse der Museum Tavern, sich zu fokussieren. Wie ein schützender Mantel, hielt sie alle Ablenkungen und destruktiven Gedanken von ihr fern. Alfie schlief tief und fest unter ihrem Stuhl.

»Sind Sie sicher, dass Sie das tun wollen?«, fragte Roy. »Noch ist genug Zeit, um es rechtzeitig zum Kurs zu schaffen.«

Und ob sie das war. Selbst wenn sie keine offizielle Lizenz als Privatermittlerin bekam, ihre beste Freundin brauchte ihre Hilfe. Das konnte sie doch nicht ignorieren. Sie öffnete die Videodatei, die sie sich vom USB-Stick auf das Notebook kopiert hatte.

Vier verschiedene Kameras zeigten im Rechteck neben- und übereinander angeordnet die ägyptische Skulpturengalerie aus verschiedenen Perspektiven. Am unteren rechten Bildschirmrand lief die Aufnahmezeit mit. Eine Tonspur gab es nicht. Alle Aufnahmen waren komplett stumm. Alison stützte sich auf ihren Ellenbogen und biss in ihre Faust. *Bitte, Peggy, enttäusch mich nicht!* Als die Zeitanzeige kurz nach 1 Uhr nachmittags anzeigte, betrat wie von der freundlichen Zeugin ausgesagt Mrs Tarassnowa die Skulpturengalerie. Von der anderen Seite her, also wahrscheinlich durch den Personaleingang, kam eine weitere Person in die Ausstellungshalle. Alison spürte, wie ihr Puls in die Höhe schnellte: der dicke, knöchellange Alberta Ferretti Mantel, die übergroße Pelzmütze … »Das ist Peggy!«, fuhr es ihr über die Lippen. Sie war also wirklich im Museum gewesen.

Roy deutete auf den Bildschirm. »Und offenbar hatte sie

mit dem Mordopfer eine ziemlich wortstarke Auseinandersetzung.«

Leider, und genau das beunruhigte Alison. Gebannt verfolgte sie, wie Peggy und die Museumsaufseherin sich unterhielten. Dann plötzlich griff Peggy in ihre Manteltasche, nahm ihr Smartphone heraus und telefonierte kurz. Nach dem Telefonat wirkte sie gefasster, versuchte die Situation offenbar weiter zu beschwichtigen. Es schien zu funktionieren. Für die nächsten zwanzig Minuten beruhigte sich die Lage. Bis Peggy schließlich erneut nach ihrem Telefon griff und kurz darauf regelrecht panisch nach draußen rannte. Mrs Tarassowna jedoch verblieb in der Galerie – völlig verdutzt, aber: lebendig!

»Was auch immer da vor sich gegangen ist«, sagte Alison. »Peggy hat sie nicht umgebracht.«

Roy aktivierte den Bildsuchlauf. Gerade als Alison begonnen hatte, Hoffnung zu schöpfen, tauchte Peggy ein zweites Mal auf. Doch irgendetwas an ihr schien Mrs Tarassowna plötzlich zu verunsichern. Sie erstarrte regelrecht, den Blick auf die rechte Hand gerichtet, die Peggy unter ihrem Mantel verborgen hielt. Als Peggy sich ihr auf ungefähr einen Yard genähert hatte, drehte sich Mrs Tarassowna schlagartig um, als wolle sie die Skulpturengalerie verlassen. Im selben Augenblick zog Peggy einen Hammer unter ihrem Mantel hervor und schlug derart brutal zu, dass selbst Alison kurz zusammenzuckte. »Das kann nicht sein!«

Doch wider Erwarten ging Mrs Tarassnowa nicht zu Boden. Sie taumelte, drehte sich um. Mit mehr Glück als Verstand gelang es ihr, dem zweiten Schlag auszuweichen. Doch anstatt einen erneuten Fluchtversuch zu wagen, packte sie Peggy am Handgelenk, reckte ihren Kopf und schrie direkt in die Kamera. Peggy riss sich los und holte aus. Ein weiterer Schlag traf Mrs Tarassowna, dieses Mal so heftig, dass Mrs Tarassnowa zur Seite taumelte, die ausgestellte Stein-Kanope von Djedbastiufankh zu Boden riss, schließlich selbst stürzte und reglos liegen blieb. Peggy drehte sich um und stürmte aus dem Museum.

Fassungslos starrte Alison auf den Computermonitor.

»Ich kann es selbst nicht glauben«, flüsterte Roy. »Aber das sieht nicht gut aus.«

Alison klickte auf das Bedienfeld des Videoplayers und spulte zurück. »Ich bin mir da nicht so sicher.«

»Madam, so schrecklich es auch ist. Ich fürchte, die Bilder sprechen für sich.«

»Aber wovor hat Mrs Tarassowna plötzlich so viel Angst gehabt?«

»Peggy hatte einen Hammer unter dem Mantel!«, antwortete Roy.

»Woher sollte sie das wissen? Sie war bereits entsetzt, bevor Peggy den Hammer unter dem Mantel hervorgezogen hat.«

»Vielleicht lag es an ihrem Blick.«

In diesem Punkt stimmte Alison mit Roy überein. Irgendetwas war mit Peggy. Sie spielte das Video erneut ab. Nachdem sie das Material ein zweites Mal gesichtet hatte, war sie absolut sicher. Sie spulte wieder zurück, drückte auf Play und deutete auf Peggy. »Schauen Sie genau hin. Während dieser Sequenz gibt es immer wieder Momente, während denen man Peggys Gesicht eindeutig erkennen kann.« Sie spulte weiter vor. »Ab dem Moment aber, wenn sie von draußen zurückkommt, ist das nicht mehr der Fall.«

Roy atmete deutlich hörbar ein. »Eine sehr aufmerksame Beobachtung, Madam. Die Person in dieser Sequenz hat die Pelzmütze genutzt, um ihr Gesicht zu verbergen.«

»Ganz genau! Das hier ist nicht Peggy. Und das dürfte auch der Grund für Mrs Tarassownas panische Reaktion sein.«

Roy nickte. »Sie hat erkannt, dass sich jemand als Peggy

ausgeben wollte und eins und eins zusammengezählt. Eine clevere Frau.«

»Und eine mutige obendrein.« Alison spulte weiter vor bis kurz vor den Moment, an dem Mrs Tarassowna ein zweites Mal von dem Hammer getroffen wurde. »Dieser Blick in die Kamera …« Sie pausierte das Video. »… Ich bin mir sicher, sie wusste, dass sie keine Chance mehr hatte, und wollte einen Hinweis hinterlassen. Nur deswegen hat sie mit letzter Kraft die Hände der Person im Pelzmantel gepackt. Damit sie einen kurzen Moment hat, um in die Kamera zu schauen. Achten Sie darauf, wie überdeutlich sie artikuliert. Sie wusste, dass die Aufnahmen der Kameras keinen Ton haben.« Alison aktivierte die Zeitlupe, drückte auf Play und versuchte von Mrs Tarassownas Lippen zu lesen.

»Die Mumien kommen von den Erben«, murmelte Roy.

Alison sah ihn verwundert an.

»Ich habe während meiner Zeit als Butler das eine oder andere Mal mit stummen Menschen zu tun gehabt und musste mich im Lippenlesen üben, Madam. Ich bin mir sicher, dass sie sagt: ›Die Mumien kommen von den Erben.‹«

Alison schüttelte mit dem Kopf. Das ergab keinen Sinn. Sie klickte sich auf die Webseite des Museums und suchte die Angaben zur zerbrochenen Kanope heraus, die sie am Tatort recherchiert hatte. »Dort steht es: Die Kanope hatte eine Inschrift. Sie beschwört die Wiederauferstehung der Toten durch die Macht der Götter.«

Fasziniert folgte Roy ihren Ausführungen. Aber scheinbar verstand er nicht, worauf sie hinauswollte.

»Wenn Mrs Tarassowna jahrelang als Museumsaufseherin gearbeitet hat, kennt sie die ausgestellten Objekte mit Sicherheit haargenau, also auch ihre Innschriften.«

»Schon.« Roy rieb sich seinen Bart. »Aber was hat das mit ihrem Satz zu tun?«

»Ich weiß, es klingt verrückt«, antwortete Alison. »Aber was, wenn sie das Artefakt absichtlich zu Boden gerissen hat? Sie wissen, wie oft mich mein Vater früher mit ins Museum geschleift hat. Ich habe dutzende Führungen mitgemacht. Die Ägypter waren ein sehr mystisches Volk. Viele gespenstische Geschichten sind überliefert und bis heute ungeklärt. So verrückt und unmöglich sie auch klingen mögen.« Sie holte die Ausgabe des Economist, die sie vorhin im Pub gelesen hatte und präsentierte Roy den Artikel über die mysteriösen Vorfälle im Museum. »Sogar Museumsmitarbeiter und Wissenschaftler glauben an diese Geschichten über übermenschliche Mächte. Soweit ich mich erinnere, haben Ägypter früher Geister und Dämonen heraufbeschworen, indem sie Flüche auf Tonobjekte schrieben. Zerbrach man diese Objekte, wurde der Fluch aktiv.«

Roy sah Alison mit besorgtem Blick an. »Sie meinen, Mrs Tarassowna hat sich für den Mordanschlag mit einem Fluch gerächt?«

»Genau«, antwortete Alison. »Ich glaube nicht, dass sie ›Die Mumien kommen von den Erben‹ sagt.« Sie spulte abermals zurück und spielte Mrs Tarassownas Mundbewegung in Zeitlupe ab. »Sie sagt: ›Die Mumien kommen aus den Scherben.‹ Aus den Scherben, die sie gerade zerbrochen hat.«

Roy faltete seine Hände wie zum Gebet. »Gewiss, dank Ihrem letzten Fall im Savoy Hotel wissen wir, dass sich hinter einer Spukgeschichte meist ein hinterhältiges Täuschungsmanöver verbirgt. Aber diese Sache …« Er löste seinen Blick vom Bildschirm, um Alison direkt in die Augen zu sehen. »… Mumien, zerbrochene Artefakte, Flüche und nicht zu vergessen: der Besuch von Ministerpräsident Mustafa Madbuli. Ich fürchte, hier sind Kräfte am Werk, die jene aus Ihrem letzten Fall bei Weitem übersteigen.«

»Roy!« Alison rieb sich ihre zarten, schlanken Arme, so

sehr fröstelte es sie. Hatte sie nicht in dem Zeitungsartikel von plötzlichen Temperaturabfällen gelesen?

»Vielleicht sollten Sie in diesem Fall tatsächlich auf den Rat von Detective Chief Inspector Teddy Chan vertrauen und dem Scotland Yard die Arbeit überlassen.«

Niemals! »Und Peggy? Wenn wir recht haben mit unserer Vermutung und sich jemand als sie ausgegeben hat, dann hat der Täter Mantel und Pelzmütze von ihr. Was, wenn sie in seiner Gewalt ist? Was, wenn sie um ihr Leben kämpft? Wir sind die Einzigen, die Peggy noch hat!«

Die Sorge in Roys Augen machte Alison Angst. Ihr fiel die Schuppe wieder ein, die sie an einer der Scherben gefunden hatte. Sie zeigte sie Roy.

»Faszinierend! Ich vermute, sie gehört zu irgendeiner Art Reptil. Aber wissen Sie auch, zu welchem?«

»Bernie aus meinem Kurs am WMC arbeitet in einem Zooladen. Wenn jemand etwas mit dieser Schuppe anfangen kann, dann er.«

Roy nickte.

»Ich werde ihn gleich morgen früh dort aufsuchen. Vielleicht können Sie derweil etwas über die Reifenspur herausfinden, Roy.« Das fühlte sich zumindest nach einem Plan an. Und das vertrieb diese unerträgliche Ohnmacht in ihr.

»Aber …« Roy holte tief Luft. »… was machen wir mit dem Event? Jemand wird Peggys Arbeiten übernehmen müssen.«

Oh Gott, daran hatte sie in aller Panik noch gar nicht gedacht. Im Grunde gab es aber ohnehin nur eine Möglichkeit. »Ich regele das.«

»Dann sollten wir uns jetzt schleunigst auf den Heimweg machen, damit Sie sich ausruhen und ausreichend schlafen können«, antwortete Roy. Er griff nach Alisons Hand und drückte sie ungewöhnlich fest. »Sammeln Sie Ihre Kräfte, Alison. Sie werden Sie brauchen!«

2 Tage vor Mildreds Geburtstag

14

9:30 am, Stucley Place 7

Alison stieg aus dem Taxi. Nur eine Querstraße weiter befand sich die Camden High Street, eine der vielleicht schrägsten Einkaufsmeilen von ganz London. Die Gegend passte perfekt zu Bernie. Sie hatte ihn schon immer für seinen direkten Charakter bewundert. Er war so wunderbar geradeaus und kümmerte sich nicht um andere. Aber nichts, rein gar nichts hier am Stucley Place sah nach Zooladen aus. Sie zog ihr Smartphone aus ihrem Tweedmantel und rief die Internetseite auf, unter der sie das Venomous Hole, das Giftloch, ausfindig gemacht hatte. Dort stand es schwarz auf weiß: Stucley Place. So groß war die Straße nicht. Der Laden musste also ganz in der Nähe sein. Nur wo? Sie drehte sich um, und jetzt, auf den zweiten Blick sah sie es. Das Garagentor auf der gegenüberliegenden Straßenseite war flächendeckend mit einem riesigen, tiefschwarzen Graffiti besprüht. Eine Vogelspinne kroch auf dem Bild aus einem Erdloch und bleckte ihre Giftklauen. Alison lief auf die Tür neben dem Garagentor zu. Sie war verschlossen. Aber das Klingelschild daneben bestätigte, dass sie richtig war. Sie läutete bei Venomous Hole. Der Summer ertönte und sie trat ein.

Tropfsteingeräusche empfingen sie. Das Fauchen von Echsen mischte sich darunter. Sie folgte dem dunklen, schmalen Gang zwischen schwarz gestrichenen Wänden und stieg eine enge, nicht enden wollende Wendeltreppe hinab. Das Rasseln einer Klapperschlange ließ sie innehalten. Alison sah sich um. Spinnweben fluoreszierten ihr grellgelbweiß von der Decke entgegen. Erst jetzt bemerkte sie die Armee aus fingernagelgroßen, gefräßigen Ameisen, die zersägte Blattfetzen durch das Innere des durchsichtigen Treppengeländers in den Keller hinabschleppte. Wenn Bernie das alles selbst gestaltet hatte, war er noch einfallsreicher und detailversessener, als sie gedacht hatte. Das Venomous Hole war aufwendiger gestaltet als der London Dungeon. Sie bemerkte ein merkwürdiges Kribbeln auf ihrem rechten Bein, schrie auf, sprang zur Seite und schlug zu. Statt eines Tiers spürte sie einen harten Gegenstand in ihrer Hand. Erst jetzt realisierte sie, dass es nur der Vibrationsalarm ihres Smartphones gewesen war. Sie zog es heraus. Holden hatte geschrieben:

Erreiche Mildred nicht. Fahre jetzt zu ihr ins Krankenhaus.

Alison lehnte sich gegen das Geländer. Seit dem plötzlichen Abbruch des Telefonats gestern hatte sie ebenfalls nichts mehr von ihrer Tante gehört. Sie erinnerte sich an die hysterisch piependen Apparaturen im Hintergrund, während sie mit Mildred gesprochen hatte. Noch eine Katastrophe konnte sie nun wirklich nicht gebrauchen. Holden schien genau zu wissen, was in ihr vorging.

Aber mach dir keine Sorgen, schrieb er. *Sie ist sicher nur damit beschäftigt, das Personal zu tyrannisieren.* Ein zwinkernder Smiley folgte. Dann:

Pass auf dich auf. Ich weiß, du findest den Killer!

Die Ermutigung von ihrem Honeybun schenkte Kraft. Auch wenn Holden es nicht sah, schickte sie dem Handy einen Luftkuss entgegen, schob es wieder in ihre Tasche und ging weiter. Als sie am Ende der Treppe angekommen war, versperrte ihr ein dichter Vorhang aus Latexbändern den Weg. Alison trat hindurch und befand sich mitten in einem Labyrinth aus Terrarien, getrockneten Wurzeln, zu dutzenden in enge Schachteln gepferchten Insekten und modernster Terrariumtechnik.

»Alison?«

Sie drehte sich um. Bernie stand hinter ihr.

»Ich habe eigentlich nicht damit gerechnet, dass ich dich noch einmal wiedersehe. Schon gar nicht hier.«

Seinen stämmigen, aber durchaus muskulösen Körper hatte er in eine graugrüne Safari-Uniform gequetscht. Von seinem Basecap her grinste Alison dieselbe Spinne an, die sie schon auf dem Garagentor gesehen hatte. Allerdings war die hier eine täuschend echt wirkende Attrappe, die obendrein roboterartig ihre Vorderbeine bewegte.

»Teddy war echt stinksauer gestern. Er meinte, du kommst nicht mehr.«

Also hatte Teddy vor, seine Warnung wahr zu machen. Alison hatte zwar damit gerechnet; doch jetzt, wo es ausgesprochen war, fühlte es sich überraschend hart an. Bernie steckte seine Hände in die Taschen und sah sie prüfend an.

»Vickie meinte, dass es dir mit uns zu dumm geworden ist.«

Und das glaubte er? »So ein Blödsinn.« Das war mal wieder typisch. Diese Kosmetikerin aus Hackney hatte sie von Anfang an auf dem Kieker gehabt. »Du weißt, wie wichtig mir der Kurs ist.« Sie machte eine Pause. »Oder war.«

»Warum schmeißt du dann alles hin?«

Was sollte sie darauf antworten? Sie sah sich um. »Warum schmeißt du *das* hier alles hin?« Bernie hatte mit seinem Laden ein regelrechtes Kunstwerk erschaffen. Und nun wollte er dieses Gruselparadies aufgeben, um eine Privatdetektei zu eröffnen? In Bernies Blick spiegelte sich eine überraschende Verletzlichkeit.

»Ist eben nicht alles immer so, wie es auf den ersten Blick scheint.«

Wahre Worte, dachte Alison. »Und manchmal lässt uns das Leben keine Wahl.«

Bernie hob die Augenbrauen. »Menschen wie du haben doch immer eine Wahl.« Er schluckte. »Hat sich eh jeder gefragt, was du bei uns willst.«

Sie wollte ihren Traum leben. Er wusste gar nicht, wie schwierig das Träumen war, wenn man scheinbar alles hatte. »Ich brauche deine Hilfe, Bernie.«

Sein Blick fing sich wieder. »Also hatte Rosa doch recht.«

»Rosa?« Die Gospelsängerin aus Brixton hatte Alison schon immer mit ihrer Empathie und Menschenkenntnis beeindruckt. Und dank ihrer Erfahrungen als Laborantin im University College Hospital verfügte sie über kostbares Hintergrundwissen. Wenn jemand aus ihrem Kurs das Zeug zur Privatermittlerin hatte, dann sie. Oh Gott, seufzte Alison in Gedanken. Was Rosa obendrein alles auf sich genommen hatte, um vor zwei Tagen die Selbstverteidigungsstunde für Alison zu streamen. Alles für die Katz. Und sie hatte noch nicht einmal Danke gesagt. Prompt meldete sich Alisons schlechtes Gewissen wieder. Bernie verengte seine Augen.

»Du hast einen Fall.«

Der Buschfunk funktionierte erstaunlich gut. Sie öffnete ihre Handtasche und zog die kleine Plastikfolie heraus, in die sie die Schuppe eingeschlagen hatte. »Kannst du mir sagen, was das ist?«

Er ging hinüber zur Kasse und hielt die Folie mit der Schuppe ins Licht. »Wo hast du die her?«

»Ich habe sie gestern gefunden.«

Er starrte sie an und wartete. Offenbar genügte ihm die Antwort nicht.

»An der Scherbe von einem zerbrochenen Artefakt.«

Bernie neigte seinen Kopf.

»Okay, bei einer Leiche.«

»Du hast Beweismittel vom Tatort entfernt? Puh! Kein Wunder, dass Teddy sauer auf dich ist.«

»Der hat sich doch überhaupt nicht dafür interessiert.«

Bernie runzelte die Stirn. »Da muss er aber ordentlich durch den Wind gewesen sein. Ich meine …«

Alison seufzte. »Ich weiß …«

»Es ist allgemein ein fundamentaler Fehler, die Gelegenheit zu verpassen, etwas Relevantes festzustellen, wenn es noch feststellbar ist«, zitierten sie ihr Lehrmaterial im Chor.

Bernie konzentrierte sich wieder auf die Schuppe. »Krass. Eine echte Leiche.« Er pfiff durch seine Zähne und schwenkte die Schuppe im Licht hin und her. »Wie ist das Opfer gestorben? Gift?«

»Erschlagen. Wieso fragst du?«

Bernie nahm die Schuppe und führte Alison in den Lagerbereich. Zwischen übereinander gestapelten Kartons und leeren Terrarien befand sich ein kleiner Arbeitstisch. Bernie griff in eine Schublade und holte eine beleuchtete Lupe heraus. »Die benutze ich manchmal, um unsere Tiere auf Verletzungen zu untersuchen.« Er hielt sie über die Schuppe. »Siehst du diese Struktur? Lang und schmal?«

Alison nickte.

»Ich würde nicht so weit gehen, zu behaupten, dass man jede Schuppe problemlos einem konkreten Tier zuordnen kann, aber in diesem Fall …«

Er stand auf und holte einen Plastikbehälter aus dem Regal. »Die Haut von Reptilien wächst nicht mit. Also müssen sie sich von Zeit zu Zeit häuten. Das passiert mitunter auch, während sie bei mir im Laden sind. Da es einige Freaks gibt, die total darauf abfahren, hebe ich die abgeworfenen Häute immer auf.« Er öffnete den Plastikbehälter, stellte ihn auf den Tisch und hielt abermals seine Lupe darüber. »Was sagst du?«

»Ich fasse es nicht. Das ist völlig identisch.«

Bernie nickte. »Allerdings.«

Alison wandte ihren Blick von der Lupe ab und betrachtete den Inhalt des Behälters. »Bitte sag mir, dass es nicht das ist, wonach es aussieht.«

Bernie nahm die Haut und breitete sie auf dem Tisch aus.

»Oh mein Gott!«, flüsterte Alison als fürchtete sie, das Monster könnte jeden Augenblick wieder lebendig werden. »Die ist ja ...«

»... knapp zwei Yards lang«, fügte Bernie hinzu. »Der Größe der Schuppe nach zu urteilen, würde ich fast meinen, dass dein Exemplar sogar noch ein gutes Stück größer war.« Er machte eine bedeutsame Pause. »Und verdammt giftig.«

Alison kreiste mit den Schultern, um gegen das gespenstische Gefühl in ihrem Körper anzukämpfen. Mit was hatten sie es hier nur zu tun? »Giftig?«

Bernie nickte. »Eine ägyptische Kobra. Wenn du nicht weißt, was zu tun ist und nicht innerhalb von 15 Minuten ein Gegenmittel bekommst, ist ihr Biss absolut tödlich.«

Alison schüttelte sich. »Und so etwas verkaufst du hier? Ist das denn legal?«

Bernie holte tief Luft, faltete die Haut wieder zusammen und legte sie zurück in den Behälter. »Sagen wir mal so, es ist nicht illegal. Aber definitiv nicht unumstritten. Schließlich ist die Haltung von so einem Tier mit ziemlich großen Risiken verbunden. Ich und meine Mitarbeiter sind genau geschult. Trotzdem reiße ich mich ehrlich nicht darum, so was zu verkaufen.« Er lehnte sich auf seinen rechten Unterarm und sah Alison von der Seite an. »Das Ding ist aber, solche Schuppen, wie du sie gefunden hast, fallen in der Regel nicht mal eben so ab. Dafür müsstest du so ein Tier schon in die Hand nehmen. Und ich persönlich würde einen Teufel tun.«

Alison überlegte. »Du meinst, jemand hat mit dem Tier gekämpft?«

Bernie schwenkte seinen Kopf nachdenklich hin und her. »Was war das für eine Scherbe, an der du die Schuppe gefunden hast?«

»Eine Kanope. Soweit ich weiß, haben die Ägypter früher darin die Organe aufbewahrt, die den Toten vor der Mumifizierung entnommen worden sind.«

»Gut möglich, dass die Schuppe dann einfach aus dem Objekt selbst stammt und bisher einfach übersehen worden ist. Im alten Ägypten war die ägyptische Kobra heilig. Sie galt als Beschützerin des Pharaos.«

Alison erinnerte sich an Mildreds Kostüm, das sie während der Technikprobe getragen hatte. »Deswegen der Kobrakopf auf der Pharaohaube?«

Bernie schnippte mit dem Finger. »In gewisser Weise sind diese Hauben selbst ja sogar eine Nachahmung der Kobra mit ihrem breiten, sich aufstellenden Nacken.«

Alison wurde neugierig.

Bernie rückte sein Basecap zurecht. »Also, ich bin jetzt kein Ägyptenforscher oder so. Aber soweit ich von meinen Kunden weiß, war der Schlangengott ein Gott der Wiedergeburt. Nach der Ankunft im Jenseits hat die Kobra den toten Pharao ernährt. Dabei wurde sie quasi selbst zum Körper des Verstorbenen, der dann durch sie wieder auferstanden ist. Manche sagen auch, dass sie deswegen auf der Stirn der Pharaonenhaube platziert war. Von da oben hat sie dem Verstorbenen die Atemluft in die Nase steigen lassen.«

Alison gruselte es. Sie schüttelte sich, als könne sie damit den Schauder auf ihrem Körper loswerden. Bernie zuckte mit den Schultern.

»Aber keine Ahnung, was das mit dem Mord zu tun hat.«

Alison ging es anders. All die Dinge, die Bernie als Schlangenkenner erklärte, fügten sich in ihrem Kopf auf beängstigende Weise zusammen. Da war die neugierige Mrs Tarassowna, die sich vor ihrem Tod eindeutig an den Mumien zu schaffen gemacht hatte. Dann ihr Schrei in die Überwachungskamera: *Die Mumien kommen aus den Scherben.* Kurz darauf zerbrach die Kanope und genau in deren Scherben fand Alison die Schuppe eines Schlangengottes, der Tote auferstehen ließ. Das konnte doch kein Zufall sein. Auch wenn Alison sich weigerte, an dämonische Übermächte zu glauben, all jene Dinge waren unbestreitbar miteinander verwoben. Bernie neigte sich vor.

»Geht es dir nicht gut? Du siehst blass aus. Willst du ein Glas Wasser?«

Sie winkte ab. Im Moment hoffte sie einfach, dass Roy mit der Reifenspur weitergekommen war und dass sich zusammen mit seinen Erkenntnissen dieser ganze gespenstische Nebel endlich lichtete.

»Na gut«, sagte Bernie, richtete sich wieder auf und sah sie besorgt an. »Aber pass bloß auf dich auf, Alison. Das sieht nach einer echt gruseligen Geschichte aus.«

15

10:00 am, Rotherhithe Street

Teddy lehnte sich gegen das Geländer am Themseufer und rückte seine Kopfhörer zurecht. Eine Möwe segelte tief über seinen Kopf hinweg, landete auf einer Eisscholle und ließ sich zu den Klängen von Darcy Diamonds Herzschmerz-Ballade *Sunrise* mit halb ausgebreiteten Flügeln den Fluss hinabtreiben. Konnte er nicht einfach für immer hier stehen bleiben? Oder am besten auch auf einer Scholle davontreiben. Irgendwohin. Wo ihn niemand kannte. Er hatte sich so auf diesen Vormittag mit Dustin gefreut. Und jetzt?

Die Stunde am Working Men's College gestern war beschissen gelaufen. Dieses ständige Gefrage nach Alison. Und die leere Wohnung, als er nach Hause gekommen war. Er hätte eine Flasche Reiswein köpfen und sich hemmungslos besaufen sollen. Stattdessen hatte er die halbe Nacht auf Google zugebracht, um herauszufinden, welches Drama sich hinter zu wenig Vitamin D, Fleischmangel und einem fehlenden Vater verbergen könne. Mit dem Ergebnis, dass er jetzt so ziemlich alles über Schwangerschaftskomplikationen und ADHS wusste, aber immer noch keinen blassen Schimmer hatte, warum Benisha so einen derartigen Wirbel um Dustin machte. Irgendwann war er am Schreibtisch eingeschlafen und mit einem steifen Rücken aufgewacht. Und einer unsagbaren Wut auf Alison. Mitten in dieser ohrenbetäubenden Stille in ihm. Die jetzt gerade Darcy Diamond füllte, die einzige Konstante in seinem Leben. Teddy drehte seine Kopfhörer lauter. *Sunrise* war mit Abstand einer ihrer besten Songs, ein musikalisches Meisterwerk. Und ein unbeschreiblicher Chartflop. Vielleicht hatte Benisha ja wirklich recht und es waren nicht die Besten, die gewannen. Vielleicht war er einfach nicht Arschloch genug für diese Welt.

Teddy gab sich einen Ruck und lief zu dem Wohnblock hinüber, in dem sich Dustins Wohnung befand. Ob er schon wusste, dass Benisha ihn verlassen hatte? Und diesmal endgültig? Teddy hatte keine Lust darauf, dass ihr Männerdate in einen Beziehungstalk ausartete. Er musste sich unbedingt fokussieren. Außerdem würde er sonst nie herausfinden, was mit Dustin los war. Er konnte das. Schließlich hatte er schon genug Verhöre in seinem Leben geführt.

Bei dem Wort *Verhöre* erschrak Teddy über sich selbst. Das war doch genau der Punkt. Schluss damit! Ab heute war alles anders. Und das war seine Chance. Er hatte verstanden. Heute würde er einfach mal nur Vater sein. Mehr nicht. Und Verständnis zeigen. Für alles. Im Glas der Haustür checkte er seine Frisur, zog Jacke und Pulli zurecht und klingelte.

Sein Sohn öffnete nicht. Teddy holte sein Handy aus der Tasche und überprüfte seine WhatsApp-Nachrichten. Nein, er war richtig. Da hatte es Dustin schließlich selbst geschrieben. *Frühstück. Hol mich um 10 Uhr ab, okay?* Vielleicht war die Klingel wieder defekt? Er wählte Dustins Nummer auf dem Telefon. Nur die Mailbox antwortete. Ein ungutes Gefühl machte sich in Teddy breit. Hatte Benisha vielleicht doch schon mit ihm gesprochen? War Dustin jetzt auch sauer auf ihn? Hier stimmte doch etwas nicht. Er drehte sich um, blickte in Richtung Themse und stieß eine Atemwolke in die Luft. Die Erinnerung an den jungen Mann von gestern Abend flammte wieder in ihm auf. Der, den er durch die automatische Eingangstür der Notaufnahme des University College Hospital gesehen hatte. War es etwa doch Dustin gewesen?

So ein Blödsinn! Jetzt reagierte er schon genauso panisch wie Alison mit ihrer angeblich in Lebensgefahr schwebenden Peggy. Alles Quatsch. Peggy war schlichtweg eine flüchtige Hauptverdächtige, wenn am Ende nicht gar eine kaltblütige Mörderin. Und Dustin? Sicher stand Dustin gerade unter der Dusche. Oder hatte seine Musik wieder bis zum Anschlag aufgedreht. Teddy drückte die Klingel erneut, diesmal länger. Und siehe da: Der Summer ertönte.

Er trat ein und lief die Treppen hinauf. Dustin stand top gestylt in Anzughose und Weste mit einem dezent gemusterten Kurzarmshirt und dem zur Hose passenden Sakko über den Unterarm gelegt in der halb geöffneten Tür und starrte ihn erschrocken an.

»Oh Scheiße, Dad!«

Allerdings, dachte Teddy. *Scheiße* brachte es auf den Punkt. Er hatte damit gerechnet, dass sie in den Mayflower Pub gehen würden oder ins The Angel. Aber wenn er sich jetzt seinen

Sohn ansah, war er hoffnungslos underdressed. Wie hatte er nur derart verpeilt sein können? Benisha hatte recht. Er hörte nicht zu. Dustin rieb sich die Stirn und verzog dabei beschämt das Gesicht. Er hatte es wohl nicht anders verdient.

»Ich hab dich total vergessen.«

Teddy spürte einen kleinen, feinen Stich, der sich durch seine Brust bohrte. Vergessen? »Oh …« Aber wofür dann dieser ganze Aufzug?

Dustin sah ihn an, als würde er sich fremdschämen und lümmelte sich dabei wie ein unüberwindbarer Straßenboller in den Türspalt. Wie diese Typen, die normalerweise um alles in der Welt eine Wohnungsdurchsuchung verhindern wollten. »Hör zu, Dad. Es tut mir echt leid, aber …«

Was zum Teufel wurde das hier. »Ja?«

»… Alison hat mich gestern angerufen und gefragt, ob ich für Peggy einspringen kann. Ich hab ihr doch die ganze Zeit über assistiert und kenne mich als einziger aus …« Er wich Teddys Blick aus und sah zu Boden. »… also habe ich ja gesagt.«

Alison. Schon wieder. Benishas Stimme kreischte durch seinen Schädel. *Man streckt den kleinen Finger nach ihr aus und sie nimmt gleich die ganze Hand. Ach, was rede ich. Meine ganze Familie!* Und so fühlte sich das also an. »Kein Problem, Großer«, log er und konnte sich nicht verkneifen, dabei beiläufig an Dustin vorbei in den Flur zu linsen. Neben den abgetragenen Sneakern seines Sohnes stand ein zweites Paar. Es war deutlich kleiner. Nie im Leben könnte Dustin seine Füße dort hineinbekommen. Außerdem war es nahezu penibel geputzt, Designerware. Und Dustin hasste rosa.

»Echt?«, riss sein Sohn ihn aus seinen Gedanken.

Teddy zuckte gespielt lässig mit den Schultern. »Ich bin ja selber schuld. Schließlich habe ich gesagt, dass du die eigene Wohnung nur bekommst, wenn du dir neben der Schule einen Job suchst und was zur Miete beiträgst.« Aber musste das ausgerechnet im British Museum sein? Dort, wo gerade erst ein Mord geschehen war?

Dustin wirkte erleichtert. »Danke, Dad.«

Teddy wehte der Geruch eines viel zu süßen Parfüms in die Nase, das definitiv nicht Dustins war. Sein Blick fiel zurück auf die rosafarbenen Sneakers. »Ich bin stolz auf dich, Dustin. Andere Jungs in deinem Alter knacken Autos oder schwängern viel zu junge Frauen.«

Dustins Mundwinkel zuckten leicht. Augenblicklich ärgerte sich Teddy für seinen spitzen Kommentar. Das hier war Central London. In der Schule und in jeder dunklen Ecke der Stadt wurde Dustin mit Drogen und Gewalt konfrontiert. Statt sich darauf einzulassen, arbeitete er für eine der bedeutendsten Persönlichkeiten der Stadt und übernahm nun sogar Verantwortung für die Organisation eines Treffens mit dem ägyptischen Ministerpräsidenten. Wow! Wann bitte hatte Dustin diesen Sprung gemacht? Teddy konnte nicht ansatzweise ein Problem erkennen, das Benisha derart aufregte, dass sie ihn und Dustin Hals über Kopf verlassen musste. Wie passte das zusammen? Und wo war sein kleiner 8-jähriger Sohn, der jedes noch so kleine Detail seines Lebens mit ihm geteilt hatte?

»Wir verschieben unser Frühstück einfach auf ein anderes Mal, Dad. Okay?«

»Okay.« Erst als er nickte, spürte Teddy, was Dustin eigentlich damit sagen wollte: »Verpiss dich!« Aber sie waren doch Freunde! Kumpel! Warum machte Dustin dann so ein Geheimnis aus der Sache? Konnte er seine Freundin nicht einfach aus dem Zimmer holen und ihm vorstellen? Oder war sie etwa schwanger? Oder älter? Alison? Teddy starrte zurück auf die Schuhe und schluckte.

»Na dann«, sagte Dustin.

»Na dann«, antwortete Teddy.

Dustin stützte sich vom Türrahmen ab. Dabei nahm er das Sakko in die Hand und streckte seinen angewinkelten Arm durch. Teddy fiel das Pflaster in seiner Armbeuge auf. Ein Pflaster, wie man es nur nach ernsthaften Untersuchungen bekam. Infusionen. Bluttests. Im Krankenhaus.

»Ciao, Dad.«

Die Tür knallte gegen Teddys Fuß. Dustin stutzte und sah ihn vorwurfsvoll an.

»Dad?«

»Oh, sorry.« Wie peinlich. Er zog seinen Fuß zurück. »Das war nicht mit Absicht.« Doch war es. »Ciao.«

Die Tür fiel ins Schloss.

Unfassbar. Er hatte seinem eigenen Sohn den Fuß in die Tür geschoben. Was hatte er sich davon erwartet? Eine Wohnungsführung? Mehr Vertrauen? Nähe? Er hatte sich zum Klops gemacht. Wegen eines Pflasters! Ja, vielleicht war Dustin wirklich gestern im Krankenhaus gewesen – um Blut zu spenden zum Beispiel. Warum musste er eigentlich immer vom Schlechtesten ausgehen?

Wütend auf sich selbst eilte er die Treppen hinunter. Was lief in seinem Leben eigentlich verkehrt? Er überquerte die Straße und schlenderte ein paar Schritte an der Themse entlang, blieb stehen, schaute auf das Wasser. Suchte nach der Möwe. Sie war verschwunden. Genauso wie Benisha. Und diese Peggy.

Teddy durchfuhr es wie ein Blitz. Peggy! Dustin sprang für sie ein, weil er ihr Assistent gewesen war. Gut möglich, dass er etwas über ihr Verschwinden wusste. Oder noch schlimmer: Sich mit seiner Arbeit zur Zielscheibe machte? Mehr Fleisch essen. Vitamin D. Benishas Vorwürfe. Der Mord. Peggys Verschwinden. Die rosa Schuhe. Was, wenn das alles irgendwie zusammenhing?

Ein Teil von ihm wollte umgehend umdrehen, Dustins Wohnung stürmen und ihm den Job bei Alison verbieten. Noch war Dustin nicht volljährig. Teddy hatte alles Recht der Welt dazu. Aber was würde das bringen? Höchstens, dass Dustin sich auch noch von ihm abwendete. Es reichte schon, dass Benisha ihn verlassen hatte. Er musste nicht auch noch seinen Sohn verlieren.

Er lehnte sich gegen das Geländer und sah in Richtung von Dustins Wohnung. Aber vielleicht konnte Teddy zumindest in sicherer Entfernung warten, um herauszufinden, mit wem Dustin aus dem Haus kommen würde. Genügend Zeit hatte er. Und Dustin schien es eilig zu haben. Von der Pizza Lounge Ecke Beatson Walk aus hatte Teddy einen perfekten Blick auf die Tür zu Dustins Haus, ohne dass Dustin ihn sehen konnte. Er musste lediglich einen Tisch am Fenster bekommen.

16

10:50 am, British Museum, Great Russell Street

Alison stieg aus dem Taxi und blickte verwundert in Richtung Museum. Seit wann stauten sich die Menschen am Eingang? Die Schlange vor dem Haupteingang reichte bis auf die Great Russell Street hinaus.

»Miss Granville! Miss Granville?«

Noch in Gedanken versunken drehte sich Alison in Richtung der Stimme, die von der Museum Street kam. Die Frau, die wild einen Flyer in der Hand wedelnd durch den knöchelhohen Schnee auf sie zu stapfte, kannte sie doch irgendwoher.

»Miss Granville! Verzeihen Sie, dass ich Sie hier so mitten auf der Straße überfalle. Aber ich hätte so furchtbar gern ein Autogramm.« Mit breit lächelndem Gesicht drückte sie Alison einen Stift in die Hand und hielt ihr den Flyer unter die Nase. Alison stutzte.

»Ein Autogramm? Verzeihen Sie, aber …«

Die Dame wedelte wieder hartnäckig mit ihrem Flyer hin und her. Alison senkte ihren Blick. *Chandelier Charity Concert.*

»Sie waren letztes Jahr im Savoy Hotel dabei?«

Die Dame lachte aufgeregt. »Oh, es war ja so beeindruckend, mitzuverfolgen, wie Sie live auf der Bühne an der Seite von Darcy Diamond den Fall gelöst haben.« Sie presste ihre Lippen zusammen und rollte mit den Augen. »Spektakulär!« Dabei riss sie ihre Hände aufgeregt in die Höhe und imitierte Darcy Diamonds berühmte Handbewegung.

Da war es wieder. Diese Mimik. Diese Sprache. Alison kannte diese Frau. Aber so mumienartig, wie sie sich in Mantel, Schal und Mütze gewickelt hatte, konnte sie ihr Gesicht einfach nicht einordnen. Alison sah zurück auf den Flyer. Das Motiv mit Darcy Diamond inmitten der anderen Popgrößen Robbie Williams und Elton John weckte Erinnerungen. Daran, wie Teddy ausgeflippt war, als er erfahren hatte, dass Darcy Diamond ebenfalls auf dem Chandelier Charity Concert auftreten würde. An den Moment, als Alison und Teddy gemeinsam Darcy Diamond in ihrem mystischen Hotelzimmer verhört hatten … Monate waren seither vergangen. Dennoch fühlte Alison sich auf eine eigenartige Weise mit Darcy verbunden. Wie es ihr wohl seit dieser nervenaufreibenden Zeit ergangen war? Darcy war so ein verletzliches Wesen. Ein gefallener Star. So jemand wie sie sollte Autogramme geben.

Als könnte sie in ihren Gedanken lesen, reckte Jane Kingston mahnend Alison den Stift entgegen. Alison musste zugeben, dass sie sich geschmeichelt fühlte. Sie nahm den Stift und unterschrieb.

»Sie sind meine Lieblingsdetektivin!« Aufgeregt lachend nahm die Frau den Flyer entgegen, um ihn nach einem kurzen

Blick auf Alisons Unterschrift umgehend wieder an sie zurückzureichen. »Oh, Entschuldigen Sie.« Sie tippte auf das Papier. »Könnten sie bitte noch *für Jane* dazuschreiben?«

Jane? Jetzt fiel es Alison wieder ein. »Jane Kingston?«

»Oh!« Die Stimme der Frau wurde plötzlich ganz leise und auffallend bewegt. »Sie können sich noch an mich erinnern?«

»Natürlich. Sie waren doch die Zeugin, die Mrs Tarassowna als letzte lebend gesehen hat.«

Jane Kingston hob ihre Hand vor den Mund. »Schrecklich. So schrecklich.« Mit flinken Fingern sicherte sie sich den vollständig signierten Flyer. »Und jetzt auch noch das mit dem Aufsichtspersonal.«

War etwa noch ein Mord geschehen? Mit einem Mal zog sich alles in Alison zusammen. Sie hoffte, dass diese Jane Kingston ihr den Schrecken nicht ansah. »Was ist mit dem Personal?«

»Oh! Wissen sie noch gar nicht davon?« Jane Kingston packte den Flyer vorsichtig in ein scheinbar extra dafür präpariertes Taschenbuch in ihrer Handtasche. *Der Tod bucht Zimmer 502* konnte Alison auf dem Cover lesen. Jane Kingston sprach so leise weiter, dass Alison ihr unangenehm nahe kommen musste, um sie bei dem Touristentrubel in der Great Russell Street noch zu verstehen. »Fast die halbe Belegschaft des Museums hat sich geweigert, zum Dienst zu erscheinen, solange die drei Mumien nicht in Ägypten sind.« Dabei rollte Jane Kingston geheimnistuerisch mit ihren Augen. »Deswegen auch diese enorme Schlange heute am Eingang.«

»Wegen der Mumien?«

»Ja!«, flüsterte Jane Kingston. »Es gehen seltsame Dinge vor im British Museum.« Wieder diese zusammengepressten Lippen und die rollenden Augen. »Gespenstische Dinge. Eine Mitarbeiterin hat heute im Frühstücksfernsehen erzählt, sie habe mit eigenen Augen gesehen, wie sich eine der großen schweren Türen im Museum wie von Geisterhand bewegt hat.« Bedrohlich langsam verkleinerte sie den Abstand zu Alison um ein weiteres Stück. »Und jetzt dieser mysteriöse Todesfall.«

»Mysteriös?« Spätestens nach dem Artikel im Economist gestern hätte Alison es eigentlich ahnen müssen, dass die Presse sich auf diesen Mordfall stürzen würde. »Jemanden mit einem Hammer zu erschlagen, finde ich rein gar nicht mysteriös.«

»Oh! Sie haben bereits eine Spur?« Mit einem Mal war die bisher eher aufgeregte und scheinbar endlos redende Person still und starr. Alison erschrak über sich selbst. Wie dilettantisch war sie eigentlich?

»Sie werden verstehen, dass ich über laufende Ermittlungen leider keine Auskünfte geben kann.«

Jane Kingston schwenkte ihren Blick misstrauisch einmal in jede Richtung, bevor sie weiterredete. »Aber selbstverständlich.«

Ein Hund bellte. Alison sah hinüber zur Museum Tavern. »Alfie!« Mit wedelndem Schwanz zog er Roy hinter sich her, sprang Alison auf den Arm und schleckte ihr das Gesicht. Als Alison ihn wieder heruntergelassen hatte und sich umdrehte, war Jane Kingston verschwunden.

»Wo ist sie hin?«, fragte Alison.

Roy schien verwirrt. »Wen meinen Sie?«

»Jane Kingston. Die Frau, mit der ich gerade eben noch gesprochen habe.«

Roy sah sie an, als würde sie von einem Gespenst reden. »So leid es mir tut, aber ich habe niemanden gesehen, Madam.«

Alison sah sich ein weiteres Mal um. Die Frau schien wie vom Erdboden verschluckt. Sie wandte sich zurück an Roy. »Was haben Sie herausgefunden?«

»Nicht hier.« Er sah sich um, als fühlte er sich verfolgt. Seine Augen schwenkten hinüber zur immer länger werdenden Menschentraube vor dem Museum. »Hier ist es viel zu auffällig.« Er nahm Alfie an die kurze Leine und nickte Alison zu. »Kommen Sie! Dustin sollte eigentlich auch jeden Augenblick hier sein.«

Fünf Minuten später betraten sie den Granville Room. Roy löste Alfie von der Leine, drehte sich um und stemmte sich gegen die Flügeltür, um sie hinter sich zu schließen. Als Alison sah, welches Maß an Körperkraft Roy dafür aufwenden musste, kam ihr erneut der Artikel aus dem Economist in den Sinn. »Undenkbar, dass sich diese Türen jemals von alleine bewegt haben sollen.« Ein frostiger Schauer durchfuhr Alisons Körper, während sie ihre Worte aussprach. Als wäre sie plötzlich in einen unsichtbaren, eisigen Nebel gehüllt.

»Und doch ist es geschehen.«

Der dunkle Schatten, der von links oben zu ihr sprach, erschreckte sie derart, dass Alison einen kurzen Schrei ausstieß und aus Versehen dabei Alfie auf die Pfote stieg. Er quiekte. Sie nahm ihn tröstend in den Arm und sah hinauf. Von der Galerie, die auf halber Höhe die gewaltigen Bücherregale entlang rund um den gesamten Granville Room verlief, sah Mr Buckland auf sie herab.

»Einige dieser Vorgänge wurden sogar von unseren Überwachungskameras aufgezeichnet ...« Mit angestrengtem Blick und einem auffallend watscheligen Gang eilte er den Laufsteg entlang. In seinem schwarzen Business-Anzug wirkte er dabei wie eine übergewichtige Version von Charlie Chaplin. »... auch wenn ich das in aller Öffentlichkeit natürlich nie zugeben würde.« Er stieg zu ihr herab. »Es tut mir leid, Ms Granville. Ich wollte Sie nicht erschrecken.« Mit seiner Hand fuhr er sich an die Hüfte. »Seit meinem kleinen Missgeschick gestern kann ich leider nicht lange sitzen und vertreibe mir die Zeit hier und da im Haus mit längst überfälligen Arbeiten.«

Wie beispielsweise im für die Vorbereitungen von Mildred Granvilles Geburtstag umfunktionierten Granville Room die antike Regalwand entlangzuwandern? Wieso wurde Alison das Gefühl nicht los, dass Mr Buckland sich bei irgendeiner Sache ertappt fühlte? Vielleicht lag es an der Art, wie er das antik anmutende Buch in seinen Händen hinter seinem Rücken hin und her jonglierte. Roy gesellte sich zu ihnen dazu.

»Es gibt tatsächlich Beweise für übernatürliche Vorgänge in diesem Haus?«

Mr Bucklands Blick verkrampfte sich. Nur war Alison nicht sicher, ob es an Roys Frage oder seinen eben erwähnten Schmerzen lag. »Mildred Granville ist doch selbst Mitglied im Vorstand des Museums. Hat Sie Ihnen noch nie davon erzählt?« Sein Blick wechselte fragend zwischen Alison und Roy hin und her. »Nahezu jeder unserer Mitarbeiter hat bereits das eine oder andere Ereignis erlebt. Aber nur die Wenigsten sprechen darüber.« Er räusperte sich. »Als einer unserer Nachtwächter beispielsweise die Flügeltür zur ägyptischen Galerie schließen wollte und auf einen ähnlichen Widerstand stieß, wie Sie ihn gerade erlebt haben, spürte er, wie eine unsichtbare Macht sich durch die Tür auf ihn zu bewegte und am Handgelenk packte. Der Mann wurde mehrere Yards durch die Luft geschleudert.«

Roy sah Mr Buckland ungläubig an, was Alison ihm nicht verübeln konnte. Allerdings hatte sie im Economist tatsächlich Ähnliches gelesen.

»Unter den Mitarbeitern verbreitete sich damals die Überzeugung, dass die dort ausgestellte Mumie von Amun-Ra schuld an diesem Vorfall war. Wir haben die halbe Belegschaft austauschen müssen, weil viele danach gekündigt hatten.« Mr

Buckland trat nervös von einem Bein aufs andere. »So wie heute. Sie sehen ja, was dort draußen los ist.« Dabei rutschte ein vergilbtes Foto aus dem Buch in seinen Händen heraus und segelte zu Boden. Alison bückte sich und hob es auf. Dabei lief ihr Alfie aufgeregt um die Beine.

»Ist das meine Oma?«

»Völlig korrekt.« Mr Buckland hüstelte verlegen. »Vielleicht erinnern Sie sich. Ihre verschollene Eventmanagerin hatte das Foto für den kurzen Film auf Mrs Granvilles Feier aus unseren Archiven angefragt.«

Alison erinnerte sich tatsächlich. Während sie als Pharaonin verkleidet auf ihren großen Auftritt gewartet hatte, war dieses Foto vor ihr auf der Leinwand erschienen. Aber was hatte es in dem Buch zu suchen, das Mr Buckland noch immer hinter seinem Rücken zu verbergen suchte? Alison ließ sich nicht beirren und linste auf das Cover. »Und dieses Foto stammt aus dem Buch *Die Karriere von Sir Robert Smirke?*«

»Nicht direkt …« Wieder war da dieses verlegene Hüsteln.

Alfie bellte. »Pst!«, flüsterte Alison. Was hatte er nur? »Sitz!« Mit herzbrecherischem Blick senkte er sein Gesäß und verstummte.

»*Der* Robert Smirke?«, fragte Roy.

»Ganz genau!« Mr Buckland schnippte mit dem Finger. Alfie wuffte störrisch, verstummte nach einem bösen Blick von Alison aber sofort wieder und winselte bockig vor sich hin. »Der Architekt des British Museum …« Buckland holte auffallend tief Luft. »… und ein sehr enger Freund Ihrer Familie.« Mit einem gequälten Lächeln nickte er Alison und Roy zu. »Wenn Sie mich jetzt entschuldigen? Ich habe noch einige Erledigungen zu machen.« Er wandte sich ab, machte einen Schritt auf die massive Flügeltür zu und erstarrte. Sie stand offen.

17

11:00 am, Pizza Lounge, Rotherhithe Street

Nach zwei Shandy, einem Teller voll Bruschetta, einer Pizza, einem Tiramisu und zwei Kugeln Eis fühlte sich Teddys Magen an wie eine prall gefüllte Wasserbombe. Und die Kellnerin schwenkte ihr Vollmondgesicht schon wieder in seine Richtung. Der Laden war randvoll mit Touristen. Hatte sie nichts Besseres zu tun?

Aber er musste ja auch ausgerechnet am Fenster sitzen. »Nicht für Einzelpersonen«, hatte sie gesagt. »Am Fenster haben wir nur Sechsertische.« In seinem Trotz hatte er damit geprahlt, dann eben auch für sechs zu essen. Schließlich war er davon ausgegangen, dass Dustin ohnehin in wenigen Minuten das Haus verlassen würde. Jetzt saß er schon eine Stunde hier. Und der Gürtel seiner Jeans schnitt ihm ins Fleisch wie zu eng geschnürter Kabelbinder. Stöhnend schob Teddy den ausgekratzten Eisbecher von sich weg. Prompt griff die Kellnerin nach der Karte und wedelte diabolisch grinsend damit in der Luft herum.

Nie und nimmer! Teddy griff demonstrativ nach seiner Brieftasche. Sollte sie ihm die Rechnung bringen. Die Sache hier stank gewaltig. Dustin hatte kein Auto. Mit den Öffentlichen brauchte er von hier bis zum British Museum sicher fast eine Stunde. Wenn er wirklich für Peggy einspringen sollte, musste er sich längst auf den Weg gemacht haben. Aber Teddy war doch nicht blöd. Er hatte den Hauseingang die ganze Zeit über im Blick gehabt. Gut, er war kurzzeitig auf der anderen Seite des Hauses an der Themse gewesen. Aber das war höchstens eine Minute. Erstens brauchte Dustin Zeit, um sich fertig zu machen und zweitens hätte Teddy ihn zur Bushaltestelle laufen sehen müssen. Hatte sein Sohn ihn etwa angelogen? Wenn er es doch nicht so eilig hatte, wie behauptet, warum hatte er seinen Vater dann abgewimmelt und den Männertag platzen lassen? Vielleicht wegen der Sache mit Benisha? Es war nicht ungewöhnlich, dass sich Kinder nach der Trennung auf eine Seite schlugen. Wer wusste schon, was sie ihm erzählt hatte. Vielleicht hatten die Zwei sich verbündet? Aber war das nicht völlig abwegig nach dem ganzen mysteriösen Drama, das Benisha rund um ihren Sohn veranstaltet hatte? Es hatte sich ja beinahe so angefühlt, als würde sie Teddy wegen Dustin verlassen. Nur warum hatte Dustin sich dann derart in Schale geschmissen? Und außerdem: die rosa Designer-Sneaker neben Dustins Schuhen …

Überraschend eisiger Wind schnitt Teddy ins Gesicht, als er vor die Tür der Pizza Lounge trat. Innerlich glühte er. Sein Verdauungssystem fühlte sich an wie ein Hochofen. Sein Blutkreislauf schien sämtliche verfügbaren Kapazitäten in seine Körpermitte zu pumpen. Jede Zelle seines Körpers schrie nach einem Nickerchen auf dem Sofa. Aber dafür war jetzt keine Zeit. Er musste sich konzentrieren. Nur wie? Sein Hirn fühlte sich an wie Pudding.

Pudding. Teddy musste aufstoßen. Nur nicht an Essen denken. Fokus! Aber auf was eigentlich? Erst während er sich schwerfällig und halbkomatös auf Dustins Hauseingang zu schleppte, wurde ihm bewusst, dass er überhaupt keinen Plan hatte. Er konnte unmöglich einfach bei Dustin klingeln. Vielleicht sollte er stattdessen Alison anrufen? Alison kannte Dustin. Und Alison hatte immer die verrücktesten Ideen. Genau das machte sie auch zu einer so guten Ermittlerin und genau das konnte er jetzt gebrauchen. Vielleicht war er doch zu hart mit ihr ins Gericht gegangen? Sie waren ein tolles Team gewesen im Savoy. Sie vertraute ihm. Nicht umsonst hatte sie darauf bestanden, dass er den Fall im British Museum übernahm. Und es hatte gutgetan, sie zu sehen. Verdammt gut. Mit seinem Daumen streichelte er das Display seines Telefons. Bis sie diese dämliche Aktion mit der Reifenspur und den Kollegen von der Holborn abgezogen hatte. Egal. Längst verziehen. Er nahm sein Handy und wählte ihre Nummer. Aber was, wenn sie Teil des Problems war? Unter Garantie würde sie sofort eins und eins zusammenzählen, wenn er sie nach Dustin fragen würde. Rasch legte er wieder auf. Just in diesem Moment öffnete sich die Hauseingangstür und einer von Dustins Nachbarn verließ das Haus. Teddy erkannte seine Gelegenheit. Er rannte und schlüpfte in letzter Sekunde durch die noch halboffene Tür hinein.

Teddy blieb stehen, wartete, bis die Tür hinter ihm ins Schloss gefallen war, und lauschte. Im Hausflur war es mucksmäuschenstill. Wenn er seine Ohren spitzte, konnte er in dem hellhörigen Gebäude unter solchen Umständen selbst Dustins Fernseher laufen hören, oder zumindest erahnen. Aber jetzt im Augenblick war da absolut nichts. Höchstens ein paar Geräusche von weit entfernten Booten.

Bootsgeräusche? Teddy stutzte. Jetzt, wo er darüber nachdachte, fiel ihm auf, dass auch die Luft im Hausflur auffällig kühl war. Und windig. Ganz deutlich konnte er einen kalten Luftzug spüren. Mit einer dunklen Vorahnung folgte er dem Hausflur auf die Rückseite des Hauses. Tatsächlich. Das Fenster im Hausflur, das zur Themse hinauszeigte, stand offen. Teddy trat an das Fensterbrett heran und spähte nach draußen. Im Fluss herrschte Ebbe, sodass sich ein kleiner, etwa zwei bis drei Yards breiter Sandstrand vor dem Haus gebildet hatte. Und in diesem Sandstrand befanden sich Fußspuren. Spuren von zwei Menschen mit zwei unterschiedlichen Schuhgrößen. Zufälligerweise begannen sie direkt unterhalb des Fensters, aus dem Teddy hinaussah, liefen links hinüber in Richtung Thames Path, wo sie unterhalb des Geländers endeten. Echt jetzt? Die Zwei waren dort die Mauer hinauf und über das Geländer wieder auf den Fußweg geklettert, über den auch Teddy zuvor gekommen war und der von hier bis hinauf zur London Bridge führte.

Teddy fluchte. Das hieß, Dustin hatte ihn durchschaut. Und er hatte verdammt noch mal etwas zu verbergen. Oder schlimmer: irgendwen.

18

11:15 am, British Museum, Granville Room

Alison spürte den Schreck in jedem ihrer Knochen. Nach all den Geistergeschichten hatte sie im ersten Moment wirklich geglaubt, die massive Flügeltür zum Granville Room hätte sich von alleine bewegt. Doch dann entdeckte sie Dustin. Er stand in der Tür und sah sie völlig außer Atem an.

»Was ist denn mit euch los? Ist irgendwas passiert?«

Mr Buckland blickte verstört in die Runde, steckte das Foto von Mildreds Mutter zurück in die Biografie von Sir Robert Smirke und eilte davon. Dustin schien verwirrt.

»Ich hätte ja angeklopft, aber bei dem Lärm da draußen …« Er deutete auf die Menschenmenge, die in das Museum drängte und wegen des gravierenden Mangels an Aufsichtspersonal nur in kleinen Gruppen ins Gebäude gelassen wurde. »Ich habe schon allein fast eine halbe Stunde gebraucht, um mich bis hierher vorzukämpfen.« Er stöhnte. »Gott, sind diese Türen schwer. Da brauchst du ja einen Esel, um die zu bewegen.«

Offensichtlich. Alisons Hände zitterten noch immer ein wenig. Da konnte sie sich vorstellen, was solche Schockerlebnisse mit jemandem machten, der hier arbeitete, und immer wieder mit ähnlichen Ereignissen konfrontiert wurde.

»Bin ich zu spät?«, fragte Dustin.

»Ach was«, antwortete Alison. »Wir sind unendlich dankbar, dass du überhaupt da bist.« Sie winkte ihn herein. In seinem perfekt sitzenden Business-Anzug sah Dustin wie ein Vollprofi aus. Roy stemmte sich gegen die Tür und schob sie hinter ihm wieder zu. Dustin wurde ganz leise. »Ist mein Dad in der Nähe?«

Alison stutzte. »Wieso, was ist los?«

Dustin zuckte sichtlich genervt mit den Augenbrauen. »Stress.«

Auch das noch. Sie konnte ihm ansehen, dass ihm ordentlich was auf der Seele lag, aber er nicht wusste, ob er darüber reden konnte. »Willst du …«

Dustin winkte sofort ab. »Mum und Dad.« Er seufzte. »Mum will sich scheiden lassen. Sie ist schon weg.«

Alison war sprachlos. Nach allem, was Teddy in diese Beziehung investiert hatte, warf Benisha einfach hin? Das musste Teddy mit Sicherheit ordentlich aus der Bahn geworfen haben. Jetzt wurde Alison so einiges klar. »Das tut mir leid, Dustin.«

»Schon okay.« Sein Blick wechselte zwischen Alison und Roy hin und her. »Gibt es schon Nachrichten von Mildred?«

Alison blickte zu Roy. Sie hatte das Thema die ganze Zeit über erfolgreich verdrängt. Holden hatte sich auch noch nicht gemeldet. Roy räusperte sich verdächtig. »Nun …«

»Roy!«, fuhr es Alison über die Lippen. »Was ist los?«

»Als ich heute Vormittag im Krankenhaus angerufen habe, konnte oder wollte man mich partout nicht verbinden …«

Dasselbe hat Holden geschrieben, dachte Alison.

»Allerdings habe ich auch keinerlei Auskunft darüber erhalten, warum Ihre Tante nicht zu sprechen war.«

Alison wurde heiß und kalt zugleich. »Meinen Sie …«

Roy hob beschwichtigend die Hände. »Ich bin mir sicher, es gibt keinen Grund zur Sorge. Sie kennen doch Ihre Tante.

Wer weiß, womit sie das Personal gerade auf Trab gehalten hat.«

Hoffentlich nicht mit einem plötzlichen Herzstillstand, dachte Alison. Der ägyptische Ministerpräsident Mustafa Madbuli kam extra wegen ihr nach … Alison fluchte und rieb sich den Nacken. Ihre Tante hatte eine hochkomplizierte OP hinter sich und sie dachte nur an die bevorstehende Geburtstagsfeier. Sie war auf dem besten Weg, eine echte Vorzeige-Granville zu werden. Und das war das Letzte, was sie wollte. Sie atmete tief durch und wandte sich Dustin zu. »Wie ist die Lage?«

Er öffnete seine Tasche und holte eine Liste heraus. »Also: In spätestens einer Stunde kommen endlich die Möbel aus Manchester für das Catering. Allerdings ist für heute auch die komplette Deko geplant. Wir müssen die Fahnen und Deckenverzierungen montieren, die Pflanzen aufstellen, die Vasen und die Verankerungen, an denen später der Sternenhimmel montiert wird. Wenn das heute nicht passiert, haben wir ein Problem. Das kriegen wir allerdings nie im Leben durch den Haupteingang bei dem Chaos heute. Ich habe das bereits gecheckt. Es gibt eine Alternative. Das WCEC hat eine ebenerdige Zufahrt für LKWs.«

»Das WCEC?«, fragte Roy verwirrt.

Alison erinnerte sich an die Worte von Mr Buckland kurz bevor sie die Leiche von Mrs Tarassowna entdeckt hatten. »Das ist das Restaurations Centre. Der neue Gebäudeanbau am Montague Place, oder?«

Dustin nickte. »Ganz genau, auf der Rückseite des British Museum. Das WCEC gehört quasi zum Hauptgebäude dazu und ist direkt mit ihm verbunden. Der Anbau ist so angelegt, dass Ausstellungsobjekte vom Hauptgebäude problemlos ins WCEC gebracht werden und dort gelagert oder restauriert werden können, ohne dass man das Haus verlassen muss. Und es hat eine ebenerdige LKW-Zufahrt für neue Ausstellungsobjekte, die ins Haus kommen, oder auch für Anlieferungen für Sonderausstellungen. Wenn wir diese Zufahrt nutzen dürfen, können unsere LKWs ebenerdig anliefern und wir bekommen von dort aus alles problemlos in die ägyptische Skulpturengalerie. Allerdings haben wir mit unseren Schlüsselkarten keinen Zugang zum WCEC. Daher will ich gleich noch mit der Sicherheitsabteilung sprechen. Wenn ich ausnahmsweise hinein könnte, würde uns das enorm viel Zeit sparen, weil wir parallel arbeiten könnten.« Dustin verzog kurz den Mund. »Vorausgesetzt unser Aufbauteam reagiert nicht genauso panisch wegen der Mumiengeschichten wie die Mitarbeiter hier im Museum. Wir brauchen echt jeden, den wir kriegen können. Wir haben voll viel Zeit verloren, weil die ägyptische Skulpturengalerie gestern noch bis tief in die Nacht für die Spurensicherung gesperrt war. Gott sei Dank ist sie inzwischen wieder komplett freigegeben.«

Roy stemmte die Hände in die Hüften und sah Dustin mit strahlenden Augen an. »Sehen Sie sich diesen jungen Mann an, Madam. Er spricht schon wie ein Profi.«

Alison war nicht minder begeistert. Spätestens jetzt war sie absolut sicher: Dustin würde das hinbekommen und damit das Londoner Ereignis des Jahres retten. Vorausgesetzt Mildred war bis dahin wieder lebendig. »Wie hast du all diese Infos nur so schnell zusammen bekommen? Und das, obwohl du gestern gar nicht da warst. Man könnte ja fast glauben, Peggy hat dich persönlich gebrieft.«

Mit einem Schlag wurde Dustins Gesicht bleich und fahl. »Naja, äh … Ich habe eben immer die ganze Zeit über mitgeschrieben. Und Peggy hat mich bei all ihren Mails in CC gesetzt.« Er schluckte und sah Alison und Roy fragend an. »Weiß man schon etwas Neues?«

Wieder sah Alison zu Roy. Der schüttelte betreten mit dem Kopf. Jetzt öffnete Roy seinen Koffer und holte ein paar Fotoausdrucke und einen Reifenkatalog heraus. »Ich habe wie gewünscht den Reifenabdruck überprüft. Er lässt sich tatsächlich eindeutig einem ganz konkreten Reifenmodell zuordnen.« Roy schlug den Reifenkatalog auf und deutete auf eine der Abbildungen. »Allerdings wird dieses Modell für verschiedene Fahrzeugtypen verwendet. Was man mit ziemlicher Bestimmtheit sagen kann, ist, dass es sich um einen sogenannten Sprinter, also einen Lieferwagen in der unteren Gewichtsklasse bis maximal 3,5 Tonnen handelt.« Er breitete seine Fotoausdrucke aus. »Denkbar sind dabei die weitverbreiteten Kastenwagen, aber durchaus auch sogenannte Koffer-Sprinter mit Ladeboardwand.«

Alisons Magen zog sich zusammen. »Das riecht doch förmlich nach einer Entführung.«

»Nicht unbedingt«, antwortete Dustin. Er blickte zögerlich in die Runde.

»Was meinst du, mein Junge?«

»Nun ja, Roy …« Er kniff seinen Mund zusammen, als hätte er Angst davor, seinen Gedanken laut auszusprechen.

»Sag schon«, ermutigte ihn Roy. »Jeder Denkansatz ist wichtig, auch wenn er noch so abwegig erscheint.«

»Ich will euch eure Theorien ja nicht kaputt machen, aber …« Dustin steckte seine Hände in die Taschen und holte tief Luft. »Werden solche Fahrzeuge nicht auch als Rettungswagen verwendet? Nachdem ihr Mrs Tarassowna gefunden hattet, war doch sicher einer hier, oder?«

Roy schien genauso überrascht wie Alison. »Er hat recht.«

»Verdammt«, flüsterte Alison. »Das heißt, wir stehen wieder ganz am Anfang.«

»Warum?«, antwortete Dustin. »Das kann doch auch bedeuten, dass sie noch lebt, oder?« Er sah Roy und Alison an, als würde er sie trösten wollen. »Ich meine, Peggy ist doch nicht blöd. Sie kann sich doch sicher denken, dass sie Hauptverdächtige ist. Also … vielleicht … ist sie ja wirklich nur untergetaucht.« Er würgte einen Kloß in seinem Hals herunter und kratzte sich an der Kehle. »Irgendwo.«

Zu sehen, wie Dustin dieses Thema belastete, bedrückte Alison nur noch mehr. Die Information über die ägyptische Kobra von Bernie brachte sie in diesem Zusammenhang auch nicht weiter. »Es muss doch irgendeinen Anhaltspunkt geben, wo wir weitersuchen können.«

»Allerdings«, antwortete Roy. Er legte seinen Finger an die Lippen. »Fanden Sie das Verhalten von Mr Buckland nicht auch merkwürdig?«

Sie überlegte. Jetzt, wo Roy es sagte. Gut, dass er Schmerzen hatte nach dem Sturz gestern und daher nicht sitzen konnte, war durchaus glaubwürdig. Dass es genug Dinge außerhalb seines Büros zu erledigen gab, auch. Aber hier, im Granville Room? Der speziell für das Eventteam geblockt war? Und mit einem … Jetzt wurde ihr klar, worauf Roy hinaus wollte. »Sie meinen das Foto.«

Roy nickte. »Und die Biografie von Robert Smirke.«

»Robert wer?«, fragte Dustin.

»Sir Robert Smirke war der Architekt des British Museum und ein enger Freund unserer Familie. Deswegen gibt es beispielsweise auch den Granville Room im Museum. Robert Smirke hat ihn extra für die Bibliothek von Sir Thomas Granville entworfen, nachdem er sich entschieden hatte, sie dem British Museum zu vererben. Das ist in unserer Familie Tradition. Sollte es irgendwann einmal keinen Granville-Erben mehr geben, geht sogar das gesamte Familienvermögen an das British Museum.«

Dustin bekam große Augen. »Und da schleicht der Assistent des Chefs vom British Museum heimlich hier in diesem Granville-Room herum, einen Tag nachdem eine Museumsaufseherin ermordet wurde?«

»Die obendrein noch einen seltsamen Fluch in die Überwachungskamera geschrien hat, kurz bevor sie starb«, ergänzte Alison. Sofort schnellten Dustins Augenbrauen in die Höhe.

»Hat sie?«

Roy verschränkte die Arme vor der Brust. »Nun, wenn Mr Buckland heute wegen seiner Schmerzen den ganzen Tag im Haus unterwegs ist, sollten wir die Gelegenheit vielleicht nutzen und uns einmal in seinem Büro umsehen.«

In Alisons Magengegend kribbelte es. Das war definitiv eine gute Idee. »Aber wie?«

Roy zwinkerte ihnen zu. »Dustin hat doch um Zugang zum WCEC gebeten. Ich finde, seine Begründung klang sehr plausibel. Wir sollten mit ihm gemeinsam zur Sicherheitsabteilung gehen und das erfragen. Ich bin mir sicher, unter den aktuell von ihm geschilderten Umständen bekommt er als neuer Eventorganisator eine All-In-Karte. Immerhin geht es um die Sicherstellung eines festlichen Museumevents, zu welchem der ägyptische Ministerpräsident als Gast erwartet wird.« Roy machte eine neckische Schnute. »Ich weiß natürlich noch nicht, wo sich Mr Bucklands Büro befindet. Aber notfalls könnte Dustin uns auf dem Rückweg von der Sicherheitsabteilung ja vielleicht rein zufällig mit seiner hoffentlich frisch ausgestellten All-In-Karte in den entsprechenden Bereich des Museums lassen?« Er senkte seine Stimme. »Und nach jahrzehntelanger Arbeit für Ihren Vater ist für mich auch sonst kein Schloss dieser Welt ein Hindernis mehr, Madam.«

Alfie bellte vergnügt. Alison jubelte. »Sie sind mein Held, Roy! Was würde ich nur ohne Sie machen?«

Er zwinkerte ihr zu. »Kriminalfälle lösen.«

19

11:40 am, British Museum, Mr Bucklands Büro

Selbst im Verwaltungsbereich war der plötzliche und unerwartet starke Personalschwund deutlich zu spüren. Alison fühlte sich, als wären Roy, Alfie und sie die Einzigen, die sich durch die Gänge des British Museum bewegten. Sie klopfte an die Tür von Mr Bucklands Büro und lauschte. Niemand reagierte. Sie rüttelte am Knauf. Aber weder ließ der Knauf sich drehen, noch die Tür sich durch reinen Druck öffnen. Wie schon erwartet, kamen sie in diesem Fall auch mit einer Schlüsselkarte nicht weiter. Mr Bucklands Büro war mit einem simplen Türschloss gesichert. Alison trat zur Seite. Roy zog einen Metallspanner und ein Gerät aus der Innentasche, das Alison an eine kleine elektrische Zahnbürste ohne Bürstenkopf erinnerte. Den Metallspanner verkeilte er im Türschloss und zog ihn leicht nach rechts. Danach nahm er das zweite Gerät und schob die feine Metallnadel an dessen Spitze unterhalb des bereits verkeilten Spanners ins Schloss. Nach einem kurzen Surren war die Tür offen – ohne dass die Operation auch nur den Hauch einer Spur hinterlassen hatte.

»Nur Geduld, Madam«, flüsterte Roy, als er ihren neidischen Blick bemerkte. »Die Kunst des Schlösserknackens werden Sie auch bald lernen.«

Hoffentlich!, dachte sie, während sie das Büro betraten. Alison ließ die Tür hinter sich wieder ins Schloss fallen. Abgestandene, überheizte Luft drückte auf ihre Kehle. Zudem fühlte sie sich wie erschlagen von dem lückenlos mit den verschiedensten Dingen zugestellten Zimmer. Auf dem schmalen Regal über dem Kamin hinter Bucklands Schreibtisch allein reihten sich drei verschiedene Pendeluhren, diverse Skulpturen und ägyptische Masken. Von einem misslungenen, riesigen Ölgemälde darüber griesgrämte die Queen auf sie herab.

Noch gruseliger aber waren die bunt bemalten und an die Wand gelehnten Sarkophage rechts und links des Kamins und die ausgestopften Tierpräparate, an denen Alfie bereits aufgeregt herumschnüffelte. Ansonsten wurde fast jedes Stück Wand dieses Büros von einem Bücherregal eingenommen, in dem sich ein historisches Werk an das andere reihte.

Im Zentrum des Zimmers thronte ein Berg aus Büchern, Zeitschriften, Dokumenten und Pergamenten: Bucklands Schreibtisch. Ganz oben auf der höchst fragil anmutenden Papierpyramide lag eine halb ausgerollte Pergamentrolle. Die Worte *Granville Library* stachen Alison ins Auge. Kaum dass sie ihre Finger nach dem Pergament ausstreckte, packte Roy sie am Handgelenk und hielt sie zurück.

»Keine Spuren!«, flüsterte er, griff in die Außentaschen seines Jacketts, und zog zwei dünne, fein gewebte, weiße Butlerhandschuhe heraus. Erst als er sie übergestreift hatte, rollte er das Pergament auseinander.

»Sind das Baupläne?«

»Und ob.« Vorsichtig fuhr Roy mit seinen Fingern über den Grundriss und deutete auf das Zimmer rechts von der Eingangshalle des Gebäudes, das genau mit jenen Worten beschriftet war, die Alisons Neugier geweckt hatten. »Das ist der Bauplan des British Museum. Und zwar der Originalbauplan. Denn der Granville Room ist hier noch ganz klar als Bibliothek gekennzeichnet. Wieso interessiert sich Mr Buckland dafür?«

»Und ist kurz darauf mit einer Biografie des Architekten und einem Foto von Mildreds Mutter im Granville Room unterwegs?«, fügte Alison hinzu. Das war doch kein Zufall? Sie deutete auf die Dokumente, die lose unter dem Pergament auf dem Papierberg eingeklemmt waren. »Das sind Ausdrucke von Blogartikeln, Roy.« Sie deutete auf eine kleingedruckte Zeile mit Datum und Uhrzeit des Ausdrucks. »Wenn das stimmt, hat Buckland diese Artikel alle gestern Abend noch ausgedruckt.«

»Nach seinem Besuch im Krankenhaus?« Roy beugte sich über das Papier. »Tatsächlich.« Mit Spannung beobachtete Alison, wie er mit höchster Vorsicht versuchte, eines der Dokumente herauszuziehen, als plötzlich das Türschloss klapperte. Selbst Alfie erstarrte. Jemand machte sich daran zu schaffen. Und da dies auffallend lange dauerte, war es definitiv nicht Buckland. In Panik sah Alison sich um. Sie mussten sich verstecken, aber wo? Roy eilte zu dem Sarkophag auf der rechten Seite des Kamins. Er ließ sich aufklappen und – war leer! Sie konnten doch nicht … Aber schon war Roy im Sarkophag verschwunden. Alison konnte den zweiten nehmen. Aber was war mit Alfie? Das Türschloss klickte verdächtig. Wer auch immer es gerade zu knacken versuchte, war kurz vor dem Erfolg. Alison winkte Alfie zwischen die Tierpräparate und gab ihm das Handzeichen für Sitz. Offenbar verstand er ihren überstrengen Blick dabei. Er gefror regelrecht zur Salzsäule. Betend, dass Alfie durchhalten würde, stieg Alison in den zweiten Sarkophag.

Zu ihrer Überraschung hüllte sie keine Dunkelheit ein, nachdem sie den Deckel über sich geschlossen hatte. Erst jetzt bemerkte sie, dass sich genau an den Stellen der Augen des auf den Sarkophag aufgemalten Pharaos zwei kleine Löcher befanden, durch die sie hindurchschauen konnte. Eine Gestalt huschte durch ihr Blickfeld. Und diese Gestalt war tatsächlich nicht Mr Buckland, sondern eine Frau. Allerdings konnte sich Alison nicht daran erinnern, diese Frau schon einmal gesehen zu haben. Dafür hing ein Lanyard mit einem Mitarbeiterausweis um ihren Hals – und ein riesiges Schlüsselbund. Bei den dutzenden Schlüsseln, die daran rasselten, war es kein Wunder, dass diese Frau so ewig gebraucht hatte, um den richtigen zu finden. Alison versuchte den Namen auf dem Mitarbeiterausweis zu erhaschen. *Mai…* Der Ausweis am Lanyard drehte sich und Alison konnte nichts weiter als das stilisierte Logo einer Pyramide erkennen. Jetzt trat die Fremde an Mr Bucklands Schreibtisch heran und wühlte in seinen Dokumenten. Minuten vergingen, die sich wie Jahre anfühlten. Die Frau zog ihr Handy aus der Tasche und begann ein Telefonat. Alison stutzte. Sie sprach Arabisch. Mit wem telefonierte sie da? Mit Mustafa Madbuli? Und in ihrem aufgeregten Flüsterton wiederholte sich ein Klang auffallend häufig. Alison versuchte, ihn zu greifen, als die Frau völlig unerwartet und mitten im Gespräch verstummte. Ein miefig-käsig-fauliger Geruch stieg Alison in die Nase. *Oh nein, Alfie und die Rache der Käsekekse.* Langsam wie ein sich anpirschender Panther schlich die Frau aus Alisons Blickfeld. Was, wenn Alfie sich mit seinen Blähungen verraten hatte? Und welches präparierte Tier trug bitte Sportjacke und Halskrause? Wie dumm war diese Aktion von ihr eigentlich? Sie durfte nicht zulassen, dass ihm etwas passierte. Alison lauschte, doch alles, was sie hören konnte, war ihr eigener Herzschlag. Dann endlich klackte das Türschloss. Kurz darauf hörte sie Alfie hecheln. Ihr Sargdeckel öffnete sich und Roy starrte sie an.

»Kommen Sie. Sie ist weg.«

Noch immer völlig unter Strom stieg Alison aus dem Sarkophag. Dabei entdeckte sie ein Dokument, das zu Boden gesegelt war und an dem nun Alfie aufgeregt herumschnüffelte. Es war einer dieser ausgedruckten Blog-Artikel. Roy hob ihn auf und las vor.

… Gerüchte besagen, dass ein geheimer Tunnel von der ägyptischen Skulpturengalerie zur ehemaligen U-Bahnstation des British Museum führt. Zeugen berichten von einem lauten Wehklagen im U-Bahntunnel und einer Spektralerscheinung, die in einem seltsamen Kleid durch den verlassenen Bahnhof schreitet. Angeb-

lich handelt es sich dabei um den Geist der ägyptischen Prinzessin Amun-Ra …

»Das war das Wort, das die Frau am Telefon eben unentwegt wiederholt hat«, schnellte es Alison über die Lippen. »Amun-Ra!«

Roy legte das Dokument zurück an seinen Platz. »Faszinierend.«

»Das kann doch kein Zufall sein, Roy. Was, wenn es diesen Tunnel tatsächlich gibt?«

»Dann ist das vielleicht der Grund für Mr Bucklands plötzliches Interesse an den Bauplänen und Robert Smirkes Biographie.«

»Und am Granville Room.« Alisons Hände schwitzten vor Aufregung. Endlich hatten sie eine Spur! »Vielleicht hat er dort mit Hilfe der Biografie von Robert Smirke nach Hinweisen gesucht.«

Roy nickte. »Und offenbar ist er nicht der Einzige.«

Alison überlegte. »Ist es nicht merkwürdig, dass er sich genau nach dem Tod von Mrs Tarassowna für dieses Geheimnis interessiert?« Alison überkam ein weiterer Gedanke. »Was wenn Peggy durch diesen Tunnel verschleppt worden ist. Oder sich dort versteckt?« Sie bemerkte Roys abwesenden Blick. Erschrocken sah er an seinem Hosenbein hinunter.

»Oh Jesus Maria!«, flüsterte er.

Jetzt sah Alison es auch. Der Stoff seiner Hose war abgeknickt und eine längliche Staubspur darauf erkennbar.

»Die Hose muss zwischen Sarkophag und Deckel gekommen sein, als ich mich versteckt habe.« Er sah zu Alison. »Haben Sie auch das abrupte Ende des Telefonats unserer unerwünschten Besucherin bemerkt?«

Alison nickte. Dann war doch nicht Alfie die Ursache gewesen.

»Ich fürchte, sie hat den aus dem Sarkophag ragenden Stoffzipfel entdeckt und erkannt, dass sie nicht allein im Zimmer war«, sprach Roy weiter. Das war nicht gut. Das war gar nicht gut. »Wir müssen schleunigst in die Skulpturengalerie und nach Hinweisen für einen Tunnel suchen.«

»Den selbst ein Mr Buckland noch nicht entdeckt hat?«, antwortete Alison. Sie schluckte. Ihr Mund war staubtrocken. »Ich habe eine bessere Idee.«

20

12:40 pm, Holborn Underground Station

Die Türen schlossen sich. Jetzt wusste Alison, warum sie noch nie in ihrem bisherigen Leben U-Bahn gefahren war – weder mit Mildred noch mit ihrem Vater. So ungefähr musste sich eine Sardine fühlen. Links von ihr nieste jemand. In der Ferne wurde gehustet. Der übergewichtige Herr rechts von ihr bohrte ihr beim Umblättern der SUN beinahe seinen Ellenbogen ins Gesicht, während zwei unerzogene Kinder gegenüber bockig aufeinander einschlugen. Alison grinste in sich hinein. Lange nicht mehr hatte sie sich so lebendig und normal gefühlt. Hier unten würde sie mit Sicherheit keinem von Mildreds wichtigen Bekanntschaften begegnen.

Passgenau schob sich der Zug der Central Line in den Tunnel. Warum hatte man sich überhaupt die Mühe gemacht, in diese Bahnen Fenster einzubauen? Alfie hingegen schien sie zu genießen. Aufgeregt saß er auf Alisons Schoß und jagte mit seinen Augen den vorbeiflitzenden Ziegelsteinen hinterher. Und dann ganz plötzlich geschah das, was der Blog-Artikel, den sie mit Roy in Mr Bucklands Büro gefunden hatte, vorausgesagt hatte. Für einen kurzen Moment wurden die alten Gleise der geschlossenen U-Bahn-Station British Museum sichtbar. Doch schon hüllte sie wieder das Dunkel des Tunnels ein. Alison fluchte. Wie konnte ein Ziel so nah und dennoch so unerreichbar fern sein?

»Und Sie sind sicher, dass sie alle Zugänge zur Station zugemauert haben, Roy?«

Er nickte. »Denkbar, dass es noch die eine oder andere geheime Möglichkeit gibt, hineinzugelangen. Aber die offiziellen Zugänge existieren nicht mehr.«

Alison dachte nach. »Deswegen ist Mr Buckland wahrscheinlich auch nicht auf den Gedanken gekommen, von dieser Seite aus zu suchen.«

»Und wenn es den Tunnel gar nicht gibt, Madam? Vielleicht ist es nicht mehr als eine Geistergeschichte?«

Alison kraulte Alfies Rücken, während sie weiter überlegte. »Wissen Sie, Roy, jeder Tratsch hat immer auch einen wahren Kern. Ich bin mir sicher: Wenn wir einen Tunnel finden, dann am ehesten von der geschlossenen Station aus.«

Der Zug bremste, Licht fiel durch die Fenster ins Wageninnere, als sie in die Station Tottenham Court Road einfuhren. Sie stiegen aus. Alison lief an das Ende des Zuges, um sich zu versichern, dass sie sich nicht getäuscht hatte. Sie hatte auf Gehsteige an den Seiten der Tunnelröhre oder Notausgänge gehofft, wie man sie aus amerikanischen Hollywood-Blockbustern kannte. Aber nicht ein Blatt Papier passte zwischen Zug und Tunnelwand.

»Das ist der absolute Wahnsinn, Madam, auf diesem Weg zur Station zu kommen. Wie können Sie an so etwas nur denken?«

Alison schüttelte den Kopf. »Es geht nicht anders. Wenn alle oberen Zugänge versiegelt sind, bleibt nur den Weg durch den Tunnel.« Alfie bellte. Sie blickte über die Schienen hinweg ins schwarze Nichts. »Natürlich wäre es Selbstmord, jetzt so einfach in den Tunnel zu rennen. Aber wir müssen einen Weg finden.« Sie sah Roy direkt in die Augen. »Es geht um Peggy. Uns rinnt die Zeit durch die Finger.« Alfie fiepte und schob sich zwischen Alisons Beine. »Wie dicht fahren die Züge?«

Roy blickte auf den Fahrplan. »Am Wochenende? Alle zwei Minuten.«

Alison erinnerte sich. Sie hatten sich alles genau auf Google Maps angesehen. Von Holborn bis Tottenham Court Road war es ungefähr eine halbe Meile. Die Gleise des alten Bahnsteiges lagen in etwa auf der Hälfte der Strecke. Selbst wenn man direkt nach der Einfahrt des Zuges über die Gleise sprintete, war das in einem dunklen Tunnel nicht zu schaffen. Ganz zu schweigen von der Gefahr, mit der Stromschiene in Kontakt zu kommen – auch wenn Alison sicher war, dass kein Starkstrom dieser Welt es mit den Plateausohlen ihrer oberschenkelhohen Leonidas Overknee-Stiefel aufnehmen konnte. Aber was war mit Alfie? »Wann fährt der letzte Zug?«

Roy schüttelte den Kopf. »Jetzt am Wochenende fährt die Central Line die ganze Nacht durch. Wir müssten bis Montag warten. Werktags geht der letzte Zug um 00:31 am.«

Das war völlig ausgeschlossen. Sie durften keine Zeit verlieren. »Es muss doch einen Weg durch den Tunnel geben, verflucht noch mal. Was passiert denn beispielsweise, wenn der Zug mitten auf der Strecke ausfällt?«

Roy kräuselte seinen Bart. »Vor ein paar Jahren ist hier auf der Central Line ein Zug kurz vor Shepherd's Bush Station steckengeblieben. Ich habe die Bilder auf BBC News gesehen. Damals haben sie den Strom auf der Strecke abgestellt. Soweit ich mich erinnere, gehen in diesem Fall automatisch die Lichter im Tunnel an.« Er deutete auf den nächsten einfahrenden Zug. »Sehen Sie die Tür in der Vorderseite?«

Jetzt erkannte Alison es auch. Die Frontscheibe war dreigeteilt. In der Mitte war eine Tür montiert, durch die man den

Zug direkt auf das Gleis hinaus verlassen konnte. Der Fahrer saß links davon.

»Die Gäste laufen durch den gesamten Zug hindurch und verlassen ihn dann durch diese Tür in der Frontscheibe der Fahrerkabine und laufen über die Gleise bis zur nächsten Station.«

Der Wind, den der nächste herannahende Zug aus dem Tunnel drückte, blies Alison ins Gesicht. »Wenn wir sie also irgendwie dazu bringen könnten, den Strom abzustellen, zumindest kurzzeitig, könnte ich in den Tunnel hineinlaufen«, antwortete sie.

»Mit Notbeleuchtung!«, ergänzte Roy.

»Nur wie bringen wir sie dazu? Ich kann mich doch nicht auf die Gleise werfen.«

Roy hob seine Augenbrauen. »Sie nicht. Das ist wahr. Aber …«

»Roy, um Himmels willen!«

Er hob beruhigend die Hand. »Keine Sorge, Madam.« Roy trat einen Schritt zurück. »Sehe ich nicht aus wie ein Gentleman?« Er sah sich um, faltete plötzlich die Hände wie zum Gebet. »Gott im Himmel, ich danke dir!«, stieß er hervor und eilte auf ein kleines Mädchen mit einem Luftballon zu, das gerade dabei war, in die U-Bahn einzusteigen. Mit einem Lächeln im Gesicht schenkte ihm das Mädchen den Ballon und verschwand im Zug. Alison war mehr als erstaunt.

»Wie haben Sie das gemacht?«

Roy schmunzelte stolz. »Mit Höflichkeit und Charme können Sie Berge versetzen, Madam.« Er blickte kurz auf die Anzeigetafel, dann drückte er ihr den Ballon in die Hand. »Sie bleiben hier und warten. Sobald der nächste Zug abgefahren und im Tunnel verschwunden ist, zerplatzen sie diesen Ballon.« Er hob seinen Zeigefinger. »Nehmen Sie am besten Ihre Nagelschere zur Hand. Perfektes Timing ist entscheidend.«

Alison nickte.

»Was auch immer dann passiert – lassen Sie sich nicht beirren. Mir wird nichts geschehen. Schauen Sie auf den Tunnel. Sobald die Notbeleuchtung angeht, springen sie auf die Gleise und dann laufen Sie!«

»In Ordnung.«

Roy streckte seine Hand aus. »Geben Sie mir Alfie. Für ihn ist die folgende Aktion viel zu riskant.«

Mit einem herzzerreißenden Winseln hob Alfie seinen Blick und lümmelte sich gegen Alisons Bein, als sie Roy die Leine übergab. Sie kraulte Alfie den Kopf.

»Keine Sorge, mein Kleiner. Es wird alles gut.«

Er bellte. Roy ging los. Doch Alfie rührte sich nicht. Mit aller Kraft stemmte er sich gegen die gespannte Leine. Alison packte die blanke Verzweiflung.

»Alfie, es ist viel zu gefährlich.« Er jaulte. Sie sah zu Roy. »Gehen Sie einfach. Das Geschirr unter der Jacke kann ihn nicht verletzen, wenn Sie ihn ziehen.«

Roy nickte. Doch anstatt ihm zu folgen, ließ Alfie sich auf die Seite fallen, rollte sich auf den Rücken und schrie mit weit von sich gestreckten Beinen wie am Spieß, als Roy ihn einen Yard hinter sich her schleifte. Unverzüglich waren alle Blicke auf sie gerichtet.

»Tierquäler!«, rief jemand.

Roy kräuselte besorgt die Stirn. »Ich fürchte, er muss bei Ihnen bleiben, Madam.«

Alison ging in die Knie und flüsterte Alfie zu. »Willst du wirklich mit mir kommen?«

Er sprang auf, bellte und wedelte aufgeregt mit dem Schwanz.

»Aber wir rennen in den dunklen U-Bahnschacht, mein Kleiner. Das ist gefährlich.«

Er hüpfte aufgeregt im Kreis.

Sie blickte auf zu Roy. »Ich fürchte, das ist eindeutig.« Und ihr war alles andere als wohl bei der Sache.

»Da kommt wohl der Treib- und Wachhund in ihm durch«, antwortete Roy. »Und außerdem liebt er Sie einfach.« Er zwinkerte Alison zu. »Keine Sorge, Sie beide sind ein grandioses Team.«

Noch ehe Alison ein Wort erwidern konnte, war Roy durch die wartenden U-Bahngäste verschwunden und auf dem Weg ans andere Bahnsteigende. Was hatte er vor? Egal, der nächste Zug donnerte bereits in die Station. Sie hatte keine Zeit nachzudenken. Rasch holte sie ihre Nagelschere heraus und machte sich bereit. Ihr Herz pochte, während sie den Zug am anderen Ende des Bahnsteigs wieder im Tunnel verschwinden sah. Dann stach sie wie mit Roy besprochen zu. Ein ohrenbetäubender Knall ertönte. Mit einem Schlag waren alle Blicke auf sie gerichtet. Um die Aufmerksamkeit von sich abzulenken, sah sie sich ebenfalls nach der Quelle des Knalls um. Dann plötzlich geschah es. Vom anderen Ende des Bahnsteigs ertönte ein bestialischer Schrei. Mit ungeahnter Wucht hallte Roys Stimme über den Bahnsteig.

»Räuber! Ein Räuber!«

Augenblicklich wandten sich alle Köpfe von Alison weg in seine Richtung.

»Er ist mit meiner Tasche in den Tunnel geflohen! Er hat meine Tasche. Im Tunnel!«

Wie ein Haufen wild gewordener Ameisen liefen die Leute auf dem Bahnsteig durcheinander. Handys wurden gezückt. Alison sah ein Security-Team auf den Bahnsteig sprinten. Sie blickte in den Tunnel. Nichts geschah. Die Anzeigetafel sprang um. *Nächster Zug in zwei Minuten.* Noch immer erschien ihr der Tunnel wie ein gewaltiges, endloses schwarzes Loch.

»Polizei!«, schrie Roy. »So ruft doch endlich die Polizei!«

Ein lautes Klacken hallte durch den Tunnel. Die Notbeleuchtung sprang an. Alison jubelte stumm. Es hatte funktioniert. Es hatte tatsächlich funktioniert. Ein letztes Mal sah sie sich um. Alle waren mit ihrer Aufmerksamkeit auf der anderen Seite des Bahnsteiges. Aber selbst wenn es nicht so wäre, sie hatte ohnehin keine Wahl. Sie wickelte Alfies Leine fest um ihr Handgelenk, klemmte Alfie unter den Arm, ging in die Hocke, sprang ins Gleisbett und rannte in den Tunnel hinein, so schnell sie konnte. Ihr Herz wummerte. Auch wenn das Licht an den Tunnelwänden ihr verriet, dass der Strom auf der Strecke ausgestellt war. Wenn sie jetzt stürzte und sich verletzte, waren sie verloren. Ihre Lunge pumpte. Hitze schoss durch ihren Körper. Jede Muskelfaser schrie in Panik. Dann endlich: Der Tunnel verbreiterte sich und mehrere Weichen verzweigten die Strecke. Alison bog nach rechts. Sie hatte die Gefahrenzone verlassen, setzte Alfie ab und rannte mit ihm an der Leine unmittelbar auf die verlassene U-Bahnstation zu. Sie hatte damit gerechnet, auf diesem Teil der Strecke im Dunkeln zu sein. Aber das Glück war auf ihrer Seite. Obwohl die Station seit fast einem Jahrhundert geschlossen war, reichte die Notbeleuchtung bis ans Ende des Tunnels heran.

Als sich der Tunnel auf der rechten Seite plötzlich verbreiterte, stoppte sie. Der Bahnsteig neben dem Gleisbett war entfernt worden und der Boden komplett ebenerdig. Nur das alte, aber noch immer hervorragend lesbare in die Steinfliesen an der Wand eingelassene Schild mit der Aufschrift *British Museum* zeugte von der ehemaligen Bahnstation. Sogar die Beschriftungen der Ausgänge waren noch zu erkennen. Alison griff in die Tasche und holte den Kompass heraus, den Roy auf die Schnelle in einem der Souvenirshops des British Museum organisiert hatte. Wenn es hier unten tatsächlich einen Tunnel zur Skulpturengalerie gab, musste er ziemlich genau nach Norden verlaufen. In der Richtung, in welche die Kompassnadel zeigte, gab es genau zwei Ausgänge. Alison steckte ihren Kompass wieder ein und lief schnurstracks darauf zu, als aus völlig heiterem Himmel erneut ein lautes Klacken durch die U-Bahn-Tunnel hallte und sie von einem Augenblick auf den nächsten in völlige Dunkelheit gehüllt wurde.

21

1:00 pm, Charing Cross Police Station

Von wegen er war ein schlechter Vater. Nun hatte er sich extra einen halben Tag freigenommen, obwohl die Kollegen einen wichtigen Fall bearbeiteten, und da wurde er eiskalt abserviert. Wenn er wegen des Jobs Abstriche machen musste, hagelte es Vorwürfe. Wenn es die anderen betraf, war es okay. Die spontane Stunde im Fitness-Studio hatte Teddys Wut auf die aktuelle Situation auch nicht abmildern können. Dafür war das Hantelstemmen mit überfülltem Magen eine wahre Tortur gewesen und sorgte nun dafür, dass sein Blutkreislauf aller Völlerei zum Trotz schon wieder Zuckernachschub forderte. Gott sei Dank verwandelten Schnee und Eis den Weg zur Charing Cross Police Station in einen wahren Hindernisparcours. So blieb ihm keine Zeit mehr, diesem kranken Hungergefühl nachzugeben. Es reichte schon, dass er ausgerechnet jetzt, wo er mit strammen Schritten auf die 40 zuging, wieder Single war. Da musste er nicht auch noch fett werden. Fett und einsam. Mit einem kriminellen und drogensüchtigen Sohn. Er machte drei Kreuze, als er endlich auf dem Revier ankam.

»Mahlzeit, Chef!« Eine Wolke aus Staubzucker rieselte Teddy entgegen. »Oh, sorry.« Mit breiten Backen und geweiteten Augen schob Constable Smith sich einen Muffin zwischen die Zähne. »Kilburn hat bei Dunkin Donuts angerufen und einen ausgegeben.« Er hatte sich in der Eile den Mund derart vollgestopft, dass es ihm sichtlich schwerfiel zu reden und gleichzeitig zu atmen. Er hielt sich die Hand vor den Mund, gab einige verzweifelte Grunzlaute von sich und deutete dabei auf zwei zusammengeschobene Tische vor der Pinwand, an der die Kollegen begonnen hatten, sämtliche Fotos und Fakten zum Fall zu sammeln. Das Foto von Peggy in der Mitte nahm Teddy nur mit einem Auge wahr. Sein Gehirn schrie den Zuckerguss auf den Muffins an. So würde er sich nie im Leben konzentrieren können. Scheiß drauf, in einem Tag wurde man nicht fett. Er nahm sich einen Pappteller und entschied sich für einen Schokomuffin, einen Donut mit Schokoladenüberzug und einen mit Erdbeerglasur. Dazu wählte er einen großen Pott Kaffee mit Milch und Zucker. Nur zur Sicherheit packte er sich noch zwei weitere Zuckerröhrchen mit auf den Unterteller. Vielleicht würde ihn das schon befriedigen und er konnte die Muffins links liegen lassen. Ach, egal. Rasch schob er sich direkt einen kleinen Mini-Donut in den Mund. Er brauchte Energie, und zwar jetzt. Dann nahm er seinen Pott Kaffee wieder in die Hand, den Teller mit dem Gebäck in die andere und stürmte endlich Kilburns Büro. »Was haben wir?«

Kilburn grinste ihn neckisch an. »Einen großen Appetit, wie ich sehe.«

Teddy stellte seinen Kaffee ab und klopfte sich demonstrativ auf den Bauch. Angriff war die beste Verteidigung. Dabei bemerkte er den schockierten Blick von Kilburns Sekretärin. Constable Smith kicherte in sich hinein. »Schwanger, Chef?«

Kilburn hob seine linke Augenbraue und ließ seine breiten Hosenträger auf seinen ausladenden Walrossbauch knallen. »So hat es bei mir auch angefangen.«

Teddy verschluckte sich mitten im Kauen.

»Mit 40 habe ich auch noch ausgesehen wie Sie«, legte Kilburn nach.

Teddy räusperte sich und klopfte sich Donutkrümel von seinem Kapuzensweater. Dabei fuhr er sich so unauffällig wie möglich über Bauch und Hüften. Hatte Benisha ihn deswegen verlassen? Ließ er sich gehen? War er alt und unattraktiv geworden? Er fuhr sich mit der rechten Hand über seine Elvistolle. Vor ein paar Tagen waren ihm erste graue Haare aufgefallen. Aber noch hatte er sie wegföhnen können. Er betrachtete den vollgepackten Teller. Plötzlich ekelte ihn das fettige Gebäck förmlich an. Mit einem lässigen Grinsen schob er es in die Mitte des Tisches. »Ich dachte, ihr könnt vielleicht auch einen kleinen Energiepush vertragen.«

Prompt schnellte Kilburns Hand auf den Teller zu und schnappte sich einen Donut. Ausgerechnet den mit der Erdbeerglasur. Bereits nach einem Biss war nur noch die Hälfte des Donuts übrig. Was Kilburn allerdings nicht davon abhielt, mit dem Briefing loszulegen.

»Die Background-Checks von Peggy haben leider keine großen Neuigkeiten ergeben. Aus diesem Grund haben wir eine weitere Kopie des Videomaterials noch einmal an unsere Profis zur Analyse geschickt.« Er verschränkte die Arme. »Aber zunächst interessiert mich, was Sie auf dem Video erkennen konnten, Mr Chan.«

»Welches Video?«, fragte Teddy und bemerkte aus dem Augenwinkel dabei, wie Constable Smith zusammenzuckte, sein Diensthandy nahm und panisch darauf herumtippte.

»Ich weiß natürlich nicht, welches Videomaterial Ihnen insgesamt vorliegt …«, sagte Kilburn erstaunt. Teddys Diensthandy brummte. Er entschuldigte sich kurz und sah auf das Display. Smith hatte ihm eine Nachricht geschickt. Bitte? Er saß doch nur wenige Schritte von ihm entfernt. Was war das hier? Kindergarten?

Habe Stick mit Ü-Videos von Museum gestern Abend Alison gegeben. Sie meinte, sie gibt Ihnen alles beim Kurs im Working Men's College.

»... ich jedenfalls rede von dem Überwachungsvideo aus dem British Museum«, fügte Kilburn hinzu.

Teddy schluckte. Hatte Smith noch alle Tassen im Schrank? Er gab offizielles Beweismaterial einfach so an externe Personen weiter? Teddy schwenkte seinen Kopf zur Seite. Bleich wie eine Auster versteckte Smith sein Gesicht hinter seinem Mobiltelefon. Kilburn hingegen stützte sich mit seinen Unterarmen auf dem Schreibtisch ab und lehnte sich vor. »Jetzt machen Sie es nicht so spannend, Mr Chan. Ich kenne Sie. Sie haben sich doch mit Sicherheit die halbe Nacht und den freien Vormittag mit den Videos um die Ohren geschlagen und längst eine hilfreiche Entdeckung gemacht. Nicht umsonst habe ich mich derart für Ihre Beförderung eingesetzt.«

Ein letzter kleiner Donutkrümel blieb Teddy in der Kehle stecken und schwoll zu einem faustdicken Klumpen an. »Ähm, ja ... natürlich«, presste er hervor. »Spielen Sie es einfach ab.« Das war Alisons Ende. Wenn er sie noch einmal in die Finger bekam, würde er sie zur Schnecke machen.

Zufrieden und erwartungsvoll lehnte Kilburn sich zurück, hob seine Hand und schnipste seiner Sekretärin zu. Die hackte auf ihr Notebook ein. Wenig später warf der Beamer ein Mosaik aus vier im Rechteck angeordneten Kameraaufnahmen an die Leinwand. Wenn er hier lebend herauskommen wollte, musste er sich Zeit verschaffen, irgendwie. Er erhob sich, trat an die Leinwand heran und kommentierte ausführlich jeden einzelnen Vorgang, in der Hoffnung, so seinen Denkapparat in Bewegung zu versetzen. Schweiß bildete sich unter seinen Achseln, als er mitbekam, wie Kilburn bereits irritiert und gelangweilt das Gesicht zu verziehen begann. Dann plötzlich stoppte das Video. Nichts als graues Rauschen erfüllte den Bildschirm. Genervt schlug Kilburn mit der Faust auf den Tisch. »Ich hoffe sehr für Sie, dass diese seltsame Präsentation einen wichtigen Grund hat.«

Teddy fuhr sich mit der Hand durchs Haar. Seine Hände waren derart vom Schweiß durchnässt, dass sich das Haarspray löste und seine Handflächen unangenehm verklebte.

»Also«, hakte Kilburn mit bedrohlich finsterer Miene nach. »Was sehen wir hier?«

»Nichts«, antwortete Teddy schneller, als er denken konnte.

»Bitte?« Kilburn schnellte in die Höhe.

»Ich sehe nichts«, wiederholte Teddy. Jetzt war eh alles egal. Dann machte er sich hier eben zum Klops. Was sollte noch passieren? Sein Leben war eh ein Scherbenhaufen.

»Wollen Sie mich etwa zum Narren halten?«

Schweißperlen bildeten sich auf Teddys Stirn. Beim Gedanken an seine Eltern stockte ihm der Atem. Was für eine Schande für seine Familie, derart zu versagen. Schwarze Flecken flackerten vor seinem Gesicht hin und her. Wenn er hier nicht gleich einen Abgang machen wollte, musste er sich auf seinen Atem konzentrieren. Kilburn zumindest schien gut bei Atem.

»Denken Sie, ich bin blind?«, sagte er unüberhörbar laut. »Sie haben keinen blassen Schimmer!«

Teddy überlegte. *Schwarze Flecken? Blind? Kein blasser Schimmer?* Das war es. Das war die Lösung! Ein unerwarteter Adrenalinpush fuhr durch seinen Körper. »Ganz im Gegenteil, Chef«, antwortete er.

Kilburns Augen weiteten sich.

»Ich wollte lediglich demonstrieren, wie bedeutsam es manchmal sein kann, auf das zu achten, was man *nicht* sehen kann.«

Aufgeregtes Gemurmel erfüllte den Raum, als Kilburn sein Kinn für ein grummeliges »Hm?« nach vorne schob.

Teddy spürte neue Energie durch seine Adern schießen. Er drehte sich wieder der Videoleinwand zu und bat Kilburns Sekretärin, das gesamte Material noch einmal abzuspielen. »Der Grund, warum ich so penibel den gesamten Ablauf des Überwachungsvideos dokumentiert habe, war, Ihnen genau jene Momente vor Augen zu führen.« Er hob die Hand und rief der Sekretärin »Pause!« zu. Anschließend deutete er auf die Videoaufnahmen. Dann ließ er das Video kurzzeitig weiterlaufen und wiederholte das Spiel. Nach drei weiteren Demonstrationen fasste er zusammen. »Wenn Sie genau beobachtet haben, dürfte Ihnen aufgefallen sein, dass in jedem dieser Momente, in denen wir das Band angehalten haben, ausnahmslos jede der vier Kameras eine scheinbar leere Skulpturengalerie angezeigt hat.« Er wandte sich wieder Kilburn zu. »Die Momente sind so kurz, dass sie bei normaler Betrachtung kaum auffallen. Insbesondere deswegen, weil wir es mit vier Blickwinkeln zu tun haben, die nebeneinander ablaufen. Und …« Er hob seinen Finger, um seine folgende Aussage zu unterstreichen. »… weil der Mord selbst uneingeschränkt auf allen Aufnahmen sichtbar ist.«

Kilburns Gesicht hellte sich auf und seine Mundwinkel verzogen sich zu einem zufriedenen Grinsen.

»Das darf einen guten Detective allerdings keinesfalls dazu verleiten, zu übersehen, dass es in der ägyptischen Skulpturengalerie ganz offensichtlich mehrere tote Winkel gibt.« Teddy stemmte die Hände in die Hüften. »Bereiche, die von keiner der installierten Überwachungskameras einsehbar sind, und …«

»… die für die Vertuschung essenzieller Tatvorgänge genutzt werden können«, fügte Kilburn fasziniert hinzu.

»Aber …«, stotterte Smith, der offenbar mindestens genauso gelitten hatte wie Teddy selbst, »… das ist das British Museum. Dieses Haus ist eine Festung. Wie kann das sein?«

Teddy zuckte mit den Schultern. »Meines Wissens nach sind derzeit mehr als 80.000 Objekte im Museum ausgestellt. Allein die Überwachung dieser Ausstellungsstücke dürfte eine kaum zu verwaltende Menge an Datenmüll produzieren. Warum also zusätzliche Daten produzieren, indem man Bereiche überwacht, in denen gar keine Objekte sichtbar sind?«

Kilburn applaudierte. »Hervorragende Arbeit! Nun entspannen Sie sich mal. Sie schauen ja selbst drein wie eine Mumie.« Kilburn lachte und Smith stimmte nahezu hysterisch mit ein.

Wie eine Mumie. Ein weiterer Gedankenblitz durchfuhr ihn. Teddy hatte sich schon die ganze Zeit über gefragt, was zum Teufel auf den vier Kameraperspektiven wirklich fehlte. Jetzt fiel es ihm wie Schuppen von den Augen. »Erst, wenn ich noch ein letztes Detail erwähnt habe«, antwortete Teddy.

Kilburns Augen weiteten sich. »Was? Sie haben noch etwas?«

Teddy rieb sich die Hände. »Ein entscheidendes Detail.« Das waren die Momente, für die er seinen Job so liebte. Er deutete auf die Videowand. »Ist es nicht interessant, dass anscheinend ausgerechnet jene drei Sarkophage, die im Anschluss an Mildreds Geburtstagsfeier zurück an das ägyptische Museum in Kairo übergeben werden sollen, in einem solchen toten Winkel stehen?«

»Sie haben recht!« Kilburn klappte die Kinnlade herunter. »Wie konnten das unsere Leute nur übersehen?«

»Und welche Person war garantiert für die Positionierung dieser Sarkophage zuständig?«, fügte Teddy hinzu. »Peggy.«

Kilburn umklammerte seine Hosenträger. »Ich fürchte, in diesem Punkt täuschen Sie sich, Mr Chan.« Wieder ließ Kilburn seine Hosenträger gegen seinen Bauch knallen und rieb sich die Hände. »Sie glauben doch nicht ernsthaft, dass auch nur ein Detail dieser Feier ohne Rücksprache mit Mildred

Granville festgelegt wurde.« Er nickte triumphierend mit dem Kopf. »Mr Chan, Sie überraschen mich immer wieder aufs Neue. Der Scotland Yard kann stolz sein, Sie im Team zu haben.« Er stand auf und klopfte ihm anerkennend auf die Schulter. »Wenn uns diese Entdeckung dazu verhilft, dass wir den Granvilles endlich dreckige Geldgeschäfte nachweisen können, kriegen Sie einen Posten, von dem andere nur träumen können.«

Teddy wusste nicht, ob er sich fürchten oder freuen sollte. Mildred Granville war eine knallharte Geschäftsfrau, ohne Frage. Aber Mord? Wieso ein solches Risiko eingehen, wenn man sich ohnehin jeden Wunsch erfüllen konnte? Eine Polizistin steckte ihren Kopf zur Tür herein.

»Commander? Es tut mir leid, dass ich Ihre Besprechung stören muss. Aber die Kollegen von der Holborn haben durchgefunkt. Es gibt Ärger auf dem U-Bahnhof.« Sie sah zu Teddy. Ihr Blick sprach Bände. »Das sollten Sie sich unbedingt mal ansehen, Mr Chan.«

22

1:05 pm, British Museum Underground Station

Alison lauschte einer weiblichen Stimme, die gespenstisch durch die Dunkelheit heulte. Alfie schlich ihr um die Beine. Sie spürte, wie er seinen Kopf in die Höhe reckte und schnüffelte. Ein eisiger Luftzug fegte über ihr Gesicht hinweg, zerrte an ihrem Haar. Die Wände zitterten. Der Boden bebte. In der Ferne ratterte ein U-Bahnzug durch den Tunnel. Ganz deutlich konnte Alison die erleuchteten Fenster der Fahrgastkabine am anderen Ende des Tunnels vorüberrauschen sehen. Entweder waren die Stationsmitarbeiter Roy auf die Schliche gekommen, oder sie hatten den Tunnel erfolglos abgesucht und die Strecke für gesichert erklärt. Auf jeden Fall war der Strom auf der Trasse wieder eingeschaltet worden. Zwar schien also niemand zu ahnen, dass sie sich ihren Weg zur geschlossenen U-Bahn-Station des British Museum gebahnt hatte. Aber damit war ihr auch der Weg über die Gleise zurück zur Holborn oder Tottenham Court Road Station versperrt. Sie schaute auf ihr Handydisplay: kein Netz. Typisch. Sie saß in der Falle. Sie hatte keine andere Wahl. Sie musste einen Weg nach oben finden, bestenfalls jenen Tunnel, der sie direkt in die Skulpturengalerie des British Museum führte. Sie wagte einen Versuch: »Alfie, wo ist der Keks?«

Er sprang in Position, senkte die Nase in den Boden, schnüffelte, ließ sich flach auf den Boden fallen und fiepte. Also keine Peggy. Alison ging in die Hocke und tröstete ihn mit einer kleinen Streicheleinheit.

»Alles gut, mein Kleiner. Es ist nicht deine Schuld.«

Mit ihrer Handytaschenlampe leuchtete sie die Wand ab. Dabei schwenkte ihr Lichtstrahl über ein altes, vergilbtes Schild. In großen roten Lettern stand dort *TO FIRST AID* geschrieben. Eine ebenfalls rote Hand wies unmittelbar daneben nach links. Alison brauchte einen Moment, bis sie realisierte, woher ihr diese Hinweistafel so bekannt vorkam. All das hatte sie während der Probe als Mildred-Double in der Videopräsentation gesehen. Sie erinnerte sich, dass zahlreiche U-Bahnstationen während der Bombenangriffe der Deutschen im Zweiten Weltkrieg als Bunker verwendet worden waren. Hier hatten wertvolle historische Artefakte des British Museum Schutz gefunden – und unzählige Menschen. Plötzlich war sie sich sicher: Hier am Beginn des Bahnhofes und noch halb im Schutz der Tunnelröhre hatte Mildred vor 77 Jahren das Licht der Welt erblickt.

Sie hielt einen Augenblick inne. Eine seltsame Melancholie

überkam sie. Ein weiterer Luftzug jagte über ihren Nacken. Dieses Mal jedoch schien es ihr, als würde sie jemand in den Arm nehmen und halten. »Dad?«, fuhr es ihr über die Lippen. Alfie sprang auf. Erschrocken fuhr sie herum. Doch hinter ihr war niemand. Alfie bellte. Als sie in seine Richtung leuchtete, stach ihr ein seltsames Glitzern am Boden ins Auge. Immer wieder stupste Alfie es mit seiner Nase an. Gerade als sie glaubte, sich alles nur eingebildet zu haben, glitzerte es erneut. Nicht stark, nur ganz leicht, aber im Schein der Taschenlampe war es eindeutig zu sehen. Das Glitzern kam von einem kleinen unscheinbaren Gegenstand, der zwischen dem Schotter des alten Gleisbettes von Staub und Dreck nahezu verschüttet lag. Allein Alfies Spürnase war es zu verdanken, dass sie darauf aufmerksam geworden war.

Alison streckte ihre Hand aus und legte behutsam einen Schotterstein nach dem anderen beiseite, bis sie das Objekt vollständig freigelegt hatte. Sie zog ein feuchtes Desinfektionstuch aus ihrer Handtasche, hob das Objekt auf und befreite es von Staub und Schmutz. Sie traute ihren Augen nicht. Ob es vielleicht doch so etwas wie Schicksal oder Bestimmung gab? Warum sonst hielt ausgerechnet sie jetzt das Amulett von Mildreds Mutter in den Händen, jene Kette, die sie auf dem Babyfoto mit Mildred getragen hatte. Auf genau jenem Foto, das Mr Buckland aus dem Buch über den Architekten des British Museum herausgefallen war. Großmutter musste das Medaillon während einem der Luftangriffe hier unten verloren haben.

Wieder heulte diese Stimme durch den Schacht und wie eisiger Atem über ihren Körper hinweg. Mit ihrer flachen Hand berührte sie die Fliesenwand der verlassenen Station, wartete auf die Vibration, die das ferne Vorbeirasen eines weiteren U-Bahn-Zuges auslösen würde. Doch nichts geschah. Nur die Stimme sang in den gespenstischsten und unheimlichsten Variationen. Alison hob ihre Handytaschenlampe und leuchtete in die Dunkelheit hinein. Die Stimme kam genau aus jener Richtung, in die noch vor wenigen Augenblicken die Nadel ihres Kompasses gezeigt hatte.

Alison kontrollierte die Kette des Amuletts. Sie durfte dieses Familienschmuckstück nicht noch einmal verlieren. Da sie einen stabilen Eindruck machte, hängte Alison sich das Amulett um den Hals. Mit vorsichtigen Schritten schlich sie auf die zwei Ausgänge zu. Die Stimme kam aus dem Schacht links von ihr. Ein Heulen, Schreien, Weinen, das Alison in ihrem tiefsten Inneren berührte und das ihr eine Gänsehaut bereitete, wie Alison es zuletzt während ihres Falles im Savoy Hotel erlebt hatte.

Über eine zerfallene, steinerne Treppe gelangte sie in einen runden, gewundenen Tunnel. Neugierig hüpfte Alfie die Stufen empor. Die Stimme wurde lauter. Alison bewegte sich direkt darauf zu. Bis der Tunnel schließlich an einer nackten, unverputzten Ziegelwand endete. Sie musste einen der vermauerten Ausgänge erreicht haben. Die Stimme jedoch klang lauter als je zuvor, beinahe als würde der Geist von Amun-Ra unmittelbar neben ihr stehen. Aber hier war nichts außer kargen Wänden. Der Lichtstrahl ihrer Taschenlampe schnitt eine verrostete, enge Stahlleiter an der Wand, die in eine kleine, aber problemlos passierbare Öffnung in der Decke führte. Jetzt wurde Alison auch klar, warum die Stimme so nah erklang. Sie kam von oben, direkt aus dieser Öffnung. Und aus dieser Öffnung schien ihr ein schwaches, flackerndes Licht entgegen. Alison schaltete die Taschenlampe ihres Smartphones aus, schob es in ihre Tasche, klemmte Alfie unter ihren Arm, atmete tief durch und kletterte die Leiter hinauf.

Vorsichtig schob sie den Kopf durch die Öffnung in der Decke. Alfie kletterte an Alison empor und kraxelte in den schwach erleuchteten, kahlen Raum hinein, der nur von einer kniehohen und faustdicken Stumpenkerze erhellt wurde. Im Licht dieser Kerze tanzte eine gespenstische Gestalt. Kraus und wild nach allen Seiten abstehende Haare warfen abscheuliche Schatten. Ein seidenartiger, halb durchsichtiger Kimono flatterte bei jeder der ruckartigen, übermenschlich und unwirklich erscheinenden Bewegungen. Lange, verworrene Ketten hingen von den Ohren der Gestalt herab, baumelten hin und her, als sie sich mitten in ihrem furchterregenden Gesang nach hinten beugte und zu einem markerschütternden Schrei ansetzte. Alfie warf seinen Kopf in den Nacken und stimmte mit lautem Wolfsgeheul mit ein. In einer raschen, ruckartigen Bewegung fuhr die Gestalt herum. Alison klappte das Kinn herunter, als sie in das vom Kerzenlicht verzerrte Gesicht vor ihr sah. Sie kniff ihre Augen zusammen und öffnete sie wieder. Aber die Gestalt verschwand nicht. Das da vor ihr war eindeutig: »Darcy Diamond?«

»Alison!« Wie Alison es von Darcys Performance im Savoy Hotel während ihrer letzten Mörderjagd gewohnt war, hob Darcy mit gespreizten Fingern ihre Hände auf Kopfhöhe und drehte sie mit ihrer berühmtberüchtigten Antennen-Geste aus dem Handgelenk heraus hin und her, während sie weitersprach. »Als mir auf meiner Suche nach mystischen Gestalten eine nette junge Dame diesen verborgenen Raum hier zeigte, habe ich sofort gespürt, dass er mich zu einer verlorenen Seele führen wird.« Darcy stoppte die Bewegung mit ihren Händen und verharrte in der Pose einer Stummfilmdiva. »Aber ich hatte ja keine Ahnung, dass Sie es sind.« Sie eilte auf Alison zu. »Wie geht es Ihnen? Und wie haben Sie mich gefunden?«

Alison erzählte ihr von den drei Mumien, der erwarteten Ankunft des ägyptischen Ministerpräsidenten, Peggys plötzlichem Verschwinden, der Suche nach dem geheimen Tunnel im U-Bahn-Schacht und von dem weiblichen Gesang, der durch die dunklen Gänge hallte. Die Worte unheimlich, gespenstisch und gänsehauterregend verkniff sie sich in diesem Zusammenhang jedoch lieber. Darcy Diamond nahm ihr Kleid in beide Hände und setzte sich auf den runden Schemel, der einsam und verlassen neben einem kleinen, batteriebetriebenen Piano stand. »Sagen Sie es ruhig, Alison.« Ihre Stimme klang müde und schwer. »Ich sehe es in ihren Augen.« Sie hob ihren Kopf. Im gedämpften Licht der Kerze, das wie ein magischer Schleier über den Konturen ihres Gesichtes lag, wirkte sie zwanzig Jahre jünger. Da war sie wieder, die Darcy, die vor dem schrecklichen Flugzeugabsturz mit ihrer golden-elektronischen Powerstimme für Großbritannien den legendären Sieg beim Eurovision Song Contest errungen und ganz London in den Discorausch versetzt hatte. »Sie haben sich vor meinem Gesang gefürchtet, nicht wahr?«

Alison schwieg.

»Wissen Sie, früher dachte ich, das Schlimmste im Leben sei das Altern, die Vergänglichkeit. Sie schauen in den Spiegel und welken dahin wie ein vertrocknendes Blatt.« Sie atmete schwer. »Schönheit, was ist das schon? Nichts als bedeutungslose Fassade. Eine von Make-up und Chirurgen herbeigezauberte Illusion.« Sie sah Alison tief in die Augen. Ihr Blick wirkte müde und schwer. »Aber wenn Sie Ihre Stimme verlieren, verlieren Sie Ihre Seele.«

Alison spürte eine beklemmende Enge in ihrer Brust. Nach all dem Leid und der Demütigung, die Darcy im letzten Jahr während der Mörderjagd im Savoy Hotel hatte ertragen müssen, brach es ihr das Herz, sie so zu sehen. »Sie haben vielleicht Ihre Stimme verloren, Darcy. Aber Sie haben eine wertvolle Gabe gewonnen. Sie sehen Dinge. Sie sehen Menschen. So, wie Sie wirklich sind.«

Darcy seufzte. »Aber ohne die Musik kann ich meine Gabe nicht teilen, Alison. Ohne Musik bin ich nichts als ein dunkler Schatten. So wie Sie, wenn Sie keine Fälle lösen können. Wir alle haben unsere Bestimmung, wissen Sie?« Sie ballte ihre Hände zu Fäusten. »Aber ich gebe nicht auf. Ich habe lange gebraucht, bis ich diesen Ort hier gefunden habe. Einen Platz, an dem ich mich ungestört und verborgen vor den blutdurstigen Klauen der Presse zurück ins Licht kämpfen kann.« Ihr Blick bekam etwas Gebrochenes, Flehendes. »Verraten Sie mich nicht.«

Alison schüttelte den Kopf. »Niemals.« Sie trat an Darcy heran. »Und wissen Sie, was, Darcy?« Sie nahm ihre Hände. »Sie werden diesen Kampf gewinnen!«

Darcy erwiderte Alisons Händedruck, und für den Bruchteil einer Sekunde schien ihre einst so diamantenhafte Ausstrahlung die dunkle Kammer inmitten der vergessenen Bahnhofsschächte zum Funkeln zu bringen. Bis Darcy plötzlich in die Höhe schnellte und Alison mit schockgeweitetem Gesicht ansah. Ihr Händedruck wurde schmerzhaft fest, als würde Alison über einem tödlichen Abgrund hängen, vor dem nur Darcy sie bewahren konnte.

»Was ist, Darcy?«, rief Alison. »Was sehen Sie?«

Darcys Lippen bebten. »Oh, ich sehe eine große Kälte, die Sie bedroht, Alison. Eine Macht, die sich über den Kreis des Lebens stellt und Sie mit sich in eine seelenlose Ewigkeit reißen will.«

Alison schauderte. »Darcy!« Ohne dass sie es wollte, zitterte ihre Stimme. Was sollte dieses Theater? Darcy Diamond war eine Performance-Künstlerin, berühmt für ihre mysteriösen Inszenierungen rund um die Grenze zwischen Dies- und Jenseits. Sie war die empathischste Person, die Alison kannte. Aber sie war keine echte Hellseherin. Niemand entwickelte wahrhaft übersinnliche Fähigkeiten, nur weil er von drei Voodoo-Hexen in Hongkong aus einem brennenden Flugzeugwrack befreit worden war.

»Ich weiß, Sie glauben mir nicht, Alison.« Sie zog sie dicht an sich heran. »Aber bitte vertrauen Sie mir. Ich kann es ganz deutlich spüren: Sie und jemand, den Sie sehr, sehr lieben, sind in entsetzlicher Gefahr!« Dann lockerte sie ihren Griff und sprang zurück, als wäre sie durch einen Stromschlag von Alison getrennt worden. »Folgen Sie dem Schacht hinter dieser roten Tür da. An seinem Ende ist ein quadratisches Belüftungsgitter. Wenn Sie an der rechten Seite ziehen, können Sie es öffnen wie eine Tür. Von dort aus werden Sie selbst Ihren Weg ins Freie finden.«

Alison nickte.

»Und jetzt gehen Sie! Retten Sie Ihre Liebsten, bevor es zu spät ist!«

»Darcy …«

»Laufen Sie!«

Die Wucht, mit der Darcy Diamonds Stimme im Untergrund widerhallte, erschauderte Alison. Sie umklammerte das Medaillon, das sie gerade erst gefunden hatte und rannte mit Alfie so schnell sie konnte.

Wenige Minuten später und völlig außer Atem erreichte sie das Gitter, das Darcy beschrieben hatte. Eine eklige, quietschende Ratte beäugte sie. Alfie jagte sie davon. Alison öffnete das Gitter und trat hindurch. Alfie hüpfte hinterher. Sie fand sich hinter zwei riesigen Warmwasserthermostaten wieder, schlüpfte an ihnen vorbei und stand mitten in einem modernen, neu gebauten Keller. Sie folgte der Notausgangsbeschilderung an den Wänden. War er das etwa? Der geheime Gang, der von der vergessenen U-Bahnstation aus direkt in das British Museum führte?

Schließlich erreichte sie einen Lift. Sie stieg ein und fuhr ins Erdgeschoss. Nein, das hier war nicht das British Museum. Als sie den Fahrstuhl verließ, betrat sie einen großen, lichtdurchfluteten Raum, eine Mischung aus Café und stylischer Fabrikhalle, mit Sofas, Sesseln und Sitzecken, in denen einzelne Leute oder kleine Teams saßen und an ihren Notebooks arbeiteten. Alison sah sich um und entdeckte den Schriftzug *LABS* samt Adresse an der Wand neben dem Fahrstuhl. Sie befand sich in dem neu errichteten Hogarth House. Dann war die Straße, auf die sie durch die Glasfassade schaute, die High Holborn. Hier hatte bis 1989 das Eingangsgebäude zur British Museum Station gestanden. Und das hier war ein gewaltiger Co-Working-Space, ein mehretagiges Bürohaus voller frei verfügbarer Arbeitszimmer, Meetingräume und Schreibtische.

Ihr Smartphone vibrierte. Jetzt, wo es wieder Netz hatte, zeigte es sämtliche verpasste Nachrichten an. Roy hatte bereits mehrfach versucht, sie zu erreichen. Während Alison die Rückruftaste wählte, fiel ihr das große blaue Logo über dem Namen des Co-Working-Space an der Wand auf: eine ägyptische Pyramide.

Das Wählsignal in ihrem Smartphone brach ab und wechselte in das Besetztzeichen über. Entweder hatte Roy sie weggedrückt oder sein Handy keinen Empfang. Alison betete, dass Roy wegen ihrer Aktion auf der Tottenham Court Road Station nicht in Schwierigkeiten geraten war. Sie fuhr sich mit der Hand durchs Haar. Dabei spürte sie die Kette des Medaillons, die auf ihrem nackten Hals hin und her rutschte. Sie musste an den Ort denken, an dem sie es gefunden hatte. Wieder überkam sie diese Wehmut, dieses Gefühl, vollkommen allein auf der Welt zu sein: neben Mildred die Letzte der Granvilles. Genau in diesem Moment vibrierte das Smartphone in ihrer Hand erneut. Statt Roys Name ploppte eine Nachricht von Holden auf. *Wo bist du, Baby?* Und für einen kurzen Augenblick füllte sich die Leere in ihrer Brust mit Wärme. Wie gerne würde sie ihn jetzt sehen und bei sich haben. Wenn auch nur für einen kurzen Moment, um sich all das Erlebte von der Seele zu reden. Sie hatte ihm gerade eine Antwort geschickt, als Darcy Diamonds Worte ihr wieder in den Sinn kamen. *Jemand, den Sie sehr, sehr lieben, ist in entsetzlicher Gefahr.*

Nein, solange sie nicht wusste, was hier vor sich ging, sollte Holden besser bleiben, wo er war. Seit den Ereignissen rund um das Chandelier Charity Concert im letzten Jahr hatten sie das ohnehin bereits mehr als strenge Sicherheitskonzept im Savoy Hotel noch einmal komplett überarbeitet. Dort würde es ein Mörder wesentlich schwerer haben als im Museum.

Ein Mörder, Alison schauderte. Der Fluch von Mrs Tarassowna kam ihr wieder in den Sinn. *Die Mumien kommen aus den Scherben.* Die Schuppe, hinter der sich eine ägyptische Kobra verbarg, der Hüter der Unterwelt und Gott der Wiedergeburt. Wieder erklang Darcy in ihren Gedanken. *Eine Macht, die sich über den Kreis des Lebens stellt und Sie mit sich in eine seelenlose Ewigkeit reißen will.* Aber das alles war doch völlig verrückt. Mumien wurden nicht lebendig. Weder hier noch in irgendwelchen zerfallenen Pyramiden in Ägypten.

Ein Blitz durchfuhr sie. *Ägypten* – das war es! Sah das Pyramidenlogo an der Wand vor ihr nicht genauso aus wie das Logo, das sie auf dem Mitgliedsausweis der Arabisch sprechenden Frau in Mr Bucklands Büro erspäht hatte? Vielleicht war die Karte um ihren Hals gar nicht vom British Museum, sondern ein Mitgliedsausweis für diesen Co-Working-Space gewesen. Dann hätte die Unbekannte Zugang zu diesem Gebäude und kannte vielleicht auch den Zugang zu den alten U-Bahnschächten. Hatte sie am Telefon nicht von Amun-Ra gesprochen? Mehr noch, hatte Darcy nicht gesagt, eine junge Frau habe ihr dieses geheime Versteck verraten? Was, wenn ein gemeiner Plan dahintersteckte: die gruselige Stimme der Darcy Diamond, die gekoppelt an die alte Legende der Amun-Ra Neugierige von den alten U-Bahnschächten fernhielt? Gab es vielleicht doch einen geheimen Tunnel, durch den Peggy unbemerkt aus dem Museum gebracht worden war? Hatte sich Darcy Diamond etwa einmal mehr zum Spielball krimineller Machenschaften machen lassen? Alison musste unbedingt zurück zum British Museum und herausfinden, wer diese Frau in Mr Bucklands Büro gewesen war.

23

2:30 pm, World Conservation and Exhibitions Centre, Montague Place

Das war es also, das legendäre World Conservation and Exhibitions Centre. Wie ein mit überdimensionalen Jalousien versehener Riesenwürfel hockte der Gebäudeanbau des British Museum auf der Seite des Montague Place zwischen dem Parthenon-Raum und der Sainsbury Exhibitions Gallery. Von Roy fehlte noch immer jede Spur. Alison betete, dass ihm die Aktion auf dem U-Bahnhof keinen Ärger eingehandelt hatte. Wenigstens hatte sie Dustin erreicht. Gerade näherte sich ein LKW, um weiteres Equipment für Mildreds Geburtstagsparty durch die ebenerdige Zufahrt anzuliefern. Als sich das Tor öffnete, kam Dustin herausgeeilt. Fasziniert betrachtete er ihr Medaillon. In wenigen Sätzen erzählte Alison ihm, wo sie es gefunden hatte, von dem heldenhaften Alfie, ihrer überraschenden Begegnung mit Darcy Diamond und dem verdächtigen Pyramiden-Logo des Co-Working-Space-Anbieters im Hogarth House. Währenddessen war Dustin längst wieder mit dem Verladen der Lieferung beschäftigt. Alison wunderte sich. »Ein Stromgenerator?«

Dustin hob entschuldigend die Arme. »Es ging nicht anders. Normalerweise bricht schon bei drei Schneeflocken Chaos in London aus. Aber dieser Winter übertrifft alles. Wegen des Schnees haben wir schon den ganzen Tag massive Probleme mit der Energieversorgung. Ich bin froh, dass ich so schnell noch einen Generator bekommen habe. Sonst sitzen unsere Gäste am Ende noch im Dunkeln.«

Einmal mehr war Alison begeistert. Sie drückte Dustin dankbar an sich. »Großartig, wie du das alles ganz ohne Peggys Hilfe schaffst. Sie wäre so stolz auf dich.«

Bedrückt wich Dustin ihrem Blick aus und holte seine Schlüsselkarte heraus. »Ich bringe dich und Alfie jetzt wie versprochen kurz ins World Conservation and Exhibitions Centre und dann muss ich auch schon wieder her.«

Aus der Innenperspektive erwies sich das WCEC als lichtdurchfluteter Glaskasten, in dem ausnahmslos jeder Mitarbeiter des Gebäudes, egal von welchem Arbeitsplatz, auf sie schauen konnte. So wunderte es Alison auch keineswegs, dass ihr binnen kürzester Zeit eine junge Dame im Business-Kostüm entgegengeeilt kam. Kurze kleine Locken umrahmten ihr rundliches Gesicht. Misstrauisch starrte sie zuerst auf Alfie und dann auf Alison. »Kann ich Ihnen helfen?«

Den vorwurfsvollen Unterton hörte Alison sofort heraus. Sie fühlte sich ertappt. Im Grunde dürfte sie gar nicht hier sein. Sie erinnerte sich an Roy. *Mit Höflichkeit und Charme können Sie Berge versetzen.* Sie setzte ihr charmantestes Lächeln auf. »Wie freundlich, Madam. Ich suche eine Mitarbeiterin von Ihnen. Leider ist mir ihr Name entfallen. Aber sie spricht perfekt Arabisch.«

»Arabisch?«, fragte die Dame zurück.

Und schnüffelt gerne in fremden Büros herum, fügte Alison in Gedanken an. Sie versuchte, sich nichts von ihrer Unsicherheit anmerken zu lassen. »Wie beginnt ihr Name noch mal? Ich bin mir sicher, es war irgendetwas mit M, a und i«, sprach Alison stattdessen weiter. »Mai…«

Die Dame rückte ihre Nickelbrille zurecht. »Maibe? Maibe Riad?«

Alison schnippte mit dem Finger. »Genau!« Jetzt, wo sie es ausgesprochen hörte, war sie hundertprozentig sicher. Das musste der Name auf dem Ausweis am Lanyard gewesen sein. »Wenn ich mich recht erinnere, hatte sie eine Pyramide auf dem Ausweis. Kann das sein?«

»Oh ja, die SFInKS!«

»Nicht die Sphinx«, antwortete Alison. »Eine Pyramide.«

»Verzeihen Sie, ich meine natürlich nicht die Sphinx.« Die Dame schmunzelte über den Rand ihrer Nickelbrille hinweg. »Sondern die SFInKS.«

Hatte die Dame etwas getrunken? Alison war verwirrt. Die Dame räusperte sich und setzte mit erhobenem Zeigefinger erneut an.

»Ich rede von der Abteilung für Scientific Research of Forgotten Innovations, Knowledge and Spirituality. Kurz: SFInKS.«

Alison wurde neugierig. »Vergessenes Wissen, Erfindungen und Spiritualität? Wie interessant.«

»Sie müssen sich nicht wundern, wenn Sie noch nichts davon gehört haben. Der Vorstand des British Museum hat diese Abteilung erst im Februar letzten Jahres ins Leben gerufen.«

Ein Knoten bildete sich in Alisons Magen. Februar letzten Jahres, genau zu dieser Zeit war ihr Vater verstorben.

»Wir machen mit Absicht nicht so viel Tamtam um die Sache, solange wir keine handfesten Forschungsergebnisse vorweisen können. Die Dame nahm ihre Brille vom Gesicht und zwinkerte Alison mit dem linken Auge zu. »Sie wissen ja, wie das so ist mit den Forschungsgeldern.« Dann drehte sie sich um, deutete durch die Tür vor ihnen und auf eine Treppe, die ins Untergeschoss verlief. »Die SFInKS wird von Prof. Dr. Elizabeth Reid geleitet, eine absolute Koryphäe auf dem Gebiet der Ägyptologie und eine mindestens ebenso begabte Anthropologin.« Die Dame hielt plötzlich inne, nahm ihre Brille ab und sah Alison mit geneigtem Kopf an. Sie setzte ihre Brille auf, wieder ab und wieder auf. »Moment. Sie sind doch Ms Alison Granville, nicht wahr?«

Alison nickte verlegen. Jetzt kicherte die Dame auch noch vor sich hin.

»Verzeihen Sie, dass ich Sie nicht sofort erkannt habe.« Sie warf seufzend ihre Hand durch die Luft. »Hach, ich kann alle möglichen Steine und Knochen auseinanderhalten. Aber bei Gesichtern …« Sie stemmte ihre Hand in die Hüfte. »Wenn Sie Ms Granville sind, kennen Sie unsere Professorin ja bereits. Schließlich hat Prof. Reid Ihre Mumien entdeckt, nicht wahr? Maibe Riad ist eine Assistentin von ihr. Auch eine hochbegabte Frau. Mr Buckland hat sie über ein Austauschprogramm der Al-Azhar-Universität in Kairo zu uns geholt.« Sie deutete den Treppengang hinunter. »Immer hier entlang bis ins zweite Untergeschoss und dort dem Pyramidenlogo folgen. Dann können Sie das Studio der SFInKS gar nicht verfehlen.«

Alison bedankte sich gerade noch, da warf sich Alfie bereits erwartungsvoll in die Leine und hechelte der Unterwelt entgegen.

Gerade dort unten hatte Alison nach dem Besuch von Mr Bucklands Büro einen dunklen Raum im Indiana-Jones-Look erwartet, mindestens ebenso randvoll gepackt mit altägyptischen Skulpturen und Dokumenten. Wären jedoch die drei Miniatur-Sarkophage auf dem Tisch links neben dem Eingang zu Prof. Reids Forschungsstudio nicht gewesen, hätte Alison diesen Teil des Museums eher für ein geheimes Virenlabor gehalten. Die Arbeitsplätze aus weißem Kunststoff wirkten kalt, steril und auf merkwürdige Weise futuristisch, was an den langen Roboterarmen lag, die an den Stahlträgern in der Decke befestigt waren; und an den langen Schläuchen, die aus der Mitte einer jeden Arbeitsplatte wie überdimensionierte und misslungene Designerwasserhähne herausragten. Unwillkürlich musste Alison an diese mittelalterlichen Staubsauger denken. Nicht jenes moderne Gerät, mit dem Roy arbeitete, sondern diese wuchtigen Schnorchelmonster, welche die Putzfrauen im Savoy hinter sich herzogen und die einem wirklich auch den letzten Funken Lust auf Hausarbeit nahmen.

Prof. Elizabeth Reid stand über ein langes, pechschwarzes Objekt gebeugt. Alison brauchte einen Moment, bis sie erkannte, dass es sich um einen mumifizierten Alligator handelte. Sofort kam ihr wieder die Schlangenhaut in den Sinn, die ihr Bernie in seinem Zoogeschäft präsentiert hatte. Prof. Reid bemerkte sie, erhob ihren Kopf und nahm mit ihren behandschuhten Händen Arbeitsbrille und Mundschutz vom Gesicht. »Ms Alison, was für eine Überraschung!«

Alison konnte sich nicht helfen. Seit ihrer ersten Begegnung mit dieser Frau hatte sie ein ungutes Gefühl. Sie mochte diese Person nicht. Vielleicht lag es an Prof. Reids unbeschreiblich schlechtem Geschmack. Ihr dunkelbraunes, halblanges Haar hielt sie mit Hilfe eines zum Fremdschämen aus der Zeit gefallenen Haarreifens aus ihrem Gesicht fern, was den Fokus auf ihre schmalen, graugrünen und leicht verlebten Augen lenkte. Wogegen ihre hohen Wangenknochen eher das Ergebnis von chirurgischem Geschick zu sein schienen – ebenso wie ihr überaus voller und unnatürlich geformter Busen. Sodass Alison sich unwillkürlich fragte, nach welchem vergessenen altägyptischen Wissen die SFInKS wirklich auf der Suche war. Das Durchschnittsalter der Vorstandsmitglieder des British Museum lag jenseits der 60. Wohl so ziemlich jeder von ihnen hätte ein Vermögen für ein Elixier bezahlt, das ihnen Unsterblichkeit und ewige Jugend versprach. Aber wahrscheinlich war genau das der wahre Grund für Alisons Antipathie. Die Koryphäe Prof. Reid, wie die Dame im Treppenhaus so schön gesagt hatte, war höchstens zehn Jahre älter als Alison und bereits eine weltweit bewunderte Wissenschaftlerin. Und wie weit hatte Alison es bisher gebracht?

»Wie kann ich helfen?«, unterbrach Prof. Reid ihre Gedanken.

»Ich suche eine Mitarbeiterin von Ihnen«, antwortete Alison. »Maibe Riad.«

Prof. Reid hob ihre linke Augenbraue, sah zu Alfie und dann wieder zu Alison. »Wegen der … Bestellung?«

Eine Bestellung? Alison wusste nichts von einer Bestellung. Umso neugieriger war sie darauf, was Prof. Reid ihr präsentieren würde. Also bejahte sie die Frage.

Prof. Reid hängte ihr Staubsaugerrohr in den dafür vorgesehenen Haken und zog sich ihre weißen Stoff-Arbeitshandschuhe aus. »Warum hat Maibe denn nicht gleich gesagt, dass die Bestellung für Sie ist? Wir hätten Sie Ihnen selbstverständlich diskret per Kurier zustellen lassen. Unsere Sendungen sind in einem neutralen Paket verpackt binnen Minuten bei Ihnen.« Prof. Reid lief um Ihren Tisch herum und stoppte, als sie Alfie erblickte. Sie bekam einen mitfühlenden Gesichtsausdruck und reckte ihm ihre Hand entgegen. Unwillkürlich fletschte Alfie die Zähne. Prof. Reid zuckte zurück.

»Alfie!«, zischte Alison. »Verzeihen Sie. Das macht er sonst nie.«

»Kein Problem …« Prof. Reid legte die Hand auf die Brust. *Nur nicht zu fest,* dachte Alison. Am Ende würde sie noch platzen und Prof. Reid wie ein geöffneter Luftballon wild durch das Studio flattern. »… Tiere sind so viel feinfühliger als wir. Ich bin sicher, die Energie der Objekte hier unten verängstigt ihn.«

Eine anerkannte Wissenschaftlerin wie Prof. Reid sprach tatsächlich von Energien in Verbindung mit den zahlreichen Artefakten, die hier im Keller archiviert waren? »Glauben Sie etwa an die Spukgeschichten?«, fragte Alison.

»Oh, das sind keine Spukgeschichten«, antwortete Prof. Reid. »Hören Sie sich um! Ich bin sicher, jeder Mitarbeiter des Museums wird Ihnen bestätigen, dass die Objekte in diesem Haus unerklärliche Kräfte in sich tragen.« Sie drehte sich zu dem mumifizierten Alligator um und ließ ihre Hand in sicherem Abstand über ihn gleiten, als würde sie seine Aura streicheln. »Es ist schwer zu beschreiben. Aber wenn Sie tagtäglich mit ihnen zu tun haben, spüren sie es. Es ist, als hätten sie alle Emotionen und Erinnerungen ihrer Zeit wie ein Schwamm in sich aufgesogen.« Als sich Prof. Reid wieder Alison zudrehte, hatte ihr Blick sich verändert. Sie wirkte wie besessen. »Genauso ist es mit unseren Mumien. Manchmal scheinen sie mich regelrecht anzuschreien. Als wären sie noch immer lebendig.« Prof. Reid machte eine bedeutungsvolle Pause und sah Alison auf eine unangenehme Art an. Als hielte sie einen Trumpf in der Hand, ein Geheimnis, das ihr das Gefühl von Macht über Alison verlieh. »Ich bin sicher, es war kein Zufall, dass ausgerechnet ich die Mumien Ihrer Familie in diesem Schrein gefunden habe, Ms Granville.« Prof. Reid lächelte auf eine beinahe bedrohliche Weise. »Auch wenn Sie es mir nicht glauben, aber es ist wahr: Die Toten, sie kommunizieren mit mir.« Das Licht im Studio flackerte. Prof. Reid zuckte. »Sehen Sie!«

Sicher nicht, dachte Alison. Das musste an den Stromschwankungen liegen, von denen Dustin berichtet hatte. Alfie knurrte. Augenblicklich beugte sich Prof. Reid zu ihm und betrachtete seine vergoldete Halskrause.

»Leidet er sehr?«

Alison kraulte ihn. »Es war ein ziemlich harter Schlag.« Sie musste an die Geschichten über Bestatter denken, die sich an den Goldzähnen ihrer Leichen bereicherten. Vielleicht gab es ja auch Kuratoren, die Hunde für vergoldete Halskrausen ermordeten.

Prof. Reid nickte heuchelnd und sah auf ihre GUCCI G-Timeless in Dunkelblau. So einen Anblick war Alison normalerweise eher vom Savoy Hotel gewohnt. Dass eine Mitarbeiterin des British Museum – ganz gleich, wie angesehen sie auch war – sich eine Armbanduhr jenseits der zweitausend Pfund leisten konnte, überraschte sie dann doch ein wenig. »Ich fürchte nur«, sprach Prof. Reid weiter, »Maibe hat Sie frühestens in einer halben Stunde erwartet. Aber kein Problem. Ich übergebe Ihnen das Objekt gern persönlich.« Prof. Reid lief zu einem Schrank direkt neben Alison. Sie öffnete ihn und zog ein auf einer ausziehbaren Ablage liegendes, zugedecktes Objekt heraus. Als Alison sich noch immer nicht bewegte, sah Prof. Reid sie auffordernd an. Wieder flackerte das Licht im Labor und verzerrte Prof. Reids Gesicht dabei zu einer zombieartigen Fratze. »Nun kommen Sie schon. Deswegen sind Sie schließlich hier, oder?«

Alison zögerte. Alfie winselte und begann aufgeregt an der Leine in Richtung Tür zu zerren, als wollte er sie vor etwas warnen.

»Kommen Sie!«, wiederholte Prof. Reid. »Ich denke, Sie werden sehr zufrieden sein.«

Alison folgte der Aufforderung. Alfie quiekte, gurgelte und kläffte zugleich.

Prof. Reid nahm das Tuch und hob es mit einer behutsamen Bewegung zur Seite. Den kleinen Kopf sah Alison zuerst. Er war vollständig mit einer zwei Finger breiten Bandage umwickelt. Dann folgte der kleine Unterleib. Eine weitere Mumie, dachte Alison. Alfie jaulte und kratzte an der Tür, als ginge es um Leben und Tod, während Alison die vier Beine der Mumie betrachtete und den ebenfalls vollständig umwickelten langen Schwanz. Erschrocken wich sie zurück. Ihr Blick fiel auf die drei kleinen Sarkophage, die ihr bereits beim Betreten des Raumes aufgefallen waren. Das waren keine Miniaturen. Diese Sarkophage waren aus einem ganz anderen Grund so klein. Diese schwarzen, auf den Sargdeckeln aufgemalten Gestalten waren nicht etwa Götter. Es waren Hunde!

»Was zum Teufel ...«, fuhr es Alison über die Lippen. Ein drittes Mal flackerte das Licht. Funken schlugen. Dann war es dunkel. Die Tür zum Labor flog auf. Alfie schrie, als sei ihm ein Elefant auf die Pfote getreten, als im Schein des Notausgangsschildes die Gestalt einer weiteren Mumie in den Türrahmen trat. Und diese Mumie schien menschlich, lebendig und schrie sie mit zornigen Augen an: »Ihr habt mich die ganze Zeit angelogen!«

24

2:45 pm, Holborn Police Station

Es war Jahre her, dass Teddy die Holborn Police Station von innen gesehen hatte. Damals hatte er gerade erst bei der Metropolitan Police angefangen, aber noch immer flimmerten dieselben Bilder vor seinem inneren Auge auf, wenn er vor der großen Betontreppe am Eingang zu diesem pseudomodernen Hochhaus stand. Dann war es, als wäre es gestern gewesen, als er die Scharen von Fans zusammen mit seinen Kollegen zurückhalten musste, während Amy Winehouse für ein Verhör wegen angeblicher Körperverletzung aufs Revier gebracht worden war. Wie sie sich mit ihrem ausgemergelten Körper die Treppen hinaufgeschleppt hatte, in ihrem viel zu engen Minirock, mit den schrecklichen Tattoos auf dem knochigen Arm und den zu einem Turm verknoteten, zotteligen Haaren. Für jemanden mit wachem Auge und Verstand war damals im Grunde schon klar gewesen, dass sie ihren Lebensstil nicht lange würde durchhalten können. Und so kam es dann auch. Drei Jahre später hatten eine Kollegin und ihr Partner Amy Winehouse tot in ihrer Wohnung in Camden gefunden. Mit nur 27 Jahren. Wie so viele andere Pop-Legenden vor ihr auch: Jimi Hendrix, Janis Joplin, Jim Morrison, Kurt Cobain. Nicht dass Teddy sie verehrt hatte. Aber es war, als würde ein Fluch über diesem Alter liegen. Teddy hielt kurz inne. War Peggy nicht auch 27? Er hatte davon in ihrer Akte gelesen.

Er wischte den Gedanken beiseite. Peggy war kein Popstar. Und Teddy glaubte nicht an Märchen. Darcy Diamond war 27 gewesen, als die Boeing 747 mit ihr an Board an einem Berg zerschellt und in haushohen Flammen stehend von den Rettungskräften gefunden worden war. Und Darcy war auch nicht gestorben. Als Einzige an Bord. Er konnte sie gar nicht zählen, die Dankesgebete, die er gesprochen hatte, nachdem klar gewesen war, dass sie überlebt hatte.

Es glich einem Wunder. Als würde das Universum einen höheren Plan mit Darcy verfolgen. Als gäbe es einen besonderen Grund, warum sie hier war. Bis heute fragte er sich, ob wirklich alles nur Show gewesen war während ihrer Performance im Savoy Hotel. Vielleicht hatte Tante Wenwen in Hongkong doch recht, wenn sie behauptete, dass es mehr gab zwischen Himmel und Erde, als wir auch nur erahnen konnten. Aber Übersinnliches war nicht sein Job.

Die Kollegen leiteten ihn direkt weiter zum Verhörzimmer. »Gut, dass Sie endlich da sind, Mr Chan. Wir haben ja schon viel erlebt. Aber das, was da heute in der U-Bahnstation los war, übertrifft alles.«

Eine kleine Kollegin mit strengem Blick empfing ihn am Verhörraum. Sie nickte ihm grüßend zu. »Wir haben alles versucht. Aber der Herr vom Bahnsteig meinte, die einzige Möglichkeit wäre, Sie kommen zu lassen.«

Teddy atmete tief durch. Natürlich hatte er sofort gewusst,

wer sich hinter dem Namen Royston Taylor verbarg. Irgendwie war ihm auch klar gewesen, dass ihn nach der Aktion rund um den Gipsabguss auf der Great Russell Street gestern noch die eine oder andere Überraschung erwarten würde. Aber was bitte brachte Alisons Butler dazu, den gesamten U-Bahnverkehr lahmzulegen? Teddy hoffte, dass Roy eine wirklich gute Begründung für ihn parat hatte.

Teddys Kollegin hob die linke Augenbraue, während sie die Tür öffnete. »Da haben Sie eine harte Nuss zu knacken, Mr Chan.«

Das Verhörzimmer war immer noch genauso grau und kahl, wie er es in Erinnerung hatte. Nackte, schallisolierte Wände, eine einsame Deckenleuchte, ein verlorener, schlichter Tisch. Und an diesem Tisch saß … Für einen Moment blieb Teddy völlig überrumpelt und reglos stehen. Die Tür, die hinter ihm ins Schloss fiel, klang wie ein schwerer Stein, der nach einem Sturz in eine unendlich lange Schlucht in Zeitlupe auf Wasser aufschlug und schließlich darin versank.

»Ms Diamond?«, flüsterte er.

Darcy hob ihren Blick von der Tischplatte und sah zu ihm auf. Ihre Augen waren ungeschminkt und hatten dennoch nichts von ihrer Strahlkraft verloren. Mit wachem, klarem Blick sah sie ihn an; ganz anders als damals im roten Lift des Savoy Hotel, als sie von dem Geist des kleinen Mädchens besessen gewesen war. Und genau diese Klarheit verunsicherte ihn. »Sie haben mich nicht erwartet, nicht wahr?«

Er schnappte nach Luft. Das war ihm in einem Verhör noch nie passiert. »Was machen Sie hier? Wollen Sie mir etwa sagen, dass Sie vor meinen Kollegen im U-Bahntunnel davongelaufen sind?«

»Was ich getan habe, ist nebensächlich.« Darcy faltete ihre Hände ineinander. »Viel wichtiger ist das Warum.«

Teddy griff nach der Lehne des Stuhls vor ihm, zog ihn zurück und setzte sich Darcy gegenüber an den Tisch. »Erzählen Sie es mir.«

»Sie dürfen sie nicht alleine lassen, Mr Chan.«

»Wen?«

Darcy ließ eine Pause entstehen. Dabei fixierte sie Teddy mit ihren saphirblauen Augen. Ihm war, als würde sie einen unsichtbaren Schleier über ihn ausbreiten, ihn damit gefügig machen und dicht an sich heranziehen. »Sie wissen genau, von wem ich rede.«

Teddy versuchte sich aus Darcys Bann zu lösen, aber es gelang ihm nicht. Zu viele Erinnerungen löste ihre Gegenwart aus, zu viele Melodien fluteten seinen Kopf beim Anblick ihrer Lippen. »Sagen Sie es mir.«

»Ich rede von der Frau, die Ihnen den Schlaf raubt. An die Sie unentwegt und immer wieder denken müssen. Die Sie am liebsten vergessen wollen und nicht vergessen können.«

Benisha, Benisha, Benisha!, wiederholte Teddy mit aller Macht wie ein Mantra in seinem Kopf.

Darcy Diamond griff nach seiner Hand. »Die Frau, die Ihre Welt in Scherben zerschellen lässt und sie auf neue, bezaubernde Weise wieder zusammensetzt.« Ein Feuerwerk aus magischen Funken wanderte durch seinen Körper. Er hatte schon immer gewusst, warum Darcy Diamond ein Star gewesen war. Jetzt spürte er es auch. Was hätte er vor zwanzig Jahren allein für ein simples Autogramm von ihr gegeben. Für einen flüchtigen Blick zu ihm ins Publikum, während der Zugabe nach ihrem Sieg beim Eurovision Song Contest. Und jetzt saß er ihr gegenüber und sie berührte ihn. »Ich spüre eine große Kälte, Mr Chan.«

Das war kein Wunder. Draußen tobte ein Jahrhundertwinter. Ihm aber wurde heiß. Sein Puls raste.

»Alison ist in das Visier einer finsteren Macht geraten.« Sie verengte ihre Augen. »Es ist, als wäre der Tod selbst aus dem

Sarkophag gestiegen, um sie und alle, die sie lieben, mit sich in die Ewigkeit zu reißen.« Sie zog seine Hand zu sich, sodass er ihr wie in Trance näherkam. »Alle!«

Die Trance platzte wie eine Seifenblase. Was meinte sie mit *alle?* Er schloss kurz seine Augen, um sich zu sammeln. »Darcy, Sie wissen, ich schätze Sie sehr, aber …«

»Sie müssen mir nicht glauben, Mr Chan«, fiel sie ihm ins Wort. »Aber gehen Sie zu ihr.«

Teddy löste seine Hand, lehnte sich zurück und lockerte seine Finger. Was tat er hier? Er benahm sich wie ein Groupie. Er war Detective Chief Inspector. Er räusperte sich und sprach so sachlich und fest, wie er nur konnte. »Was wissen Sie, Ms Diamond?«

Langsam und ohne ihn aus den Augen zu verlieren, lehnte sie sich zurück und lockerte ebenfalls ihre Finger. Sie spiegelte ihn. Eine simple und dennoch hoch wirksame, unterschwellige und manipulative Technik. »Damals, als man mich nach dem Absturz aus dem Flugzeug gezogen hat, haben viele Menschen von einem Wunder gesprochen. Wichtige Persönlichkeiten sind an mich herangetreten. Einige von ihnen mit den abstrusesten Ideen im Kopf.«

Teddy erinnerte sich. Er hatte alle Dokumentationen über den Vorfall gesehen. Selbst die richtig peinlichen. Einige Darcy-Hasser und Verschwörungstheoretiker hatten ihr unterstellt, einen Pakt mit dem Teufel geschlossen und von einem Unsterblichkeitsserum getrunken zu haben. Ein Serum, das von ägyptischen Grabräubern stammte und angeblich von den elitärsten Londoner Kreisen als großes Geheimnis gehütet wurde. Und … Teddy schluckte. Darcys Blick. Als würde sie in seinen Gedanken lesen. »Sagen Sie nicht, Elvis Presley hat wirklich davon getrunken?«, flüsterte er.

Darcy Diamonds Mundwinkel zuckte kurz. »Der Kampf gegen den Tod ist und bleibt aussichtslos, Mr Chan. Aber er wird mit den unglaublichsten Waffen geführt.« Sie lehnte sich vor. »Und die Ereignisse, denen Alison auf der Spur ist, erinnern mich auf beängstigende Weise daran. Sie müssen Sie beschützen!«

Teddy schluckte. Er versuchte mit allen Kräften auszublenden, wer da vor ihm saß und fragte so bestimmt wie möglich. »Was wissen Sie?«

»Ich weiß alles, was ich wissen muss.« Dann erhob sie sich. »Und ich werde jetzt gehen. Denn Sie haben absolut nichts gegen mich in der Hand.« Sie öffnete die Tür und drehte sich dabei ein letztes Mal nach ihm um. Wie in ihrem Musikvideo zu *Look over your shoulder.* »Außerdem gibt es dort draußen jemanden, der bereits dringend auf Sie wartet.«

Teddy folgte ihrer Geste, blickte durch die geöffnete Tür und entdeckte Alisons Butler. Mit ernstem Blick stand Roy neben einer Polizeibeamtin und sah in seine Richtung. Teddy wollte Darcy hinterherrufen und öffnete seinen Mund. Aber es kam nichts als Luft heraus.

25

3:00 pm, British Museum, World Conservation and Exhibitions Centre

Eingehüllt in Dunkelheit starrte Alison auf die vollständig von Bandagen umwickelte Gestalt. Lediglich das Notausgangsschild über dem Türrahmen beleuchtete den Mumienschädel, der Alison mit zornigen Augen angiftete. Prof. Reid schrie. Wie eine wild gewordene Bestie sprang Alfie an der Mumie auf und ab. Alison schnellte vor, um ihn in Sicherheit zu bringen. Da erschien Holden hinter der Mumie und lugte bestürzt in die Runde.

»Sorry, wir wollten euch nicht erschrecken.«

Das Licht im Forschungsstudio flackerte kurz auf, erlosch aber sofort wieder.

»Die da erschrecken?«, brüllte die Mumie. »Dass ich nicht lache! Ich bin diejenige, die sich erschrocken hat.« Mit einem Satz hüpfte Alfie der Mumie auf den Arm und leckte ihr die Bandagen. Dann endlich sprang das Licht wieder vollständig an. »Um Himmels willen, mein kleiner Alfie ist ja vollkommen verstört.«

Alison brauchte einen Moment, um sich zu sammeln. Das bis auf Augen und Mund vollständig von Bandagen umwickelte Gesicht war am Rest des Körpers in einen eisblauen Mantel mit versteckter Knopfleiste gehüllt. Taille und Ellenbogen waren mit einem Schneeflockenmuster verziert. Und die Mantel-Mumie ging am Stock. An einem eisblauen Stock. Deswegen hatte Alfie sich so schrecklich aufgeregt. Er war gar nicht panisch gewesen. Er hatte sein Frauchen gerochen. »Mildred?«

»Ja, wer denn sonst?«

Konnte Alison neuerdings Gedanken lesen? So ziemlich jede Person hätte sich unter den Bandagen verbergen können. Mildred sah aus, als wäre sie vom Filmset eines Horror-B-Movies geflüchtet. »Ich denke, du bist im Krankenhaus. Wir haben uns Sorgen gemacht!«

»Ihr? Sorgen?« Mildred lachte, warf ihren Mumienkopf in den Nacken und erstarrte schlagartig mitten in ihrer Geste. Sie schrie auf, ließ Alfie zu Boden springen und griff sich an die bandagierten Schläfen. »Meine Nähte!«

Alison überlegte. Nähte? Von was für Nähten sprach Mildred?

Sofort eilte Holden dazwischen. »Sie sollen sich doch nicht so aufregen, Mrs Granville. Erst recht nicht, solange alles noch frisch gestrafft und einbandagiert ist.«

Alison traute ihren Ohren nicht. *Frisch gestrafft?*

Holden sah zu Alison. »Sie hat das Krankenhaus gegen den Rat der Ärzte verlassen. Ich wollte sie davon abhalten …«

»Meine Nähte«, winselte Mildred. »Ich glaube, meine Nähte sind geplatzt!«

Holden zerrte einen Stuhl herbei, half Mildred beim Hinsetzen und hantierte aufgeregt an ihrem Verband herum. »Solange Sie komplett in Mullbinden gewickelt sind, kann nichts geschehen. Die Bandagen fixieren die gestraffte Haut.«

»Gestraffte Haut?« Alison wähnte sich im falschen Film. »Ich fasse es nicht, Holden. Du steckst mit ihr unter einer Decke?«

»Unter einer Decke? Dein Holden ist der Einzige, der mich im Krankenhaus besucht hat.« Die Mildred-Mumie griff nach seiner Wange und streichelte sie. »Gott sei Dank hat er Medizin studiert und kann mich fachgerecht versorgen.«

Holdens Augen tränten. Sein Gesicht sah plötzlich merkwürdig zerknautscht aus. Sein Atem begann zu pfeifen. Sofort musste Alison wieder an seine seltsamen Schwindelattacken denken, die er seit der Pressekonferenz mit den Mumien hatte. »Holden, was ist los?«

»Ich weiß nicht.« Seine Stimme klang, als würde er durch eine Hundepfeife sprechen, was Mildred nur noch mehr animierte.

»Schau, wie er sich um mich sorgt.«

Holden schnäuzte sich die Nase. »Es muss eine Allergie sein.«

»Ihr immer mit euren Allergien«, raunte Mildred. »Wer weiß, was du dir im Krankenhaus eingefangen hast.« Sie wandte ihren Blick zu Alison. Umrahmt von all den Bandagen wirkten ihre Augen nur noch wütender. »Siehst du! Wer weiß, was mir ohne den tapferen Holden alles hätte zustoßen können, so gottverlassen an diesem verseuchten Ort.«

»Dir zustoßen?« Nach all den völlig überflüssigen Sorgen der letzten Tage platzte Alison der Kragen. »Du hast dich *liften* lassen!«

»Ich hätte sterben können!«

»Und das nennst du eine dringende und extrem komplizierte, hochriskante Operation?«

»Hast du meine Fotos von der Kostümprobe nicht gesehen? Ich habe ausgesehen wie ein Monster.«

»Du bist ein Monster.«

»Alison!« Das Licht flackerte erneut. Wie ein Donnergrollen hallte Mildreds Stimme für eine gefühlte Ewigkeit im Forschungsstudio nach. »Während ich gottverlassen im Krankenhaus um mein Leben gekämpft habe, habt ihr einen tonnenschweren Sarkophag auf meinen Hund geworfen ...« Sie stützte sich auf ihren Stock, um aufzustehen und schritt mit ihrem mumienhaft umwickelten Kopf bedrohlich langsam auf Alison zu. »... und obendrein auf lächerliche Weise versucht, den Vorfall vor mir zu verheimlichen.«

Hieß das etwa ... Enttäuscht schwenkte Alison den Blick zu ihrem Honeybun. »Holden!« Durch zugeschwollene Augen und eine verstopfte Kehle hindurch winselte er Alison unverständliche Worte zu.

»Ach was, Holden«, antwortete Mildred. »Mr Buckland ...« Mildreds Finger stieg wie eine Rakete empor und schwebte vorwurfsvoll über Alison. »... den ihr obendrein in den Schnee gestoßen und ihm dabei fast das Becken gebrochen habt. Jawohl! Der arme Mr Buckland hat mit seinen Berichten über die Vorbereitungen meines Geburtstags das gesamte Ärzteteam im University College Hospital in Aufregung versetzt. Meinst du ernsthaft, das spricht sich nicht herum? Gott sei Dank hat sich Dr. Geoffrey Hollande heute früh vertrauensvoll an mich gewandt. Wer weiß, was sonst noch alles hätte passieren können. Reicht es nicht, dass deine angeblich beste Freundin unschuldige Museumsmitarbeiterinnen erschlägt? Und dass ich von dir persönlich vor der britischen Presse als ›blöde Kuh‹ bezeichnet werde? Müsst ihr auch noch meinen Hund ermorden?«

Alison rang um Fassung. »Alfie geht es gut.«

»Ach wirklich?« Mildred zog einen Beutel mit getrocknetem Kobe-Rind-Snacks in Trüffelöl aus ihrer Tasche und warf Alfie einen Brocken zu. Seine Augen verdrehten sich ekstatisch. Speichel quoll aus seinen Lefzen. »Schau ihn dir doch an. Er kann nicht einmal richtig kauen mit dieser schrecklichen Halskrause. Ein Wunder, dass er nicht querschnittsgelähmt ist.«

Alfie rülpste.

»Und Luft bekommt er auch nicht.«

»So ein Quatsch.« Noch ein paar Worte mehr und ihre Tante würde es nach über dreißig Jahren tatsächlich das erste Mal schaffen, sie zum Heulen zu bringen. »Holden, sag doch auch mal was!«

Er bewegte seinen Mund, lief dabei jedoch lediglich rot an und quietschte. So langsam machte sich Alison ernsthaft Sorgen. Mildred fauchte ihn an.

»Jetzt führe dich doch nicht so auf. Wie kann man mit 27 Jahren nur schon so wehleidig sein.«

Holden nieste.

»Hand vorhalten!«, schrie Mildred und riss Alfie ruckartig von Holden weg. »Hat auch nur einer von euch noch Manieren beigebracht bekommen? Ein Wunder, dass wir nicht allesamt elends verendet sind bei der letzten Pandemie.«

Holden sah sie mit hochgezogenen Brauen an. Seine verquollenen Augen wirkten dabei wie aufgeplatzte Pfirsiche.

»Jetzt geh wenigstens an die frische Luft, Herrgott noch mal. Oder willst du meinen geschwächten Alfie mit deinen Krankenhauskeimen anstecken?« Holden eilte nach draußen.

Mildred zog ein Tuch aus ihrer Tasche und tupfte Alfie damit Nase und Schnauze ab. Er schnappte danach und fraß es auf. »Da! Seht ihr, wie konsterniert er ist?«

»Er ist ein Hund«, erklärte Alison genervt. »Und es geht ihm gut.«

Mildred streckte ihren Stock in Richtung der Hundemumie. »Und deswegen zerrst du ihn in dieses Frankensteinlabor? Um ihn als Zeugen von solch abartigen Experimenten endgültig in Todesangst zu versetzen?«

»Wieso Todesangst? Die Mumie sieht doch aus wie du.«

Prof. Reid trat dazwischen. »Bitte verzeihen Sie. Ich dachte, Ms Granville wäre gekommen, um ihr verstorbenes Tier zur Bestattung abzuholen.« Sie warf die Decke wieder über den Hund und schob die Mumie zurück in den Aufbewahrungsschrank. »Die Haustiermumifizierung ist ein kostenpflichtiger Service, den wir den Fördermitgliedern unseres Freunde-des-Museums-Programms im Rahmen des SFInKS-Projektes anbieten.«

Mildred schnappte sich Alfies Leine. »Bei so viel Dilettantismus wird mein Geburtstag noch in einem Blutbad enden.« Sie schwang ihren Stock, als wollte sie damit eine Armee in den Kampf befehligen. »Damit ist jetzt Schluss. Wir gehen umgehend in die ägyptische Skulpturengalerie, damit sich Alfie an meiner Seite seinem Nahtoderlebnis stellen kann.« Er winselte und lehnte seinen Kopf mit leidendem Blick an ihr Bein. »Oder soll er eine posttraumatische Belastungsstörung bekommen?«

Braucht er nicht, dachte Alison. *Er hat ja dich.*

26

3:30 pm, British Museum, ägyptische Skulpturengalerie

Dustin hatte in den letzten Stunden Wunder vollbracht. Alison blickte zur Decke der Galerie empor. Strahlend weiße, leicht gewölbte Stoffbahnen liefen von den Wänden her sternförmig auf einen gemeinsamen Punkt über der Mitte der Galerie zu. Die gesamte Location strahlte die Anmut eines ägyptischen Festzeltes aus. Ganz zu schweigen von den mehrere Yards großen und senkrecht an den Wänden herabhängenden Bannern aus ägyptischer Baumwolle, die mit goldenen Hieroglyphen handbemalt waren. An den Ecken und Winkeln der Galerie standen zudem bereits in kunstvoll geschmiedeten Metallgestellen mannshohe Fächer aus Straußenfedern bereit. Nach der gefeierten Ankunft Mildreds würden sie von ihren Tänzern den ganzen Abend über geschwenkt werden, um die Gäste mit Frischluft zu versorgen.

Das eigentliche Highlight aber war der Gästebereich. Rechts und links von der Tanzfläche, über die Mildred auf ihrer Sänfte hereinschweben würde, waren rund um die Steinskulpturen der Galerie herum jeweils fünfzehn runde und von glänzend weißen Seidendecken verhüllte Galatische aufgestellt. In der Mitte eines jeden Tisches thronte eine mindestens ein Yard hohe Kristallvase. Alison konnte nur erahnen, mit welch funkelndem Farbenspiel sich die Saalbeleuchtung während der Geburtstagsfeier in den meisterhaft geschliffenen Mustern des Glases brechen würde, um sich dann in den prachtvollen weißen Rosenblüten zu verfangen, die sich in filigranen Gestecken palmenblattartig aus einer jeden Vase über die Köpfe der Gäste hinweg ausbreiteten.

»Ist das euer Ernst?«, rief Mildred. »Plastikblumen?«

Wie ein Geist aus der Flasche erschien Dustin neben ihnen. Alison glaubte einen kurzen Schock auf seinem Gesicht zu erahnen, als er Mildreds vollständig in Bandagen gewickelten Mumienkopf sah. Mit erstaunlicher Professionalität fing er sich sofort wieder und tat, als wäre Mildreds Look das Normalste der Welt. »Das sind selbstverständlich nur die Dummies, Mrs Granville. Wir brauchen sie, damit das Service-Personal bereits unter Originalbedingungen die Bewirtung des ägyptischen Ministerpräsidenten Mustafa Madbuli üben kann.« Er setzte ein charmantes Lächeln auf. »Die Originalgestecke kommen erst am Tag der Feier. So ist sichergestellt, dass kein einziges welkes Blütenblatt auf die Tische herunterfällt.« Er zwinkerte Mildred zu. »Außerdem kann sich so der frische Blütenduft wunderbar mit dem zarten Wüstenoasenwind vermischen, den unsere zweiundzwanzig perfekt aufeinander abgestimmten und geräuschlosen Dyson Ventilatoren erzeugen werden.«

»Dyson Ventilatoren?« Mildred schwenkte ihren Bandagenkopf suchend nach links und rechts.

»Die kommen erst im Laufe des Nachmittages, zusammen mit den zehntausend LEDs für den Sternenhimmel aus Tausendundeiner Nacht.« Er hob den Zeigefinger. »Aber selbst dann würden Sie die Ventilatoren nur schwer entdecken, denn wir haben vor, sie meisterhaft in der Dekoration verschwinden zu lassen.«

Vom anderen Ende der Galerie her rief jemand Dustins Namen. So schnell wie er gekommen war, war er auch wieder verschwunden. Mumien-Mildred blickte ihm hinterher.

»Ein begabter Junge!«

Alison nickte. »Allerdings, er war Peggys Assistent. Da sie ...« Alison musste tief Luft holen. Sie konnte diesen Satz kaum zu Ende bringen. »Er ist für Peggy eingesprungen«, presste sie mit aller Kraft hervor.

»Wunderbar!«, rief Mildred. »Dann ist die russische Putzfrau wenigstens nicht umsonst gestorben.«

Museumsaufseherin, wollte Alison antworten. Aber ihre Lippen weigerten sich. Es hatte ihr ernsthaft die Sprache verschlagen.

»Ja, wo sind denn nun die gefürchteten Sarkophage?«, rief Mildred mit in die Höhe gerissenen Armen. »In diesem Durcheinander hier findet sich doch niemand zurecht.«

Alison wies in Richtung der herabgelassenen Videoleinwand und führte sie um sie herum auf die andere Seite. »Mit deiner Ankunft fährt die Videoleinwand nach oben. Erst dann fahren die Sarkophage darunter nach vorne und bleiben rechts und links von dir in einem leichten Halbkreis stehen.«

Alfie ließ sich störrisch auf den Boden fallen und streckte alle Viere von sich, sodass Mildred ihn wie einen Wischmopp über den Steinboden hinter sich her schleifte. Kein Wunder, dass er ängstlich war. Mit ihrem Bandagenkopf wirkte Mildred, als wäre sie eine Reinkarnation der Mumien persönlich, die den gefesselten Alfie als Opfergabe zum Altar beförderte. Eine Putzfrau, die durch den hinteren Eingang die Galerie betreten wollte, erblickte Mildred, riss panisch die Augen auf und machte auf dem Absatz kehrt. Mildred schien von alldem keine Notiz zu nehmen. Als sie ihre Runde vollendet hatte, blieb sie stehen. Alfie winselte und zitterte am ganzen Körper.

»Schau nur, Alison, wie panisch er ist.«

Mildred beugte sich über ihn. Sofort reckte Alfie seinen Kopf nach oben und schnappte in die Luft.

»Keine Angst, mein Kleiner. Mama ist nur ein wenig verletzt und hat sich das Gesicht verbunden.«

Alfie knurrte trotzdem.

»Du musst jetzt ganz stark sein.«

Alfie winselte.

»Zeig Mami, welcher Sarkophag dir Angst macht, hm?«

Mit jeweils einem neuen Gourmetkeks in der Hand führte sie ihn geduldig von Sarkophag zu Sarkophag. Alison staunte. Bei dem Sarkophag ganz rechts außen stellte sich Alfie trotz des Kekses tatsächlich quer.

»War das der böse Pharao, der sich auf dich gestürzt hat, ja?«

Alfie winselte und verkroch sich hinter Mildreds Beinen. Mumie Mildred schwenkte ihren Kopf zu Alison und funkelte sie aus ihren Augenhöhlen an. »Und du hältst mich für verrückt? Schau dir an, wie er sich fürchtet.«

Tatsächlich. Alfie zitterte wie Espenlaub. Trotzdem wollte Alison diesem Schauspiel nicht glauben. »Vielleicht ist ihm einfach kalt.«

»Kalt? Das ist eindeutig der Sarkophag, der umgestoßen wurde.« Mildred deutete mit ihrem Stock auf die Vorderkante des Artefaktes. »Du willst mir doch nicht etwa erzählen, dass diese Schrammen noch aus dem alten Ägypten stammen. Das sind Kratzer, die entstanden sind, als er umgeworfen worden ist.«

Alison ging in die Knie, um den Sarg aus der Nähe zu betrachten. Auch wenn sie es ungern zugab, Mildred hatte recht. Das hier war der Sarkophag, der auf Alfie gestürzt war. Und Prof. Reid hatte die Mumie bereits wieder restauriert. Die Knabberspuren von Alfie waren verschwunden. Alison sah zu Alfie. Er klemmte seinen Schwanz ein, zerrte an der Leine und zitterte mit den Hinterbeinen. Und das obwohl er vor wenigen Tagen noch gar nicht hatte aufhören können, an den Mumien herumzuschlecken. Alison wurde flau im Magen. Hatte sie den armen Alfie mit ihrer kurzen Unaufmerksamkeit vor ein paar Tagen tatsächlich traumatisiert?

»Nicht auszudenken, was alles hätte passieren können«, rief Mildred. Dabei glitt ihr unbemerkt die Leine aus der Hand. Alfie flitzte jaulend davon. »Komm sofort zurück«, rief Mildred. Vergebens. Alison spurtete hinterher. Im Treppenhaus zum Hintergebäude hin holte sie ihn ein. Mit rollenden

Augen stand er neben einem kleinen Kasten an der Wand und hob das Bein. »Pfui!«, zischte Alison noch. Zu spät. Schon prasselte ein gelber Strahl gegen den Kasten. Funken schlugen. Alfie quietschte auf und machte einen Satz zurück.

»Was ist denn nun schon wieder los?«, rief Mildred um die Ecke.

»Nichts«, antwortete Alison übellaunig und bückte sich nach Alfies Leine. Dabei bemerkte sie das Icon einer Überwachungskamera, das auf den Kasten aufgeklebt war. So unauffällig wie möglich bewegte sich Alison mit Alfie vom Tatort weg und spähte dabei in Richtung der Überwachungskameras. Dort wo für gewöhnlich eine rote Kontrolllampe blinkte, herrschte Dunkelheit. *Bitte nicht auch das noch,* flehte sie innerlich.

»Hey, ihr Zwei«, hallte Dustins Stimme ins Treppenhaus. Alison fuhr zusammen. Von der Skulpturengalerie her spähte er um die Ecke. Der Bauarbeiterhelm, der plötzlich auf seinem Kopf thronte, machte einen richtigen Mann aus ihm. »Ich möchte euch ungern stören, aber die Ventilatoren und der Sternenhimmel sind da. Wir müssen alles im Trägergestell an der Decke verschrauben und ich habe keine Schutzhelme für euch.«

»Alfie muss sowieso an die frische Luft«, antwortete Mildred, entriss Alison die Leine, ging voraus und stopfte ihn dabei mit den restlichen Kobe-Rind-Trüffel-Snacks voll. »Komm, mein Kleiner. Mami sucht uns ein Plätzchen, wo wir in Ruhe über alles reden können.« Alfie bellte und dackelte ihr mit wedelndem Schwanz hinterher.

Nein, das war kein Trauma. So schnell wie Alfie sich wieder gefangen hatte … Sie sah zurück zur Mumie. Irgendwas stimmte nicht mit ihr. Nur was?

Sichtbar ausgelassen und voller Erleichterung darüber, endlich wieder an der Seite seines Frauchens zu sein, hetzte

Alfie den Schneebällen hinterher, die Mildred auf dem Museumsvorplatz warf. Alison war dermaßen von diesem Schauspiel abgelenkt, dass sie Holden beinahe übersehen hätte. Er stand am Zaun zur Great Russell Street und himmelte sie an. Sein Gesicht war wieder abgeschwollen.

»Schau mich nicht so besorgt an«, sagte er. »Du siehst, es muss eine simple allergische Reaktion gewesen sein.«

Wenigstens eine gute Nachricht, dachte Alison. »Es ist nicht nur wegen dir, Holden.« Sie nahm ihn in den Arm und flüsterte ihm ins Ohr. »Irgendwas stimmt mit den Mumien nicht.«

Holden löste sich aus ihrer Umarmung und sah sie erschrocken an. »Bist du sicher?«

Sie nickte. »Du glaubst mir also?«

»Du bist die beste Detektivin, die ich kenne. Wenn du das Gefühl hast, dass etwas nicht stimmt, dann ist es auch so.«

Alison nahm Holdens Hände. Sie waren kalt vom Winter, und dennoch so warm. Es tat so gut zu wissen, dass jemand an sie glaubte. Nur was, wenn sie wirklich recht hatte? Mustafa Madbuli würde bereits morgen in London landen. Die ganze Welt schaute auf diese Mumien.

Holden schien in ihren Gedanken zu lesen. Er streichelte ihre Wange. »Ich hole uns allen erst einmal einen kräftigen Kaffee.« Er gab ihr einen Kuss. »Und dann überlegen wir, was zu tun ist.«

Erst als Holden auf dem Weg zum Starbucks war, bemerkte Alison, dass Roy und Teddy von der Museum Tavern her gemeinsam um die Ecke bogen. Gott sei Dank, es ging ihnen gut! Gerade als sie ihnen zuwinken wollte, ertönte ein lautstarkes Hupen. Sie fuhr herum. Ein LKW der Cateringfirma schlitterte mit durchdrehenden Reifen die völlig vereiste Straße entlang, geradewegs auf … »Holden!«, schrie sie. Er reagierte nicht. Völlig geistesabwesend hielt er sich den Kopf und torkelte über die Fahrbahn. Alison wollte zu ihm, als Mildred sie am Arm packte und in letzter Sekunde von der Straße riss. Die Abdeckplane des LKWs schabte über ihre Nasenspitze. Dann kam der Wagen zum Stehen. Von der anderen Straßenseite her war hysterisches Geschrei zu hören. Alison riss sich los und rannte um das Auto herum. Holden lag neben Roy auf dem gegenüberliegenden Fußweg und schnappte nach Luft.

»Oh Gott, nein!«, schrie Alison.

»Es ist alles gut«, versuchte Roy zu beschwichtigen.

Gar nichts war gut.

»Er … er …« Holden deutete auf Roy. »Er hat mich im letzten Moment von der Straße gerissen.« Holden kämpfte um jedes weitere Wort. »Er hat mir das Leben gerettet.« Er hyperventilierte. Seine Lippen wurden blau.

Kreischend stob die Gaffermenge auseinander, als Mumien-Mildred herbeigeeilt kam. Sie zog einen von Alfies unbenutzten Kotbeuteln aus der Tasche und stülpte ihn Holden über Mund und Nase. Langsam, aber sicher beruhigte er sich. Jemand schrie nach einem Krankenwagen. Teddy kniete sich neben Holden und untersuchte ihn.

»Haben Sie Schmerzen?«

»Mir ist nur ein wenig schwindelig geworden.«

»Du wurdest fast vom LKW überfahren.« Alisons Stimme, ihr Körper, alles zitterte vor Schreck. Blaulicht zuckte über den Schnee. Zwei Sanitäter sprangen aus einem Krankenwagen und eilten auf Mildreds komplett eingewickelten Mumienkopf zu.

»Hände weg von meinen Bandagen!«, kreischte sie. »Sehe ich etwa aus, als wäre ich vom Laster überrollt worden?« Sie deutete auf Holden. »Da ist das Opfer.«

»Ich brauche keinen Arzt«, stöhnte Holden. Teddy sah Alison mitfühlend von der Seite an. Es tat gut, ihn jetzt neben sich zu haben. Am liebsten hätte sie ihn spontan in den Arm genommen. Zum Trost natürlich. Es tat ihr so leid, was mit Benisha passiert war. Und der ganze Müll zwischen ihr selbst und ihm die letzten Tage. Der völlig unnötige und sinnlose Streit. Überhaupt alles.

Er berührte sie an der Schulter. So zaghaft. »In was sind Sie denn nun schon wieder verwickelt?«, seufzte er.

»Verwickelt?« Noch während Alison dieses Wort wiederholte, löste es einen wahren Gedankenstrom in ihrem Kopf aus. *Bandagen, verwickelt, die wie eine Mumie einbandagierte Mildred, der zitternde Alfie.* »Das ist es!«, rief Alison. »Was, wenn Peggy die Mumie ist?«

Teddy sah sie mit großen Augen an.

»Alfie hatte die Mumie angeknabbert. Heute war die Stelle an ihren Füßen wie neu. Und Alfie hatte richtig Angst vor ihr. Was, wenn das gar nicht die echte Mumie war? Was, wenn der Mörder Peggys Leiche als Mumie getarnt und Alfie das gerochen hat? Er liebt Peggy! Das würde seine Panik erklären.«

»Leichen als Mumien?«, stöhnte Holden.

»Alison«, erwiderte Teddy. »Aber das hieße doch …«

»Mindestens eine der angeblich wiederentdeckten Mumien ist eine Fälschung!«

Mit ungeahnter Wucht packte Mildred sie am Arm und schleifte sie durch den Schnee zur Seite. »Habe ich dich dafür vor dem LKW gerettet? Damit du den Namen der Granville-Familie in den Schmutz ziehen kannst?«

»Aber …«

»Nicht echt? Was fällt dir ein, solch eine haltlose Behauptung in der Nähe eines Detectives vom Scotland Yard durch die Gegend zu posaunen?«

Alison spürte ein Kribbeln an ihrem ganzen Körper. Daran hatte sie überhaupt nicht gedacht.

»Willst du etwa einen diplomatischen Zwischenfall provozieren, weil uns der ägyptische Ministerpräsident persönlich des Betrugs beschuldigt?«

Teddy hockte noch immer neben Holden und sah in ihre Richtung. Alison verfluchte sich. Warum musste sie immer so impulsiv sein? »Aber …«

»Kein Aber«, zischte Mildred. »Wenn diese Mumie da drin nicht echt ist, dann hast du nur eine Wahl.«

Mildreds Blick machte Alison richtig Angst. Selten hatte sie Mildred so verbissen erlebt.

»Finde die richtige! Und bis dahin hältst du zum Teufel noch mal deinen Mund.«

Alison spürte, wie ihre Augen sich mit Tränen füllten. Wenn sie recht hatte mit ihrer Vermutung, dann bedeutete das auch eines: Peggy war tot. Und ihr Tod sollte um jeden Preis vertuscht werden.

»Holden will auf gar keinen Fall in ein Krankenhaus.« Mit einem Mal stand Teddy neben ihnen und sah sie fragend an. Alison schloss die Augen und versuchte, ihre Tränen wegzuatmen. Teddy sprach mit feinfühliger Stimme weiter. »Er sagt, das sei nur ein kleiner Schwächeanfall wegen seiner Allergie. Er will lieber zurück ins Savoy Hotel.«

»Allergie?«, antwortete Alison. »Holden hat keine Allergie. Irgendetwas stimmt nicht mit ihm. Seit er bei der Pressekonferenz …«

Mildred stupste sie dezent mit ihrem Stock an. »Das Savoy ist eine ganz wunderbare Idee. Bring ihn am besten mit Detective Chief Inspector Teddy Chan gemeinsam dorthin, Alison. Dort hat er alles, was er braucht.«

»Aber du …«

»Ich fahre mit Alfie und Roy in dein Haus am Thurloe Square und organisiere von dort aus den besten Arzt für Holden, den ich kriegen kann.«

Alison sah zu Teddy. Er willigte ein. Aber irgendetwas an seinem Gesichtsausdruck gefiel ihr gar nicht.

27

5:00 pm, Savoy Hotel, Lobby

Es war ein seltsames Gefühl, mit Teddy gemeinsam im Savoy zu sein. Die romantischen Klänge des Klaviers, die aus dem Thames Foyer die Treppe hinaufhallten, die Gäste, die sich in den roten Lift drängten, all das weckte Erinnerungen in Alison. Erinnerungen, die sich jetzt, wo Benisha einen endgültigen Schlussstrich gezogen hatte, plötzlich ganz beschämend verboten anfühlten. Wie eine geheime Party während der Teeniezeit, auf der man wild mit einem heißen Typen herumgeknutscht hatte. Nur als Mutprobe natürlich. Wenigstens wusste sie Holden in guten Händen. Phil hatte Dienst. Einen besseren Concierge hätte sie ihrem Honeybun für die Organisation eines passenden Entspannungs- und Verwöhnprogramms nicht wünschen können. Das Savoy machte ausnahmslos jedes Ansinnen möglich. Mit wedelnden Fingern zwinkerte er ihr zu, während er Holdens Wünsche an der Rezeption entgegennahm.

»Machen Sie sich keine Sorgen, Alison«, sagte Teddy. »Hier ist Ihr Freund in Sicherheit. Nach den letzten Mordfällen haben wir das Savoy umfassend beraten. Ich kenne kein Luxushotel in London mit höheren Sicherheitsstandards.«

»Danke, Teddy.« Sie bekam ein schlechtes Gewissen, weil Teddy sich trotz allem so rührend um sie und Holden sorgte. Und sie war ganz verwirrt davon, dass sie ihn nicht ansehen konnte, ohne unentwegt daran zu denken, wie er in Unterhemd und Waffenholster eng neben ihr auf dem Sofa von Zimmer 502 gesessen hatte. Rasch flüchtete Alison vor den Bildern in ihrem Kopf in Richtung Rezeption. Den Telefonhörer am Ohr deutete Phil mit einem breiten Grinsen im Gesicht zuerst auf Teddys perfekte Haartolle und dann auf seine, um anschließend seinen Daumen zu heben. Neugierig sah nun auch Holden in ihre Richtung. Rasch lächelte Alison ihm zu. Er lächelte gequält zurück. Alison fühlte sich elend bei seinem Anblick.

»Ja, wen wir haben denn da?«, hallte es in einem unüberhörbaren polnischen Akzent von der Seite.

Alison traute ihren Augen nicht. Nadia stand neben ihr. Die übergroßen Ohrringe, der knallige Lippenstift und das markante Make-up waren unverkennbar. Allerdings waren ihre wasserstoffblonden Haare kürzer und perfekt gescheitelt. Auch trug sie nicht etwa das gewohnte Outfit des Room Service. Stattdessen war sie in einen maßgeschneiderten Businessanzug gehüllt.

»Nadia, was für eine Überraschung. Was ist denn mit Ihnen passiert? Sie sehen großartig aus!«

Nadia strahlte bis über beide Ohren. »Naja, seit Alek nicht mehr ist bei uns, wir haben eine Stelle frei bei personal Butler-Service. Und schwupps: Ich mir geschnappt!« Sie lehnte ihre Hand an ihren Mund und flüsterte. Zumindest hatte sie ihre beeindruckenden Fingernägel nicht der neuen Position im Hotel geopfert. »In wenige Monate ist Prüfung von die Abschluss. Ich schon kann jetzt nicht schlafen.« Sie lachte. Bei dem Wort *Prüfung* spürte Alison, wie Teddy von der Seite einen strengen Blick auf sie warf. Ihr Atem stockte so sehr, dass sie sich räuspern musste.

»Aber Sie sicher nicht haben solche Probleme«, redete Nadia weiter. »Sie sind erfolgreiche Frau mit beide Beine in Leben.« Sie schnippte mit dem Finger. »Immer wenn ich will aufgeben, ich denke an Sie und mir sage: Einfach mach es wie eine Alison.«

Das Telefon an ihrem Gürtel läutete. Nadia blickte auf das Display und las die soeben eingetroffene Textnachricht. »Oh, verzeihen Sie, Alison. Weiter ich muss. Aber schön war, Sie zu sehen.« Sie zwinkerte. »Sie beide.« Im Weggehen drehte sie sich noch einmal um. »Und vergessen Sie ja nicht, mich einzuladen zu Hochzeit.«

Teddy hustete und deutete verlegen in Richtung Rezeption. »Nichts Hochzeit. Da steht Honeybun.«

Nadia zog skeptisch eine Augenbraue in die Höhe und schwenkte mit ihrem Blick zwischen Teddy und Holden hin und her. Schließlich riss sie ihre Arme in die Höhe. »Oh Jesus, warum du machst immer die beste Männer schwul?«

Kopfschüttelnd verschwand sie in Richtung des roten Lifts. Nur mit Mühe konnte Alison sich ein Lachen verkneifen. Teddys betretenes Gesicht sah einfach zu rührend aus. Nun kehrte auch Holden zu ihnen zurück.

»Es hat alles perfekt funktioniert. In einer halben Stunde bekomme ich eine Massage und danach ein Dampfbad mit Aromatherapie für die Atemwege.« Noch bevor Alison nachhaken konnte, redete er weiter. »Die ganze Zeit über wird mich wie besprochen jemand vom Sicherheitsdienst begleiten.« Er streichelte ihr Haar. »Lass dich nicht verrückt machen von einer Gespenstergeschichte.« Aus dem Augenwinkel nahm Alison wahr, wie Teddy sich beklemmt wegdrehte. »Und selbstverständlich kannst du mich jederzeit anrufen«, sagte Holden. Sie wich seinem Kuss aus und schämte sich dafür. Auch wenn Holden sich nichts anmerken ließ, sie spürte genau, wie sehr ihn diese Geste der Ablehnung verletzte. Was war nur in sie gefahren? Aus ihrem schlechten Gewissen heraus stimmte sie seiner Einladung zu einem kurzen gemeinsamen Tee im Thames Foyer zu. Wer wusste es schon? Vielleicht würden Holden und Teddy noch beste Freunde werden?

Eine Stunde später war Alison klar, dass das wohl noch eine Weile dauern würde. Trotzdem musste sie sich eingestehen, wie sehr sie Teddys Gegenwart genoss. Als sie sich in seinem Mini auf den Weg zurück an den Thurloe Square machten, funkelte das Licht der Scheinwerfer im Schnee wie

Elfenstaub. So grausam die Ereignisse der letzten Stunden und Tage auch gewesen waren, London derart verwandelt zu sehen, hatte etwas Märchenhaftes. Alles war verändert, langsamer, gedämpfter, die zarten Pflanzen des Thurloe Square Gardens mit einem weichen, weißen Schutzmantel umhüllt. Als wolle eine übernatürliche Macht all das Wunderbare dieser Welt in einen hundertjährigen Schlaf einfrieren und beschützen, bis Alison und Teddy das Böse ausfindig gemacht und besiegt hatten.

Teddy fuhr seinen Wagen am Thurloe Square 26 links heran und parkte. Die untersten drei Etagen ihres Hausaufganges waren hell erleuchtet. Wahrscheinlich spielte Alfie schon im verschneiten Garten. Der Abendwind hatte die frisch gefallenen Flocken so stark verweht, dass selbst unter dem überdachten Eingang ihres Hauses eine hauchdünne Schneeschicht lag – wie zarter, weißer Flaum und … Alison stoppte vor den drei Stufen zur Haustür hinauf. Mitten im hauchdünnen Schnee war ein etwa ein halbes Yard breites Quadrat zu erkennen. Wie von einem Paket, das unmittelbar hier vor der Haustür abgestellt worden war.

»Ist alles in Ordnung?«, fragte Teddy.

Alison zögerte. »Ich weiß nicht.« Auch wenn sie keinen erkennbaren Grund dazu hatte, alle Alarmglocken in ihr schrillten mit höchster Warnstufe. Sie wollte gerade ihren Finger in Richtung Klingel ausstrecken, als aus dem Inneren ihres Hauses ein kurzer, Mark und Bein erschütternder Schrei ertönte.

»Was war das?«, platzte es aus Teddy heraus.

Kaum hatte Alison »Roy« geantwortet, ertönte ein weiterer Schrei, wesentlich lauter, schriller, panisch. Lautes Hundegebell mischte sich darunter. »Oh Gott, Alfie!« Alisons Hände zitterten. Wo hatte sie nur ihren Schlüssel? Normalerweise kam doch Roy an die Tür, um ihr aufzumachen. »Verdammt!«

»Ruhig bleiben, Alison!«

Alison bemühte sich ja. Aber das hier war nicht irgendwer. Es ging um Roy. Und Alfie! Teddy schob sie beiseite. Und deutete auf den Bereich unterhalb des Türknaufs. »Das dort ist die schwächste Stelle der Tür. Dort haben Sie eine Chance.« Er zog seine Dienstwaffe.

»Oh Gott, nicht schießen«, schrie Alison.

»Niemals«, antwortete Teddy. »Das funktioniert nur im Film. Bleiben Sie hinter mir!« Alfies Gebell wurde immer hysterischer. Teddy nahm einen Schritt Anlauf und trat mit einem kurzen aber ungeheuer kräftigen Karatekick gegen das Holz. Mit lautstarkem Krachen brach das Schloss aus der Fassung, die Tür sprang auf und knallte gegen die Hauswand. Ein Fauchen ertönte. Keinen Schritt weit von Teddy entfernt baute sich eine pechschwarze, mindestens zwei Yards lange Kobra vor ihm auf und spreizte ihren Nacken. Alison schrie. Prompt riss das Tier sein Maul auf, klappte seine bestialischen Giftzähne aus und fauchte.

»Nicht be-we-gen«, flüsterte Teddy. Alison erstarrte. Selbst der Atem in ihrem Brustkorb schien ihr zu viel zu sein. Aus dem Augenwinkel sah sie das hintere Ende des Monsters über den Boden tänzeln. Völlig unerwartet und wie aus dem Nichts schoss Alfie aus der Ecke hervor und biss der Schlange in den Schwanz. Blitzartig fuhr das Tier herum und bohrte seine Giftzähne in Alfies Nacken. Alfie quiekte. Alison schrie. Teddy schoss. Putz wirbelte aus der Wand auf. Die Kobra ließ von Alfie ab und fuhr herum, woraufhin Alfie mit ungeahnter Kraft in die Höhe sprang, dem Untier ebenfalls in den Hals biss, es niederriss, ein paar Mal wild schüttelte und schließlich zu Boden warf, wo es reglos liegenblieb.

Geistesgegenwärtig packte Teddy das Tier am Schwanz und schleuderte es auf die Straße. Alison stürzte sich auf Alfie. An seiner Halskrause waren deutliche Bissspuren zu erkennen. Aber die Giftzähne der Schlange hatten das hochwertige

Material nicht durchdringen können. Alison nahm ihn in den Arm und drückte ihn an sich. Tränen der Erleichterung rannen ihr über ihre Wangen. Bis sie Teddys laute Rufe hörte.

»Alison, einen Krankenwagen. Schnell!«

Als sie in seine Richtung blickte, sah sie es auch. Roy lag mit schmerzhaft verdrehtem Bein auf der Treppe und rührte sich nicht.

28

kurz zuvor, Exhibition Road

Normalerweise rasten die Autos auf der Cromwell Road gegen Abend wie eine Horde panisch gewordener Ameisen durch die Stadt. Rushhour. Aber der Schnee veränderte alles. Was für die meisten Londoner der reinste Horror war, erschien ihnen wie göttliche Fügung. Das Wetter verschaffte ihnen wertvolle Zeit. Und Zeit veränderte alles. Mehr als die meisten Menschen ahnten. Mit den richtigen Investitionen konnte Zeit einen unvorstellbaren Reichtum heranwachsen lassen. Zeit brachte atemberaubende Innovationen hervor. Und mit den richtigen medizinischen Tricks verschaffte man sich Zeit. Vorausgesetzt man hatte das Geld dazu.

Er betrachtete den Schnee, der auf die Windschutzscheibe fiel und umgehend zerschmolz. Vielleicht würde man in Zukunft sogar das Wetter manipulieren können? Bei dem, was heutzutage schon alles möglich war … Die meisten Leute hatten nicht einmal den Hauch einer Ahnung.

Ihm fiel ein grelles Licht im Rückspiegel auf. Für einen kurzen Moment zuckte er zusammen. Aber der Polizeiwagen fuhr rechts an ihnen vorbei, ohne auch nur ansatzweise Notiz von ihnen zu nehmen. Er grinste seinem Kumpel zu. Der ließ sich triumphierend in seinen Fahrersitz sinken. Wie sie hier am Anfang der Exhibition Road hockten, in einer noch kleinen, unscheinbaren Nebenstraße, musste er an eine seiner hinterhältigen Vogelspinnen denken. Die, die sich in fiesen, kaum erkennbaren Löchern in der Erde vergrub, um im passenden Moment blitzartig zuzuschlagen. Er hatte schon immer mal Großes wagen wollen. Einmal bei einem richtig krassen Coup dabei sein. Aber das hier übertraf alles, was er sich je vorgestellt hatte. Wenn alles funktionierte, würde er nach diesem Job endlich alles hinter sich lassen und ein völlig neues Leben beginnen können. Dann konnten ihn alle anderen mal am Arsch lecken.

Das Smartphone in der Halterung am Armaturenbrett vibrierte. Das Pyramiden-Logo auf dem Display verschwand und eine Nachricht ploppte auf.

Lieferung erfolgreich.

Sein Adrenalinpegel stieg. Von jetzt an würde es nur noch Minuten dauern. Klar, die Sache mit der Schlange war riskant, aber auch ebenso genial. Denn natürlich war sicher, dass der Butler das Paket öffnen würde. Ein Verteidigungsbiss war vorprogrammiert und da die Schlange heute noch nicht gemolken worden war, die Giftdosis mit Sicherheit verheerend. Das würde die Sache einfacher machen. Eine ausreichende Dosis Gegengift lag dennoch bereit. Auch wenn er sicher war, dass sie es nicht benötigen würden. So gefährlich Uräusschlangen waren, so scheu waren sie auch. Mit Sicherheit würde sich das Tier bei ihrer Ankunft bereits in ein Versteck im Haus zurückgezogen haben, sodass sie ungestört vorgehen konnten. Den Rest würde die Feuerwehr erledigen. Er gönnte den Jungs ihren Spaß. Wann konnte man in London denn schon sonst eine ausgewachsene ägyptische Kobra einfangen?

Er schaltete die Abhöranlage ein und wartete. Der Ton der

Wanze, die sie in dem Paket versteckt hatten, funktionierte perfekt. Die ersten Schreie ertönten schneller als erwartet. Ein Krachen war zu hören. Hundegebell. Dann endlich rief jemand nach einem Krankenwagen.

Er gab seinem Kumpel das Go. Der startete den Motor und bog rechts auf die Cromwell Road ein. Schon eine Minute später befanden sie sich am Thurloe Square. Er kurbelte seine Fensterscheibe herunter und rief der jungen Dame zu, die panisch nach dem Krankenwagen winkte. »Der Schlangenbiss?«

29

6:48 pm, Thurloe Square

Alison eilte zum Krankenwagen. Sie spiegelte sich in der Pilotenbrille des Sanitäters. »Die Schlange hat ihn Gott sei Dank verfehlt.« Sie deutete auf das tote Ungetüm im Schnee, das Teddy aus dem Haus geschleudert hatte. »Aber bei seinem Versuch ihr auszuweichen, ist er auf der Treppe schwer gestürzt und hat sich das Bein gebrochen.«

Der Sanitäter blickte auf die Kobra. Dabei fielen Alison sein gespaltenes Kinn und die harten Gesichtszüge auf. »Ein Beinbruch?«

Alison nickte und drehte sich gerade dem Haus zu, um den beiden Männern den Weg zu zeigen, als hinter ihr die Räder des Wagens im Schnee durchdrehten. Die Sirene des Krankenwagens heulte auf. Ihr Klang jagte eine Gänsehaut über Alisons gesamten Körper. Als würde tief in ihr eine dunkle Erinnerung aufflammen, die aber hinter einer dicken Nebelwand verborgen blieb. Die Sirene des Wagens entfernte sich. Entsetzt drehte Alison sich um. »Hey!«, rief sie dem Wagen hinterher, der mit vollem Tempo über den Thurloe Square davonraste. »Ihr Arschlöcher!« Teddy kam zu ihr heraus auf die Straße gerannt.

»Was ist los?«

Fassungslos deutete Alison auf das Ende der Straße, wo gerade eben erst der Krankenwagen um die Ecke in Richtung Pelham Street verschwunden war. »Die Typen sind einfach wieder abgehauen!«

»Sie sind was?« Teddy folgte ihrem Blick. »Sind Sie sicher?«

»Ja!« Natürlich war sie das. Sie wusste doch wohl, was sie gesehen hatte. »Ich habe ihnen gesagt, dass die Schlange ihn nicht erwischt hat und sie sind einfach wieder gefahren!«

Sie nahm ihr Handy aus der Tasche, um erneut den Notruf zu wählen. Doch Teddy telefonierte bereits mit der Zentrale. »Sie sind unterwegs, Alison«, versicherte er. »Vielleicht war es nur ein Missverständnis.«

»Ein Missverständnis?«

»Weil Sie gesagt haben, die Schlange hat nicht zugebissen. Wegen des Wetters stehen die Leute vom Rettungsdienst wahnsinnig unter Druck.«

Wenige Minuten später, die sich wie eine Ewigkeit anfühlten, raste erneut ein Blaulicht auf sie zu. Dieses Mal sprang Alison direkt vor den Krankenwagen und wartete, bis Sanitäter und Sanitäterin ausgestiegen waren. »Wer war das?«, rief sie.

Der Sanitäterin sah sie verwundert an. »Wer war was?«

»Der erste Krankenwagen!«

»Der erste?«

»Gerade eben waren zwei Kollegen von Ihnen da. Ich habe mich nur einmal kurz umgedreht und da sind sie einfach weitergefahren.«

»Das tut mir leid, Madam«, antwortete die Sanitäterin. »Aber das ist vollkommen unmöglich. Wir sind der erste Wagen, der Ihnen zugewiesen worden ist, und wir sind so schnell gekommen, wie es nur ging. Es tut mir leid, dass es einen Moment gedauert hat.«

Der erste Wagen, der ihnen zugeteilt worden ist? Aber das war unmöglich. Teddy schickte die Sanitäter ins Haus, nahm Alisons Hand und fühlte ihren Puls. »Kommen Sie rein und setzen Sie sich kurz ein wenig hin, okay?«

»Glauben Sie etwa, ich habe mir das nur eingebildet?«

»Sie stehen unter Schock, Alison.«

»Aber ich bin doch nicht verrückt!« Sie suchte mit den Augen die Straße ab. »Da!«, rief sie. »Dort sieht man eindeutig die Spuren von dem ersten Krankenwagen im Schnee.« Sie winkte Teddy zu sich heran, ging in die Hocke und stutzte. *Die Spuren.* Sie sahen aus wie … Sie schnellte in die Höhe.

»Was haben Sie?«, fragte Teddy.

Sie rannte zurück ins Haus.

»Alison, was ist los?«

Sie hatte keine Zeit. Sie musste handeln, solange der neue Rettungswagen die Straße blockierte.

Keine Minute später eilte sie mit dem Gipsabguss, den Roy und sie von der Reifenspur vor dem British Museum gemacht hatten, wieder nach draußen und kniete sich neben die Spur im Schnee. Sie legte den Gipsabdruck hinein und hob ihn wieder heraus. »Unfassbar«, murmelte sie.

»Was?«, fragte Teddy. »Was ist unfassbar?«

»Einen Moment.« Zuerst musste sie einen zweiten Versuch bei den Abdrücken des Krankenwagens machen, der gerade vor ihrem Haus parkte. Ihre Vermutung bestätigte sich. »Das darf nicht wahr sein!«

»Was?«, rief Teddy.

Erneut legte Alison den Abguss in die Spur des ersten Rettungswagens. »Das ist exakt dasselbe Reifenprofil.«

Teddy sah sie fassungslos an. »Sie meinen …«

»Ich meine es nicht nur.« Sie legte Abguss und Spur nebeneinander auf die Fahrbahn. »Das ist ein eindeutiger Beweis. Dustin hat sofort vermutet …«

»Dustin?«, fragte Teddy. Alison biss sich auf die Zunge. Nicht dass sie in dem ganzen Trubel jetzt noch in ein Fettnäpfchen tappte. Teddy hatte es im Augenblick schon schwer genug. Sie setzte erneut an.

»Während der Vorbereitungen im Museum haben wir kurz darüber gesprochen. Als Roy meinte, dass das Reifenprofil zu einem Sprinter passe, hatte Dustin sofort gemeint, dass das auch der Krankenwagen gewesen sein könne, der wegen Mrs Tarassowna gekommen war.«

»Clever«, murmelte Teddy.

»Wie man sieht, passt der Abguss jedoch nicht zum zweiten Krankenwagen.« Sie deutete auf die Spur des Wagens, der aktuell bei ihnen war. Bei dem Versuch, den Abguss hineinzulegen, hatte sie den Reifenabdruck im Schnee völlig zerstört. »Was, wenn das kein Zufall ist?« Sie sah Teddy eindringlich an. »Dann ist Peggy vielleicht doch entführt worden. Und gerade wollten sie mit Roy dasselbe tun.« Noch bevor Teddy antworten konnte, raste sie zurück ins Haus. »Ihre Ausweise, sofort!«

Völlig verdattert wiesen die Sanitäterin und ihr Kollege ihre Identitäten nach. Roy, der bereits geschient und unter Schmerzmittel gesetzt auf der Trage lag, streckte seine Hand nach Alison aus. »Es ist alles gut. Die Zwei wollen nur helfen.«

Die Sanitäterin nickte. »Und genau deswegen bringen wir ihn jetzt auch ins Krankenhaus.«

»Auf gar keinen Fall!« Alison stellte sich vor die Trage und blockierte den Weg.

»Madam, bitte. Er muss geröntgt und höchstwahrscheinlich sogar operiert werden. Unter keinen Umständen kann er hierbleiben.«

Alison zitterte. Sie hatte bereits Peggy verloren. In einem Krankenwagen? Warum? Was hatte das zu bedeuten? Was hatten sie ihr angetan? Unzählige Bilder rasten durch ihren Kopf. Eines grausamer als das andere. Unter keinen Umständen dürfte sie zulassen, dass Roy dasselbe geschah.

»Alison.« Teddy stand hinter ihr. »Ich habe meine Kollegen auf der Charing Cross Police Station angefunkt. Sie halten nach einem Krankenwagen Ausschau. Okay?«

Das genügte ihr nicht. »Trotzdem. Roy bleibt hier. Wir organisieren einen eigenen Transport. In ein Privatkrankenhaus.«

Teddy packte sie an den Schultern und sah ihr tief in die Augen. »Ich werde Roy jetzt im Krankenwagen begleiten. Dann werde ich mit Kilburn reden und jemanden organisieren, der sein Zimmer im Krankenhaus bewacht. Und jemanden, der schleunigst Ihre Tür hier repariert.«

Alison holte tief Luft. Selbst ihr Atem zitterte. Teddy ließ nicht los. Nicht mit seinen Händen, nicht mit seinen Augen.

»Wer auch immer Ihnen und Ihren Freunden das angetan hat, wir finden ihn. Haben Sie verstanden? Wir. Finden. Ihn!«

Alison nickte. *Wir,* er hatte *wir* gesagt.

»Gut.« Teddy streichelte ihr die Schulter. Wie gut das tat. »Ich melde mich aus dem Krankenhaus.« Er sah zur Sanitäterin. »Wohin fahren wir?«

»Ins University College Hospital«, antwortete sie. »In allen anderen Notaufnahmen ist wegen des Wetters schon den ganzen Tag die Hölle los.« Sie legte Roy eine Sauerstoffmaske über Mund und Nase und schob die Trage aus dem Haus. Mit Blaulicht und Sirene entfernte sich der Rettungswagen – und es fühlte sich an, als würde er Alison dabei das Herz aus der Brust reißen und es mit sich nehmen.

»Um Himmels willen, die Tür!«, rief jemand hinter ihr. Alison drehte sich um. Mildred stand im bodenlangen, blickdichten Satinmorgenmantel mit rosafarbenem japanischem Blumenmuster auf halber Treppe. Auf ihrem noch immer vollständig einbandagierten Kopf thronte eine Schlafbrille. »Was ist passiert?«

30

7:58 pm, Thurloe Square

Alison schloss die Tür, drehte den Schlüssel zweimal nach rechts und rüttelte vorsichtig. Noch einmal dagegenwerfen dürfte sie sich nicht. Aber zumindest würde die Tür definitiv nicht von alleine aufspringen und es pfiff kein eisiger Wind durch die Ritzen. Sie drehte den Schlüssel wieder zurück und öffnete. Neugierig sah Constable Smith sie von der anderen Seite der Tür aus an. »Und?«

»Es funktioniert«, antwortete sie. Aber ob sie sich damit auch sicherer fühlte?

»Es ist nicht perfekt«, antwortete Smith. »Aber für den Moment sollte es gehen. Außerdem hat Commander Kilburn angeordnet, das Haus bis auf Weiteres von einer Streife bewachen zu lassen.»

Das klang schon besser. »Danke.«

Er hob seine Polizeimütze zum Gruß. »Dann sollten Sie jetzt wohl schleunigst wieder an den Herd.«

Alison stutzte. Erst auf sein Nicken hin bemerkte auch sie den strengen Geruch, der aus dem hinteren Teil des Hauses zum Eingang drang. Sie verschloss die Tür und eilte in die Küche. In eine viel zu große Küchenschürze gewickelt schwenkte Mildred eine qualmende Pfanne hin und her.

»Was machst du da?«

Mildred drehte sich erschrocken um. Der von Bandagen

umwickelte Kopf war komplett verrußt. »Ich zaubere uns einen Toast.«

Alison eilte an den Herd und hob mit einer Grillzange einen pechschwarzen Ziegel aus der Pfanne. »Einen Toast?«

»Ja, was denn sonst?« Mildred nahm Alison die Grillzange aus der Hand und hielt das verkohlte Brot Alfie unter die Nase. Der rannte quiekend davon. Alison konnte sich nur mit Mühe ein Lachen verkneifen. Mildred zog sich ihre Küchenschürze aus und pfefferte sie auf die Arbeitszeile. »Mit diesem übermodernen Gerät von deinem Butler kann ja auch kein normaler Mensch arbeiten.«

Jetzt bekam Alison dann doch Mitleid. »Wir können doch etwas bestellen.«

»Bestellen? Du meinst, beim zweiten Versuch funktioniert es dann ja vielleicht und die Schlange beißt deine nervige Tante endlich tot?«

»Wieso dich?«

»Du glaubst doch nicht im Ernst, dass jemand diesen ganzen Aufwand betreibt, um einen unwichtigen Butler zu ermorden?«

»Mildred …«

»Ich verstehe das nicht«, fiel ihre Tante ihr ins Wort. »Es kann doch nicht so schwierig sein, diese Gangster zu finden. Es gibt nicht viele Leute in London, die über die Mittel und Kontakte verfügen, sich einen Krankenwagen bauen zu lassen, nur um am Ende damit Menschen zu entführen.«

Alison schüttelte den Kopf. »So kompliziert ist das gar nicht. Wir hatten es bei Teddy im Kurs. Oberste Regel für Rettungskräfte ist, die Einsatzfahrzeuge stets gut zu sichern. Jedes Jahr werden welche entwendet und nur ein kleiner Teil davon taucht wieder auf.«

»Lächerlich. Krankenwagen baut man, um Menschen zu retten und nicht, um sie zu ermorden.«

Alison horchte auf. Das war ein guter Punkt. Das hieß, dann lebte Peggy vielleicht doch noch. Dass die Spur des Krankenwagens passte, konnte kein Zufall sein. Und warum sollte sie in einem Krankenwagen aus dem Museum flüchten? Im Grunde gab es nur eine Erklärung.

»Was hast du?«, fragte Mildred, als sie Alisons überraschten Gesichtsausdruck bemerkte.

»Ich glaube, ich weiß, was im Museum passiert ist.« Sie eilte auf ihr Zimmer, holte ihr Notebook, stellte es auf die Küchenzeile. Sie winkte Mildred an den Bildschirm heran und startete das Video. »Im ersten Teil des Videos gibt es immer wieder Momente, in denen man Peggys Gesicht erkennen kann.« Sie spulte vor, bis Peggy das Museum verließ und wiederkam, um Mrs Tarassowna zu erschlagen. »Ab hier ist das nicht mehr so. Die Person, die jetzt das Museum betritt, tut alles dafür, ihr Gesicht unter der Pelzmütze vor den Kameras zu verbergen.«

Mildred sah sie erstaunt an. »Die Person?«

»Ganz genau. Roy und ich waren schon die ganze Zeit sicher, dass das hier nicht Peggy ist. Aber jetzt weiß ich auch, warum. Jemand hat sie mit einem Anruf nach draußen in den Krankenwagen gelockt, dort überwältigt, sich ihren Mantel und ihre Mütze übergezogen und ist mit ihrem Outfit und ihrer Karte als Peggy getarnt zurück ins Museum gegangen, um Mrs Tarassowna zu töten.«

»Gott sei Dank«, antwortete Mildred. »Mir fällt ein Stein vom Herzen.«

Alison fühlte dasselbe. »Das heißt, dass Peggy vielleicht wirklich noch am Leben ist.«

»Ach, was kümmert mich Peggy.«

Alison glaubte, sie hörte nicht recht.

»Jetzt schau nicht so. Ich denke, du willst Detektivin sein. Ich rede von den Mumien. Dann sind sie ja doch echt!«

Das war ein guter Punkt. Darüber hatte Alison noch gar nicht nachgedacht. Allerdings war sie sich trotz allem noch immer nicht hundertprozentig sicher. »Es gibt nur eine Möglichkeit, das herauszufinden.« Sie klappte ihr Notebook zu. »Ich muss ins Museum.«

»Jetzt?« Mildred deutete auf den verkohlten Toast. »Soll ich in der Zwischenzeit verhungern? Bevor wir etwas Anständiges gegessen haben, verlässt niemand dieses Haus.«

Alison überlegte. »Ich habe eine Idee.«

31

10:30 pm, Thurloe Square

Teddy fühlte sich wie ein Kandidat in *The Great British Bake Off*. Mit den ganzen stylischen Hightechprodukten hätte Alisons Küche das perfekte TV-Studio abgegeben. Und die energiegeladene Rosa wirkte mit ihren Dreadlocks in Roys Fashion-Kochschürze wie Whoopie Goldberg im Kochzweikampf. Was hatte diese Frau aus Brixton eigentlich noch für Talente? Bisher hatte er nur gewusst, dass sie vor seinem Kurs am Working Men's College erst als Krankenschwester und später im Labor des University College Hospital gearbeitet hatte. Bei allen Kurseinheiten zu Bluttests, DNA-Analyse sowie Gift- und Drogennachweisen war sie unglaublich gewesen. Aber nun entpuppte Rosa sich obendrein als wahres Kochtalent. Gegen sie hätte Teddy definitiv keine Chance, und das obwohl er so einige Tricks aus dem Restaurant seiner Eltern kannte. Rosas Sandwiches machten sogar der Vier-Sterne-Küche im Savoy Konkurrenz. Er atmete erleichtert auf. Teddy war einfach dankbar, dass Rosa nach Alisons Anruf so schnell gekommen war, um ihnen unter die Arme zu greifen.

Und vor allem, dass sie Alison davon hatte abhalten können, sofort wieder aus dem Haus zu stürmen. Bei aller Dringlichkeit, Alison musste erst einmal wieder zu Kräften kommen. Auf Rosa war eben schon immer Verlass gewesen – vom ersten Kurstag an. Gut, ein kleines Quäntchen Neugier spielte mit Sicherheit ebenfalls eine Rolle. Alisons Verwicklungen in einen Mord hatten im Working Men's College schließlich für allerlei Furore gesorgt.

Teddy füllte die Suppentassen. In der Vorratskammer fand er Brot. Rosa nahm den Teller mit den gebratenen Würstchen und brachte ihn einen Hit ihrer Giant Gospel Singers summend ins Kaminzimmer. Smith betrat die Küche. »Ich habe Kilburn mitgeteilt, dass Sie mich und die Kollegen draußen jetzt ablösen, Chef. Er findet es gut, dass Sie hierbleiben. Morgen früh schickt er eine Streife, die sich vergewissern wird, dass alles in Ordnung ist.«

Teddy bedankte sich und entließ Smith in den Feierabend. Danach stellte er die Tassen mit der Suppe auf den Rollwagen und schob alles vorsichtig aus der Küche, bog mit dem Wagen nach rechts ab und dann in das Kaminzimmer. Alison saß auf dem Sofa und ging mit Mumie Mildred die Gästeliste für die Feier im British Museum durch. Teddy fragte sich, ob Mildred mit ihrem komplett verbundenen Gesicht überhaupt problemlos essen konnte. In Gedanken versunken stoppte er den Wagen so abrupt, dass ein Schwall Suppe über den Tassenrand schwappte. Mildred schwenkte ihren Kopf in seine Richtung. Die von Bandagen umrandeten Augen funkelten ihn vorwurfsvoll an. Sofort eilte Rosa in die Küche, kam mit einem Stück Küchenrolle wieder und beseitigte das kleine Missgeschick.

»Wenn Sie mit Ihrem Auto genauso fahren wie mit dem Servierwagen, ist es kein Wunder, dass sich Mr Buckland das Becken gebrochen hat«, stichelte Mildred, nahm ihr Weinglas und nippte daran, ohne dass sich auch nur eine Bandage verfärbte. Teddy war beeindruckt. In einer dieser schlechten Edgar-Wallace-Verfilmungen würde er jetzt überlegen, ob sie überhaupt Mildred war. Im Grunde hätte sich hinter diesem komplett von Bandagen eingehüllten Gesicht so ziemlich jede Frau verbergen können. Und Stimmen vermochte man doch zu imitieren, oder? Was, wenn Mildred eine unbekannte Schwester hatte? Eine Cousine? Er erinnerte sich an den Fall, als eineiige Zwillinge aus Manchester direkt nach ihrer Geburt getrennt worden waren und dreißig Jahre später derjenige von beiden, der im erbärmlichen Arbeiterviertel einer Bergbaufamilie groß geworden war, seinen reichen Zwillingsbruder in London Mayfair ausfindig gemacht und aus Rache seine gesamte Familie umgebracht hatte.

Mildred stellte ihr Weinglas zurück, korrigierte die Anordnung und den Abstand von Besteck und Gedeck zueinander, während Rosa die noch dampfenden Stampfkartoffeln servierte. Ja, es war die echte Mildred.

»Ich habe Bernie geschrieben«, sagte Alison. Ihre Stimme klang müde und erschöpft. »Er hat vor einiger Zeit in seinem Zooladen in Camden Town eine ägyptische Kobra verkauft. Vielleicht kann er für uns herausfinden, wer der Käufer war.«

Das klang nach einer Spur. Teddy hatte schon öfter mit gefährlichen Reptilien und Reptilienschmuggel zu tun gehabt. Es gab mit Sicherheit nicht viele Umschlagplätze in London für solche Tiere. Rosa stellte Alison einen Teller vor die Nase.

»Jetzt wird es erst einmal Zeit, dass du wieder zu Kräften kommst.«

Mildred stocherte in den Stampfkartoffeln herum. »Bist du sicher, dass deine Kurskommilitonin dich nicht eher vergiften will?« Zögerlich schob sie die Stampfkartoffeln auf ihrer Gabel in den Mund. Teddy erahnte, wie das Gesicht hinter der Bandagenfassade genüsslich die Augen schloss und dabei sogar ein leises, kaum hörbares, genüssliches »Mmh« von sich gab. Sie schien über sich selbst zu erschrecken, riss die Augen auf und schob den Teller demonstrativ zur Seite. »Vielleicht sollten Sie lieber einen Kochkurs im Working Men's College besuchen, Estanosa.«

»Rosa«, korrigierte Alison sie.

Teddy und Rosa zwinkerten sich verschwörerisch zu. Er konnte es verstehen, dass Mildred es nach dem Schock des Abends nicht vermochte, dem langgedienten Butler des Hauses in den Rücken zu fallen.

Es knackte, als Mildred mit ihrem bandagierten Mund auf eines von Rosas frisch gebratenen Würstchen biss. Als sie bemerkte, wie sie dabei alle Blicke auf sich zog, tastete sie mit ihren Händen hilflos auf dem Tisch herum. »Die Servietten, wo sind die Servietten?«

Unverzüglich schnellte Rosa in die Höhe. Schranktüren klapperten in der Küche. Wenig später kam sie mit perfekt gebügelten Stoffservietten zurück. Mildred schnappte sich eine und tupfte damit ihre Mundwinkel trocken.

»Reinigt man sich bei Ihnen in Brixton während des Essens nicht die Hände?«

»Wir benutzen für gewöhnlich Messer und Gabel, Madam«, antwortete Rosa.

Teddy biss sich auf die Zunge. Sogar Alisons Mundwinkel zuckten.

Mildred legte die benutzte Serviette auf ihren Teller. Erst jetzt bemerkte Teddy, dass sie ihn bereits vollständig geleert hatte. Aus reiner Höflichkeit natürlich. Ein Blick unter den Tisch zum genüsslich schmatzenden Alfie offenbarte allerdings, wohin ein beachtlicher Teil des Essens verschwunden war.

Teddys Gedanken wurden unterbrochen, als Alison plötzlich völlig unerwartet in sich zusammensackte und mit ihrem

Kopf auf seinen Schoß fiel. Gerade, als er einen medizinischen Notfall befürchtete, bemerkte er das leise und kaum hörbare Schnarchen. Unsicher, wie er mit der Situation umgehen sollte, hob er die Arme in die Höhe und sah in die Runde. Rosa stand auf und rüttelte vorsichtig an Alisons Schulter. Doch sie umklammerte Teddys Oberschenkel und sank nur noch tiefer in den Schlaf.

»Das arme Ding muss dringend ins Bett«, sagte Mildred.

»Ich erledige das«, antwortete Teddy. Vorsichtig nahm er Alison in die Arme und erhob sich mit ihr. Er würde sie rasch ins Bett tragen und sich dann selbst einen Schlafplatz im Haus organisieren. So schwer war Alison nicht. Ein paar Schritte mit ihr auf dem Arm würde er schon schaffen. »Wo finde ich ihr Schlafzimmer?«

Mildred nickte in Richtung des Flurs.

»Einfach die Treppe hinauf.«

Wie hatte Teddy das vergessen können? Als Mildred und er vor zwei Tagen hierhergeeilt waren, um Alfie bei der kranken Alison abzugeben, waren sie bis in die zweite Etage gelaufen. Er sah auf Alison, spürte ihr Gewicht in seinen Armen. Aber es musste sein. »Was ist mit Ihnen, Mildred?«, fragte er.

»Danke, ich kann laufen.«

Teddy spürte, wie er vor Scham errötete. »Ich meine, wo werden Sie schlafen?«

»Ich gehe ins Gästezimmer.«

Rosa räusperte sich. »Soweit ich weiß, hat Alison das Gästezimmer umbauen lassen.«

Mildred schwenkte ihren Kopf überrascht in Rosas Richtung. »Soweit *Sie* wissen?«

»Sie hat es im Working Men's College erzählt. Sie sprach von einem Fitness-Studio, wegen des …« Sie druckste herum. »… naja, Sie wissen schon. Der missglückte Sporttest bei der Metropolitan Police und so.«

Mildred schüttelte entnervt den Kopf.

»Soll ich Sie noch ins Savoy fahren, sobald Alison im Bett ist?«

»Nichts da, Mr Chan«, antwortete Mildred. »Meine Nichte braucht mich jetzt.« Die Besorgtheit, mit der sie diese Worte sagte, berührte Teddy unerwartet tief. »Ich werde mir für heute Nacht wohl einfach hier unten das Sofa herrichten.«

Teddy war gerade dabei, mit Alison auf dem Arm das Kaminzimmer zu verlassen, als er Mildred mit dem Finger schnippen hörte.

»Estanosa, ich brauche frische Bettwäsche und ein Kissen.«

Teddy grinste in sich hinein und stieg die Treppen hinauf. Diese Frau würde sich nie ändern. Aber irgendwie mochte er sie.

Alisons Zimmer hätte einem Design-Wettbewerb für Schöner Wohnen entstammen können. Ihre Bettdecke war dick und flauschig. Darin musste man einfach wie auf Wolken schlafen. Behutsam deckte Teddy sie zu. Es klopfte. Rosa steckte ihren Kopf ins Zimmer.

»Im Keller habe ich noch ein paar sehr bequeme Gartenliegen entdeckt. Soll ich Ihnen eine für die Nacht herrichten, Mr Chan?«

Er sah sich um. Alisons Bett schräg gegenüber stand ein großer, luxuriös gepolsterter Lesesessel samt Wolldecke. Teddy deutete auf ihn. »Das ist lieb von Ihnen, Rosa. Aber ich bleibe hier. Ich möchte nicht, dass sie heute Nacht alleine ist.«

Rosa nickte und schloss die Tür. Teddy nahm im Lesesessel Platz, stellte die Lehne leicht nach hinten, wickelte sich in die Wolldecke und löschte das Licht mit der Fernbedienung. Er staunte selbst, wie gut er seit seiner Zeit im Savoy Hotel damit umgehen konnte. Aber so komfortabel diese technischen Spielereien auch waren, all der Luxus hatte Peggy und Roy nicht vor dem Unheil der letzten Tage bewahren können.

Peggy, dachte Teddy voller Reue. Er hätte sich nicht von seiner Wut treiben lassen dürfen und Alisons Zweifel an seiner Mordtheorie ernstnehmen sollen. Beinahe wäre auch Roy gestorben.

Er schluckte, als ihm bewusst wurde, was er mit dem Wort *auch* eben gedacht hatte. Wusste er doch, wie hoffnungsvoll sich Alison noch immer an den Gedanken klammerte, Peggy lebend wiederzufinden. Aber nach den Ereignissen heute hatte Teddy seine Zweifel. Entführungen im Krankenwagen, mysteriöse Mumien, die erwartete Ankunft des ägyptischen Ministerpräsidenten Mustafa Madbuli. All das war eine mehr als besorgniserregende Mischung. Er war sicher, dass der Fall Alison noch an ihre Grenzen treiben würde und er wusste nicht, ob er in der Lage sein würde, sie zu beschützen.

1 Tag vor Mildreds Geburtstag

32

4:03 am, Thurloe Square

Teddy wurde von einem seltsamen Klacken aus dem Schlaf gerissen. Auch wenn sich Alisons Zimmer in der zweiten Etage befand, durch das einen Spaltbreit offene Fenster konnte er die Geräusche von der Straße klar und deutlich hören. Und er hätte schwören können, dass die Tür zum Haus geöffnet worden und wieder ins Schloss gefallen war. Sein Blick in Alisons Bett passte auf beunruhigende Weise dazu. Die Bettdecke war zurückgeschlagen. Alison fehlte. Er blickte auf die Uhr. Kurz nach vier. Gegen halb fünf sollte laut Constable Smith die Streife auftauchen und den Hauseingang bis zum Nachmittag bewachen. Das war also erst in einer halben Stunde.

Er stand auf, öffnete die Tür und trat an das Treppengeländer heran. Vom Erdgeschoss her vernahm er Geräusche. Ein leichter Lichtschein fiel in den Flur. Vielleicht war Alison durstig geworden und in die Küche gegangen, um sich zu erfrischen? Trotzdem, Teddy wurde das Gefühl nicht los, dass irgendetwas im Haus nicht stimmte. Und auf sein Gefühl konnte er sich verlassen. Schon immer. Seine Hand wanderte zum Lichtschalter. Er zog sie wieder zurück. Solange er die Lage nicht überschaut hatte, war es nicht klug, zu viel Aufmerksamkeit auf sich zu lenken.

Auf leisen Sohlen stieg er die Treppe hinab. Der Teppichläufer auf den Stufen dämpfte jeden seiner Schritte, sodass er sich voll und ganz auf seine Umgebung konzentrieren konnte. Und je näher er dem Erdgeschoss kam, desto deutlicher wurden die Geräusche. Ein leises, schmerzerfülltes Wimmern hallte aus dem Kaminzimmer. Wie, wenn Räuber während einer Hausinvasion ihren Opfern handbreites Teppichband um den Mund gewickelt hatten. Auf halber Treppe vor dem Erdgeschoss, unmittelbar neben der Abstellkammer, hielt er inne, lehnte sich an die Wand, zog seine Dienstwaffe aus dem Holster, entsicherte sie und lauschte in die Dunkelheit hinein. Alfie winselte. Jemand flüsterte ihm zu.

»Schön ruhig, mein Kleiner …«

Das war die Stimme eines Mannes.

»… dann passiert deinem Frauchen nichts.«

Wieder wimmerte jemand auf. Mildred. Alfie verstummte.

Teddy presste seine Lippen aufeinander. Er hätte nicht bei Alison im Zimmer bleiben dürfen. Hätte er hier unten geschlafen, wäre definitiv niemand ins Haus gekommen. Warum war er nur so dumm gewesen? Was zum Teufel war an dieser Frau, das ihn so dermaßen aus dem Konzept brachte? Sie war einfach eine viel zu reiche Studentin auf dem Working Men's College. *Reich* und *Working Men's College,* allein diese zwei Dinge passten nicht zusammen. Vielleicht war genau das der Punkt. Vielleicht war er in eine Falle getappt, ein gewaltiges Ablenkungsmanöver. Mildred wimmerte erneut auf. Teddy hatte keine Wahl. Er musste handeln. Mit dem Rücken gegen die Wand gelehnt, schlich er auf den letzten Abschnitt der Treppe zu. Hier war die Wand zu Ende und die zweite Hälfte der Treppe verlief freistehend ins Erdgeschoss hinein. Wenn sich jemand im Flur befand, würden Teddys Füße ihn verraten. Verflucht!

Langsam ließ er sich in die Hocke sinken und linste vorsichtig durch das Treppengeländer in den Flur hinein. Niemand war zu sehen. Dafür erspähte er ein stark gedimmtes, kaltes, blauweißes Licht aus dem Kaminzimmer, das bizarr in die Länge gezogene Schatten auf den Flurboden warf. Teddy erahnte die Konturen eines reglosen Oberkörpers, der langsam und behutsam von einer Hand mit einer Mullbinde umwickelt wurde. Für einen Augenblick schloss Teddy seine Augen und fluchte stumm in sich hinein. *Bitte nicht noch eine Leiche.* Soweit er sich erinnerte, wollte Rosa unten im Keller schlafen. Oder die Schlange war gar nicht für Roy vorgesehen gewesen, sondern für Mildred. Schließlich war es auch ihre Geburtstagsparty. Und es waren ihre Mumien, die zurück nach Kairo gebracht werden sollten. Was, wenn Alison die Eindringlinge vor ihm gehört und sich ihnen in den Weg gestellt hatte? Warum hatte sie ihn nicht geweckt? Warum musste sie immer alles auf eigene Faust erledigen? Verdammt! Teddy musste handeln. Jetzt.

Er schlich die Treppe hinunter. Mit einem geräuschlosen großen Satz hechtete er von der untersten Stufe zur gegenüberliegenden Wand und bewegte sich flach wie eine Flunder an die Wand gelehnt auf den Türrahmen zu. In Gedanken zählte er bis drei, sprang mit einer halben Drehung in den Türrahmen hinein, streckte seine Arme mit dem Finger am Abzug und pfefferte seine Chief-Inspector-Stimme mit der Wucht einer explodierenden Bombe ins Halbdunkel.

»Keine Bewegung.«

Hände schossen in die Höhe. Wie ein immer wiederkehrendes Echo hallte Teddys Stimme in den Hauswänden nach. Dann: Todesstille.

Mildred saß mit dem Rücken zu Teddy in einen Drehsessel gelehnt. Neben ihr stand ein Mann, den Teddy … Er stoppte mitten in seinen Gedanken. Normalerweise war Teddy wirklich gut darin, das Alter eines Gegenübers zu schätzen. An diesem glattgebügelten Gesicht aber ging jedes Gefühl für Raum und Zeit verloren. Teddy betrachtete die perfekt geschnittenen, kurzen dunkelbraunen Haare, den fast schon meisterhaft rasierten Bart. Das Gesicht, in das er sah, hätte einer griechischen Statue entstammen können. Absolut makellos. Vor ihm stand das Abbild eines perfekten Mannes. Und doch schien rein gar nichts daran menschlich zu sein.

»Was machen Sie mit ihr?«

Der Mann schnappte nach Luft, schien nach Worten zu suchen. »Mrs Granville hat mich mitten in der Nacht zu sich gerufen.« Seine Stimme klang nervös, aber zumindest nicht aggressiv. »Wegen der Schwellungen unter ihren Bandagen hat sie nicht schlafen können.«

Noch immer mit dem Rücken zu Teddy gedreht gab Mildred einen unverständlichen Brei aus Worten von sich. Von wegen, sie konnte nicht schlafen. Sie schien unerträgliche Schmerzen zu erleiden.

»Wer sind Sie?«, fragte Teddy.

Der Mann bewegte seine linke Hand. Sofort intervenierte Teddy mit einem leichten Zucken der Waffe.

»Ich … ich möchte lediglich meine Visitenkarte …«

Teddy betrachtete das Jackett des Mannes. Vorausgesetzt seine aufgepumpte Fitness-Brust war echt, passte kein Blatt Papier zwischen Stoff und Körper. Unmöglich, dort eine Waffe zu verbergen. Teddy nickte. »Okay. Ganz langsam.«

Im Zeitlupentempo, aber mit beeindruckender Souveränität führte der Mann seine Hand zur Innenseite seines Jacketts. Obwohl der Stress in seiner Stimme unüberhörbar war und seine Knie weich wie Butter schienen, entfuhr seinen Fingern nicht einmal der Hauch eines Zitterns. Teddy würde alles darauf wetten, dass das die Hand eines Chirurgen war. Sie glitt in die Innentasche, zog eine Visitenkarte heraus und reckte sie Teddy entgegen.

»Dr. Geoffrey Hollande. Ich operiere am Independent Specialists' Hospital. Mildred Granville ist meine Patientin.«

In Teddys Rücken polterte es. Jemand stürzte sich regelrecht die Treppe herunter. Keine zwei Atemzüge später spürte Teddy fein zerstäubte Wassertropfen in seinem Nacken. Mit nassem, offenem Haar und lediglich in ein riesiges, mit rosafarbenen Blüten verziertes Badehandtuch gewickelt, erschien Alison neben ihm.

»Um Himmels willen, was ist passiert?«

»Nichts«, antwortete Teddy, sicherte seine Waffe wieder und steckte sie zurück in sein Holster. »Ein Missverständnis, nichts weiter.«

Alison eilte zu ihrer Tante, lief um ihren Hocker herum und sah ihr ins Gesicht. Mit einem lauten Schrei machte sie einen Satz zurück. »Oh mein Gott!«

Mildred gestikulierte unter hörbaren Schmerzen mit den Händen herum. Alison sah Dr. Geoffrey Hollande an.

»Ja, so tun Sie doch was!«

Hektisch wandte er sich seinem Arztkoffer zu, zog einen tellergroßen Handspiegel heraus und reichte ihn Mildred. Sie riss ihn an sich und schwenkte ihn vor ihrem Gesicht hin und her. Die Konturen, die Teddy von seiner Position aus im Spiegel erahnen konnte, verursachten bei ihm eine Gänsehaut. Mildred reichte den Spiegel zurück an den Doktor und drehte sich langsam und mit erhobenem Kinn in Teddys Richtung.

Er hatte wahrlich schon viel gesehen. Aber das? Von wegen Schwellungen! Mildreds Gesicht sah aus wie glattgewalzt. Wangen, Kinn und Stirn vereinten sich zu einer faltenfreien, starren Plastikmaske. Teddy musste an die eingetrockneten, starren Gesichter der ausgewickelten Mumien denken, die in den Schaukästen des British Museum zu bewundern waren. Ein undefinierbarer Laut drang aus Mildreds Mund.

Bedächtig streichelte Dr. Hollande ihr die Schulter.

»Keine Sorge, Mrs Granville. Die leichte Spannung in Ihrem Gesicht wird sich in den nächsten Stunden von ganz allein legen. Dann verschwinden auch die Schmerzen. Dank der neuen Operationsmethode werden Sie bereits in vierundzwanzig Stunden ganz die Alte sein.«

Mit sichtlich allen Kräften gab Mildred ein empörtes »Ich hoffe nicht!« von sich. Dr. Hollande griff ein weiteres Mal in seinen Arztkoffer und holte zwei Cremedosen heraus. »Die orangene Creme am Morgen und die hellblaue bitte am Abend auftragen. Make-up bitte erst zu Ihrer Gala verwenden.«

Mildred winselte unverständliche Worte.

»Aber Make-up haben Sie im Grunde ja auch gar nicht mehr nötig, nicht wahr?« Mit einem triumphierenden Lächeln verabschiedete er sich und verschwand aus dem Haus.

Alison griff nach der Spezialcreme und las die Inhaltsangaben. »Mumia synthetica?«

Mildred nahm sich ihren eigenen Schminkspiegel zur Hand öffnete ihr frisch gefärbtes, geplättetes und mit Extensions aufvoluminiertes Haar, warf es über die eine Schulter, dann über die andere, immer den Spiegel in perfekter Selfiepose leicht schräg über sich haltend und gab etwas von sich, dass wie »Mumienpulver« klang.

»Mumienpulver?«, fragte Alison.

Teddy dachte an seine Weiterbildung über verbotene Substanzen. »Zermahlene Mumien«, antwortete er. »Man hat es Anfang des letzten Jahrhunderts als Wundermittel verkauft.«

Mildred nahm sich die orangene Dose, öffnete sie und massierte die Salbe nach und nach behutsam in ihre Haut ein. Angewidert wandte Alison sich von ihr ab. »Pulver aus Mumien? Das ist ja abartig.«

Teddy erinnerte sich. »Soweit ich weiß, vermutete man in diesem Pulver wertvolle Harze und andere vergessene chemische Verbindungen, die bis dahin ungeahnte medizinische Wirkungen haben sollten. Man hat es teilweise sogar in Wasser aufgelöst und getrunken.«

Alison presste sich die Hand vor den Mund. Dabei löste sich ihr Handtuch und glitt an ihrem Oberkörper herunter. Gerade noch rechtzeitig drehte Alison sich von Teddy weg und fing es auf.

»Alte Mumien ausbuddeln«, sagte sie, »und nach Europa verschiffen, um sie dort zu zermahlen und als Pulver anderen Leuten ins Wasser zu rühren, das ist ja Grabschändung, Kunstraub und Kannibalismus in einem.«

Mildred lachte. Offenbar begann die Salbe bereits ihre Wirkung zu entfalten. Mildreds Stimme wurde zunehmend verständlicher. »Nun werde mal nicht albern. Das ist der Lauf der Natur. Als wir in Stonehenge waren, hast du doch auch Beeren vom Strauch genascht. Da hat es dich nicht gekümmert, dass sie wahrscheinlich mit dutzenden verbuddelten Ritualopfern gedüngt waren.«

»Das ist doch etwas komplett anderes.«

»Es waren eben andere Zeiten, Alison.« Mildred schraubte die Cremedose zu. »Herrgott noch mal, diese Menschen sind doch tot. Wen kümmert das?« Sie tippte sich mit ihrem Zeigefinger auf die Brust. »Ich aber lebe. Und ich werde alles dafür tun, damit das auch so bleibt.« Sie nahm eine Bürste aus ihrer Handtasche und fuhr sich damit durch ihr Haar. Teddy tat es äußerst ungern, aber er trat ebenfalls an die Dose heran und inspizierte sie.

»Ich muss Ihrer Nichte leider beipflichten, Mrs Granville. Aus den von ihr geschilderten Gründen ist Mumia meines Wissens inzwischen ein verbotenes Produkt, mit dessen Erwerb Sie sich in ernsthafte Schwierigkeiten bringen könnten.« Schlagartig kamen ihm die Anschuldigungen von Commander Kilburn wieder in den Sinn. Mildred hingegen schien völlig ungerührt.

»Deswegen auch die Bezeichnung Synthetica. Gott sei Dank ist Dr. Hollande inzwischen in der Lage, das Pulver in einem aufwendigen Produktionsprozess synthetisch herzustellen.«

»Das ist doch alles Quacksalberei«, entgegnete Alison.

Mildred deutete auf ihr Gesicht. »Das nennst du Quacksalberei?«

An der Tür klopfte es. Durch das Fenster des Kaminzimmers konnte Teddy den Streifenwagen seiner Kollegen erkennen. Sie waren locker zehn Minuten zu früh. Aber das traf sich gut. Denn nach einer Nacht in seinen Klamotten fühlte Teddy sich unwohl in seiner Haut, erst recht neben der frisch geduschten Alison. Er musste dringend heim und selbst unter die Brause. Und dann würde er sich als Erstes diesen Dr. Geoffrey Hollande näher ansehen. Er nahm sich seine Jacke und wandte sich Alison zu. »Ich melde mich, sobald ich auf dem Revier bin.«

Alison nickte.

»Und bis dahin: keine Alleingänge!«

33

4:32 am, Thurloe Square

Alison legte das letzte Sandwich auf das Tablett und umwickelte alles doppelt und dreifach mit Plastikfolie. Offiziell, damit die Brote auf dem Weg zum Streifenwagen vor der Tür nicht nass wurden oder herunterfielen. Inoffiziell hoffte Alison, dass das Auspacken Rosa und die Polizisten eine Weile beschäftigen würde. Also wickelte sie rasch eine weitere Schicht herum. »Nur zur Sicherheit.«

»Du bist echt ein Schatz«, antwortete Rosa. »Jeder normale Mensch wäre um diese Uhrzeit wieder ins Bett gegangen. Du brezelst dich auf und springst in dein Prima-Outfit …«

»Anteprima.« Alison konnte sich ein Lachen nicht verkneifen. »Der Designer heißt Anteprima.« Woher sollte Rosa aber auch wissen, dass sie sich für die olivfarbene Shorts mit dicker grauer Strumpfhose und den Rollkragenpulli im Army-Tarnmuster mit Absicht entschieden hatte. Zusammen mit ihrem olivgrünbeigen Parker und ihren schwarzen Sneakers war das einfach das beste Outfit für eine geheime Schnüffelaktion im British Museum.

»Wie auch immer«, sagte Rosa. »Andere gehen zurück ins Bett und du musst unbedingt den Polizisten vor der Tür Brote schmieren.«

»Wenn sie sich schon wegen uns den ganzen Tag in die Kälte setzen«, antwortete Alison und rang sich ein Lächeln ab. Sie hasste es, eine Freundin zu belügen. Aber ihr geheimer Plan war nötig. Sie musste Rosa und die Polizisten ablenken, um sich aus dem Haus schleichen zu können. Rosa dürfte sie keinesfalls begleiten. Erstens würde Mildred ohne Rosa im Haus die Küche am Ende noch in Brand setzen. Und zweitens wollte Alison nicht noch jemanden in Gefahr bringen. Wer auch immer im British Museum sein Unwesen trieb, hatte es auf Menschen abgesehen, die ihr nahestanden. Peggy, Roy, das konnte kein Zufall sein. Da war sie inzwischen sicher.

Endlich vibrierte Alisons Smartphone. Sie griff danach und sah auf das Display. Der Name *Holden* blinkte sie an. »Oh Gott, Holden«, fuhr es ihr über die Lippen. In dem ganzen Wahnsinn hatte sie ihn komplett vergessen. Kein Wunder, dass er auf die Idee kam, sie früh um 4.30 Uhr anzurufen. Wahrscheinlich war er mitten in der Nacht aufgewacht und besorgt, weil sie sich immer noch nicht bei ihm gemeldet hatte. Aber sie konnte jetzt unmöglich abheben. Sie musste die Leitung für den Taxifahrer freihalten. Sie drückte ihn weg.

»Alison!«

Sie fuhr zusammen. Rosa stand mit den übereinandergestapelten Sandwiches auf dem Tablett neben ihr. Der vorwurfsvolle Ton in ihrer Stimme war unüberhörbar.

»Alles okay bei Holden und dir?«

Alison verfluchte ihre eigene Unachtsamkeit. So eine Diskussion konnte sie nun wirklich nicht gebrauchen. »Ja, natürlich. Ich …« In ihrem Hals wuchs ein lästiger Klumpen heran. »… ich kann jetzt einfach nicht mit ihm reden.« Konnte sie oder wollte sie nicht? Und warum hatte sie das Gefühl, dass Rosa in jedem ihrer Gedanken lesen konnte? Warum musste Holden auch ausgerechnet jetzt in der Stadt sein? Wieso war er nicht auf Geschäftsreise? So wie immer? Ihre Welt brach gerade in sich zusammen und sie musste einen Mörder finden! »Er … er ist noch so schwach«, log sie.

Rosa stellte das Tablett wieder auf der Arbeitszeile ab. Alison schickte ein Stoßgebet gen Himmel. *Bitte, jetzt schnapp dir einfach diese blöden Sandwiches und geh nach draußen zu den Polizisten!* Stattdessen riss Rosa ihre Augen auf und ließ die Kinnlade nach unten klappen. »Sag bloß, er weiß noch gar nichts von der Sache mit Roy.«

Alison umklammerte das Smartphone in ihrer Hand so fest, dass sie in Gedanken schon das Display zerspringen hörte. »Rosa, es ging alles so furchtbar schnell und dann die Sache mit dem falschen Krankenwagen und … dann bin ich eingeschlafen.« Wie war sie überhaupt ins Bett gekommen? Alles, was sie noch wusste, war dass Teddy neben ihr im Sessel geschlafen hatte, als sie aufgewacht war. Und dass sie bei diesem Anblick hatte schmunzeln müssen und ganz innig und fest ihr riesiges Kissen umarmen.

»Aber du bist seit einer halben Stunde wach.« Alisons Handy vibrierte erneut. Vorwurfsvoll deutete Rosa auf das Brummen in ihrer Hand. »Jeder im Savoy kennt Teddy und dich. Was, wenn Holden irgendein dummes Gerücht aufgeschnappt hat und sich Sorgen macht?«

Das war genau das, was sie jetzt hören wollte.

»In seinem Zustand!«, legte Rosa nach. »Das kannst du ihm doch nicht antun.«

Sie presste und presste, aber das Smartphone in ihrer Hand wollte und wollte nicht verstummen. Was, wenn ausgerechnet das jetzt der Taxifahrer war, der sie zum British Museum bringen sollte?

Unausstehlich fürsorglich streichelte Rosa ihr über den Oberarm. »Ich weiß ja, wie schwer du es gerade hast, Süße …« Am liebsten hätte Alison den Arm weggerissen und Rosa angeschrien. »… aber dann geh doch wenigstens jetzt ans Telefon.«

Das war ihr Stichwort. Alison öffnete die Hand so, dass nur sie auf das Display sehen konnte. Es war tatsächlich Holden. Warum hatte sie ihn auch wegdrücken müssen. Jetzt wusste er, dass sie wach war und drehte mit Sicherheit durch, weil sie nicht ans Telefon ging. Aber … Sie drückte ihn erneut weg und presste das Smartphone mit dem Display an ihre Brust. »Ich kann nicht!«, fluchte sie. Wenigstens eine Aussage, die zur Abwechslung einmal keine Lüge war.

Rosa neigte ihren Kopf und dämpfte ihre Stimme. »Ruf ihn zurück. Rede mit ihm. Es wird dir guttun. Du liebst ihn doch.«

Das Handy vibrierte ein drittes Mal. Sie linste auf das Display. Die Nummer kannte sie nicht. Das musste der Fahrer sein. Sicher würde er nicht sofort wieder abdrehen, wenn sie nicht abhob. Aber sie durfte keine Zeit verlieren. Sie verdeckte das Display und zwang sich dazu, Rosa direkt in die Augen zu sehen. »Du hast recht. Ich ziehe mir nur rasch etwas über und gehe in den Garten. Ich … ich muss einfach allein sein, wenn ich mit ihm rede.«

Endlich. Rosa lächelte und nahm das Tablett wieder auf. Alison drückte sie und gab ihr einen Kuss auf die Wange. »Danke, meine Liebe.« Dann zog sie im Flur ihren Mantel über. Kurz bevor Rosa die Haustür erreichte, eilte sie hinterher. »Warte!«

»Der Garten ist aber hinten raus«, antwortete Rosa.

»Ich halte dir nur noch eben kurz die Tür auf.«

Rosa rollte grinsend mit den Augen. »Typisch Alison. Immer muss sie allen helfen.« Dann lief Rosa an ihr vorbei, stieg die Treppen des kleinen Portico herunter und lief direkt auf die beiden Polizisten im Streifenwagen zu. Alison wartete den passenden Moment ab. Als Rosa das Tablett in den Wagen reichte und alle mit ihrer vollen Aufmerksamkeit bei den Leckereien und dem Abwickeln der etlichen Schichten Frischhaltefolie waren, hechtete Alison ebenfalls nach draußen und flitzte in ihren lautlosen Sneakers den Thurloe Square in Richtung Cromwell Road hinauf. Keine zehn Sekunden später war sie hinter der Ecke verschwunden.

Der Taxifahrer wartete wie besprochen verborgen hinter den Bäumen und Sträuchern des Thurloe Square Gardens auf Höhe des Yalta Memorial Mahnmals. Erst jetzt wurde ihr bewusst, was für ein Glücksfall die Diskussion mit Rosa gewesen war. Es würde mindestens eine halbe Stunde vergehen, bis Rosa auf die Idee kam, in den Garten zu sehen, und feststellte, dass Alison verschwunden war. Das verschaffte ihr wertvolle Zeit.

Als sie bereits auf der Rückbank des Taxis durch das nächtliche London fuhr, öffnete sie den Messenger, um Dustin zu schreiben. Erst da bemerkte sie, dass Bernie ihr noch mitten in der Nacht auf ihre Frage geantwortet hatte.

Die Schlange wurde damals bar bezahlt. Kam mir gleich komisch vor. Wer macht das heute noch? Erinnere mich, dass es ein echt merkwürdiger Typ war. Sehr jung. Mit Mütze. So einer, wo du unsicher bist, ob das ein Junge oder ein Mädchen ist. Und voll schräg: Er (oder sie) hatte ganz dünne weiße Baumwollhandschuhe an. Hab deswegen noch einen Witz gemacht, ob das ein Überfall wird. Mehr kann ich nicht sagen, sorry. Pass auf dich auf! Du kriegst das Arschloch!!! Bernie.

Verdammt. Alison hatte so sehr gehofft, dass sie den Käufer über seine Kreditkartendaten würden ausfindig machen können. Bernie hatte recht. Wer in London zahlte heute noch mit Bargeld? Bedeutete das etwa, dass die Verbrechen von langer Hand geplant worden waren? Natürlich waren sie das. Ein Krankenwagen musste gestohlen werden. Und der Täter oder die Täterin hatte offensichtlich Handlanger, die für sie arbeiteten. So langsam fühlte sie sich, als wäre sie einer geheimen politischen Staatsaffäre auf der Spur. Vielleicht hatte Teddy doch recht und diese Nummer war eine Sache zu groß für sie. Was, wenn sie noch mehr Menschen in Gefahr brachte?

Schon wieder vibrierte ihr Handy. Holden. Sollte sie abheben? Damit er fragte, wohin sie unterwegs war und was sie vorhatte? Niemals. Mit Augen und Armen wusste sie, eine Lüge zu verkaufen. Aber wenn ihr nur die Stimme blieb? Holden würde sie sofort durchschauen. Nach allem, was gestern vorgefallen war, würde er noch auf die Idee kommen, ihr hinterherzufahren. Dieses Mal wartete sie, bis die Mailbox von alleine ranging. Dann öffnete sie den Messenger wieder und suchte krampfhaft nach den passenden Worten für eine tröstende Nachricht. Sie fing an, löschte alles, begann von vorn, löschte erneut alles … sodass sie immer noch nicht mehr als *bin unterwegs, ruf dich an* getippt hatte, als das Taxi bereits in die Great Russell Street einfuhr und unmittelbar vor dem Haupteingang zum British Museum zum Stehen kam. Sie drückte auf *Senden* und verfluchte sich selbst. So langsam begann sie Teddys Ehefrau Benisha zu verstehen. Dieser Job war nicht gemacht für traute Zweisamkeit. Sie musste sich dringend etwas einfallen lassen, wenn sie nicht wollte, dass ihre Beziehung zu Holden irgendwann genauso endete.

Sie sprang aus dem Taxi und holte ihre Schlüsselkarte heraus, die ihr Zutritt zur ägyptischen Skulpturengalerie gewährte. Auch wenn sie Teddy versprochen hatte, keine Alleingänge zu unternehmen, sie konnte nicht auf ihn warten. Bis er auf dem Revier alle aktuellen Infos zusammengetragen hatte, verging wertvolle Zeit. Um zehn Uhr öffnete das Museum seine Pforten für Besucher und bis dahin musste sie endgültig geklärt haben, ob die Mumien echt waren oder nicht. Sonst würde Mildreds Geburtstagsfeier morgen am Ende wirklich in einen diplomatischen Skandal münden und Mildred womöglich noch im Gefängnis landen. Alisons Vater würde sich im Grab umdrehen. Das durfte sie nicht zulassen.

Der Anblick der Skulpturengalerie verschlug ihr die Sprache. Die Halle war nicht wiederzuerkennen. Dustin musste mit dem Team bis tief in die Nacht hinein gearbeitet haben. Sie dachte an Peggy, daran, wie sie sich eine Nacht nach der anderen damit um die Ohren geschlagen hatte, all das hier zu konzipieren. Dass sie jetzt nicht hier war, um all das bewundern zu können, brach Alison beinah das Herz. Sie hoffte so sehr, dass ihre beste Freundin noch lebte. Und trotzdem stand sie jetzt hier, vor den Sarkophagen und … Der Gedanke, in einem von ihnen könne Peggys Leiche liegen, drehte ihr den Magen um.

Sie würgte ihre Panik herunter. Als Erstes hatte sie sich vorgenommen, die Bandagen zu vergleichen. Wenn eine der Mumien tatsächlich Peggy war, konnte man vielleicht Unterschiede an den Mullbinden erkennen. Oder die Konturen der Mumien waren anders. Oder der Geruch … *Der Geruch!* Wieder machte sich diese unausstehliche Übelkeit bemerkbar. Ihr schwindelte und wurde schlagartig kalt. Als wäre die Temperatur in der Skulpturengalerie von jetzt auf gleich in den Keller gestürzt. *Peggy. Was, wenn Peggy …*

Zitternd trat Alison von den Mumien zurück. Was zum Teufel tat sie hier? Die Mumien sollten zurück an das ägyptische Museum Kairo gegeben werden. Selbst, wenn sie nicht echt waren, hatte sie es mit absoluten Profis zu tun. Die Fälschungen mussten so überzeugend wirken, dass sie dem geschulten Blick ägyptischer Archäologen standhielten. Und da bildete sie sich allen Ernstes ein, ein simpler Vergleich und ein paar Tastproben würden genügen, um eine Fälschung zu entlarven?

Mit wässrigen Augen reckte sie ihren Blick zur Decke. »Peggy, wo bist du? Ich will dir doch helfen!« Dabei stachen ihr abermals die Überwachungskameras ins Auge. Wie hatte sie diesen simplen Fakt nur vollkommen ausklammern können? Fälschungen hin oder her – das hier war das British Museum und auch wenn sie offiziell noch immer der Familie Granville gehörten, die Mumien waren überwachte Artefakte. Wenn überhaupt irgendjemand an diesem Ort Mumien austauschen wollte, ohne dass es einen Großalarm auslöste, dann gab es nur einen Weg: Er oder sie musste Kurator sein. Hatte Mrs Tarassowna nicht Prof. Reid und Mr Buckland bei ihrem BBC-Interview belauscht? Unmittelbar danach hatte sie sich an den Mumien zu schaffen gemacht. Danach war die Mumie umgefallen und Mrs Tarassowna hatte sich völlig panisch verhalten – Prof. Reid gegenüber. Was aber, wenn das gar nicht an dem Missgeschick selbst, sondern an der Gegenwart von Prof. Reid gelegen hatte? Mehr noch: Vielleicht war es gar nicht Alfie gewesen, der Mrs Tarassowna erschreckt und so das Missgeschick herbeigeführt hatte, sondern Prof. Reid? Was, wenn Mrs Tarassowna bei ihrer unentwegten Schnüffelei etwas aufgeschnappt hatte, das sie am Ende das Leben gekostet hatte? Und verdiente Prof. Reid nicht zusätzlich Geld, indem sie Tiere mumifizierte? Wer sagte also, dass sie das nicht auch mit Menschen tat?

Alison durchfuhr plötzlich ein Gedanke. Hatte Prof. Reid nicht außerdem davon gesprochen, dass sie diese Mumien auf

Wunsch in einem diskreten Paket per Kurier versendeten? Genau auf diesem Weg war die Schlange zu Roy gekommen. Außerdem hatte sie noch immer nicht mit Prof. Reids mysteriöser Assistentin gesprochen. Maibe Riad war nicht nur ebenfalls Kuratorin, sie hatte sich auch in Mr Bucklands Büro geschlichen. Und ... Bernies Textnachricht kam ihr wieder in den Sinn. *Er (oder sie) hatte ganz dünne weiße Baumwollhandschuhe an ...* Kuratoren trugen bei der Arbeit dünne, weiße Baumwollhandschuhe. Das hatte sie mit eigenen Augen gesehen, als sie bei Prof. Reid im Forschungsstudio gewesen war! Was also ging hier vor?

Alison musste so schnell wie möglich unbemerkt in Prof. Reids Forschungsstudio. Nur wie? Ihre Schlüsselkarte ließ sie nur ins Hauptgebäude, aber nicht ins WCEC. Sie brauchte dringend einen Plan.

34

5:25 am, Lambeth Bridge

Teddys Wagen schlingerte leicht, als er auf die Lambeth Bridge fuhr. Er drosselte das Tempo und stellte die Freisprecheinrichtung seines Rover Mini leiser. Er musste sich auf die rutschige Fahrbahn konzentrieren, da brauchte er sich von Benishas Vorwürfen auf seiner Mailbox nicht auch noch das Trommelfell zerfetzen zu lassen. Wieso war sie auch ausgerechnet gestern Abend auf die Idee gekommen, bei ihm vorbeizuschauen, um ihre Sachen abzuholen? Was erwartete sie bitte von ihm? Dass er jetzt nonstop zu Hause auf dem Sofa hockte und ihr nachtrauerte? Sie hatte ja recht. Er hatte die Nacht bei Alison verbracht. Allerdings in einem vermeintlichen Luxussessel, der schuld daran war, dass er nun jede einzelne Muskelfaser seines Körpers spürte. Und überhaupt: Was spielte das jetzt noch für eine Rolle?

Er wagte einen kurzen Blick in Richtung London Eye und genoss für einen Moment die von all den warmgelben Lichtern beleuchtete Schnee-Skyline. Er sollte jetzt mit der Liebe seines Lebens am Themseufer stehen und diesen einmaligen Winterzauber genießen, anstatt sich von seiner Exfrau beschimpfen zu lassen.

Als schließlich Benishas Stimme »Ich hoffe, dein Mörder bringt diese Granville endlich um, sonst tu ich es« ins Wageninnere tönte, trat Teddy auf die Bremsen und fuhr links ran. Das ging eindeutig zu weit. Auch wenn er wusste, dass das nur ein verzweifelter Kampf um Aufmerksamkeit war. Ein ungutes Gefühl breitete sich in seinem Magen dennoch aus. War er in der aktuellen Situation nicht verpflichtet, ausnahmslos jedem Hinweis nachzugehen? Benisha hatte ein Motiv. Ein sehr gutes sogar. Spontan fiel Teddy kein weiterer Mensch ein, der eine derartige Freude daran hätte, Alison Granville leiden zu sehen. Peggy und Roy zählten zu den mit Abstand wichtigsten Menschen in Alisons Leben. Sie in Gefahr zu bringen und zu verletzen, trieb Alison an den Rand ihrer Kräfte. So etwas nannte man Rache. Und wenn Teddy auf seine Jahre bei Scotland Yard zurückblickte, hatten sich schon viele Menschen aus Rache zu unvorstellbaren Grausamkeiten verleiten lassen.

Teddy rieb sich die Augen und verwarf den Gedanken genauso schnell, wie er gekommen war. Ein Rettungswagen war entwendet worden. Auf welchem Weg bitte hätte Benisha das organisieren sollen? Auf der anderen Seite reichten seit dem Chandelier Charity Concert im Savoy Hotel gerade ihre Kontakte bis weit hinein in Londons High Society.

Teddy nahm sein Smartphone, spielte die Nachrichten seiner Mailbox ein zweites Mal ab und löschte sie. Diese Gedanken waren einfach nur absurd und er dürfte gar nicht erst zulassen, dass Constable Smith oder, schlimmer noch, Commander Kilburn, auf ähnliche Ideen kamen.

Er ließ seinen Kopf gegen die Nackenstütze fallen und bemerkte die Regentropfen, die auf die Frontscheibe des Rover fielen. Tauwetter setzte ein. Bald würde der Winterzauber der letzten Tage sein jähes Ende in dreckigem Matsch finden. So wie seine Ehe auch. Bei der Vorstellung, jetzt in eine leergeräumte Wohnung zu kommen, wurde ihm übel. Mit Sicherheit hatte Benisha die eine oder andere kleine Racheaktion inszeniert. Zerrissene Fotos, Urlaubsandenken im Mülleimer – bei solchen kleinen Sticheleien war sie immer schon erfinderisch gewesen. Eigentlich konnte er sich auch bei Dustin duschen und sich von ihm ein paar frische Klamotten borgen. Auch wenn er sicher nicht begeistert sein würde, um diese Uhrzeit von seinem Vater aus dem Bett geklingelt zu werden. Aber vielleicht würde Teddy auf diesem Weg auch gleich herausfinden, mit wem er sich neulich aus dem Haus geschlichen hatte – und warum. Also fuhr er wieder an und machte sich auf den Weg in Richtung Rotherhithe Street.

Von wegen aus dem Bett klingeln, aus Dustins Fenster drang Musik. Teddy braucht eine Weile, um dagegen anzukommen. Als er mit ein wenig Glück endlich ins Haus gekommen war und ein paar Mal kräftig gegen die Wohnungstür getrommelt hatte, wurde die Musik schlagartig leiser und Dustin öffnete.

»Schon wieder du, Dad?«

Das klang schon fast wie ein Vorwurf. »Tut mir leid, Junge. Ich war die ganze Nacht im Dienst und brauche dringend eine Dusche und frische Klamotten.«

Dustin sah ihn verdutzt an. »Wieso fährst du nicht nach Hause?«

Normalerweise war Teddy die Schlagfertigkeit in Person.

Normalerweise. Mehr als eine verkrampfte Stirn und ein langes Einatmen brachte er nicht zustande. Brauchte er auch nicht.

»Oh Mann, Dad.« Dustin räusperte sich und sprach plötzlich ungewöhnlich laut. »Dann komm halt rein, Dad, und dusche dich.« Er öffnete die Tür. »Ich bin aber selber gerade auf dem Sprung.«

Teddy beschwichtigte. »Das muss doch nicht gleich das ganze Haus wissen, oder?«

Dustin rieb sich übertrieben die Ohren. »Sorry, die laute Musik.«

»Schon okay«, antwortete Teddy. »Ich beeile mich.«

Die Wohnung war auffallend sauber. Nach allem, was Benisha angedeutet hatte, hätte er eine verwahrloste Behausung erwartet, einen verkaterten Sohn und … Teddy hielt inne. Er roch nicht einmal den Ansatz von Zigarettenrauch. Die Aschenbecher waren verschwunden. Stattdessen stand frisches Obst in der Küche, eine angebrochene Flasche Mondwasser und eine Tüte mit Hunde-Käsekeksen. Alfie wickelte aber auch wirklich jeden um die Pfote. Teddy nahm die Flasche in die Hand und las das Etikett. *Wasser speichert Energie. Deswegen füllen wir nur zu ausgewählten Mondphasen ab.* Dustin nahm ihm die Flasche aus der Hand. »Dad, ich will wirklich nicht drängeln, aber wenn, dann musst du jetzt sofort ins Bad.«

Teddy sah seinen Sohn an. So perfekt wie das alles hier schien, so verdächtig war es auch. »Schon klar.«

Er zog seine Jacke aus und ging in den Flur. Die Tür zu Dustins Schlafzimmer war verschlossen. Sollte er oder sollte er nicht? Was hatte er zu verlieren. Er musste endlich anfangen, die Dinge anzusprechen und zu klären. »Ich hole mir nur noch schnell ein paar Klamotten von dir.« Er ging zur Schlafzimmertür und …

»Dad, nicht!«

… öffnete. Ihn traf der Schlag. Das Bett hätte selbst das Personal vom Savoy Hotel nicht besser herrichten können. Auf dem Nachttisch lag ein Flyer der Regent's University samt Anmeldebogen. Teddy stutzte. »Du willst auf die Regent's?«

Unverzüglich schnellte Dustin zu ihm und nahm ihm das Anmeldeformular aus der Hand.

»Du weißt doch, dass wir das nicht ansatzweise bezahlen können.«

»Ich gehe arbeiten, Dad. Schon vergessen?«

»Wow. Wenn man als Assistent bei Alison so viel verdient, dass man sich davon Wohnung und Regent's University leisten kann, sollte ich meinen Job definitiv überdenken.« Er zog sein T-Shirt aus und warf es aufs Bett. Sein Rücken knackte. Verdammter Luxussessel. Dann ging er zu Dustins Schrank. Unverzüglich sprang Dustin vor ihn und lehnte sich an die Schranktür. »Dustin, was ist los?«

»Nichts.«

Teddy stutzte. Sein Sohn konnte ihm nichts vormachen. »Du versperrst mir den Schrank.«

»Blödsinn.«

Täuschte er sich oder wurde Dustin nervös? Ihm fielen die rosa Turnschuhe wieder ein, als Dustin ihn wegen des Frühstücks versetzt hatte. Hatte er etwa die Freundin, mit der er sich gestern durchs Fenster davongeschlichen hatte, im Schrank versteckt? War deswegen die Wohnung so pikobello aufgeräumt? Hatte er sich deswegen in den Kopf gesetzt, in der Regent's zu studieren? »Dann lass mich doch einfach kurz ran, damit ich mir ein paar Klamotten von dir …«

»Das dauert doch ewig, Dad. Geh einfach unter die Dusche und ich suche dir was raus.«

»Ich bin erwachsen, schon vergessen?«, konterte Teddy, schob seinen Sohn beiseite und öffnete die Schranktür. Dustin kniff das Gesicht zusammen, als würde er in eine Zitrone beißen. Teddy blickte in den Schrank. Und konnte absolut nichts Verdächtiges entdecken. Bis auf sorgfältig zusammengelegte T-Shirts, Unterwäsche und Pullover befand sich nichts weiter im Kleiderschrank. Dachte er zumindest. Als er sich das nächstbeste Shirt und eine Unterhose griff, fiel ihm ein merkwürdiger Flyer auf, der in der Hosentasche einer Jeans steckte. *Patienteninformation Dialyse.* Teddy spürte eine plötzliche Enge in seinem Oberkörper. »Dustin?«

Sein Sohn hinter ihm schnaufte tief.

Jetzt nur nichts falsch machen. Bleib so cool und locker, wie du kannst. »Kann es sein, dass du vor zwei Tagen im University College Hospital warst?«

»Wieso?«

Das war keine Antwort. Teddy schnappte sich noch einen dunklen Kapuzensweater und drehte sich zu seinem Sohn um. Dustin saß auf dem Bett und wirkte merkwürdig angespannt. »Ich habe einen Mitarbeiter vom British Museum in die Notaufnahme gefahren und dort jemanden gesehen, der aussah wie du.«

»Wieso hast du dann nicht Hallo gesagt?«

»Dustin …«

Er sah sichtlich genervt an die Decke. »Wenn du wirklich noch duschen willst, Dad, dann jetzt.«

»Gibt es da etwas, das du mir sagen willst?«

»Dad!«

»Bist du krank, Dustin?«

»Nein!« Er stand auf, schob Teddy ins Bad und schlug die Tür hinter ihm zu. »Aber ich muss in zehn Minuten zur Arbeit. Also bitte!«

Als Teddy keine fünf Minuten später aus dem Bad kam, war Dustin verschwunden. Ein Zettel klebte an der Wohnungstür. *Konnte nicht länger warten. Zieh einfach hinter dir zu.*

Teddy dachte an den Flyer in Dustins Jeans. Sollte er oder sollte er nicht? Nein, offensichtlich vertraute Dustin ihm. Er musste endlich aufhören, immer wieder dieselben Fehler zu machen. Wenn er etwas von Dustin wissen wollte, dann würde er ihn fragen. Alles andere war ab sofort tabu. Er schlüpfte in Dustins Unterhose und zog sich das Shirt über. Sein Rücken schrie auf. Wurde er tatsächlich langsam so alt, dass er nicht einmal mehr eine Nacht im Liegesessel überstand? Ein Blick in den Spiegel verriet, dass der Grund seiner störrischen Gelenke beim Anziehen ein komplett anderer war. Shirt und Unterhose waren definitiv neu. Aber sie waren viel zu klein. Dabei hatte Dustin doch immer exakt seine Größe getragen. Wie ein Blitz schlug die Erinnerung an Benishas Worte auf dem Camden Lock Market bei ihm ein. *Dustin braucht Vitamin D, Fleisch und Milchprodukte.* War er so ein schlechter Vater, dass ihm entgangen war, wie sehr sein Sohn in letzter Zeit abgenommen hatte? Wenigstens der Sweater passte wie immer. Damit war fürs Erste alles gerettet. Bei diesem Wetter würde er ohnehin nirgendwo im Shirt rumlaufen. Er schlüpfte in seine Hose und schnappte sich seine Jacke. Und hielt inne.

Sein Blick fiel auf das Bett im Schlafzimmer. Der Überwurf war am Fußende plötzlich völlig zerzaust. Er war schon wieder auf seinen Sohn hereingefallen. Die Person, die er ganz offensichtlich hier bei sich versteckte, war unter dem Bett gewesen. Deswegen hatte Dustin auch so verkrampft dort gesessen. Verflucht noch mal, was sollte dieses Theater? Teddys Blick wechselte vom Bett zurück zum Kleiderschrank. Der Flyer. Es war ja nur ein Flyer und Teddy hatte ihn ohnehin schon gesehen. Es war also nicht einmal Hinterherspionieren. Er hatte das Ding ganz normal bemerkt, als er sich frische Klamotten aus dem Schrank genommen hatte. Trotzdem fühlte sich Teddy unwohl bei dem Gedanken … Zum Teufel! Er öffnete die Schranktür und ... »Verdammt!« Der Flyer war verschwunden. Oder täuschte er sich? Teddy fuhr mit der Hand die Jeanshosen entlang. Nein, Dustin hatte den Flyer definitiv entfernt. Und wenn er etwas entfernte, dann weil er Angst hatte, entdeckt zu werden. »Dustin, Mann, rede mit mir!« Was war denn so schlimm daran, zuzugeben, dass es einem nicht gutging? Was verheimlichte er vor ihm? Und warum bestand Benisha darauf, dass Dustin ihm es persönlich sagte? Das war doch der reinste Kindergarten!

Er drehte sich um und sah zum Nachttisch, wo der Flyer der Regent's University lag. Er öffnete die Schublade und fand unbenutzte Kondome und Massagegel. Also doch. Zumindest in diesem Punkt hatte Teddy sich nicht getäuscht. Sein Handy klingelte. Kilburn. Er hatte keine Zeit, jetzt die ganze Wohnung auf den Kopf zu stellen. Er musste aufs Revier – und heute Abend dringend mit Dustin reden. Es war Zeit, Prioritäten zu setzen. Er ging in den Flur und wagte einen letzten Blick in den Spiegel. Alles passte. Dabei fiel ihm eine Visitenkarte auf, die an Dustins Spiegel hing.

35

6:05 am, Montague Place

Alison folgte ihren eigenen Spuren im Schnee auf dem Montague Place. Sie ging so langsam, wie es ihre Beine in der morgendlichen Kälte zuließen. Immer wieder spähte sie dabei in Richtung des Mannes auf der gegenüberliegenden Straßenseite. In einen dunklen Wintermantel gehüllt schien er seit Alisons Ankunft den Ausgang aus dem British Museum zu beobachten – und Alison. Denn jedes Mal, wenn sie ihren Blick in seine Richtung lenkte, wandte er den seinen von ihr weg. Alison dachte an die Kollegen von Teddy, die vor ihrem Haus standen. Vielleicht achteten Teddys Leute nicht nur darauf, wer zu ihnen zum Thurloe Square kam, vielleicht überwachten sie auch, wohin sie ging? Es war doch nicht normal, um diese Uhrzeit mutterseelenallein auf der Straße zu stehen und zu warten. In dieser Kälte. Okay, sie tat dasselbe. Aber genau das war ja auch der springende Punkt! Jetzt griff der Typ in seine Manteltasche und zog eine Packung Zigaretten heraus. Dabei fiel Alison ein Tattoo auf, das sein Handgelenk wie ein Armband umschloss – und war das arabische Schrift? Von wegen Teddys Kollegen, heute wurde Ägyptens Ministerpräsident Mustafa Madbuli in London erwartet. Alison ging jede Wette ein, dass dieser Mann zum General Intelligence Service gehörte, Ägyptens Geheimdienst. Vielleicht auch deswegen der dicke Mantel, weil er darunter bis an die Zähne bewaffnet war.

Ein weißer Vauxhall Mokka schlich an ihr vorbei, versperrte ihr die Sicht und hupte. Alison erschrak. Sie hatte den Wagen nicht kommen hören. Das musste definitiv das neue Elektromodell der britischen Automarke sein. Die Tür öffnete sich und Dustin stieg aus.

»Alison!«, rief er ihr zu.

Verwundert eilte sie auf das Auto zu. Am Steuer saß ein junger Mann, Anfang zwanzig. Vom Gesicht her hätte er Benishas Bruder sein können. Auf jeden Fall war er indischer Abstammung. Allerdings hatte Alison ihn noch nie gesehen.

»Das ist Junji«, sagte Dustin und sah sie mit großen Augen an. Alison verstand nicht recht. Hatte sie Junji schon einmal gesehen? Dustin schien in ihren Gedanken zu lesen. Merkwürdig unentspannt sprach er weiter.

»Er war zufällig in der Nähe, als du angerufen hast, und hat angeboten, mich zu fahren. Das geht wesentlich schneller um diese Zeit.«

Das verstand sie natürlich. Von Rotherhithe bis zum British Museum war es ein ordentliches Stück. Trotzdem gefiel ihr die Sache nicht. Sie würde jeden Augenblick illegal in das World Conservation and Exhibitions Centre gehen, um in das Studio von Professor Elizabeth Reid einzusteigen und es war ihr schon unangenehm genug, dass sie Dustin in die Sache mit hineinzog. Da konnte sie nicht auch noch überflüssige Zeugen gebrauchen. Erst recht nicht, wenn sie höchstwahrscheinlich auf irgendwelchen Umwegen zur Familie gehörten. Aber wenn dem so war, warum hatte Dustin ihr dann noch nie von ihm erzählt?

Alison bückte sich, um ein weiteres Mal in das Wageninnere zu schauen. Junji trug Designer-Klamotten. Die Ausstattung des Wagens war auffallend luxuriös. Sie dachte zurück an ihre Gespräche mit Teddy im Savoy Hotel während ihres letzten Falls. Wenn Junji wirklich ein Mitglied aus Benishas Familie war, verstand Alison nicht, wieso Teddy sich von Benisha finanziell so unter Druck gesetzt gefühlt hatte. Oder war genau das der Punkt? Hatte Benisha das Bedürfnis, mit einem Lebensstandard mitzuhalten, den Teddy ihr nicht bieten konnte?

Sie lächelte Junji zu. Er nickte freundlich zurück, wich aber umgehend ihrem Blick aus. Alison wusste nicht, was es war, aber irgendwas an dieser Situation gefiel ihr nicht. Dass Junji Dustin um diese Zeit so selbstlos hierhergefahren hatte, rührte sie natürlich. Und sie wusste, dass sie Dustin vertrauen konnte. Aber genau deswegen verstand sie nicht, warum diese beiden ein Geheimnis zu verbinden schien, das Dustin ihr bisher vorenthalten hatte. Sie trat einige Schritte vom Auto weg und wartete. Dustin verstand den Wink mit dem Zaunpfahl und verabschiedete sich von seinem Freund auf ungewohnt versteifte Weise. Der Vauxhall beschleunigte und fuhr davon. Sie sah zurück zu Dustin. Auffallend lange blickte er dem sich entfernenden Wagen nach. Dann drehte er sich Alison zu. »Gehen wir.«

Alison hob abwehrend ihre Hand. »Nichts da. Ich gehe allein. Die Sache ist gefährlich.«

»Eben drum!«

»Das hier ist meine Angelegenheit, Dustin.« Sie holte ihre Brieftasche heraus und drückte ihm eine 50-Pfund-Note in die Hand. »Der Starbucks in der Great Russell Street macht um halb sieben auf. Setz dich dort rein und warte auf mich.«

Dustin schnaufte, drehte sich um und stapfte davon. Dabei bemerkte Alison einen feuchten Fleck, den der aufspritzende Schneematsch auf seiner hellen Jeans hinterlassen hatte. Der Anblick weckte die Erinnerung an Roys Hosenbein, das sich bei der Versteckaktion in Mr Bucklands Büro im Sarkophag verklemmt hatte und höchstwahrscheinlich unter dem Deckel herausgeschaut hatte. Was, wenn der seltsame Mann, der Alison bereits die ganze Zeit beobachtete, doch zu keinem Geheimdienst gehörte? Was, wenn er mit dieser mysteriösen Maibe Riad in Verbindung stand? Mit einem richtig miesen Gefühl im Magen, wandte sich Alison so langsam und unauffällig wie möglich der gegenüberliegenden Straßenseite zu. Vergebens. Der Mann in Schwarz war spurlos verschwunden.

36

6:40 am, British Museum, World Conservation and Exhibitions Centre

Alison wurde das Gefühl nicht los, verfolgt zu werden. Sie blieb stehen und observierte das verdunkelte Glasgebäude um sie herum. In den oberen Etagen konnte sie Reinigungskräfte bei der Arbeit beobachten. Aber in ihrer Nähe war niemand. Sie lauschte. Nur weit entfernt waren Straßengeräusche zu hören. Sie hatte einfach Angst. Also lief sie rasch weiter. Je schneller sie diese Angelegenheit hinter sich brachte, desto besser. Gut, dass sie sich für ihre Sneakers entschieden hatte. Die weichen, maximal gefederten Sohlen schmiegten sich lautlos an jede einzelne Treppenstufe. Endlich erreichte sie das Untergeschoss. Sie schlich um die Ecke und spähte in den langen Gang hinein, der zum Forschungsstudio der SFInKS führte. Eine der Türen stand einen Spalt breit offen und aus diesem Spalt … drang Licht. War Prof. Reid etwa um diese Uhrzeit bereits im Studio?

Auf Zehenspitzen schlich Alison den Gang entlang. Der Geruch von frischem Alkohol stieg ihr in die Nase, als sie sich dem Türspalt näherte. Sie spähte ins Zimmer hinein. Prof. Reid stand mit dem Rücken zu ihr und hantierte an einem Artefakt herum, das aussah wie … Prof. Reid bewegte sich und drehte sich um. Im allerletzten Moment wich Alison zurück. Wenn Prof. Reid jetzt näherkam, um nachzusehen, war sie verloren. Hier auf dem Flur gab es absolut keine Möglichkeit, sich zu verstecken. Doch anstatt sich nähernder Schritte hörte Alison ein Geräusch, das wie ein Zahnarztbohrer klang. Ein Brummen folgte. Als würde jemand Holz schleifen. Ganz offensichtlich war Prof. Reid vollkommen in ihre Arbeit vertieft. Alison nahm all ihren Mut zusammen und spähte ein weiteres Mal in den Türspalt hinein. Sie hatte richtig vermutet. Prof. Reid hatte sich lediglich umgedreht, um eines ihrer elektronischen Werkzeuge aus dem Halter zu greifen. Jetzt stand sie tief über das Objekt vor sich gebeugt und bearbeitete es. Dieses Mal sah Alison genauer hin. Sie hatte sich nicht getäuscht. Das da auf dem Tisch war eine Mumie, und zwar eine menschliche. Und was wie ein Zahnarztbohrer klang, war eine Säge, mit der Prof. Reid einen kleinen, vielleicht drei Finger breiten Würfel aus der Hüfte dieser Mumie herausschnitt.

Jetzt legte sie diesen Würfel in ein Gerät, das wie Roys neuer Blendtec Stealth Mixer aussah. Sie drückte auf den Knopf, der Motor kreischte und das Gerät verarbeitete die Probe zu feinstem Pulver. *Mumienpulver?*

Angewidert ließ Alison ihren Blick weiter durch das Forschungslabor schweifen. Dabei fiel ihr auf, dass der Schrank, in dem die Hundemumie gelegen hatte, nicht mehr an derselben Stelle stand. Dafür entdeckte sie merkwürdige Einkerbungen im oberen Teil der Wand daneben. Waren das Schienen? Alison ging jede Wette ein, dass der Schrank gar nicht wirklich auf dem Boden stand, sondern in diesen Schienen eingehängt war und an ihnen entlang hin und her bewegt werden konnte. Und jetzt, wo der Schrank nach links geschoben war, sah sie auch, was sich unterhalb dieser Schienen in der Wand befand: eine Stahltür. Eine Tür, die normalerweise hinter diesem Schrank verborgen und zusätzlich mit einem Magnetkartenschloss gesichert war. Wozu brauchte man in einem Forschungsstudio des British Museum eine derart gesicherte Geheimtür?

Alison hörte Schritte. Erschrocken wich sie vom Türspalt zurück und lehnte sich wieder an die Wand. Diesmal kamen die Geräusche aus dem Treppenhaus. *Der Sicherheitsdienst,* schoss es Alison durch den Kopf. Sie spähte zur Decke. Die Kontrolllampen der Überwachungskameras leuchteten nicht. *Oh Alfie!,* seufzte sie und sah in Gedanken wieder vor sich, wie er nach Mildreds Konfrontation mit den Mumien panisch aus der Skulpturengalerie gestürmt war und im Treppenhaus gegen diesen kleinen Verteilerkasten mit dem Kameraaufkleber gepieselt hatte. Er hatte doch hoffentlich nicht das gesamte System lahmgelegt. Kein Wunder, dass sie dann vermehrt Patrouille liefen. Andererseits, es war kurz vor sieben Uhr. Was, wenn um diese Zeit bereits die ersten Kuratoren zur Arbeit erschienen?

Der Klang der Schritte veränderte sich. Alison konnte genau hören, wie jemand das Treppenhaus verließ und nun über ihr den Gang entlang lief. Vielleicht ein Sicherheitsrundgang. Das bedeutete, die Person würde in Kürze auch hier unten auftauchen. Was dann? Sollte sie sich dumm stellen? Aber anhand des Sicherheitssystems konnte man ohnehin nachvollziehen, wann sie sich mit Dustins Karte Zutritt verschafft hatte. Sie würden sie in hohem Bogen rauswerfen und nie wieder hineinlassen. Eine zweite Chance würde sie nicht bekommen. Und wenn doch, bliebe Prof. Reid mehr als genug Zeit, um bis dahin Spuren zu beseitigen. Nein, wenn Alison herausfinden wollte, was sich hinter dieser Geheimtür in Prof. Reids Forschungslabor befand, musste ihr das jetzt gelingen.

Alison spähte zurück ins Studio. Ungefähr zwei Schritte rechts von Prof. Reid befand sich an der Wand eine weitere Arbeitsfläche, ähnlich einer Küchenzeile, unter der zwischen zahlreichen Schubfächern auch ein Vorhang baumelte. Der Vorhang hing genau dort, wo in die Arbeitsfläche ein Spülbecken eingelassen war. Wahrscheinlich verdeckte er unschöne Rohre und eine unverputzte Wand dahinter. Alison versuchte an dem Vorhang vorbeizuspähen. Von ihrer Position aus schien der Platz dahinter leer zu sein. Raum genug für ein Versteck. Wenn Alison sich klein machte und eng zusammenkauerte, würde sie sich vielleicht – zumindest eine Zeitlang – hinter dem Vorhang verbergen können. Dann brauchte sie nur noch einen geeigneten Moment abzupassen, an dem Prof. Reid wieder nach draußen ging. Wenn Dustins Karte wirklich Zutritt zu allen Bereichen des Museums gewährte, würde sie auch die Geheimtür damit öffnen können.

Alison wich zurück. Die Schritte über ihr ertönten wieder, bewegten sich zurück ins Treppenhaus und von dort aus herab in ihre Richtung. Alison spähte durch den Türspalt. Prof. Reid stand noch immer mit dem Rücken zu ihr über die menschliche Mumie gebeugt am Tisch. Von Alison aus waren es bis zum Vorhang vielleicht fünf Schritte. Der Vorhang befand sich zwar rechts von Prof. Reid, aber immer noch ungefähr einen halben Schritt hinter ihr. Aus ihrer aktuellen Arbeitsposition heraus dürfte sie Alison bei einem Anpirschversuch nicht sehen können. Jetzt oder nie!

In geduckter Haltung und auf ihren Zehenspitzen schlich Alison sich ins Studio, stürmte auf den Vorhang zu, schob ihn leicht beiseite und erspähte mehrere leere Schraubgläser und einen Putzeimer. Nie im Leben würde sie sich dort noch hineinquetschen können, ohne einen Höllenlärm zu verursachen. Der Schleifer verstummte. Alison erstarrte. In einem Satz der Verzweiflung hechtete sie unter den Arbeitstisch, auf dem die Mumie lag und blickte auf Prof. Reids Beine. Prof. Reids Fußspitzen drehten sich und blieben in Richtung des Vorhanges stehen. Leicht geöffnet schwang er noch immer hin und her. Prof. Reid ging darauf zu. Eine Weile stand sie vor ihm. Dann schloss sie ihn wieder. Prof. Reids Fußspitzen drehten sich ein weiteres Mal langsam um die eigene Achse.

Alison betete. Der Tisch war zwar tief und breit, damit man komfortabel darauf arbeiten konnte. Aber zumindest Alisons Schuhspitzen würden aus Prof. Reids Position heraus sichtbar sein. Es klapperte, wie wenn Roy in der Küche nach einem Besteck griff, das in der Spüle lag. Dann ging sie zur Studiotür, zog sie heran und schloss sie von innen ab. Alison staunte. Kein Magnetkartenschloss? Das bedeutete, sie saß in der Falle. Wieder drehten sich die Fußspitzen. Jetzt zeigten sie genau in Alisons Richtung. Prof. Reid ließ ihren Unterarm sinken, sodass ihre Hand tief hinab bis in Alisons Sichtweite sank. Alison schluckte. Prof. Reid hielt den Griff eines gewaltigen Fleischermessers umklammert. Alison dachte an die Elektrosäge. Bei den Arbeiten, die an diesem Ort absolviert wurden, ging sie jede Wette ein: Mit ein wenig Schwung glitt dieses Messer selbst durch Knochen wie durch Butter. Und jetzt bewegte sich die Klinge direkt auf Alison zu.

Alison spürte ihren Herzschlag bis in ihren Hals hinein. Staub kratzte in ihrer Kehle. Mumienstaub? Sie dürfte jetzt nicht niesen! Aber selbst wenn? Machte das jetzt noch einen Unterschied? Alison war sicher, dass Prof. Reid sie längst bemerkt hatte. Was sollte sie tun? Sich stellen? Damit sie am Ende auch als angeblich wiederentdeckte Mumie präpariert nach Ägypten verschifft und niemals wiedergefunden wurde? Hätte sie doch nur nicht den Selbstverteidigungskurs bei Teddy verpasst. Sie brauchte irgendeinen Gegenstand, mit dem sie den bevorstehenden Messerangriff abwehren konnte. Ein Schutzschild. Und wenn es noch so klein war.

Völlig unerwartet klopfte es an der Studiotür.

»Prof. Reid?«

Alison atmete auf. Das musste der Wachschutz sein. In sprichwörtlich letzter Sekunde drehte Prof. Reid sich um, ging zur Labortür, schloss sie wieder auf, löschte das Licht, trat durch einen engen Türspalt nach draußen, zog die Tür hinter sich zu und schloss hinter sich wieder ab. Nach einem kurzen Wortwechsel entfernten die Stimmen sich. Alison war allein. Und eingesperrt. Sie fluchte. Das hatte diese Prof. Reid definitiv mit Absicht getan!

Alison zog ihr Smartphone aus der Tasche. Hier unten hatte sie kein Netz. Sie war auf sich allein gestellt. Also schaltete sie die Taschenlampe ein, lief zur Geheimtür und hielt ihre Schlüsselkarte ans Schloss. Ein Piepton ertönte und das LED-Licht leuchtete rot auf. Alison wagte trotzdem einen Versuch. Vergebens, die Tür blieb verschlossen.

Sie drehte sich um. Mit einem schaurigen Gefühl ließ sie den Lichtstrahl ihrer Handytaschenlampe über die Mumie gleiten. Beigebraun verfärbte und harzig miteinander verklebte Mullbinden schmiegten sich an einen schmächtigen

Menschenkörper. Dieses Objekt war definitiv alt, uralt, und sein Zustand in keinster Weise mit den wiederentdeckten Mumien vergleichbar. Wie konnte es sein, dass die Mumien, die schon übermorgen zurück nach Kairo gehen sollten, derart gut erhalten waren?

Ein leicht modriger Geruch stieg in Alisons Nase. Ein pelziges Gefühl legte sich über ihre Kehle. Als würde sie den Tod selbst einatmen. Sie schluckte und ekelte sich zugleich davor. Dabei schwenkte der Lichtstrahl auf das frisch gemahlene Pulver. Beim Gedanken daran, dieses Pulver in Wasser aufgelöst zu trinken, schauderte ihr. Und dennoch übte der Anblick eine merkwürdige Faszination auf Alison aus. Auf Zehenspitzen schlich sie näher. Dabei erspähte sie ein Dokument. Es lag direkt neben dem Mixgerät, mit dem Prof. Reid die Probe zu Pulver verarbeitet hatte. Alison zog das Dokument zu sich heran. Eine Tabelle. Soweit sie verstand, hatte Prof. Reid die Bestandteile einer zuvor entnommenen Pulverprobe analysiert. Sie las Worte, mit denen sie nichts anfangen konnte. Erst jetzt, wo sie das Dokument in den Händen hielt, bemerkte sie ein weiteres Blatt, das darunter lag. Sie zog es hervor. Das zweite Dokument war komplett in ägyptischen Hieroglyphen verfasst. Lediglich die Überschrift schien arabisch zu sein. Alison musste an das Tattoo des geheimnisvollen Mannes am Montague Place denken. Sie fotografierte den Schriftzug und jagte ihn durch die Google Translate App ihres Handys: *Wie man Tote zum Leben erweckt.*

Mit einem Kribbeln im Nacken streckte Alison ihren Finger nach dem frisch gemahlenen Mumienpulver aus, hielt aber mitten in der Bewegung inne. Ob sie das Zeug je wieder von ihrem Finger herunterbekam? Nicht auszudenken, wenn es sich in ihrer Kleidung festsetzte. Wer wusste schon, welche Bakterien und Bazillen sich in alten ägyptischen Artefakten verbargen. Hatte Prof. Reid einen Mundschutz getragen? Alison fiel auf, dass sie Prof. Reids Kopf die ganze Zeit nur von hinten gesehen hatte. Sie löste ihren Schal, band ihn sich vor Mund und Nase.

Ein Schlüsselbund klapperte auf der anderen Seite der Tür. Alison steckte ihr Handy ein und bemerkte zu spät, dass sie jetzt ohne Taschenlampe völlig aufgeschmissen war. Neben ihr am Boden stand eine kniehohe Abfalltonne. Sie griff den Deckel. Somit hatte sie zumindest ein Schutzschild, das groß genug war, um ihren gesamten Oberkörper vor Messerangriffen zu schützen. So langsam gewöhnten sich auch ihre Augen an die Dunkelheit. Direkt neben sich, auf der anderen Seite des Schreibtischs, erkannte sie ein Reagenzglasstativ. Sie flitzte um den Tisch, riss sich ihre Mütze vom Kopf und hängte sie an dem Stativ auf. Dann hechtete sie zurück zur Studiotür. Wenn man das Studio betrat, erweckte die aufgehängte Mütze im Dunkeln auf den ersten Blick den Eindruck, sie würde sich auf der anderen Seite des Raumes hinter dem Tisch verstecken. Das würde ihr zumindest einen kurzen Ablenkungsmoment verschaffen. Mit ein wenig Glück konnte sie einer Konfrontation so vielleicht komplett entgehen.

Ein Schlüssel wurde ins Schloss gesteckt. Alison wagte einen letzten Blick auf die Ablage links neben sich und entdeckte eine unterarmgroße, stählerne Schöpfkelle. Sie griff danach. Der Schlüssel im Schloss wurde herumgedreht und die Studiotür ging auf. Prof Reids Stimme erklang. »Alison, es ist vorbei!« Ein Schatten hechtete ins Labor, geradewegs auf die Mütze zu. Alison nutzte die Gelegenheit, um durch die Tür nach draußen zu flüchten, als ihr völlig unerwartet Prof. Reid den Weg versperrte. Sie war gar nicht der Schatten gewesen. Sie hatte sich Verstärkung geholt. »Geben Sie auf!«, rief Prof. Reid.

Niemals! Ihr Leben würde nicht hier unten in diesem perversen Keller enden. Sie warf sich gegen die Studiotür und schlug sie so Prof. Reid vor der Nase zu. Sie spürte dabei, wie sie Prof. Reid mitten ins Gesicht prallte. Der Widerstand ließ nach. Die überrumpelte Prof. Reid musste zurückgetaumelt sein. Die Tür fiel ins Schloss. Vielleicht hatte Alison Glück und konnte so einen Angreifer nach dem anderen erledigen. Schon spürte sie eine Hand auf ihrer Schulter. Alison fuhr herum, riss ihr Schutzschild hoch. Mit lautem Scheppern prallte eine Hand dagegen, gefolgt von einem lauten Stöhnen. Sie nutzte das Überraschungsmoment, holte mit der Kelle aus und schleuderte sie ihrem Angreifer in den Schritt. Der jaulte auf. Die Studiotür wurde wieder aufgestoßen, rammte Alison in den Rücken und stieß sie in Richtung des Arbeitstisches. Sie fing sich an der Tischkante ab und drehte sich herum. Dabei verhakte sich die Schöpfkelle in ihrer rechten Hand in einem der aufgehängten Staubsaugerrohre. Der Schatten von Prof. Reid stürmte auf sie zu. Alison ließ die Kelle los und griff das Staubsaugerrohr. Der Motor heulte auf, als sich das Saugende aus der Verankerung löste. Alison stieß es Prof. Reid ins Haar. Die schrie auf. Alison nutzte die Gelegenheit, um zum Ausgang zu stürmen, als sich der erste Angreifer wieder aufrappelte. Alison schnappte sich einen blechernen Mülleimer, stülpte ihn dem Angreifer über den Kopf und hämmerte mit beiden Fäusten brüllend auf das Blech ein, dass es nur so schepperte. Der Angreifer schleuderte den Eimer vom Kopf und packte Alison mit beiden Händen eng an den Schultern. Ein Blitz durchfuhr Alison. Genauso hatten sich Peggys Hände angefühlt, als sie im Granville Room den Videostream von Teddys Selbstverteidigungslektion im Working Men's College verfolgt hatte. Teddy hatte mit Bernie auf dem Videostream eine Verteidigungsabfolge demonstriert. Und Peggy hatte Alison an Bernies Stelle an den Schultern gepackt, damit sie Teddys Demonstration direkt nachahmen konnte. Ohne nachzudenken spulte Alison die eintrainierte Abfolge ab. Arme in die

Höhe strecken, seitlich drehen, Kick gegen die rechte Schulter, dann gegen den rechten Unterarmknochen, Ellenbogen und ein angedeuteter Schlag in den Schritt. Der Angreifer heulte auf, torkelte rückwärts gegen den Lichtschalter. Das gesamte Studio erstrahlte in gleißendem Licht. Was hatte sie getan! »Teddy?«

37

6:50 am, British Museum, World Conservation and Exhibitions Centre

Teddys Kopf dröhnte. Viel schlimmer aber war der unbeschreiblich stechende Schmerz in seinem Schritt. Er atmete tief durch und schüttelte sich. Offenbar hatte er Alison gehörig unterschätzt. Sie hatte die Selbstverteidigungstechnik aus seinem Kurs hervorragend angewendet. Dabei war sie doch überhaupt nicht anwesend gewesen. Wie bitte hatte sie dieses Defizit so schnell aufarbeiten können in den letzten Tagen. Wo sie doch mit den Vorbereitungen von Mildreds Geburtstag beschäftigt war und mit den Ermittlungen im Vermisstenfall ihrer besten Freundin. Diese Frau war einfach unglaublich. Gott sei Dank hatte Rosa ihn angerufen und gewarnt. Nicht auszudenken, in was für eine Situation sich Alison mit diesen Fähigkeiten hineinmanövriert hätte, wenn er sie nicht rechtzeitig aufgespürt hätte. Eine Konfrontation zwischen ihr und Prof. Reid hätte in einem Blutbad enden können. Dabei hatte Alison sich so schon genug Ärger eingehandelt. Allein diesen Hausfriedensbruch hier gerade zu rücken, dürfte ein ordentliches Stück Arbeit werden.

Prof. Reid drehte sich mit vorwurfsvollem Blick in Teddys Richtung. Der Kampf mit dem Staubsauger hatte ihr Haar wild in alle erdenklichen Richtungen verteilt. Unglaublich, welche Frisuren auch nur ohne einen Tropfen Haarspray möglich waren. Teddy brauchte Super Kleister und eine gefühlte Ewigkeit vor dem Spiegel, damit auch nur ein Haar stand statt lag. Aber dann war es felsenfest. Prof. Reids Schrubberkopf zitterte wie Espenlaub. Unübersehbar: Diese Frau stand gehörig unter Strom. »Worauf warten Sie, Mr Chan? Nehmen Sie die Einbrecherin fest!«

Teddy hob beide Hände. »Jetzt beruhigen wir uns erst mal.«

»Ich soll mich beruhigen?« Prof. Reid richtete ihren rechten Fingernagel wie einen Speer auf Alison. »Diese Verrückte da ist in mein Studio gekommen, um mich umzubringen!«

»Sie wollten Ihr Fleischermesser auf mich richten!«

Teddy sprach betont langsam. »Ich glaube kaum, dass Alison Sie umbringen wollte.« Sein Schädel wummerte bei jedem Wort. »Allerdings hoffe ich, dass sie einen sehr guten Grund für all das hier hat.«

Alison griff in ihre Tasche und zog ihre Schlüsselkarte heraus. »Ich bin überhaupt nicht eingebrochen. Ich habe einen Zugang.«

»Von meinem Sohn!« Wenigstens war sie schlau genug gewesen, Dustin nicht mit hineinzunehmen. Er hatte es ja nicht einmal geschafft, sich draußen vor dem Museum im Starbucks zu verstecken. Teddy hatte ihn aus zehn Yards Entfernung entdeckt.

»Ihr Sohn arbeitet hier im Haus?«, empörte sich Prof. Reid. »Wer von meinen Kolleginnen und Kollegen ist denn noch ein geheimer Mitarbeiter bei Scotland Yard?«

Für Teddys Geschmack reagierte Prof. Reid ein wenig zu aufgeregt. Aber Vermutungen alleine genügten nicht. Wenn Alison das nicht bald lernte, würde sie früher oder später ernsthafte Probleme bekommen. »Was haben Sie sich bei dieser Aktion nur gedacht, Alison?«

Alison presste ihre Fäuste vor den Mund. »Das war doch so überhaupt nicht geplant. Mir ist es erst bewusst geworden, als ich vor den Mumien in der Skulpturengalerie stand. Ich …« Sie verzog ihr Gesicht. Wie Dustin früher immer, wenn er Teddy hatte weißmachen wollen, dass auf den Partys seiner Freunde keinesfalls Alkohol getrunken wurde.

»Was?«, hakte er nach.

Alison rang mit sich. So kannte er sie gar nicht. Es schien fast, als hätte sie vor etwas Angst.

»Alison …«

»Die Mumien«, presste sie hervor. »Ich weiß, es klingt verrückt. Und ich komme in Teufels Küche, wenn ich das sage. Aber Teddy, Sie müssen mir glauben. Irgendetwas stimmt mit ihnen nicht.«

Kam sie jetzt etwa wieder mit einer dieser Gruselgeschichten um die Ecke? »Es gibt keinen Fluch, Alison.«

»Ich rede doch nicht von einem Fluch. Ich rede von Fälschungen.«

Teddy wurde hellhörig. Alisons Finger deutete auf die Professorin.

»Und ich bin mir sicher, dass Sie etwas damit zu tun hat.«

Prof. Reid verschränkte die Arme vor der Brust und lachte auf eine auffallend affektierte Art. »Wie lächerlich.«

»Sie mumifiziert Haustiere!«

»Holen Sie sich einen Durchsuchungsbeschluss und dann kommen Sie wieder.« Prof. Reid plusterte sich derart auf, dass Teddy an die Kobra denken musste, die sich vor ihm aufgebaut hatte. »Und jetzt bitte ich Sie, zu gehen. Alle beide!«

Alison schien unbeeindruckt. »Damit Sie bis dahin alle Beweise vernichten können?«

»Ich habe nichts zu verbergen!«

»Dann zeigen Sie uns doch, was hinter dieser Tür ist.« Alison deutete auf eine stählerne Tür an der hinteren Wand des

Labors, die mit einem separaten Sicherheitsschloss verschlossen war.

»Das geht Sie nichts an.«

Alison neigte ihren Kopf. »So heikel also?«

»Sie sind einfach nur peinlich.«

»Finden Sie?« Alison schritt zur Tür. »Sie meinen, weil das dahinter so geheim ist, dass ich nicht einmal mit einer All-In-Karte Zutritt bekomme?« Sie hielt ihre Karte vor den Leser. Es piepte und die Eintrittslampe schaltete auf rot. Jetzt wurde selbst Teddy neugierig. Auch wenn Alisons Art nicht korrekt war, er spürte, dass ihre Vermutung mehr als begründet war. Prof. Reid schob ihr Kinn bedrohlich nach vorn.

»Raus.«

»Weil Sie Angst haben, dass ich einen geheimen Gang entdecke?«

»Sofort!«

Alison hob ihre Hände. Doch kaum, dass sie auf Prof. Reids Höhe war, kickte sie ohne Vorwarnung gegen ihr Schienbein und riss ihr mit einer blitzartigen Überraschungsbewegung ihre Schlüsselkarte von der Hose. Prof. Reid schrie auf. Alison stürzte zur Tür und streckte die Karte dem Lesegerät entgegen. Kurz bevor sie dicht genug war, sprang Prof. Reid vor, griff ihr in die Haare und zerrte Alisons Kopf nach hinten. Alison kreischte vor Schmerz, fuhr herum und kickte mit ihrem Bein. Reagenzgläser flogen durch die Luft und zerschellten am Boden. Alisons Knie landete in Prof. Reids Bauch. Sie stöhnte. Um Schlimmeres zu verhindern, sprang Teddy dazwischen, genau als Prof. Reid ihre rotlackierten Krallen ausfuhr und wie eine Wurfschleuder auf Alison losfeuerte. Eh Teddy sich versah, bohrten sie sich in sein Gesicht und schrammten über seine Wange. Die scharfen Nägel hinterließen Kratzer in der Haut, die wie Feuer brannten. Teddy kickte mit seinen Ellenbogen und stieß Alison und Prof. Reid von sich. Alison prallte gegen die Geheimtür. Ein Piepen ertönte. Sie zog die Tür auf, als Prof. Reid sich die Hundemumie aus dem Schrank daneben schnappte und durch die Luft schleuderte. Teddy ging in die Knie. Die Mumie zischte so dicht über seiner Elvistolle hinweg, dass er den Luftzug noch deutlich spüren konnte. Seine Frisur neigte sich wie die Ähren eines Kornfeldes bei Sturm. Fast glaubte er das Aufjaulen der Hundeseele zu hören, als das mumifizierte Tier knacksend gegen Alisons Kopf prallte und Alison wieder gegen die Tür schleuderte. In letzter Sekunde schob Teddy seinen Fuß in den Spalt. Er stöhnte vor Schmerz. Die Tür war noch schwerer, als das Metall vermuten ließ. Aus dem Augenwinkel sah er, wie Prof. Reid nach einem Skalpell griff. Geistesgegenwärtig zog Teddy seine Dienstwaffe.

»Schluss jetzt!«

Prof. Reid erstarrte.

Teddy richtete seinen Blick durch den Türspalt. Aus der Kammer dahinter drang auffallend kalte Luft nach draußen. Er musste an Alisons Worte über einen Geheimgang denken. Er trat dicht an den Spalt. Nein, das war kein kühler Luftzug, der aus einem Tunnel ins Freie drang. Das hier war Eisluft. Aus einem Kühlraum. In diesem Kühlraum stand ein Seziertisch. Und auf diesem Seziertisch lag eine Leiche. »Ich bin gespannt, wie Sie das erklären, Prof. Reid«, sagte Teddy. Mit hoffnungslos zerzauster Frisur trat Alison an seine Seite. Unglaublich – ein gekonnter Griff durch ihr Haar und die Frisur saß wieder absolut perfekt. Dann spähte sie durch den Spalt.

»Ich habe es gewusst.« Sie drehte sich zu Prof. Reid. »Wo ist Peggy?«

Prof. Reid presste ihre Lippen zusammen und atmete schwer. »Okay. Ich gebe es zu. Ich habe Menschen mumifiziert.«

»Mörderin!«

»Aber nicht Peggy!«, keifte Prof. Reid zurück.

Teddy traute seinen Ohren nicht. Er hatte schon viel erlebt während seiner Zeit bei Scotland Yard, aber das hier?

»Und ich habe für alles eine Erklärung«, fügte Prof. Reid hinzu.

Teddy sicherte seine Waffe und steckte sie zurück. »Ich höre.«

»Nicht hier.« Prof. Reid wandte ihren Blick Alison zu. »Und keinesfalls vor dieser Frau.«

Das war interessant. Hatte sie etwa Angst vor Alison? Aber warum? Er war bei der Polizei. Alison war nur eine Granville. Eine *Granville.* Kilburns Verdacht kam ihm wieder in den Sinn. Hatte etwa doch Mildred ihre Finger mit im Spiel? Es gab nur einen Weg, das herauszufinden. »Ich fürchte, dann muss ich Sie mit aufs Revier nehmen, Prof. Reid.«

Sie wischte sich mit dem Handrücken Blut von der Lippe und lächelte ihn verschlagen an. »Nichts lieber als das.«

38

7:15 am, Montague Place

Alison umklammerte das Medaillon an ihrem Hals, während sie die Rücklichter von Teddys Rover Mini verschwinden sah. Sie war geschockt darüber, zu was sie diese Mörderjagd getrieben hatte. Roy hatte sie von Anfang an gewarnt, dass dieser Fall alle ihre Kräfte kosten würde. Dass sie alles dem Scotland Yard überlassen solle. Aber sie hatte keine Wahl. Es ging um ihre beste Freundin. Was, wenn der Mörder oder die Mörderin sie noch immer gefangen hielt? Oder gar folterte? Oder für grausame Experimente missbrauchte? Trotzdem hätte es nicht so weit kommen dürfen. Alison hatte auf Teddy eingeschlagen. In ihrem Wahn hätte sie ihn ernsthaft verletzen können. Bei dem Gedanken daran zitterten ihr die Knie. Und das alles nur wegen dieser Mumien. Und einer Familientradition, die ihr Leben von Anfang an nur komplizierter gemacht hatte. Sie umfasste das Medaillon so fest sie nur konnte. Wer wusste es schon, vielleicht hatte es ja magische Kräfte? Vielleicht war es ja auch das Medaillon gewesen, das ihre Großmutter damals während der Geburt von Mildred in der U-Bahnstation British Museum vor den Luftangriffen der Deutschen beschützt hatte? Jetzt, nach all dem Wahnsinn der letzten Tage, wurde sie das Gefühl nicht los, dass sich bedeutend mehr hinter diesem Schmuckstück verbarg, als sie bisher vermutet hatte.

Sie ging ein paar Schritte und hielt es direkt unter das Licht einer dieser gebogenen, schwarzen, altenglischen Straßenlaternen, wie sie hier am Montague Place direkt vor dem Nordausgang des British Museum standen. Sie erinnerte sich an diese märchenhaften Abenteuerfilme mit Elfen und Kobolden, die sie als kleines Mädchen immer an der Seite ihres Vaters gesehen hatte. In diesen Filmen ließen sich solche Medaillons stets öffnen. Dann fand man verschollen geglaubte Fotos darin oder es lüftete sich ein lang gehütetes Geheimnis über die wahre Abstammung der Heldin. Irgendwie würde es ja passen, zu den Mumien und den Sarkophagen. Aber so sehr sich Alison auch bemühte. Dieses Medaillon ließ sich beim besten Willen nicht öffnen. Im Gegenteil – es wirkte sogar sonderbar stabil und schwer, fast wie ein …

Alison erstarrte, als sie auf ihre Handfläche blickte. Sie hatte das Medaillon so lange und so fest in der Hand gehalten, dass sich ein deutlicher Abdruck in ihrer Handinnenfläche gebildet hatte. Fast wie ein Relief. Und sie war absolut sicher, dieses Relief schon einmal hier im Museum gesehen zu haben. Und jetzt, wo sie darüber nachdachte, wusste sie auch wo!

Sie sah in ihre Handtasche. Die All-In-Card von Dustin hatte sie zwar Teddy geben müssen, aber mit ihrer eigenen Schlüsselkarte hatte sie noch immer Zutritt zur Skulpturengalerie und zum Granville Room. Sie nahm ihre Beine in die Hand und eilte zum Eingang.

Alison kam aus dem Staunen kaum heraus, als sie den Granville Room betrat. Dustin hatte zusammen mit dem Team auch hier wahre Wunder vollbracht. Mildreds Kostüme hingen für den großen Tag morgen griffbereit auf dem rollbaren Kleiderständer. Der Schminktisch daneben war auf Hochglanz poliert. Bequeme Loungesessel standen für die Interviews mit der Presse bereit und auch die Tische für das Mitarbeiterbuffet waren vorbereitet. Peggy wäre so stolz auf ihn.

Alison schloss die Augen und ließ die Erinnerung an die Vorbereitungen auf die Technikprobe zusammen mit Peggy wieder aufleben. Hier hatte sie gestanden und auf ihrem Handy Rosas Livestream aus dem Working Men's College verfolgt. Hier hatte das Stylingteam ihrem Kostüm den letzten Feinschliff verpasst. Und dabei war ihr dieses Relief aufgefallen. Ein Relief, das sich ihrem Wissen nach nur hier und nirgendwo sonst im Museum befand. Sie tastete die Schaukästen ab. Da war es! Das Brett direkt unter dem Schaukasten mit der käuflich erwerbbaren Nachbildung der Löwenstatue von Amenhotep III. ließ sich herausziehen. Und genau in diesem Brett befand sich das Relief, an das sich Alison erinnerte und das haargenau jenem Abdruck glich, den das Medaillon in Alisons Handfläche hinterlassen hatte.

Sie nahm das Medaillon und legte es hinein. Es passte perfekt. Das konnte kein Zufall sein! Jemand nieste. Alison zuckte zusammen. Sie sah sich um. Sie war allein. Natürlich war sie allein. Auch der Granville Room war wegen der Vorbereitungen von Mildreds Geburtstagsevent für Besucher komplett gesperrt. Das Eventteam begann erst um zehn Uhr mit den weiteren Arbeiten, wenn das Museum auch für Besucher öffnete. Sie lauschte und glaubte ein weit entferntes Plätschern zu hören. Die Reinigungskraft kam ihr wieder in den Sinn, der sie auf dem Weg zum Granville Room begegnet war. Wahrscheinlich machte sie sich gerade in der Eingangshalle vor der Tür zu schaffen. Also konzentrierte sich Alison wieder auf das Regal. Vorsichtig schob Alison das Brett zurück in die Regalwand. Plötzlich bemerkte sie einen schwachen, aber deutlich wahrnehmbaren Widerstand. Das Brett sprang zurück. Als wäre es gegen eine Feder gestoßen. Alison schob es erneut in das Regal, diesmal kräftiger. Sie überwand den Widerstand. Ein Klacken ertönte und für einen kurzen Moment schien sich das Regal auf sie zuzubewegen. Alison trat einen Schritt zurück. Aber zu ihrer Verwunderung schien alles unverändert und normal. Sie versuchte, das Brett wieder herauszuziehen. Aber es steckte fest. Sie umfasste es mit beiden Händen und zog so fest sie konnte. Bis sie bemerkte, dass sich die gesamte Regalwand auf sie zubewegte. Sie sah zur Seite und entdeckte einen Spalt, der sich ungefähr ein Yard rechts von ihr in der Regalwand bildete. Sie hatte tatsächlich recht gehabt mit ihrer Vermutung. Das Medaillon war etwas Besonderes. Es war ein Schlüssel und das hier war – eine verborgene Tür!

Als Alison die Tür weit genug aufgestemmt hatte, um hindurchschreiten zu können, blickte sie in einen schmalen, steinernen Gang, der in Form einer Wendeltreppe steil in den Untergrund hinabführte. War das etwa der gesuchte Tunnel? War das die geheime Verbindung zwischen dem Museum und der geschlossenen U-Bahnstation? War Mr Buckland deswegen hier gewesen, als Roy und sie ihn mit dem Foto von Alisons Großmutter und der Biografie von Sir Robert Smirke in der Hand überrascht hatten?

Alison zog ihr Smartphone aus der Tasche, schaltete die Taschenlampe ein und leuchtete den Gang hinab. Mit pochendem Herzen folgte sie der Treppe. Sie dachte an die Geschichte über die Entstehung des Granville Rooms, an die Bibliothek, die Sir Thomas Granville 1846 dem Museum gespendet hatte und die ein Jahr später in den Granville Room eingezogen war. Hatte sein Freund Sir Robert Smirke bereits von diesen Plänen gewusst, als er als Architekt des British Museum diesen Flügel des Gebäudes entworfen hatte? War dieser Gang hier ein vergessenes Geheimnis der Granville-Familie, das zusammen mit dem Medaillon während des Zweiten Weltkrieges verlorengegangen war?

Völlig gefangen von ihren Gedanken hatte Alison gar nicht mitbekommen, wie tief sie bereits hinabgestiegen war, als sie endlich das Ende der Treppe erreichte und die Akkuanzeige auf dem Display ihres Handys gefährlich zu blinken begann. Verflucht, in all dem Trubel des Vortages hatte sie natürlich nicht daran gedacht, ihr Smartphone aufzuladen. Sie hatte die Wahl. Entweder sie verbrauchte den letzten Rest wertvoller Energie, oder sie schaltete die Taschenlampe aus. Sie gab sich einen Ruck und wagte Letzteres. Was sollte schon geschehen? Niemand wusste schließlich von diesem Gang. Niemand, außer ihr, besaß dieses Medaillon. Hier unten war sie allein. Vielleicht genügte das Licht, das vom Granville Room her in den Gang fiel. Sie konnte es zumindest probieren. Im Notfall musste sie umdrehen und sich von irgendwoher eine andere Lichtquelle besorgen. Aber das raubte wertvolle Zeit. Also nahm sie ihr Smartphone in die Hand, zählte bis drei und deaktivierte die Taschenlampenfunktion.

Tiefstes Schwarz umfing sie. Sie ließ sich gegen die Wand fallen und wartete. Ihr Herz schlug so stark, dass sie es bis in ihren gegen die kalten Steine gelehnten Rücken hinein spüren konnte. Langsam gewöhnten sich ihre Augen an die Dunkelheit. So erstaunlich gut, dass sie noch immer einzelne Konturen erkennen konnte. Hier unten musste es irgendeine Lichtquelle geben. Vielleicht doch ein Tunnel? Oder kleine Belüftungsschächte, die durch die Decke nach oben führten? Langsam und mit nach vorn ausgestreckten Händen wagte Alison den Weg in den mysteriösen Raum hinein. Und erschrak, wie sie sich noch nie zuvor erschrocken hatte. Dort hinten, am Ende des Raumes, wenige Yards von ihr entfernt, eingehüllt in Dunkelheit, stand dort etwa jemand und starrte sie an?

39

7:25 am, Charing Cross Police Station

Im Laufe seiner Zeit beim Scotland Yard hatte Teddy schon mehr Verdächtige vernommen, als er zählen konnte. Aber diese Professorin war anders. Ihre Körperhaltung, die Ruhe in ihren schmalen, graugrünen Augen. Trotz aller Indizien, auf die sie in dem geheimen Labor der SFInkS im World Conservation and Exhibitions Centre gestoßen waren, schien sie sich keinerlei Schuld bewusst zu sein. Auf dem Seziertisch in dem verschlossenen Kühlraum hatte eine menschliche Leiche gelegen, die eindeutig für die Präparation als Mumie verwendet werden sollte. Und das wenige Tage nachdem eine Museumsaufseherin auf brutale Art und Weise erschlagen worden war. Wie konnte diese Frau in dieser Situation derart abgebrüht sein? Entweder war sie eine hoffnungslose Psychopathin oder sie hatten es hier mit einer weit größeren Sache zu tun, als er bisher vermutet hatte. Gefälschte Mumien – bei dem Gedanken daran, was das bedeutete, hoffte Teddy eher auf Ersteres. Eine durchgeknallte Wissenschaftlerin war ihm weit lieber, als sich am Ende womöglich noch mit Mitarbeitern des ägyptischen Konsulats anzulegen, weil man ihnen Imitate untergejubelt und das groß in den Median als Rückgabe von gestohlenen Artefakten verkauft hatte. Kein Wunder, dass Commander Kilburn diese Vernehmung umgehend als topsecret eingestuft hatte.

Teddy massierte sich mit Daumen und Zeigefinger die Augen. Dass diese Peggy hinter dem Mord an der Museumsaufseherin steckte, schien ihm immer unwahrscheinlicher. Nicht auszudenken, wenn sie tatsächlich noch immer am Leben war und sie wegen seiner falschen Theorien wertvolle Zeit verloren hatten. Dann würde er wohl als Chief Inspector mit der kürzesten Dienstzeit ever in die Geschichte des Scotland Yard eingehen. Aber was bedeutete das schon? Viel schlimmer war die Frage, wie er in einem solchen Fall jemals wieder Alison gegenübertreten sollte. Der Gedanke, dass sie sich unter diesen Umständen für immer aus den Augen verlieren könnten, schmerzte ihn unerwartet stark.

Sein Magen verknotete sich. Ein leichter Luftstoß erfasste Teddy, als sich die Tür zum Verhörzimmer öffnete und Commander Kilburn eintrat. Prof. Reid hob den Kopf. Jetzt hätte Teddy einen schüchternen Gruß erwartet. Oder zumindest einen Hauch von Skepsis, den Versuch, die Lage einzuordnen. Schließlich konnte es doch nicht einmal für eine durch und durch psychopathische Wissenschaftlerin von Interesse sein, im Gefängnis zu landen. Stattdessen aber glaubte Teddy den Hauch eines Lächelns zu erkennen. Fast so, als würde sie Commander Kilburn persönlich kennen. Schlimmer noch: So blickten sich Kollegen an. Partner, die es gewohnt waren, jeden Tag zusammen auf Streife zu fahren. Teddy sah zu Kilburn. Sein Chef versuchte, sich nichts anmerken zu lassen. Und er machte seine Sache überzeugend gut. Aber es war wie bei der Sache mit dem Überwachungsvideo. Manchmal war viel entscheidender, was man *nicht* sah. Und Kilburn fixierte

Prof. Reid nicht. Da war kein Erfassen ihrer Körperhaltung. Kein Versuch, das Gegenüber einzuschätzen. Keine nonverbale Kommunikation. So sehr Kilburn sich auch bemühte, sich nichts anmerken zu lassen. Teddy durchschaute die Lage sofort. Kilburn kannte diese Frau. Was zum Teufel wurde hier gespielt?

Constable Smith nahm auf dem Stuhl neben Teddy Platz und streckte seine Hand nach dem Aufnahmegerät aus, um den Mitschnitt des Verhörs zu starten. Kilburns Hand schnellte vor, umfasste das Handgelenk des Constables und zog es zurück. »Keine Aufnahme …«

Völlig verdutzt sah Teddy den Commander an. Das verstieß eindeutig gegen die Vorschriften. Er öffnete den Mund. Aber einem Commander widersprechen? Vor den Augen einer Verdächtigen? So war er nicht erzogen worden. Solche Dinge klärte man unter sich. Er blickte zu Smith. Der schien ähnlich zu denken. Teddy spannte seine Augenlider. Auch wenn Smith nicht immer der Hellste war, sie brauchten keine Worte. Dafür waren sie lange genug ein Team. Wenn es hart auf hart käme, würden sie alles hier abstreiten. Aber im Augenblick galt es, die Füße still zu halten.

»… Das war Prof. Reids Bedingung für eine Aussage«, fügte Kilburn hinzu.

Deswegen also hatte Kilburn sich auch für dieses Verhörzimmer entschieden, das Einzige auf dem Revier, das nicht von außen einsehbar war. Wer bitte war diese Frau, dass sie in der Position war, Forderungen zu stellen? Wenn Teddy sich überhaupt nur einen Grund dafür ausmalen konnte, dann, dass sie Informationen besaß, die das Potenzial hatten, einen noch viel dickeren Fisch als sie ans Messer zu liefern. Und da fiel Teddy spontan nur eine Person ein, auf die es Kilburn mit derartiger Besessenheit abgesehen hatte: Mildred Granville.

Prof. Reid stützte ihre Ellenbogen auf den Tisch und verschränkte ihre Hände ineinander. Beim Anblick ihrer chiliroten Fingernägel brannten die Schrammen in Teddys Gesicht sofort wieder wie Feuer. Teddy hörte, wie Smith einen gehörigen Schwall Luft über seine Lippen gleiten ließ. Als er realisierte, dass Teddy seine Reaktion bemerkt hatte, verschränkte er seine Arme vor der Brust und senkte betreten den Blick. Teddy benetzte sich die Lippen, warf einen kurzen Seitenblick zu Kilburn und nickte anschließend mit seinem Unterkiefer mahlend stumm in sich hinein. Also gut.

»Wer ist der tote Mann in Ihrem Labor?«, fragte er.

Prof. Reid wechselte mit ihren Augen zwischen Kilburn und Teddy hin und her. »Ist das hier ein Test?«

Teddy verstand die Frage nicht. Worauf wollte sie hinaus? Er blickte zu Kilburn. Zumindest in diesem Punkt schien sein Chef genauso verwirrt wie er. Prof. Reid atmete tief ein und ließ sich in die Lehne ihres Stuhles sinken, sodass ihre ineinander verschränkten Hände auf der Tischplatte zum Liegen kamen.

»Sie haben absolut keine Ahnung, nicht wahr?«

Die Art, mit der diese Frau auf Kilburn und ihn herabsah, gefiel Teddy nicht. »Prof. Reid, nur damit wir uns richtig verstehen. Das hier ist kein Spiel.« Er nahm sich ein wenig Zeit, um seine Worte wirken zu lassen. »Und wir stellen hier die Fragen.«

Ihr Blick verhärtete sich. »Ich weiß nicht, wer der tote Mann in meinem Kühlraum ist.« Sie öffnete ihre Lippen und hob ihr Kinn. »Und es interessiert mich auch nicht.«

»Prof. Reid. Sie sind eine intelligente Frau.«

»Eben«, antwortete sie. »Und ein intelligenter Mann wie Sie, Mr Chan, sollte wissen, dass es äußerst ungesund ist, das persönliche Schicksal von Menschen an sich heranzulassen. Erst recht, wenn man sie aufschneiden und aushöhlen muss.«

Hatte sie gerade aushöhlen gesagt? Teddy kämpfte mit

dem Bedürfnis, sich zu räuspern. Er durfte sich nicht einmal den Ansatz einer Geste erlauben, die seinen Status in Frage stellte. Diese Frau beobachtete ihn wie eine Tarantel, die nur darauf wartete, ihre Giftzähne auszufahren. »Ist Ihnen nie in den Sinn gekommen, dass es sich bei den von Ihnen mumifizierten Leichen um Mordopfer handeln könnte?«

Sie rollte abfällig mit ihren Augen. »Natürlich nicht.«

Teddy hob seine Augenbrauen.

»Weil ich selbstverständlich über Dokumente verfüge, die zweifelsfrei belegen, dass dieser Mann eines natürlichen Todes gestorben ist und seinen Körper testamentarisch der Wissenschaft zur Verfügung gestellt hat.«

Kilburn öffnete seine Mappe und schob mit der rechten Hand ein ausgedrucktes Dokument auf den Tisch. »Wir haben das überprüft. In diesem Punkt sagt sie die Wahrheit. Das ist ein legitimer Vorgang. Auf diesem Weg bekommt beispielsweise das University College Hospital menschliche Körper, an denen angehende Ärzte wichtige Eingriffe üben können.« Er legte drei Steckbriefe samt Passfoto hinzu. »Diese drei Personen sind zuletzt durch Prof. Reid mumifiziert worden. Alle hatten die entsprechende Vereinbarung unterschrieben.«

Teddy hielt inne. Wieso waren sie dann hier? Wieso das ganze Theater mit dem abgeschotteten Raum und dem abgestellten Aufnahmegerät? »Warum dann diese ganze Geheimnistuerei?«

»Mr Chan, ich muss gar nichts verheimlichen.« Prof. Reid lächelte. »So ziemlich jeder in der Londoner High Society weiß von meinen Fähigkeiten. Sie ahnen gar nicht, wie viele Menschen sich wünschen, im Stil eines großen Pharaos beigesetzt zu werden, um wie die ägyptischen Herrscher einst ebenfalls nach ihrem Tod in die Ewigkeit einzutreten.«

Teddy hörte, wie Smith durch seinen geöffneten Mund eine

große Menge Luft einsog. Er konnte es ihm nicht verübeln. Diese Frau war nicht nur eine Psychopathin, sie war komplett größenwahnsinnig. »Für was halten Sie sich? Für eine Art Gott?«

Prof. Reid lächelte. »Im Gegenteil, Mr Chan. Ich bin ein sehr pragmatischer Mensch. Ich glaube nicht an ein Leben nach dem Tod. Alles, was von uns bleibt, sind Überreste. Aber diese Überreste erzählen unsere Geschichte. Und solange es Archäologen gibt, gibt es Menschen, die in unserer Geschichte lesen und sie am Leben erhalten. Und deshalb erforsche ich die Kunst, diese Überreste zu konservieren. Nicht mehr und nicht weniger.«

Was für eine narzisstische Vorstellung. Bei dem Gedanken, darauf zu hoffen, Jahrhunderte nach seinem Tod ausgegraben und in dem Glaskasten eines Museums ausgestellt zu werden, wurde Teddy schlecht. »Und Sie wollen mir ernsthaft erzählen, dass das British Museum von dieser Arbeit weiß und Sie im Rahmen des SFInKS-Programms obendrein finanziert?«

Prof. Reid neigte ihren Kopf. »Wieso nicht? Viele meiner Kunden sind oder waren einst im Vorstand des Museums. Außerdem spielt meine Arbeit eine nicht unerhebliche Summe Geld in den Budgettopf.« Da war es wieder, ihr abfälliges Grinsen. »Wie Sie wissen, sind die regulären Ausstellungen des British Museum kostenlos und für ausnahmslos jeden zugänglich. So etwas finanziert sich bekanntermaßen nicht von selbst.«

So abartig Teddy das auch fand, all das verstieß noch nicht gegen geltendes Recht. Sie drehten sich im Kreis. »Prof. Reid«, sagte er. »Ich bin ein sehr geduldiger Mensch. Aber es gibt zwei Dinge, die ich nicht mag. Das eine ist, wenn man mich zum Narren hält. Und das andere, wenn man meine Zeit verschwendet. Daher frage ich zum letzten Mal, warum diese Geheimniskrämerei?«

»Ganz einfach.« Der Blick von Prof. Reid wurde starr und kalt. »Wegen ihr. Dieser Alison. Die ihre Nase unentwegt in Dinge steckt, die sie nichts angehen. Und weil ich keinesfalls das Risiko eingehen darf, dass sie ein diplomatisches Desaster auslöst.«

»Ein diplomatisches Desaster?« Das war genau das, was Teddy nicht hören wollte. Prof. Reid schien das köstlich zu amüsieren.

»Commander Kilburn. Wie lange wollen Sie Ihren Detective Chief Inspector eigentlich noch zum Narren halten?« Kilburns Blick versteinerte. Prof. Reids Augen wechselten zurück zu Teddy, während sie mit ihren Fingernägeln genüsslich auf der Tischplatte hin und her kratzte. »Alison könnte ein diplomatisches Desaster auslösen, indem sie herausfindet, dass die angeblich wiedergefundenen Mumien von ihrer Tante nicht echt sind.«

»Sie sind was?« Teddy sah zu Kilburn. Der hob abwehrend die Hände.

»Ich habe nicht die leiseste Ahnung, wovon sie redet.«

Prof. Reid kicherte amüsiert. »Für wie dumm halten Sie mich, Commander? Sie wissen genau, dass ich bestens mit Ihren Kommunikationsstrukturen und Arbeitsweisen vertraut bin.«

So langsam wurde es Teddy zu bunt. Ihm war egal, ob Kilburn sein Vorgesetzter war oder nicht. Er ließ sich nicht für dumm verkaufen. »Chef?«

Kilburn verschränkte die Arme eng über seinem Bauch und schmatzte verärgert in sein Doppelkinn hinein. »Ich nehme an, Prof. Reid spricht von ihrer Arbeit als Beraterin. In der Vergangenheit hat sie dem Scotland Yard als forensische Archäologin bei dem einen oder anderen Fall hilfreiche Dienste geleistet.«

Das erklärte einiges. Jetzt leuchtete Teddy auch ein, wie

diese Frau sich das Recht herausnehmen konnte, auf einem ausgeschalteten Aufnahmegerät zu bestehen. Sie klemmte sich eine Haarsträhne hinter ihr Ohr und sah Kilburn an.

»Und aus diesem Grund war es auch eine absolute Selbstverständlichkeit für mich, keine weiteren Fragen zu stellen, als ich von Ihrem Chef den Auftrag zur Erstellung der drei Mumien erhalten habe.«

Kilburn schnellte vor und schlug mit beiden Händen auf den Tisch. »Sie haben was?«

»Oh bitte!« Jetzt warf Prof. Reid ihren Kopf in den Nacken und lachte derart schallend, dass ihr pralles Dekolletee bebte. »Sagen Sie bloß, jetzt wollen Sie mir vor Ihrem Chief Inspector allen Ernstes auch noch das Märchen auftischen, Sie wüssten nicht, dass Alisons Daddy Commissoner Ronald Granville noch lebt.«

40

7:25 am, British Museum, Granville Room

Alison konnte die Konturen in der Dunkelheit eindeutig erkennen. Die Gestalt war vielleicht vier Yards von ihr entfernt und ungefähr genauso groß wie sie. Oder war es eine Statue? Ihr Gegenüber rührte sich nicht. Aber für einen kurzen Moment hatte sie geglaubt, Schritte zu hören und jetzt konnte sie von den Wänden her das Echo angestrengten Atmens erahnen. Als wäre ihr Gegenüber gerannt. Oder schwach und alt. Oder gefesselt und halbtot. »Peggy?«, flüsterte sie. Niemand reagierte. Sie umklammerte ihr Mobiltelefon. Was sollte sie tun? Umdrehen und fliehen? Den Raum verschließen und sich eine richtige Taschenlampe besorgen? Vielleicht würde sie im Souvenirshop fündig werden. Aber wenn das hier wirklich der Tunnel war, gab sie ihrem Gegenüber die Möglichkeit zur Flucht.

Oder sollte sie ihr Handy ziehen? Sie dachte an ihren letzten Kampf mit Prof. Reid und Teddy. Seinen Gegner falsch einzuschätzen, konnte in einer Katastrophe enden, und bis sie die Taschenlampenfunktion aktiviert hatte, würde wertvolle Zeit vergehen. Zeit, die sie nicht hatte.

Ganz deutlich konnte Alison die immer kräftiger werdende Bewegung in ihrem Brustkorb spüren. Ihr Unterbewusstsein hatte sich längst entschieden. Selbst wenn ihr Gegenüber bis auf die Zähne bewaffnet war, es kämpfte genauso mit der Dunkelheit wie sie. Und es gab eine Frage, die wichtiger war als alle anderen: Was, wenn die Gestalt im Dunkeln wusste, wo Peggy war? Was, wenn die Gestalt selbst Peggy war?

Eine Option blieb Alison außerdem noch: Die Leuchtkraft des Displays allein war ebenfalls beachtlich. Wenn sie nachts in ihrem Bett vor dem Einschlafen durch die Instagram-Fotos ihrer Freunde zappte, erhellte das ihr Zimmer stärker als das Licht einer Stumpenkerze. Für die Aktivierung des Displays brauchte sie nur einen kurzen Druck mit dem Daumen auf die Taste an der Seite ihres Smartphones.

Worauf also wartete sie noch? Alison zählte innerlich bis drei, dann riss sie das Handy in die Höhe und aktivierte das Display. Vor ihr stand nicht eine Gestalt. Es waren drei. Und das Gefühl angestarrt zu werden, war nichts als eine optische Täuschung in der Dunkelheit gewesen. Dort, vor ihr an die gegenüberliegende, kahle, nackte Ziegelsteinwand gelehnt, standen drei Mumien. Und sie sahen jenen aus der Skulpturengalerie zum Verwechseln ähnlich. Alison ging jede Wette ein, dass es die drei Mumien der Granville-Familie waren. Die echten Mumien. Jene, welche während des Weltkrieges auf mysteriöse Art und Weise verschwunden waren. Natürlich waren sie das. Weil man sie hier, an diesem geheimen Ort in

Sicherheit gebracht hatte. In einem Raum, der von Sir Robert Smirke extra für wertvolle Granville-Familienschätze entworfen worden war, zusammen mit dem Granville Room selbst.

Alison wagte einen kurzen Blick auf ihren Akkustand. Neun Prozent verblieben ihr noch. Sie konnte das Risiko eingehen, das Display noch einen Moment eingeschaltet zu lassen. Nur, um einen genaueren Blick auf die Mumien zu werfen. Sie schaffte es einfach nicht, ihren Blick von ihnen zu wenden. So verrückt es auch schien, es war, als würde eine höhere Macht Besitz von ihr ergreifen. Was musste es erst für ein Gefühl sein, in eine echte Grabkammer hinabzusteigen? Mit einem Mal konnte sie die Faszination und Legenden rund um diese Funde vollkommen nachvollziehen. Das hier war kein Ausstellungsstück hinter einem Glaskasten. Das hier war Jahrtausende alte Geschichte. Der Sieg über die Vergänglichkeit. Drei in der Ewigkeit gefangene Seelen.

Dann waren die Mumien oben in der Skulpturengalerie also tatsächlich Fälschungen. Aber warum? Warum diese Geschichte mit dem deutschen Schrein, in dem sie angeblich gefunden worden waren? Warum die Rückgabe an Ägypten? Warum ausgerechnet jetzt?

Wieder dachte Alison zurück an die Technikprobe in der Skulpturengalerie und daran, wie sich Mrs Tarassowna an den Mumien zu schaffen gemacht hatte. Was, wenn Mrs Tarassowna in diesem Moment dahintergekommen war, dass es sich um Fälschungen handelte? Als Museumsaufseherin hatte sie über die Jahre hinweg mit Sicherheit beachtliche Fachkenntnisse gesammelt. Was hatte sie am nächsten Tag noch einmal dieser Zeugin namens Jane Kingston zugerufen, als sie mit ihrem Neffen aus Österreich einen Blick in die Skulpturengalerie hatte werfen wollen? Dass die Feier auf gar keinen Fall stattfinden würde, weil das ein Skandal wäre? Und kurz danach war sie gestorben. Mit einem Mal war sich Alison absolut sicher: Mrs Tarassowna war umgebracht worden, weil sie hinter den Betrug gekommen war. Und Peggy? Aus dem Überwachungsvideo ging nahezu eindeutig hervor, dass Peggy nicht die Täterin war. Was war dann also mit ihr geschehen? War sie einfach nur zur falschen Zeit am falschen Ort gewesen? Hatte man die Gunst der Stunde genutzt, um ihr den Mord in die Schuhe zu schieben? Aber warum dann der Mordanschlag auf Roy? Warum die Kobra? Warum das Herumschnüffeln von Maibe Riad in Mr Bucklands Büro? Und wozu ein gestohlener Krankenwagen?

Sie fröstelte. Hier unten war die Temperatur spürbar niedriger als im Granville Room. Darcy Diamonds Worte kamen ihr wieder in den Sinn. *Oh, ich sehe eine große Kälte, die Sie bedroht, Alison. Eine Macht, die sich über den Kreis des Lebens stellt und Sie mit sich in eine seelenlose Ewigkeit reißen will.* Sie schaltete das Display aus, steckte ihr Handy wieder ein und legte ihre Arme um sich, um sich zu wärmen. Schließlich hatte sie keinen Grund mehr, sich zu fürchten. Mumien griffen nicht an.

Alison erstarrte. Wie hatte sie nur so dumm sein können? Und Mumien atmeten nicht! Gerade als sie wieder nach ihrem Handy greifen wollte, spürte sie auch schon einen leichten Luftzug, wie als Prof. Reid mit der Hundemumie nach ihr ausgeholt hatte. Instinktiv ging sie in die Hocke. Es schepperte. Irgendetwas Metallisches fiel zu Boden. Alison stieß einen Wutschrei aus, rollte sich am Boden zur Seite, zog ihr Handy hervor und schaltete das Display ein. Neben ihr lag ein Hammer. Sie fuhr herum. Der Raum hinter ihr war leer. Schritte hetzten die Wendeltreppe hinauf.

»Stehenbleiben!«, brüllte Alison. Sie hechtete hinterher, immer dem Klang der Schritte folgend und dem heller werdenden Licht der geöffneten Geheimtür entgegen. Doch dann plötzlich verstummten die Schritte. Das Licht am Ende der

Wendeltreppe verfinsterte sich. Jemand verschloss von außen die Tür zum Geheimraum. »Nein, nicht!«, brüllte sie. Vergebens. Von jetzt auf gleich umfing sie eine undurchdringbare Dunkelheit. Stur weiter dem Rhythmus der Treppenstufen folgend, endete ihr Weg an einer nackten, kahlen, kalten Wand.

41

7:50 am, Charing Cross Police Station

Fassungslos blickte Teddy auf die Tür, die hinter der Professorin ins Schloss fiel. »Sie lassen Sie einfach gehen?«

Commander Kilburn rieb seine Lippen aufeinander und schob die Dokumente auf seinem Schreibtisch hin und her. »Wenn diese Unterlagen stimmen, hat sie nichts Verbotenes getan.«

»Ich glaube, ich höre nicht recht.« Teddy streckte seinen Arm in Richtung Tür aus. »Diese Frau hat vielleicht keine Menschen umgebracht. Aber sie hat drei Mumien gefälscht und sie dem ägyptischen Museum in Kairo mit einem ebenfalls gefälschten Gutachten als Originale untergejubelt.«

Kilburn hob seinen Zeigefinger. »Was wir noch nicht belegen können. Dafür müssten wir die Mumien zunächst beschlagnahmen und einer eingehenden Untersuchung unterziehen.«

»Dann sollten wir das schleunigst tun.« Teddy hielt inne. Der nachdenkliche und in sich gekehrte Blick von Commander Kilburn gefiel ihm nicht. Warum zögerte er? »Oder haben Sie etwa tatsächlich vor, diese Sache unter den Teppich zu kehren?«

Kilburn atmete schwer, antwortete jedoch nicht.

»Sie wollen mir doch nicht allen Ernstes erzählen, dass sie recht hat?«

Kilburn zog die Stirn in Falten und kratzte seinen Bart. »Alisons Vater ist noch am Leben?«

Commander Kilburn setzte sich aufrecht hin und zupfte sein Hemd zurecht. »Alles, was ich mit Bestimmtheit weiß, ist, dass wir nie eine Antwort darauf finden werden, wenn wir jetzt alle Pferde scheu machen, indem wir an die große Glocke hängen, dass wir die Mumien für eine Fälschung halten. Erst recht nicht, solange wir keine Beweise haben.«

Teddy nickte. »Okay. Finden wir einen Weg, sie für eine Stunde aus dem Museum herauszubringen. Legen wir sie unter ein Röntgengerät, vergleichen den Zahnstand mit dem der Leichen, die Prof. Reid für ihren Arbeitsauftrag bekommen hat, und wir wissen Bescheid.«

Kilburn stemmte seine Ellbogen auf den Schreibtisch, beugte sich vor, faltete seine Hände und lehnte sie gegen seinen Bart. »Sie meinen jetzt, einen Tag vor Mildred Granvilles großer Geburtstagsparty, wo es rund um das British Museum mit Sicherheit bereits nur so wimmelt vor lauter Papparazzi?«

Teddy rieb sich die Stirn und fluchte in sich hinein. »Was für ein seltsamer Zufall, nicht wahr?«

»Es kommt sogar noch schlimmer«, antwortete Kilburn. »Erinnern Sie sich daran, wie Mildred Granville gestern wütend im Museum aufgetaucht ist, um ihren schwerverletzten Hund zu beschützen?«

Und ob er das tat. Als er mit Roy kurz danach das Museum erreicht hatte, war Holden beinahe von einem LKW überfahren worden. Aber wieso wusste Kilburn davon?

»Oder sollte ich besser sagen: *angeblich* Mildred Granville?«, redete Kilburn weiter. »Schließlich war ihr Kopf vollständig mit Bandagen umwickelt. Im Grunde hätte es auch eine geniale Schauspielerin gewesen sein können.«

Der Gedanke war Teddy ebenfalls schon gekommen.

»Aus einem bisher nicht bekannten Grund, Mr Chan, sind gestern genau während diese angebliche Mildred Granville im Gebäude war, alle Überwachungskameras im Museum ausgefallen.«

»Und das erfahre ich erst jetzt?« Teddy war fassungslos.

»Das Museum hat uns aus Angst vor Diebstählen darum gebeten, die Sache nicht an die große Glocke zu hängen. Wir werden unser Polizeiaufgebot bis zu Mildred Granvilles Party im Gegenzug verstärken. Aber ich sage Ihnen: Hier ist eine ziemlich miese Sache am Laufen und immer wieder taucht diese eine Person dabei auf.«

Also hatte Commander Kilburn am Ende doch recht? Steckte Mildred Granville dahinter? Ihr unerwarteter Besuch im Krankenhaus, die Gesichtsveränderung, der Fakt, dass sie ausgerechnet ihn aufsuchte, um Alfie an Alison zu übergeben. Und dann auch noch der falsche Krankenwagen. Das stank schon fast nach einem gefakten Alibi. Immerhin hätte sie sich in diesem Krankenwagen unbemerkt aus dem Krankenhaus entfernen und in ihm wieder dorthin zurückkehren können. »Aber beim besten Willen, ich kann mir nicht vorstellen, dass sie in der Lage ist, die beste Freundin ihrer Nichte zu ermorden.«

Kilburn kniff seine Augen zusammen. »Weil sie emotional viel zu stark involviert sind, Mr Chan.« Kilburn stand auf und ging zum Fenster. »Außerdem würde Mildred Granville solche Dinge niemals eigenhändig tun. Und wir wissen, dass mindestens zwei weitere Männer mit in die Tat verstrickt sind.«

»Die Krankenwagenfahrer«, antwortete Teddy.

»Ganz genau.« Kilburn lehnte sich gegen die Fensterbank. »Und war die Aktion mit der Kobra nicht hochriskant? Sie hätte ebenso Mildred beißen können. Was für ein Zufall, dass

Mildred genau zu diesem Zeitpunkt auf ihrem Zimmer geschlafen hat, nicht wahr? Und erst wieder herausgekommen ist, als die Schlange längst getötet war.«

Das war einleuchtend. Aus dieser Perspektive hatte Teddy die Sache noch nie betrachtet. »Aber Sie lassen einen wichtigen Aspekt außer Acht.«

Kilburn hob seine Augenbrauen.

»Alfie war bei Roy. Nie im Leben würde Mildred Granville das Risiko eingehen, ihren geliebten Hund zu opfern.«

»Da stimme ich Ihnen zu.« Kilburn tippte mit seinem Zeigefinger gegen seine Lippen und dachte nach. »Es sei denn, es geht um eine Sache …« Er machte eine bedeutungsvolle Pause. »… oder eine Person, die ihr noch weitaus mehr bedeutet.«

Teddy traf der Schlag. »Sie meinen …«

Kilburn trat zurück an seinen Schreibtisch und nahm drei Dokumente zur Hand, die Prof. Reid ihnen im Anschluss an das Verhör als Beweis für ihre Aussagen ausgedruckt hatte. Offenbar handelte es sich dabei um E-Mails. »Alles, was ich weiß, ist …« Kilburn drehte die E-Mails so, dass Teddy sie lesen konnte und tippte auf den Kopf der Mails. »… dass diese E-Mail-Adresse tatsächlich die von Ronald Granville ist. Ich habe vor seinem Tod selbst mehrfach über sie mit ihm korrespondiert.«

Nein, das war Teddy zu einfach. »Und? So ein E-Mail-Postfach kann man doch mit Leichtigkeit fälschen oder hacken. Erst recht, wenn man über die ausreichenden finanziellen Mittel verfügt.«

Kilburn sah Teddy eine Weile genau an. »Das, was ich Ihnen jetzt sage, Mr Chan, das bleibt unter uns!«

Teddy schluckte.

»Kurz nach der Beerdigung von Ronald Granville wurde ich misstrauisch. Er war einer der fittesten und gesundheitsbewusstesten Kollegen gewesen, die ich kannte. Nicht nur, dass er für sein Alter noch unglaublich trainiert und muskulös war. Ronald Granville hat nicht einmal Alkohol getrunken. Und dann dieser plötzliche Infarkt?«

Und? Teddy musste zugeben, dass er ähnliche Gedanken gehabt hatte. Und nicht nur er. So ziemlich alle hatten sich darüber schockiert gezeigt. Allerdings war Ronald Granville auch aufbrausend und cholerisch gewesen. Und so ein Wesenszug war einem gesunden Herzen sicher nicht zuträglich.

»Irgendwann wurde mir klar, warum ich so misstrauisch geworden bin.« Kilburn steckte seine Hände in die Taschen, als wollte er um jeden Preis die Aufregung vor Teddy verbergen, die ihn übermannte. »Es waren die Sargträger auf der Beerdigung gewesen, Mr Chan.« Er nahm seine Hände wieder aus den Taschen und verschränkte sie über seinem Bauch. »Ronald Granville hatte locker zweihundert Pfund gewogen. Und sie hoben und senkten diesen Sarg mit solch einer beeindruckenden Mühelosigkeit.«

Schweiß bildete sich an Teddys Handflächen, so stark, dass er das Bedürfnis verspürte, sie an seiner Hose trockenzureiben. Kilburn lehnte sich vor, stützte sich auf seinem Schreibtisch ab und sah Teddy tief in die Augen.

»Ich habe Mildred Granville ein paar wenige Tage später gebeten, mich noch einmal in aller Ruhe und allein in der Gruft von meinem Freund und Kollegen verabschieden zu dürfen.«

Teddy schluckte. Sein Mund fühlte sich staubtrocken an. »Sie haben …«

»Der Sarg war versiegelt und zugeschraubt. Aber ich habe ihn gepackt und ganz vorsichtig angehoben. Und ich garantiere Ihnen, Detective Chief Inspector Teddy Chan, dieser Sarg war leer!«

42

7:50 am, British Museum, Granville Room

Alison stemmte sich mit aller Kraft gegen die Wand. Aber so sehr sie sich auch bemühte, immer wieder spürte sie einen hartnäckigen Widerstand. Als wäre die Tür in der Wand durch einen Bolzen oder ähnliches blockiert. Sie sah auf ihr Handydisplay. Kein Netz, nicht einmal ansatzweise. Sie war sicher, wenn es auf der Gegenseite einen Öffnungsmechanismus gab, dann auch hier.

Sie leuchtete die Wand ab. Und tatsächlich, da: In einem der Steine entdeckte sie eine Vertiefung. Als sie Mittel- und Zeigefinger hineinsteckte, konnte sie eine Aushöhlung ertasten. Mit Sicherheit gehörte dort ebenfalls das Medaillon hinein. Sie versuchte den Stein mit reiner Körperkraft in die Wand zu drücken. Vergebens.

Sie überlegte, wie der Mechanismus im Inneren der Tür funktionieren könnte. Alles lief rein mechanisch und ohne Strom ab. Schon allein deshalb war sie sicher, dass so eine Apparatur so einfach und effizient wie nur irgendwie möglich konstruiert worden war. Sie hatte das Regal in die Wand schieben müssen, um den Mechanismus auszulösen, der die Tür entriegelte. Wenn sie den Stein jetzt ebenfalls in die Wand schob, bewegte er sich in die entgegengesetzte Richtung. Vielleicht war das der Fehler. Vielleicht war die Aushöhlung gar nicht für das Medaillon. Bei dem Versuch, das Brett mit dem Medaillon wieder herauszuziehen, hatte sie die Tür geöffnet. Also konnte man das Medaillon wahrscheinlich nur bei geschlossener Tür wieder entnehmen. Dann war das hier also auch kein Geheimtunnel, sondern höchstwahrscheinlich nur ein geheimer Raum. Und wenn es doch nur diesen Eingang zum Geheimraum gab, war ein Schlüssel für das Herauskommen überflüssig. Denn man konnte ja ohnehin nur in den

Raum, wenn man den Mechanismus vorher bereits entriegelt hatte. Dann war das Loch in der Wand keine Vertiefung, sondern ein Griff! Sie schob ihre Finger erneut hinein und zog den Stein in ihre Richtung. Tatsächlich! Es klackte und die Wand bewegte sich ein kleines, aber deutlich spürbares Stück von ihr weg. Ein schwacher, kaum wahrnehmbarer Lichtkranz bildete sich in der Mauer. Sie lehnte sich gegen die Wand. Nur wenige Sekunden später stand sie wieder im Granville Room. Sie atmete tief durch. Egal, wie eilig sie es auch hatte. Sie durfte denselben Fehler nicht noch einmal begehen. Also drückte sie das Regal zurück in die Wand und zog das Schubfach heraus. Gott sei Dank! Das Medaillon befand sich noch immer an seinem Platz. Sie nahm es heraus und dann rannte sie.

Wenig später stand sie in der Eingangshalle. Wenn sie Pech hatte, war ihr Angreifer bereits aus dem Gebäude geflüchtet. Wenn sie Glück hatte, befand er sich noch im Museum. Sie sah sich um. Dass jemand die gigantischen Treppen hinaufraste, wenn er verfolgt wurde, konnte sie sich nicht vorstellen. Die Tür zum Innenhof des Gebäudes war verschlossen. Aber die Flügeltür zum Gang, der direkt in die ägyptische Skulpturengalerie führte, stand einen kleinen Spalt weit offen. Gerade so, als wäre jemand in größter Eile hindurchgerannt, ohne darauf zu achten, ob sie hinter ihm wieder ins Schloss gefallen war.

Alison musste es einfach versuchen. Sie öffnete die Tür und rannte hinterher. Draußen hatte der Sonnenaufgang begonnen. Das Licht, das durch die Fenster ins Museum schien, war schwach, aber hell genug, um sich zu orientieren, erst recht, wenn man aus einem finsteren Kellergewölbe kam.

Sie bog um die Ecke und rannte in die ägyptische Skulpturengalerie. Die auf Position geparkte Sänfte versperrte ihr die Sicht. Sie lief an der Sänfte vorbei und direkt auf die Videoleinwand mit den dahinter befindlichen Mumien zu, als sie plötzlich über einen Gegenstand am Boden stolperte. Sie verlor den Halt und stürzte. Ihre Stirn prallte gegen den Steinboden. Sie brauchte einen Moment, um sich zu sammeln. Dann drehte sie sich um. Das war kein Gegenstand, über den sie gefallen war. Dort am Boden lag jemand. Wieder hörte Alison Darcys Stimme in ihrem inneren Ohr. *Jemand, den Sie sehr, sehr lieben, ist in entsetzlicher Gefahr!*

»Holden!«, schrie sie. Seine Stirn war blutig. Sein Puls kaum spürbar. Aber er lebte noch. Tausend Gedanken schossen ihr durch den Kopf. Warum hatte sie nicht mit ihm gesprochen? Mit Sicherheit hatte Rosa ihn als Erstes angerufen, nachdem sie bemerkt hatte, dass sie aus dem Haus verschwunden war. Er hatte sich an einer Hand abzählen können, dass sie ins Museum gefahren sein musste. Und natürlich vermutete er sie hier, in der ägyptischen Skulpturengalerie, bei den Mumien. Wo sonst? Jetzt lag er hier, an fast derselben Stelle wie Mrs Tarassowna. Sie wagte gar nicht, sich vorzustellen, wie lange schon. Und sie war schuld!

Sie zog ihr Smartphone aus der Tasche und schaltete das Display ein. Doch nichts geschah. Der Akku hatte endgültig seinen Geist aufgegeben. »Oh nein«, fluchte sie. »Hilfe!«

Aber sie konnte nicht darauf hoffen, dass sie jemand hörte. Holden brauchte einen Arzt. Und zwar jetzt! Sie packte ihn an den Schultern und zerrte ihn über den Steinboden. Doch selbst mit seinem schmächtigen Körper war er noch viel zu schwer für sie. Nie im Leben würde sie es mit ihm nach draußen schaffen. Sie winkte in eine der Überwachungskameras. Das fehlende Kontrolllicht verriet ihr, dass das Kamerasystem anscheinend noch immer außer Gefecht gesetzt war. Aber es war schon acht Uhr. Und sie war bereits dem Reinigungspersonal begegnet. Es musste doch irgendjemand in der Nähe sein. »Hilfe!«, schrie sie ein zweites Mal. Endlich hörte sie Schritte und sah aus dem Augenwinkel, wie ein Museumsaufseher in sein Funkgerät sprach. »Warten Sie hier«, rief er Alison zu. »Ich zeige den Sanitätern den Weg.« Nur Sekunden später hallte bereits die Sirene eines Rettungswagens ins Gebäude. *Gott sei Dank,* dachte sie erleichtert. Sie drückte ihren Honeybun an ihre Brust. »Bleib bei mir, Holden, hörst du? Du wirst es schaffen. Ganz sicher!« Wenigstens einmal in diesen Tagen war das Glück auf ihrer Seite.

43

9:00 am, University College Hospital

So langsam kam es Teddy nicht mehr wie ein simpler Zufall vor. Wieso führten alle Wege immer wieder zum University College Hospital? Als er das Krankenhaus mit Commander Kilburn erreichte, war die Hölle los. Die Krankenwagen an der Zufahrt zur Notaufnahme standen Schlange. Kein Wunder, das leichte Tauwetter hatte die Straßen wie befürchtet in reinste Rutschbahnen verwandelt. Teddy musste an diesen Artikel über das Auftauen der Permafrostböden denken, den er in der National Geographic gelesen hatte. Und an die längst vergessenen oder gar völlig unbekannten Viren und Bakterien die darin lauerten. Sie konnten ungeahntes medizinisches Wissen ans Tageslicht befördern, oder Krankheiten und Katastrophen auslösen. All das klang absolut wahnsinnig, aber weniger unglaubwürdig als jener Gedanke, der Kilburn und ihn hierhergebracht hatte: Ronald Granville war noch am Leben? Er konnte und wollte sich das nicht vorstellen. Selbst wenn der Sarg tatsächlich leer gewesen war, dafür waren zahlreiche Erklärungen denkbar. Warum sollte ein Commissioner des Scotland Yard auch seinen Tod vortäuschen? Das hier war London, wie es leibte und lebte, und kein billiger Kriminalroman. Eher glaubte er daran, dass diese Professorin Elizabeth Reid völlig durchgeknallt war. Genie und Wahnsinn lagen ja bekanntlich dicht beieinander. Und immerhin hatte ihnen das Westminster Register Office eine Sterbeurkunde geschickt. Jetzt mussten sie nur noch diesen Dr. Wladimir Morosow ausfindig machen, der den Totenschein von Commissioner Ronald Granville im letzten Jahr hier im University College Hospital unterschrieben hatte.

Demzufolge, was Teddy im Internet recherchiert hatte, musste Dr. Wladimir Morosow in etwa Mitte fünfzig sein. Da sich das Gespräch von Commander Kilburn mit der Dame am Empfang der Notaufnahme unerwartet in die Länge zog, holte Teddy sein Smartphone noch einmal aus der Tasche, um sich das Foto ein weiteres Mal anzusehen. Es war zum Verzweifeln. Teddy hatte ein ausgezeichnetes Gedächtnis für Gesichter. Er war sich absolut sicher, dass er diesen Mann noch nie zuvor gesehen hatte. Und dennoch war da irgendetwas an ihm, das ihm keine Ruhe ließ.

Das Klacken des Hörers, den die Dame zurück auf das Telefon fallen ließ, lenkte Teddys Aufmerksamkeit zum Empfang. Sie hob beide Hände und zuckte hilflos mit den Schultern. »Ich muss Sie leider einen Moment vertrösten.«

Kilburn rieb der Dame ein weiteres Mal seine Dienstmarke unter die Nase. Sie gab sich wenig beeindruckt.

»Ich verstehe, dass Sie es eilig haben. Aber Sie sehen ja, was hier los ist. Auf der Euston Road sind zwei vollbesetzte Linienbusse ineinandergefahren und im Regent's Park ist eine Gruppe übermütiger Studenten auf dem Boating Lake ins Eis eingebrochen. So bald wie möglich kommt jemand zu Ihnen.«

»Ich will aber nicht zu irgendjemandem«, knurrte Kilburn. »Ich will zu Dr. Wladimir Morosow. Sie werden mir doch wohl wenigstens sagen können, auf welcher Station er arbeitet?«

Die Dame lächelte verklemmt und deutete auf die Wartebänke der Notaufnahme. Kilburn fuhr sich grimmig durch den Bart. Dann, als er gerade gehen wollte, drehte er sich ein weiteres Mal zur Dame am Empfang um, die unverzüglich hinter ihrem Bildschirm in Deckung ging.

»Sie haben doch sicher eine Kantine im Haus, oder?«

Natürlich. Das war Kilburn: Wenn gar nichts ging, ein Essen ging immer. Teddy steckte seine Hände in die Taschen und schnaufte. Das Leben eines Commanders müsste man haben.

Das Gesicht der Dame entspannte sich. Sie deutete auf eine Tür am Ende des Ganges. Kilburn trat zur Seite und winkte Teddy zu sich. »Warten Sie hier. Es wäre doch gelacht, wenn mir nicht wenigstens in der Kantine jemand etwas über diesen mysteriösen Doktor erzählen könnte.« Er klopfte sich seinen Bauch. »Köche und Kellner sind die Wächter der Seele. Soll ich Ihnen einen Kaffee mitbringen?«

Schaden konnte es nicht. Die Nacht auf dem Komfortsessel steckte ihm noch immer in den Knochen. Vielleicht war das ja so eine Masche der Reichen: Je unbequemer das Bett, desto früher stand man auf, um noch mehr Geld heranzuscheffeln. Kilburn nickte ihm bestimmend zu.

»Ich sage Ihnen, Mr Chan, irgendetwas an der Sache hier stinkt.« Er rückte seine Jacke zurecht, zog sein Handy heraus und checkte das Display. »Wenn sich hier bei Ihnen etwas tut, rufen Sie mich an.« Schon war Kilburn hinter der Schwingtür in Richtung Kantine verschwunden.

Während Teddy ihm nachsah, wurde ein jammernder, auffallend gestylter Business-Mann im Rollstuhl an ihm vorbeigeschoben. Sofort musste Teddy wieder an seinen peinlichen Vorfall mit Mr Buckland denken. Und an Dustin. Wenn er wirklich hier in der Notaufnahme gewesen war, gab es mit Sicherheit Aufzeichnungen darüber. Warum also sollte Teddy hier rumsitzen und sich langweilen, wenn er seine Zeit genauso gut sinnvoll verbringen konnte?

Er ging zurück zur Information. Der Blick der Mitarbeiterin wirkte zusehends genervt. Teddy lehnte sich so lässig wie möglich auf den Empfangstresen und setzte sein charmantestes Lächeln auf.

»Können Sie mir zufällig verraten, ob ein gewisser Dustin Chan in den letzten Tagen hier bei Ihnen im Krankenhaus gewesen ist?«

Die Dame seufzte tief, tippte aber geduldig auf ihrer Tastatur herum. »Ich nehme an, es geht um ein laufendes Ermittlungsverfahren?«

Teddy nickte schneller, als er denken konnte. Was tat er hier eigentlich? Ermittlungen ohne einen begründeten Verdacht waren verboten. Wenn das herauskam, könnte man ihm Amtsmissbrauch vorwerfen. Zumindest aber drohte ihm Ärger mit der Datenschutzabteilung des Krankenhauses und das würde Kilburn gar nicht gefallen, so viel stand fest. Aber einer musste sich ja um Dustin kümmern. So langsam wich seine Enttäuschung der Wut. Wenn Benisha ihn nicht mehr ausstehen konnte, okay. Aber daran trug Dustin keine Schuld. Wenn ihr Sohn ein Problem hatte, musste sie Dustin dann so hängen lassen? Das war egoistisch und kindisch zugleich. Was auch immer er angestellt hatte, absolut nichts in der Welt konnte Teddy sich vorstellen, das Grund genug gewesen wäre, ihn zu verstoßen. Wie dick musste die rosarote Brille eigentlich gewesen sein, die er bei Benisha aufgehabt hatte. Die Dame am Empfang schielte mit ihren Augen in Teddys Richtung, ohne ihren Kopf dabei zu bewegen.

»Soweit ich das hier ersehen kann, ist Dustin Chan vor zwei Tagen bei uns im Haus gewesen.« Sie sah ihn mit großen Augen an und wartete. Als wäre ihre Festplatte mitten im Programm hängen geblieben.

»Und?«, hakte Teddy nach.

»Mehr darf ich Ihnen leider nicht sagen.« Ihr Lächeln wirkte beinahe schon triumphierend. »Es sei denn, Sie haben einen Durchsuchungsbeschluss oder eine richterliche Anordnung.«

Teddy schnaufte. »Wenn Gefahr im Verzug ist, brauche ich die nicht.«

Die Dame betrachtete ihn skeptisch. »Soll ich Sie mit unserer Rechtsabteilung verbinden, Sir?«

Die Dame war gut. Und Teddy auf dem besten Weg, sich Ärger einzufangen. »Nicht nötig. Ich warte erst einmal auf meinen Kollegen.« Er drehte sich um und ging zurück auf seinen Platz. Beim Setzen musste er sich kurz aufrichten, um das viel zu enge T-Shirt von Dustin zurechtzuziehen. Sein Sohn musste wirklich abgenommen haben. Benishas sorgenvolle Stimme klingelte in seinen Ohren. Er konnte doch nicht hier herumsitzen und einfach abwarten? Schließlich hatte er ernsthaft versucht, mit Dustin zu reden. Aber der hatte völlig abgeblockt.

Teddy zog sein Smartphone aus der Tasche. Eine Option fiel ihm noch ein. Mit der Call-ID-Spoofing-App auf seinem Handy konnte er seinem Gesprächspartner eine veränderte Rufnummer vortäuschen und sich somit als eine andere Person ausgeben. Legal war die Sache in diesem Zusammenhang nicht, aber nützlich. Und es ging hier schließlich um seinen Sohn! Scheiß drauf.

Teddy aktivierte die App, gab Dustins Handynummer als Call-ID ein und rief hier im University College Hospital an. Er landete in der Warteschleife. Wo auch sonst? Die Dame am Empfang hatte es ihnen selbst gesagt. Seit dem eingesetzten Tauwetter war die Hölle los. Teddy blickte in Richtung Kantine. Noch fehlte von Kilburn jede Spur. Doch wenn er auftauchte, während Teddy telefonierte, würde er völlig unvermittelt auflegen müssen und dann kamen die vom University

College Hospital am Ende noch auf die Idee, die angezeigte Nummer zurückzurufen und würden bei Dustin landen. Der würde den Braten unter Garantie sofort riechen, erst recht nachdem Teddy ihn heute Morgen derart gelöchert hatte. Verflucht, was tat er hier? Teddy nahm das Handy vom Ohr und war gerade dabei aufzulegen, als eine freundliche Stimme aus dem Lautsprecher hallte.

»University College Hospital, Euston Road, was kann ich für Sie tun?«

Teddy nahm seinen Finger von der Auflegetaste und führte das Handy zurück ans Ohr. »Dustin Chan hier. Ich war vorgestern bei Ihnen im Haus und sollte mich noch einmal melden wegen der Befunde.«

Teddy hörte Finger über eine Tastatur klappern. »Darf ich um Ihr Geburtsdatum und Ihre Anschrift bitten für den Datenabgleich, Mr Chan?«

Damit hatte er gerechnet. Routiniert gab er Dustins Daten an. Wieder klackerten Finger über die Tastatur. »Ihre Blutgruppe und die Antigene sehen gut aus. Die Nierenfunktion ist top und der HIV-Test war auch negativ.«

Das Wort Antigen allein löste bei Teddy seit der letzten Pandemie ein Schaudern aus. Aber ein HIV-Test? Nierenfunktion? Was zum Teufel war nur los mit Dustin?

»Es sieht also alles ganz gut aus bis jetzt, Mr Chan. Wir schicken die Ergebnisse wie besprochen ans Independent Specialists' Hospital und dort informiert Sie Dr. Geoffrey Hollande über alle weiteren Schritte.«

»Dr. Geoffrey Hollande?«, fuhr es Teddy über die Lippen. »Independent Specialists' Hospital? Das kann er doch gar nicht bezahlen.«

»Ich verstehe nicht. Sir?«

Teddy erstarrte. Völlig überrumpelt von seinem eigenen Dilettantismus legte er auf. Das war genau der Grund, warum man Ermittlungen nicht zu nah an sich heranlassen durfte. Man machte Fehler. Er spürte eine negative Energie in seinem Nacken. Als wenn jemand ihn von hinten … Langsam drehte er sich um. Er hatte recht. Die Dame am Empfang hielt noch immer ihren Hörer in den Händen und warf ihm einen vernichtenden Blick zu. Verdammt. *Einfach dummstellen,* dachte Teddy. *Lass dir nur nichts anmerken.* Er hob seine Hand und winkte der Dame mit einem breiten Lächeln im Gesicht zu. Ihr Blick schien wie festgefroren. Langsam und mit grimmigen Augen wandte sie sich wieder ihrem Computerbildschirm zu, um den nächsten Anruf entgegenzunehmen.

Teddy atmete tief durch. Das war gerade noch einmal gutgegangen. Es hätte noch gefehlt, dass ihm diese Frau die Rechtsabteilung auf den Hals hetzte. Es reichte schon, dass seine Gedanken unaufhörlich um Dustin kreisten. Dr. Geoffrey Hollande? Das war dieser Freak, der für Mildred Granvilles geplättetes Gesicht verantwortlich war. Seinen Namen hatte Teddy auch auf der Visitenkarte gelesen, die an Dustins Spiegel im Flur gehangen hatte. Aber was bitte wollte Dustin bei einem plastischen Chirurgen? Teddys Zeitgefühl schien sich aufzulösen, als er sich in dem Internetbrowser seines Handys von einer medizinischen Webseite zur nächsten googelte.

»Mr Chan?«

Teddy drehte sich um. Commander Kilburn stand mit zwei XL-Coffee-to-go-Bechern und einer Papiertüte neben ihm.

»Wir können gehen.«

Verwundert stand Teddy auf und nahm seinen Kaffee entgegen.

»Ich habe mit der Frau an der Essensausgabe gesprochen. Dr. Wladimir Morosow arbeitet nicht mehr hier.«

Teddy blickte zu der Dame am Empfang und dann wieder zu Kilburn. »Aber wieso lassen sie uns dann hier warten?«

»Vielleicht ist die Nachricht noch nicht bei ihr angekommen?« Kilburn drückte Teddy seinen Becher ebenfalls in die Hand, um ein dick belegtes Baguette aus der Papiertüte zu schälen. Er nahm einen stattlichen Bissen. Vom Reden hielt ihn das jedoch nicht ab. »Auf jeden Fall scheint der Typ hier einen ziemlich zweifelhaften Ruf gehabt zu haben. Er stammt von einer russischen Arztfamilie ab, die kurz vor dem Ende des Zweiten Weltkrieges nach London geflüchtet ist.« Er spülte seinen Mund mit einem ordentlichen Schluck Kaffee. »Die Morosow-Familie hat es binnen kürzester Zeit bis in die höchsten Kreise der Londoner High Society geschafft. Dr. Wladimir Morosow war sogar im Vorstand des British Museum.« Kilburn hob seine Augenbrauen. »Und jetzt halten Sie sich fest: Raten Sie mal, zusammen mit wem.« Er stach mit seinem Zeigefinger auf Teddys Schulter ein. »Mildred Granville.« Er nickte triumphierend und nahm einen weiteren Bissen von seinem Baguette. »Bis Dr. Morosow plötzlich von jetzt auf gleich wie vom Erdboden verschluckt zu sein scheint – ausgerechnet kurz nach dem Tod von Commissioner Ronald Granville.«

Bei der Aussage *wie vom Erdboden verschluckt* musste Teddy an Alisons beste Freundin Peggy denken. Im Augenblick schienen sich die einzelnen Fäden des Falls auf eine Art und Weise zusammenzufügen, die ihm alles andere als recht war. Er nippte an seinem Kaffee und wollte gerade mit seinem Chef das Krankenhaus verlassen, als sich ihnen plötzlich ein wie aus dem Nichts erschienener Mann in pechschwarzem Anzug in den Weg stellte. Fehlte nur noch die Sonnenbrille und Teddy hätte ihn für einen Mitarbeiter der Men in Black halten können.

»Ich nehme an, Sie sind die Herren vom Scotland Yard?«

Teddy wechselte einen kurzen Blick mit Kilburn. Was wollte dieser Mann von ihnen? Hatte die Dame am Empfang wegen seiner Fragen am Ende tatsächlich den Sicherheitsdienst gerufen? Das hätte ihm jetzt gerade noch gefehlt. Der Man in Black nickte ihnen mit dramatisch gesenktem Kinn zu.

»Ich bin Mr Boswell von der Rechtsabteilung. Wenn Sie mir bitte folgen würden.«

44

9:10 am, auf einer Liege

Alison hörte Stimmen. Sie spürte einen harten, metallenen Untergrund an ihrem Rücken. Kahle, weiße Wände umzingelten sie, und sie konnte sich nicht bewegen. Alles bis auf ihre Gedanken schien wie in Watte gepackt. Aus dem Irgendwo weit hinter ihr hallte Instrumentengeklapper an ihr Ohr. Ein Bohrgeräusch. Und wieso war ihr so entsetzlich kalt? Die geheime Kühlkammer in Prof. Reids Studio kam ihr wieder in den Sinn. Darcy Diamonds Stimme flüsterte durch ihre Erinnerung. *Ich spüre eine große Kälte, die Sie bedroht.* Schneeflocken tanzten vor ihrem inneren Auge, ein Krankenwagen durchbrach sie und raste mit ihr und Holden die Great Russell Street entlang. Jetzt erinnerte sie sich wieder. Der Krankenwagen! Die Erleichterung über die nahende Rettung hatte sie völlig blind gemacht. Mit allen Sinnen war sie nur bei Holden gewesen, hatte angeschnallt auf dem Sitz neben seiner Trage seine Hand gehalten. Erst als sie immer wieder neue mysteriöse Abbiegungen nahmen, ohne ein Krankenhaus zu erreichen, war sie misstrauisch geworden. Sie hatte den Sanitäter angeschrien, ihn aufgefordert, anzuhalten. Dann war da plötzlich diese Kanüle in ihrer Nase gewesen, ein feuchter Nebel, der bis in ihre Stirn hinaufzusteigen schien. Und danach … nichts. Jetzt lag sie hier. Sie erinnerte sich an den mysteriösen Mann in Schwarz am Montague Place, während sie auf Dustin gewartet hatte. An das Gefühl, verfolgt zu werden. An den Hammer, der im geheimen Keller unter dem Granville Room über ihren Kopf hinweggefegt war. An den leblosen Holden am Boden der ägyptischen Skulpturengalerie. *Holden,* dachte sie. *Was haben sie dir angetan?* Und warum war sie noch am Leben? Oder war sie bereits tot? Gefangen in einer Art Zwischenwelt? Und jeden Augenblick würde eine riesige Kobra erscheinen, um ihr den Eintritt ins Duat, die Ewigkeit, zu gewähren?

Langsam ließ der Schmerz in ihrem Kopf nach. Nein, tot war sie nicht. Nach und nach begann sie wieder, sich selbst zu spüren. Das Bild um sie herum wurde schärfer. Die Wände entlarvten sich als Vorhänge. Wenn sie sich mit aller Kraft konzentrierte, gelang es ihr sogar, ganz leicht ihren Kopf zu heben. Vorsichtig richtete sie sich auf. Sie hörte eine Tür ins Schloss fallen. Auf dem Vorhang vor ihr zeichnete sich ein grober, dunkelgrauer Schatten ab. Der Schatten wurde dunkler, seine Kontur schärfer. Jemand näherte sich ihr. Dieser jemand war groß, breitschultrig und hielt einen Dolch in der Hand. Oder war es ein Skalpell? Eines dieser gespenstischen Werkzeuge mit denen Prof. Reid an ihren Mumien herumschnitt? War es das, was ihr jetzt bevorstand? Wollte man sie aufschneiden? Ihr sämtliche Organe entnehmen, um sie anschließend einzusalben und als ägyptische Mumie zu verpacken? Alison erschrak selbst, wie rasch sie in eine aufrechte Sitzposition emporschnellte. Der Schatten stand jetzt unmittelbar hinter dem Vorhang. Aber sie konnte sich wieder bewegen! Hastig tastete sie sich ab. Sie schien keine größeren Verletzungen zu haben. Da war ihr Medaillon. Gott sei Dank, sie hatte es noch. Aber ihr Smartphone war verschwunden. Natürlich war es das. So ein Mist!

Der Schatten streckte seine freie Hand nach dem Vorhang

aus. So leise wie möglich ließ Alison sich seitlich von der Liege gleiten und ging darunter in Deckung. Im selben Moment zog ihr Angreifer den Vorhang zur Seite. Alison schoss hervor, streckte ihre Hand nach seinem Bein aus.

»Kann ich Ihnen helfen?«

Alison fror mitten in der Bewegung ein, als sie den Raum erblickte, in dem sie sich befand. Menschen in weißen Kitteln eilten zwischen weiteren, mit Vorhängen voneinander abgetrennten Betten hin und her. Im Hintergrund rollte jemand eine Liege mit einer stöhnenden Dame vorbei. Sie war in einem Krankenhaus. Und das Bein vor ihr steckte in einem Pflegeroutfit.

Alison sah nach oben. Der Mann hielt gar keinen Dolch in der Hand, sondern … »Das ist eine Tube?«

»Voltadon«, antwortete er. Das Gesicht mit den großen blauen Augen unter dem perfekt gegelten Kurzhaarschnitt sah freundlich aus. »Sie haben ganz schön um sich geschlagen im Rettungswagen und sind mit ihrer Hand ordentlich gegen die Wand geknallt.« Er zeigte auf das Label der Tube. »Ich dachte, ein wenig Kühlung tut Ihnen gut.«

»Oh Mann.« Sie stand auf und setzte sich zurück auf die Krankenhausliege. *Tom* stand auf dem Namensschild des Pflegers. »Ich komme mir so entsetzlich blöd vor.«

»Schon okay«, antwortete Tom. »Der Kollege im Krankenwagen hat Ihnen auch eine ordentliche Dosis Dormicum verpassen müssen, damit er sich wieder um Ihren Freund kümmern konnte.«

»Holden!«, rief sie. »Wie geht es ihm?«

Tom presste eine walnussgroße Portion Gel aus der Tube und massierte sie in Alisons Unterarm ein. »Das war sprichwörtlich Rettung in letzter Sekunde. Da haben Sie alles Recht der Welt, ein wenig durchzudrehen.« Seine Hände fühlten sich stark und sanft an. Fast wie Teddys, als er sie letztes Jahr im Savoy aus dem Fahrstuhlschacht gezogen hatte. »So wie es aussieht, haben Sie Ihrem Freund das Leben gerettet.«

Alison durchfuhr es wie ein Blitz. »Wieso? Was hat er? Ich will sofort zu ihm!«

»Langsam, langsam. Ihr Kreislauf ist noch nicht wieder da, wo ich ihn gerne hätte. Aber wenn Sie mir versprechen, schön brav hier zu bleiben, schau ich mal, was ich herausfinden kann.«

»Okay«, hauchte Alison, während sich alles um sie herum für einige Sekunden wild zu drehen begann. »Wo sind wir hier?«, rief sie ihm noch hinterher. Er wurde kurz langsamer und sah über seine Schulter.

»University College Hospital.«

Das UCH? Dann war Roy auch hier. Sie musste zu ihm und erzählen, dass sie die Mumien gefunden hatte! Wer auch immer ihr in die Kammer gefolgt war, er kannte das Versteck jetzt ebenfalls. Und er wusste, wie dicht sie ihm auf den Fersen war. Was, wenn Dustin noch im Museum war? Womöglich befand er sich in Gefahr. Irgendwie mussten sie Teddy informieren.

Tom deutete auf einen kleinen Beistelltisch neben ihr, der hinter dem zurückgezogenen Vorhang zum Vorschein gekommen war. »Rufen Sie jemanden an, wenn Sie wollen. Ich habe zufällig denselben Ladestecker und Ihr Telefon angeschlossen, während Sie geschlafen haben. Ach ja …« Er griff in seine Jackentasche und holte einen kleinen Klarsichtbeutel heraus. »Hier haben Sie noch die Uhr Ihres Freundes, die meine Kollegen ihm im Schockraum gerade abnehmen mussten. Cooles Teil!« Dann war er verschwunden.

Alison nahm die Apple Watch Nike aus dem Beutel. Sie war noch warm. »Holden.« Sie steckte sie in ihre Tasche und warf einen Blick auf ihr Smartphone. Auf dem Display blinkte eine stetig voller werdende Batterie. Der Uhr zufolge musste sie ungefähr dreißig Minuten bewusstlos gewesen sein. Zeit, die gereicht hatte, um den Akkustand wieder auf fast vierzig Prozent ansteigen zu lassen. Sie schaltete das Telefon ein und wählte Teddys Nummer. Es klingelte.

45

9:25 am, University College Hospital, Personalbüro

Teddy sah auf das Display seines Smartphones. Alison. Mit der Rechtsabteilung des University College Hospitals an seiner Seite ging das nicht. Er würde sich bei ihr melden, wenn er das hier heil überstanden hatte.

Dieser Teil des Gebäudes glich eher einem Finanzunternehmen als einem Krankenhaus. Acht auffallend moderne Lampen im Origami-Style beleuchteten einen langen Besprechungstisch, der mitten im Zentrum eines lichtdurchfluteten Meetingraumes stand. Die streng zugeknöpfte, leicht übergewichtige Frau, die an der Stirnseite des Tisches bereits auf sie wartete, schätzte Teddy auf Ende vierzig. Ihr rothaariger Dutt wurde von einer perfekt auf Hochglanz polierten, silbernen Haarspange gehalten und ihr rundliches Gesicht von zwei strengen, zwei Finger breiten, herabhängenden Strähnen eingerahmt. Mr Boswell stellte sie als Mrs Chase, die Leiterin der Personalabteilung vor. Kaum dass Teddy und Kilburn Platz genommen hatten, legte Mrs Chase einen dicken Ordner vor sich auf den Tisch.

»Es tut mir leid, dass Sie so lange warten mussten.« Ihre Stimme klang überraschend tief und rasselte leicht. »Darf ich fragen, was der Grund für Ihre Ermittlungen ist?«

Teddy faltete seine Hände. Jetzt nur nichts Falsches sagen. Irgendwie würde er sich aus dieser Sache schon wieder hinausmanövrieren. Kilburn sah Mrs Chase mit eiskalter Miene an. »Es tut mir aufrichtig leid, Madam«, sagte er. »Aber leider darf ich zu den Details unserer Arbeit aus ermittlungstaktischen Gründen keine Angaben machen.«

Sehr gut, dachte Teddy. Das konnte alles und nichts bedeuten und aus dem Mund eines Commanders klang es gleich drei Mal so überzeugend.

»Im Kern geht es uns um dieses Dokument hier.« Kilburn legte den Ausdruck von Ronald Granvilles Totenschein auf den Tisch. »Dr. Wladimir Morosow war der Arzt, der den Tod unseres Scotland-Yard-Mitarbeiters damals bestätigt hat. Wir hatten gehofft, dass er uns vielleicht noch etwas mehr über die näheren Umstände verraten kann.«

Mrs Chase nahm das Dokument und untersuchte es auffallend genau. »Ich erinnere mich an den Fall. Wenn Sie wünschen, stelle ich Ihnen selbstverständlich gern alle notwendigen Unterlagen aus unserem Archiv zusammen.«

Täuschte Teddy sich oder versuchte diese Dame hier gerade, ihn und Kilburn abzuwimmeln? Dann ging es also gar nicht um seinen Anruf unter Dustins Nummer. Die Leute hier fürchteten sich vor ihrem ehemaligen Angestellten. Und sie hatten keinen blassen Schimmer, dass Kilburn längst wusste, dass er nicht mehr am Haus arbeitete. Er beschloss, sich dumm zu stellen. »Das ist sehr freundlich«, warf Teddy ein. »Aber uns wäre es ehrlicherweise lieber, wenn wir persönlich mit Dr. Morosow sprechen könnten.«

Mrs Chase hustete, räusperte sich und blickte auffordernd zu ihrem Kollegen aus der Rechtsabteilung. Mr Boswell lehnte sich mit beiden Armen auf den Tisch. »Nun, so sehr ich es bedauere, aber das ist leider nicht möglich.«

Kilburn warf Teddy einen kurzen, lobenden Blick zu, lehnte sich zurück und blickte angriffslustig in die Runde. »Und warum nicht?«

»Weil Dr. Morosow leider nicht mehr bei uns arbeitet«, antwortete Mrs Chase, woraufhin sie umgehend einen fragenden Blick in Mr Boswells Richtung warf. Teddy wurde das Gefühl nicht los, dass hier gerade mit allen Mitteln versucht werden sollte, etwas vor ihnen zu verheimlichen. Kilburn schien das ähnlich zu sehen.

»Und warum nicht, wenn ich fragen darf?« Seine Stimme klang misstrauisch und streng.

»Nun ...«, setzte Mrs Chase an, woraufhin ihr Kollege ihr unmittelbar ins Wort fiel.

»Ich fürchte, dass wir Ihnen diesbezüglich leider keine weiteren Auskünfte geben können.«

»So ein Quatsch«, antwortete Mrs Chase, was ihr augenblicklich einen strengen Blick ihres Mitarbeiters einbrachte. Offensichtlich kümmerte sie das jedoch nicht. »Die Herren sind vom Scotland Yard. Wenn sie wollen, werden sie es ohnehin herausbekommen.«

Mr Boswell verschränkte die Arme vor der Brust, während die Kollegin der Personalabteilung ungerührt weitersprach.

»Im letzten Jahr ist es Dr. Wladimir Morosow gegenüber zu einigen sehr unschönen Vorwürfen gekommen.«

»Was für Vorwürfe?«, fragte Kilburn.

»Sagen wir es mal so«, antwortete Mr Boswell. »Es ging um Dinge, die uns als NHS-Krankenhaus nicht gerade in ein positives Licht gerückt hätten.«

Kilburn wurde spürbar ungeduldig. »Die da wären?«

»Interne Untersuchungen haben zu dem Verdacht geführt, dass Dr. Wladimir Morosow im Zusammenhang mit Organtransplantationen ungewöhnlich hohe Provisionszahlungen erhalten hat.«

Jetzt wurde die Sache interessant. »Sie meinen illegalen Organhandel«, fragte Teddy nach.

Mrs Chase wollte etwas erwidern, doch Mr Boswell fiel ihr

knallhart ins Wort. »Wir haben selbstverständlich umgehend reagiert und uns im gegenseitigen Einvernehmen von Dr. Wladimir Morosow getrennt.«

Und ausgerechnet dieser Arzt hatte Ronald Granvilles Totenschein ausgefüllt? So langsam wurde Teddy die Sache unheimlich.

»Sie meinen, Sie haben die Angelegenheit umgehend unter den Teppich gekehrt«, erwiderte Kilburn.

»Keineswegs«, wandte Mrs Chase ein. »Natürlich waren wir uns unserer ethischen und moralischen Verantwortung bewusst. Wir haben von einer Anzeige abgesehen unter der Bedingung, dass Dr. Wladimir Morosow nach seiner Entlassung unter keinen Umständen mehr im Bereich der Organtransplantation tätig sein wird. Und soweit wir wissen, hat er sich auch daran gehalten.«

Mr Boswell faltete die Hände ineinander. »Sie können sich vorstellen, wie gnadenlos unser Business ist. Um sowohl ihn als auch uns zu schützen, haben wir Dr. Morosow bei der Vorbereitung seines neuen Lebensweges beratend und organisatorisch zur Seite gestanden.«

Teddy überlegte. Was sollte das heißen? Mr Boswell schien seine Frage bereits zu erahnen.

»Wir haben ihm dabei geholfen, einige minimale Veränderungen an seinem Äußeren vornehmen zu lassen. Zudem hat Dr. Wladimir Morosow seinen Namen geändert. Unseren Informationen nach arbeitet er derzeit am Independent Specialists' Hospital als plastischer Chirurg. Sein neuer Name ist Dr. Geoffrey Hollande.«

46

9:55 am, University College Hospital, Notaufnahme

Alison rannte den langen Gang aus Schildern und Wegweisern entlang. Endlich, dort stand, was die Dame am Empfang ihr gesagt hatte: *Schwerer Vorfall Stufe 2.* Das bedeutete, dass Holden zumindest nicht beatmet werden musste. War das ein gutes Zeichen? Sie hoffte es. Aber warum war nirgendwo Polizei platziert? Holden brauchte Personenschutz, jetzt! Wenn sie hier einfach so hereinspazieren konnte, konnten das andere auch. Was, wenn der Mörder auftauchte, um sein Werk zu vollenden?

»Alison!«

Sie drehte sich um. Tom, der Krankenpfleger, verfolgte sie.

»Warten Sie!«

Warum? Damit er sie zurück in ihr Bett bringen konnte? Einen Teufel würde sie tun. Sie war eine erwachsene Frau. Und sie war gesund. Bis auf den Fakt, dass der Sanitäter im Krankenwagen ihr unter einem fadenscheinigen Grund ein Narkotikum in die Nase gesprüht hatte. Was ging hier eigentlich vor? Sie lief weiter. Jeden Moment musste sie Holdens Bett erreicht haben. Tom wurde schneller. Vielleicht wollte er etwas vor ihr verheimlichen? Vielleicht stand es um Holden schlimmer als befürchtet? Noch eine Schwingtür. Sie stürmte hindurch. Hinter einer Wand aus dunkelblauen Vorhängen piepten elektronische Geräte. Gerade wollte sie den Vorhang beiseite ziehen, als sie wieder ihren Namen hörte. Dieses Mal kam er von einer Stimme, die ihr vertraut vorkam.

»Rosa!«

Zusammen mit ihrer Freundin aus dem Kurs am Working Men's College trat ebenfalls Mildred hinter einem Vorhang hervor. »Da bist du ja! Das halbe Krankenhaus sucht nach dir.«

»Dustin hat uns angerufen«, sagte Rosa, »als er dich im Krankenwagen hat wegfahren sehen. Daraufhin haben Mildred und ich alle Krankenhäuser durchtelefoniert und sind sofort hierhergefahren.«

»Wo ist Alfie?«, fragte Alison.

»Er steht unter Polizeischutz«, antwortete Mildred. Rosa rollte mit den Augen.

»Constable Smith spielt mit ihm im Garten. Deine Tante hat via Express eine vollautomatische Ballwurfmaschine liefern lassen.«

»Genau, ich!«, betonte Mildred und stützte sich dabei vorwurfsvoll auf ihren Stock. »Roy wäre von selbst auf den Gedanken gekommen.«

Die Schwingtür hinter ihnen sprang auf. Tom stürmte auf sie zu. »Was machen Sie hier? Sie dürfen eigentlich gar nicht hier sein.«

»Ich sollte wohl eher fragen, was Sie hier machen.« Alison ignorierte ihn und trat hinter den Vorgang. Holden lag reglos und mit geschlossenen Augen vor ihr. Ein dünner Schlauch steckte in seiner Nase und ein Wirrwarr aus bunten Kabeln führte von ihm aus zu einem Pulk aus verschiedensten Apparaten. »Oh Gott, Holden«, hauchte sie.

Tom trat zu ihnen. »Er muss dringend in die Computertomographie. Allerdings sind wegen der zahlreichen Glätteunfälle aktuell alle Geräte blockiert. Deswegen haben sie ihm ein leichtes Beruhigungsmittel gegeben, bis er zur Untersuchung kann.«

Alison sah Tom erstaunt an. »Woher wissen Sie das?«

»Ich habe doch gesagt, dass ich mich nach ihm erkundigen werde. Aber Sie wollten ja unbedingt ohne mich auf Reisen gehen.«

Jetzt bekam sie dann doch ein schlechtes Gewissen. »Hören Sie, ich habe das nicht so gemeint. Es ist nur …«

»Schon okay«, antwortete Tom. »Ich muss jetzt wirklich los.«

Alison deutete auf Holden. »Dürfen wir noch einen Moment bei ihm bleiben?«

Er zwinkerte ihr zu. »Aber ich habe Sie nicht hergebracht. Okay?«

»Okay«, antwortete Alison und schon war Tom verschwunden.

Rosa trat an den Rollschrank, auf dem der Überwachungsmonitor aufgestellt war, öffnete das Schubfach und kramte darin herum. »Was machst du da?«, flüsterte Alison.

»Ich brauche eine Punktionsnadel, damit ich ihm Blut abnehmen kann.«

»Sind Sie wahnsinnig?« Mildred schien richtig aufgewühlt. »Sie können doch nicht einfach …«

»Rosa hat als Laborantin hier im University College Hospital gearbeitet«, wandte Alison beruhigend ein. Rosa pulte dabei eine erschreckend große Nadel aus der Verpackung. Alison wurde allein beim Anblick schlecht. »Muss das sein?«, fragte sie.

Rosa sah Alison entgeistert an. »Du glaubst doch nicht allen Ernstes, dass die ihn hier auf Kobragift untersuchen?«

Kobragift. Daran hatte nicht einmal Alison gedacht. Wie sollten dann Mitarbeiter eines Londoner Klinikums darauf kommen? Rosa drückte Alison einen Schlauch in die Hand. »Hier, du bindest ihm den Arm ab.«

Noch während sie den Schlauch strammzog, hörte Alison, wie jemand die Schwingtür bewegte. »Was, wenn sie uns erwischen?«, flüsterte sie. Rosa stach die Nadel in Holdens Vene. Blut tropfte ins Entnahmeröhrchen.

»Das ist ein Lehrkrankenhaus. Sag einfach, wir sind Studentinnen.«

Kaum hatte Rosa ihren Satz beendet, bewegte sich tatsächlich der Vorhang. Ein grauhaariger Mann mit leichtem Bauchansatz stand vor ihnen. »Zur Hölle, was machen Sie da?«

Alison fuhr zusammen. »Der Patient kann leider noch nicht in die Computertomographie und daher …«

»… sollen wir ein großes Blutbild machen«, sprang Rosa ein, schraubte das Entnahmeröhrchen zu, zog die Nadel aus Holdens Vene und drückte einen Tupfer auf die blutende Wunde.

Der Doktor schien wenig überzeugt. »Ein großes Blutbild?«

Mildred schob sich dazwischen, stützte sich auf ihren Stock, nahm ihren Hut ab und warf mit so viel Lächeln, wie ihre gebügelte Haut zuließ, ihr frisch gefärbtes Haar in den Nacken. »Wir sind Medizinstudentinnen.«

Sein Blick gefror. Er wich einen Schritt zurück, rieb sich die Augen und verschwand wieder hinter dem Vorhang. Seine Schritte entfernten sich. Rosa griff nach einer Schere. »Und jetzt noch ein paar Haare.«

»Ein paar Haare?«, fragte Alison. »Warum das?«

Schneller als sie schauen konnte, hatte Rosa mit einem Stück Kabelbinder eine Schlaufe um ein Büschel Haare gelegt, es fixiert, abgeschnitten und in einem weiteren Entnahmeröhrchen verschwinden lassen. »Lektion fünf, Alison«, antwortete Rosa knapp.

»Oh Gott, ja!«

Rosa hielt die Proben für einen letzten Check kurz in die Höhe. »Ich flitze jetzt mit allem ins Labor.«

»Wie lange wirst du brauchen?«, rief Alison hinterher.

»Vierundzwanzig Stunden.«

»Vierundzwanzig Stunden?« Alison sah zu Holden. Was wenn er gar nicht mehr so viel Zeit hatte?

»Wenn meine beste Freundin da ist, eine«, hallte Rosas Stimme nach und schon war sie hinter der Schwingtür verschwunden. Mildred setzte sich ihren Hut wieder auf und sah Alison fragend an.

»Kann mich bitte mal jemand aufklären?«

Alison erinnerte sich an den Kurs im WMC. »Über den Blutkreislauf verteilen sich Substanzen wie beispielsweise Drogen oder Gifte im gesamten menschlichen Körper. Dabei setzen sie sich auch in den Haaren ab. Dort sind sie nachweisbar, oft wochenlang.«

»Und das lernt man am Working Men's College?«

»Allerdings«, antwortete Alison.

Mildred nickte anerkennend, zog sich einen Hocker heran und setzte sich neben Holden. »Ich muss zugeben, dass du mich ernsthaft überrascht hast, Alison …«

Sie traute ihren Ohren nicht. War das tatsächlich ihre Tante, die da zu ihr sprach? Oder hatte dieser Dr. Geoffrey Hollande heimlich doch noch mehr Operationen an Mildreds Kopf durchgeführt als das hochmoderne Superlifting?

»… Ich hätte nie daran geglaubt, dass du diese Sache mit dem Kurs am Working Men's College auch wirklich bis zum Schluss durchziehst.«

Alison schluckte, während Mildred ihr ungewohnt respektvoll in die Augen sah und weitersprach.

»Ich fürchte, ich muss mich bei dir entschuldigen.«

Alison würgte einen gewaltigen Kloß in ihrem Hals herunter. Sie wusste nicht, was sie sagen sollte. So wachten sie eine gefühlte Ewigkeit einfach nur an Holdens Bett. Zeit, in der Alison unendlich dankbar für die Anwesenheit ihrer Tante war. Und Zeit genug, um ein schlechtes Gewissen zu bekommen. Ihre Tante wusste noch gar nicht, dass Teddy sie aus dem Kurs geworfen hatte. Nicht nur, dass Alison schon wieder versagt hatte. Sie war obendrein dabei, denselben Fehler erneut zu begehen. Die Gewissheit, ihrem Vater nach der verfehlten Prüfung bei der Metropolitan Police nie die Wahrheit gesagt zu haben, schmerzte bereits genug. Sie durfte jetzt nicht auch noch Mildred anlügen. Dieses Mal musste sie zu ihren Fehlern stehen.

Sie sah zu Holden. Erinnerungen ploppten auf. Daran, wie schwer es für ihren Vater gewesen war, als sie sich das erste Mal verliebt hatte. Manchmal war er richtig eifersüchtig gewesen. Ein echter Tyrann. Am Ende schließlich waren Holden und er ein Leib und eine Seele gewesen. Sie schloss kurz ihre Augen. Vielleicht hatte sie ihrem Vater auch deshalb nichts erzählt. Weil er so cholerisch und aufbrausend hatte sein können. Und gemein. Aber sie hatte ihm verziehen, immer.

Wahrscheinlich malte sie jetzt in ihrer Sehnsucht und Trauer ein viel zu schönes Bild von ihrem Vater. Aber was sollte sie tun? Sie vermisste ihn so sehr. Nicht auszudenken, wenn sie nun auch noch Peggy verlieren würde, und Roy und Holden. Leute, mit denen sie so viele Erinnerungen an ihren Vater teilte. In einer Welt ohne Peggy, Roy und Holden würde sie nicht leben wollen.

Alison fuhr ein Schauer über den Rücken. *Erinnerungen.* Was, wenn es bei allem, was bisher geschehen war, gar nicht wirklich um die Mumien ging? Stattdessen schien es fast so, als würde jemand alle Erinnerungen an ihren Vater ein für alle Mal auslöschen wollen – indem er ihr Peggy und Holden nahm, und Roy. Sie dachte an den Fluch, *die Mumien kommen aus den Scherben,* holte tief Luft. Ihr Atem zitterte. Sie durfte sich nicht verrückt machen. Roy hatte den Anschlag überlebt. Sie würde zu ihm gehen, sobald klar war, was mit Holden los war. Und Holden war jetzt hier bei ihr. Sie streichelte sein Haar. »Wenn er uns doch nur sagen könnte, was passiert ist.«

»Hast du ihn gefragt?«

Alison sah zu Mildred. Hatte sie das ernst gemeint? »Holden ist komplett ruhig gestellt. Und selbst wenn? Er weiß doch sicher gar nicht, was er redet.«

Mildred neigte ihren Kopf und stützte sich vorwurfsvoll auf ihren Stock. Wie Alison diese Geste hasste. Aber… im Grunde hatte ihre Tante ja recht. Was hatte sie schon zu verlieren? Sie trat an Holden heran, streichelte ihn und flüsterte ihm ins Ohr. »Holden, hörst du mich?«

Er rührte sich nicht. Mildred schob Alison beiseite. »Was soll das werden? Willst du ihn wachküssen?« Sie holte mit ihrer Hand aus und versetzte Holden eine derart schallende Ohrfeige, dass Alison vor Sorge kurz aufschrie. Holden öffnete seine Augen und starrte Mildred an, die noch immer leicht über ihn gebeugt war.

»Wo bin ich?«

»Du bist im Krankenhaus, Schatz«, rief Alison an Mildred vorbei, die partout nicht weichen wollte. »Sie mussten dich wiederbeleben.« Sie flüchtete zurück hinter Mildreds Rücken. Beinahe hätte bei dem Wort *wiederbeleben* ihre Stimme versagt.

»Wiederbeleben?«, stöhnte Holden. »Dann war ich wirklich tot?« Er schmachtete Mildred an. »Alison!«

Alison sah ein geschmeicheltes Lächeln über das blankgebügelte Gesicht ihrer Tante huschen. Schon verdrehten sich Holdens Augen, klappten nach hinten und schlossen sich wieder. Sofort schlug Mildred ein weiteres Mal zu. Holdens Lider sprangen wieder auf. Er schielte Mildred an. »Aber was haben Sie mit dir gemacht, Baby?« Mit einem krächzenden »Gott, siehst du kacke aus« fiel er zurück ins Delirium. Beleidigt wandte Mildred sich ab.

Alison lief ein Schauer über den Rücken. Allerdings nicht, weil Holden ihre Tante mit ihr verwechselt hatte. Schuld war ein Geräusch, das sich völlig unerwartet in die Klangkulisse des Krankenhauses mischte und ungeliebte Erinnerungen wachrüttelte.

»Alison?«, fragte Mildred. »Was ist los?«

»Die Sirene«, antwortete sie.

»Welche Sirene?«

Alison legte ihren Finger auf die Lippen und lauschte. Schon ertönte es erneut. »Hörst du das?«

Mildred sah sie verwundert an. »Natürlich. Das ist ein Krankenwagen.«

Alison nickte. Mildred hatte absolut recht. Allerdings handelte es sich bei dieser Sirene nicht um irgendeinen Krankenwagen. Krankenwagensirenen hörte sie in London täglich. Diese Sirene jedoch ging ihr durch Mark und Bein. »Genau so hat der Krankenwagen geklungen, der gekommen ist, um Roy abzuholen.«

47

10:15 am, Independent Specialists' Hospital

Teddy checkte doppelt, ob sie sich wirklich an der richtigen Adresse befanden. Er fühlte sich eher wie in einem Wellness-Tempel als in einem Krankenhaus. Von der Decke funkelte das Licht eines locker einen Yard breiten, mehretagigen Kristall-Kronleuchters herab und der Wartebereich bestach durch feinste, aufwendig gesteppte Sitzmöbel. Der Ohrenledersessel an der Stirnseite des Sofatisches, auf dem ein junger Mann in den Zwanzigern wartete, wirkte aus Teddys Perspektive nahezu wie ein Thron. In diesem Haus sollte sein Sohn weitere Untersuchungen haben? Wie wollte er so etwas bezahlen? Da konnte doch eigentlich nur Alison dahinterstecken. Kein Wunder, dass Benisha derart aus ihrer Haut gefahren war. Statt sich vertrauensvoll an seine Eltern zu wenden, bettelte Dustin die Granville-Familie um eine unbezahlbare medizinische Versorgung an. Dann war wahrscheinlich auch das der Weg, auf dem er zu seinem Assistenten-Job bei dieser Peggy gekommen war. Und jetzt, nachdem Peggy verschwunden war, war er obendrein auf ihre Position nachgerückt und übernahm den Job einer der am besten bezahlten Eventmanagerinnen Londons. Um Himmels Willen, das war ein lupenreines Mordmotiv. Dieser Fall machte ihn schon völlig paranoid. Dustin ein Mörder? Niemals!

Teddys Aufmerksamkeit ging zurück zu dem jungen Mann im Ohrenledersessel. Auch wenn er sich perfekt hinter seinem Magazin zu verstecken glaubte, Teddy hatte während seiner Dienstzeit gelernt, Menschen aus dem Augenwinkel zu beobachten. Und jedes Mal, wenn Teddy seinen Blick vom Wartebereich wieder Commander Kilburn zuwandte, der noch immer mit dem Herrn am Empfang diskutierte, senkte sich die Zeitschrift des jungen Mannes. Teddy war sicher, er wurde von ihm beobachtet. Nur warum? Dass sie vom Scotland Yard kamen, stand ihnen schließlich nicht auf der Stirn geschrieben und Commander Kilburn verstand es ausgezeichnet, sich bei Befragungen in aller Öffentlichkeit diskret zu verhalten.

Teddy zog sein Smartphone aus der Tasche, öffnete die Handyhülle und trat einen Schritt an Commander Kilburn heran. Beiläufig blickte er auf das Display, so als wolle er seine Nachrichten überprüfen. Dabei schaltete er seine Kamera ein, startete die Videoaufnahme und klappte die Handyhülle wieder zu, sodass das Display für Außenstehende verdeckt war. Mit seiner vollen Aufmerksamkeit scheinbar weiterhin bei Kilburn kratzte er sich mit dem Handy in der Hand an seinem Kopf, ging zum Sofatisch, um einen neugierigen Blick auf die Zeitschriften zu werfen, betrachtete gelangweilt die Ölgemälde an den Wänden und ging danach schließlich wieder zu Commander Kilburn. Um es nicht allzu auffällig erscheinen zu lassen, steckte er sein Smartphone zurück in seine Tasche, wartete einige Sekunden, um es schließlich unter dem Anschein einer unerwartet erhaltenen Textnachricht wieder hervorzuziehen. Er klappte die Handyhülle wieder auf, stoppte die Aufnahme und spielte sie ab. Bingo. Da war das Gesicht des jungen Mannes im Wartebereich klar und deutlich zu erkennen. Und wie er Teddy beobachtete. Er schien sich regelrecht vor ihm zu fürchten. Das war keine reine Angst vor der Polizei. Das war etwas Persönliches.

Teddy pausierte das Video, schob die Zeitleiste auf eine Position, zu der das Gesicht des Mannes besonders gut zu erkennen war, und zoomte heran. Er war absolut sicher, ihn noch nie zuvor gesehen zu haben. Er hatte definitiv einen indischen Touch. Vielleicht ein Bekannter von Benisha? Teddy hatte eine Idee. Er machte einen Screenshot, lud das Bild auf Google hoch und startete eine Bildersuche.

Das Glück war eindeutig auf Teddys Seite. Er war ziemlich sicher: Das erste Bild, das die Suchmaschine unter *ähnliche Bilder* anzeigte, war dieselbe Person wie die hier im Wartezimmer. Teddy klickte auf das Bild. Es vergrößerte sich und der Button *zur Webseite* wurde sichtbar. Teddy klickte erneut. *Junji Madan, Mediengestalter, Regent's University.*

»Mr Chan?«

Teddy hatte so wenig mit Commander Kilburn gerechnet, dass er regelrecht zusammenzuckte.

»Kommen Sie! Dr. Geoffrey Hollande arbeitet gerade in seinem Labor. Aber er hat jetzt Zeit für uns.«

»Ein Labor?« Irgendwie hatte Teddy dieses Wort in den vergangenen Tagen bereits viel zu oft gehört. Der Mann vom Empfang rasselte mit seinem Schlüsselbund und lief voraus. Kilburn und Teddy folgten ihm.

»Allerdings. Das Independent Specialists' Hospital ist weltweit bekannt für seine federführenden Anti-Aging-Forschungen.«

»Anti-Aging?«

»Lebensverlängernde Maßnahmen«, antwortete der Mann, während er durch aufwendig gestaltete und modern ausgeleuchtete Gänge des Krankenhauses führte. Teddy sah ihn von der Seite an. Deswegen machte er beim Reden so einen merkwürdigen Eindruck. Nahezu nur seine Zunge schien sich zu bewegen. Wahrscheinlich war er in Wahrheit genauso alt wie Mildred Granville. Zumindest hatte er sichtlich dieselbe Generalüberholung bekommen.

»Sie reden von plastischer Chirurgie?«, fragte Teddy nach.

Der Mann vom Empfang lachte. »Die Anti-Aging-Forschung geht weit über rein kosmetische Maßnahmen hinaus.« Er stoppte vor einer Tür, gab hinter verdeckter Hand einen Code ein und öffnete sie. »Die meisten von Dr. Hollandes Kollegen sind sich darüber einig, dass wir den Kampf gegen das Altern innerhalb der nächsten fünfzig Jahre besiegen werden.« Er trat in den Türrahmen und winkte Teddy und Commander Kilburn hinein. Dr. Geoffrey Hollande stand in einem Raum, der sich von der Atmosphäre her irgendwo zwischen Behandlungszimmer und Tierlabor befand. Nur dass sich in den diversen Terrarien an der Wand keine weißen Mäuse oder Ratten tummelten, sondern gruselig behaarte Spinnen und … Teddy hielt den Atem an … Schlangen.

»Mr Chan?«, riss Dr. Hollande Teddy aus seinen Gedanken. »Diesmal ganz ohne Dienstwaffe?« Er streckte ihm seine Hand entgegen.

Teddy überging den fragenden Blick, den Commander Kilburn umgehend auf ihn richtete und erwiderte Hollandes Händedruck dafür besonders kraftvoll. Hollande zeigte sich unbeeindruckt.

»Eine interessante Sammlung haben Sie hier.« Teddy deutete auf die Terrarien. »Ich dachte, Sie sind auf der Suche nach der Unsterblichkeit?«

»Das ist völlig korrekt.« Dr. Hollande schmunzelte. »Die

Untersuchung von tierischen Giften spielt eine wesentliche Rolle bei der Anti-Aging-Forschung.«

Teddy hob erstaunt die Augenbrauen. Dr. Hollande deutete prompt auf die Falten, die sich dabei auf seiner Stirn bildeten.

»Angefangen bei dem Einsatz in Kosmetikprodukten.« Er öffnete einen Schrank und nahm eine kleine Cremedose heraus. »So haben wir beispielsweise auf Basis von Schlangengift Mikromoleküle entwickelt, die über eine Creme tief in die Hautpartien eindringen können und einen glättenden Effekt haben – ähnlich dem bekannten Botox.« Er stellte die Dose wieder zurück. »Das ist natürlich ein rein äußerlicher Effekt. Allerdings gibt es beispielsweise am Institut für Physiologische Chemie und Pathobiochemie in Deutschland interessante Forschungen, die darauf hindeuten, dass Kobragift ein hochwirksames Mittel in der Tumortherapie sein könnte. Und Krebs ist und bleibt eine der größten Hürden auf dem Weg zur Unsterblichkeit.«

Kobragift? Teddy lief an den Terrarien entlang. Dabei fiel ihm auf, dass das größte von ihnen leer war. »Das heißt, Sie besitzen eine Kobra?«

»Ich muss Sie enttäuschen. Im Augenblick sind diese Tiere leider schwer zu bekommen.« Dr. Hollande räusperte sich. »Bitte entschuldigen Sie, dass ich ein wenig auf die Uhr sehen muss. Meine Patienten warten. Darf ich fragen, was Sie zu mir führt?«

Kilburn zog die Kopie des Totenscheines aus seiner Tasche und hielt ihn Dr. Hollande vors Gesicht. »Erinnern Sie sich daran?«

Dafür dass Dr. Geoffrey Hollandes Grinsegesicht einen festgetackerten Eindruck machte, staunte Teddy, wie weit sich seine Mundwinkel beim Anblick des Totenscheines nach unten bewegen konnten. »Natürlich.« Der sonst so eloquente

Doktor suchte sichtlich nach Worten. »Ronald Granville ist damals wegen eines völlig unerwarteten Herzinfarktes zu uns ins University College Hospital eingeliefert worden. Ich habe ihn behandelt.«

»Mit Erfolg?«, fragte Kilburn.

Dr. Hollande rührte sich nicht. »Ich verstehe nicht, was Sie meinen.« Lediglich seine Augen wanderten nervös hin und her. »Ich meine, hier steht doch schwarz auf weiß …«

»Wir wissen, was dort steht«, antwortete Commander Kilburn. »Allerdings muss das noch lange nicht der Wahrheit entsprechen.«

»Wenn Sie auf die Vorwürfe gegen mich anspielen, wegen denen ich am University College Hospital entlassen worden bin, nichts davon ist bewiesen.«

»Das wissen wir«, antwortete Kilburn. »Allerdings haben wir Gründe zu der Annahme, dass Ronald Granville nicht so tot ist, wie es auf diesem Dokument dargestellt wird.«

Dr. Hollande presste seine Lippen zusammen, lief hinter seinen Schreibtisch und sank in seinen Stuhl. »Um was für Gründe handelt es sich?«

Kilburn blickte kurz zu Teddy und dann wieder zu Dr. Hollande. »Darüber können wir im Augenblick leider noch nicht reden.« Er trat an Dr. Geoffrey Hollandes Schreibtisch, stützte sich auf die Tischplatte und sah ihm direkt in die Augen. »Oder was würden Sie vermuten, wenn ich Ihnen – nur als Beispiel – sagen würde, dass sein Sarg in der Familiengruft leer ist?«

Dr. Hollande atmete tief durch. »In diesem Fall müsste ich mich leider auf meine ärztliche Schweigepflicht berufen.«

Kilburn nickte bedächtig. »Und ich würde Ihnen sagen, dass die Geschichte, die uns die Rechtsabteilung da heute am University College Hospital erzählt hat, ziemlich spannend klang.«

Dr. Geoffrey Hollande schluckte.

»Also«, sprach Kilburn weiter. »Ich frage noch mal: Ist Ronald Granville tot oder nicht?«

»Nun …« Dr. Hollande geriet ins Stottern. »… das kommt ganz darauf an, wie Sie das Wort tot definieren.«

Teddy wurde hellhörig. Was war das bitte für eine Antwort?

»Was heißt das?« Kilburns Stimme klang ernsthaft erbost.

»Also gut, wenn Sie es unbedingt von mir hören wollen.« Dr. Geoffrey Hollande stand auf. »Aber ich sage Ihnen gleich, dass ich gnadenlos bestreiten werde, dass Sie diese Information von mir haben.«

»Welche Information?«, fragte Teddy schneller, als er denken konnte.

Dr. Hollande setzte sich wieder und öffnete das Notebook auf dem Schreibtisch vor ihm. »Die Information, dass Ronald Granville an jenem Tag im University College Hospital streng genommen nicht gestorben ist.«

»Bitte?«, rief Kilburn.

Dr. Hollande tippte auf seinem Notebook herum. »Und die Information, wo Sie ihn finden können.«

48

10:55 am, University College Hospital, Notaufnahme

Alison fühlte sich, als wenn sie eine halbe Ewigkeit durch das Klinikgebäude gerannt wäre. Das durfte doch nicht wahr sein. Warum musste dieses Gebäude auch einem Irrgarten gleichen? Die Krankenwagensirene, welche das Blut in ihren Adern hatte gefrieren lassen, war inzwischen lange verstummt. Hoffentlich kam sie nicht zu spät. Als sie schließlich den Ausgang mit der Beschilderung *Beaumont Place* erreichte, betete sie, dass sie endlich richtig war. Laut dem Lageplan befand sich genau parallel zum *Beaumont Place* die abgeschottete Zufahrt, über welche die Rettungswagen ihre Patienten abgeschirmt vom Blick der Öffentlichkeit in die Notaufnahme bringen konnten. Jackpot! Als sie auf die automatische Glastür zulief, sah sie durch die Glasfassade gerade noch, wie ein Rettungswagen links von ihr einen abgeschirmten Wendekreis verließ. Alison beschleunigte. Um keinen Preis durfte sie den Krankenwagen verpassen. Sie hechtete aus dem Gebäude. Das Blaulicht auf dem Dach des Wagens flackerte auf. Die Sirene ertönte. Das war nicht die Sirene, nach der sie suchte. Alison stoppte, stützte sich auf ihren Knien ab und rang um Luft. Ihr Brustkorb pumpte wie ein Blasebalg. Ihre Lungen stachen. Egal, sie durfte keine weitere Zeit verlieren. Noch während der Rettungswagen rechts von ihr zurück auf den Beaumont Place einbog, rannte sie links an der Gebäudefassade entlang direkt auf die Zufahrt der Rettungswagen zu. Mindestens fünf Rettungswagen reihten sich auf der vollständig verglasten Zufahrt aneinander. Der nächste Rettungswagen rückte nach. Der Fahrer sprang heraus, öffnete die Türen auf der Rückseite und zog gemeinsam mit seinem Kollegen die Trage heraus. Eine weitere Sanitäterin hockte gegrätscht über dem Patienten mit auf der Trage und zählte laut die Impulse ihrer Herzdruckmassage, während ihre Kollegen den Patienten und sie mit schnellen Schritten in die Notaufnahme rollten. Nur beiläufig konnte Alison das bleiche Gesicht des Mannes auf der Liege erkennen. Für einen kurzen Moment fühlte sie sich wie paralysiert. Ob ihr Vater genauso eingeliefert worden war? Wäre sie damals doch nur ein paar Minuten früher hier gewesen. Aber Alison hatte keine Zeit für Sentimentalität. Sie atmete ihre Erinnerungen aus und rannte die Warteschlange ab. Vergebens. Keiner der noch wartenden Rettungswagen glich jenem, der sie gestern noch in panischer Angst auf dem Thurloe Square hatte stehen lassen. Sie war also doch zu spät. Schon wieder.

Eine unsagbare Wut im Bauch, drehte sie sich um, um zurück zum Eingang zu laufen, als sich in der Glasfassade des Gebäudes eine Gestalt spiegelte. Alison erstarrte zur Salzsäule. Nie im Leben würde sie dieses Gesicht vergessen. Das gespaltene Kinn. Die harten Gesichtszüge. Also hatte sie sich doch nicht getäuscht. Der Rettungswagen musste hier sein. Das war der Sanitäter, der sie vor ihrer eigenen Haustür nach dem Schlangenbiss gefragt hatte. Und er lief unmittelbar auf sie zu. In allerletzter Sekunde hechtete Alison zwischen zwei der wartenden Rettungswagen und ging in Deckung. Der Mann verschwand in der Notaufnahme. Alison wartete einen Moment. Dann wagte sie sich aus ihrer Deckung hervor, rannte die Krankenwagenzufahrt ein weiteres Mal ab und checkte dabei so unauffällig wie möglich die Reifenprofile. Als sie den letzten Wagen in der Reihe erreicht hatte, hoffte sie, dass die Schlange vielleicht von ihr unbemerkt hinter der Ecke auf dem Grafton Way weiterging. Fehlanzeige. Das durfte doch nicht wahr sein. Sie hatte sich die Sirene doch nicht eingebildet. Erst als sie bereits jede Hoffnung aufgegeben hatte und zurück auf den Beaumont Place ging, um zum Eingang zurückzukehren, sah sie es. Auf der Außenseite der verglasten Krankenwagenzufahrt, zwischen Beaumont Place und Glasfassade, befanden sich Parkplätze. Der Rettungswagen, der abgebogen war, gerade als Alison das Krankenhaus verlassen hatte, musste ihre Sicht auf diese Parkplätze komplett versperrt haben. Jetzt aber von der anderen Seite der Straße aus sah Alison sie. Und viel entscheidender noch: Auf einem der Parkplätze stand er, der Rettungswagen! Alison sprintete darauf zu. Die Lackierung, das Reifenprofil. Das war der gesuchte Wagen. Definitiv. Und erst jetzt, wo sie ihn aus der unmittelbaren Nähe und nicht in Todsangst um ihren Butler und in hellem Tageslicht betrachtete, fiel ihr ein weiteres Detail auf. Der Leuchtbalken auf dem Dach des Wagens war nicht blau, sondern Bernsteinfarben. Handelte es sich also vielleicht doch gar nicht um einen Krankenwagen? Sie lief an die Rückseite des Wagens heran und wagte einen Blick durch das Glas der Doppeltür. Das Equipment im Inneren sah definitiv medizinisch aus. Die Ausstattung erinnerte schon nahezu an einen OP-Saal. Alison erkannte mehrere LCD-Displays, Schläuche, wie sie an Holdens Körper befestigt gewesen waren, jede Menge OP-Besteck – sie schluckte – inklusive eines Hammers. Ihr Blick fiel auf die Transportliege. Was auf den ersten Blick wie eine herkömmliche Pritsche aussah, entpuppte sich ebenfalls als komplizierte Konstruktion. Unterhalb der Liege befand sich eine Art Auffangbecken, das auf den zweiten Blick fast an einen Sarkophag erinnerte. Wenn Alison die Konstruktion der Liege richtig verstand, konnte man sie scheinbar seitlich schieben, um die aufgenommenen Patienten anschließend direkt in diesen Sarkophag zu legen. Und dann? Was um Himmels Willen geschah dann mit der Person, die in diesem Wagen transportiert wurde.

Alison wurde aus ihren Gedanken gerissen, als sie ein Klacken hörte, das wie der Schließmechanismus einer Fahrzeugtür klang. Kurz darauf warf jemand genau jene Tür lautstark ins Schloss. Erst jetzt realisierte Alison, dass sie von ihrer Position aus nicht nur in den Laderaum des Wagens, sondern sogar noch weiter bis in die Fahrerkabine schauen konnte. Verflucht. Wie hatte sie nur so unvorsichtig sein können? Wenn noch jemand in der Fahrerkabine gewesen war, hatte er sie mit Sicherheit gesehen. Jetzt aber war die Fahrerkabine leer. Alison fuhr herum und lehnte sich mit dem Rücken an die Fahrzeugrückseite. Ausgerechnet jetzt schien der Montague Place wie ausgestorben. Und die Rettungswagen auf der anderen Seite der verglasten Zufahrt waren vollkommen abgeschirmt. Wenn es hier jetzt zu einer Konfrontation kommen sollte, war sie hoffnungslos ausgeliefert.

»Madam?«

Alison zuckte zusammen, als sie die tiefe, knurrige Stimme unmittelbar rechts neben sich hörte.

49

10:55 am, Independent Specialists' Hospital

Teddy staunte. Obwohl Dr. Geoffrey Hollande sich weigerte, jegliche Schuld einzugestehen, folgte er den Polizeibeamten, die Commander Kilburn ins Independent Specialists' Hospital gerufen hatte, ohne jeden Widerstand. Wahrscheinlich weil er wusste, dass die Beweise erdrückend waren. Hollande hatte die Mittel und die Möglichkeit, eine Kobra zu halten. Und er war ein langjähriger Vertrauter von Mildred Granville gewesen, der das Geheimnis rund um Alisons Vater eiskalt für seine Zwecke ausgenutzt hatte. Mit Sicherheit würden sie bei Untersuchungen seines Computers Beweise dafür finden, dass er das E-Mail-Konto von Alisons Vater gehackt hatte. Dennoch war da ein ungutes Gefühl in Teddys Magengegend, das einfach nicht vergehen wollte. Wenn all das so naheliegend war, wieso war Alison dann nicht darauf gekommen? Während er und Kilburn noch der falschen Peggyfährte nachgegangen waren, hatte sie schon lange Fälschungen hinter den Mumien vermutet. Auch war sie es gewesen, die auf den Reifenabdruck des Krankenwagens gestoßen war. Wieso hatte sie dann nicht auch die restlichen Schlüsse gezogen? Es ging um knallharten Organhandel! Und Mrs Tarassowna war bei ihrer Arbeit im Museum hinter Prof. Reids Verwicklungen in den Fall gekommen und deswegen hatte sie sterben müssen. Deswegen hatte auch Mrs Tarassowna die Steinkanope zerschlagen. Schließlich wurden in diesen Kanopen im alten Ägypten die Organe aufbewahrt, die man den Leichen für die Mumifizierung entnommen hatte. Das hatte sie mit ihrer Botschaft gemeint. Warum sonst auch der Abtransport von Peggy in einem Krankenwagen, ebenso wie man ihn mit Roy vorgehabt hatte? Sowohl Peggy als auch Roy hatten die überaus seltene Blutgruppe AB negativ und waren somit auf dem Blut- und Organmarkt Gold wert.

Wenn Kilburn mit seiner Vermutung richtig lag, hatte man Peggy nach dem Mord im Krankenwagen künstlich am Leben erhalten, an einen geheimen und dafür präparierten Ort gebracht und schließlich bis auf das letzte Organ hin ausgeweidet. Genauso, wie man es früher im alten Ägypten vor der Einbalsamierung mit Mumien getan hatte. Was wäre also naheliegender, als sie als solche zu tarnen? Ob die Professorin Elizabeth Reid von diesen Machenschaften gewusst hatte oder nicht, würde sich in diesem Fall auch noch erweisen. Selten hatte Teddy einen Fall gehabt, bei dem sich alle Puzzleteile zum Ende hin so überzeugend ineinanderfügten.

Trotzdem fühlte Teddy sich seltsam leer. Wo war dieses Siegesgefühl, das normalerweise auf eine Verhaftung hin folgte? Er wurde den Gedanken nicht los, etwas übersehen zu haben. Oder lag es an Alisons Abwesenheit? Den Moment, als sie den Mörder im Savoy Hotel überführt hatte, würde er nie vergessen. Dieses Glücksrauschen. Diese Euphorie. Dieser Stolz, an der Seite dieser unglaublich begabten Frau ermittelt und sie auf dem Weg zu ihrem ersten Triumph begleitet zu haben. Es war irgendwie nicht fair, diesen Erfolg jetzt hier nicht auch mit ihr zu teilen. Oder lag es einfach an Teddys schlechtem Gewissen, zu hart mit Alison ins Gericht gegangen zu sein? Wünschte er ihr deshalb die Lösung des Falles?

Fakt war, dass die Gewissheit über den grausamen Tod, den Peggy wahrscheinlich hatte erleiden müssen, sie unendlich verletzen würde. Er wagte gar nicht sich auszumalen, zu welchen obskuren Experimenten und Behandlungen dieser Dr. Morosow Frankenstein alias Dr. Geoffrey Hollande auf der Suche nach der ewigen Jugend noch fähig gewesen war – und dann erst die Sache mit Alisons Vater. Teddy war fassungslos gewesen, als Dr. Geoffrey Hollande ihnen gebeichtet hatte, was tatsächlich mit ihm geschehen war. Selbst jetzt schüttelte es ihn noch. Eigentlich hätte er so etwas bis zum heutigen Tag immer als weit entfernte Science-Fiction abgetan. Etwas, das höchstens durchgeknallte Amerikaner wagten. Ihm graute bei dem Gedanken, Ronald Granville womöglich während seiner Laufbahn tatsächlich eines Tages noch einmal unter die Augen treten zu müssen. Auferstanden von den Toten.

Die Tür öffnete sich und eine Schwester steckte ihren Kopf in das Behandlungszimmer. »Dr. Hollande?«, fragte sie mit unschuldiger Stimme. Ihre Augen weiteten sich erstaunt, als Teddy ihr weismachte, dass er bis auf Weiteres nicht mehr zur Verfügung stand. »Oh«, seufzte sie. »Aber die Transplantation …«

Die was? Dr. Hollande hatte doch alle Vorwürfe bezüglich des Organhandels abgestritten. Also doch! Hatte er ernsthaft die Coolness gehabt, ihnen derart dreist ins Gesicht zu lügen? Während eines seiner Geschäfte bereits im Nebenraum mitten in der Vorbereitung war?

Teddy drängte sich neben der verwunderten Schwester in den Flur. Auf dem Stuhl vor dem Behandlungszimmer saß dieser dünne, indisch aussehende Junji, der ihm bereits draußen im Warteraum aufgefallen war. Kein Wunder, dass er Teddy skeptisch beäugt hatte. Menschen, die sich an derart finsteren Geschäften beteiligten, informierten sich und kannten ihre Gegner. Deshalb hatte er auch gewusst, dass Teddy zum Scotland Yard gehörte. Jetzt sah er Teddy an, sprang in die Höhe und stürmte zur Tür. Teddy schnappte ihn am Handgelenk. Dabei stieg ihm ein rosig-vanilliger Duft in die Nase, wie er ihn erst kürzlich gerochen hatte. Er zog seine Dienstmarke und hielt sie Junji direkt vor die Nase. »Sie bleiben, wo Sie sind.« Junji schluckte. Etwas an seiner Körperhaltung war komisch. Er wollte gar nicht fliehen. Viel eher schien es, als wollte er Teddy am Betreten des Zimmers hindern. Teddy linste auf das Türschild. *Behandlungszimmer 1.* Was ging hier wirklich vor? Er schob diesen Junji beiseite, drückte die Klinke herunter und traute seinen Augen nicht. »Dustin?«

»Dad!«

»Was machst du hier?«

»Ich …«

Dustin saß nur halb bekleidet auf einer stylischen, mit rotem Leder bezogenen Edelstahl-Untersuchungsbank. Teddy blickte auf Dustins freien Oberkörper. Auf die Kabel auf seiner Brust, die mit Apparaturen verbunden waren. Ein EKG? Er dachte an die anderen Tests, die Dustin im University College Hospital hatte machen lassen. Waren das alles etwa Voruntersuchungen für eine Operation gewesen?

Teddy hörte, wie die Tür in seinem Rücken geöffnet wurde. Eine bubenhafte Stimme ertönte. »Dustin, tu es nicht …«

Teddy fuhr herum. Dieser Junji stand hinter ihm.

»… Es ist falsch.«

»Was ist falsch?« Teddy wähnte sich im falschen Film.

»Ich werde einen anderen Spender finden«, sprach dieser Junji weiter.

»Stopp.« Teddy fühlte sich wie schockgefroren. Es hatte die ganze Zeit auf der Hand gelegen. Er war nur zu blind gewesen, es zu erkennen. Deswegen war Benisha so ausgeflippt. Deswegen wollte sie, dass Dustin mehr Fleisch aß und Vitamine zu sich nahm. »Du willst eine Niere spenden?«

»Dad ...«

»Einem Fremden?«

»Junji ist nicht fremd.«

Natürlich nicht. So langsam begann Teddy in seinem Kopf eins und eins zusammenzuzählen.

»Junji und ich haben uns während der Vorbereitungen zum Chandelier Charity Concert kennengelernt.«

Klar. Wann auch sonst? Mit dem Lernen für seinen A-Level-Abschluss am Bacon's College und dem Nebenjob für Alisons Eventmanagerin war er ja vollkommen ausgelastet. Und ... Teddy traf es wie ein Blitz. »Stopp!« Das hieß, Junji verfügte mit Sicherheit über jede Menge Geld. Eben noch hatten sie im Nachbarzimmer mit dem Gruseldoktor über den Vorwurf des illegalen Organhandels gesprochen. Hieß das etwa, Dustin wurde von Junji für seine Spende bezahlt? Natürlich musste es das bedeuten. Dustin träumte davon, auf die Regent's University zu gehen. Er wusste, dass Teddy und Benisha ihm das beim besten Willen niemals würden bezahlen können. »Dustin, ist dir klar, was du hier tust?«

Sein Sohn sah ihn vorwurfsvoll an. »Natürlich weiß ich das. Ich bin kein Kind mehr, Dad. Schon vergessen?«

»Und hast du vergessen, für wen ich arbeite?«

»Dad!«

»Du bringst mich in Teufels Küche, wenn herauskommt, dass du auf dem Schwarzmarkt deine Niere an einen Fremden verkaufst.«

Dustin schlug sich mit der flachen Hand gegen die Stirn. »Verdammt noch mal, Dad, er ist kein Fremder.«

Teddy erschrak über die Wucht von Dustins Worten. Gestritten hatten sie schon oft. Klar hatten sie das. Der ständige Zweikampf zwischen ihnen, seit Dustin in die Pubertät gekommen war, war nicht selten unerträglich gewesen. Dustins eigene Wohnung hatte die Situation bedeutend entspannt.

Aber noch nie hatte er seinen Sohn so energisch und emotional zugleich erlebt.

»Und erst recht bekomme ich kein Geld von ihm.« Dustin fuhr sich mit der Hand über seine raspelkurz geschnittenen Haare. »Für was für einen Menschen halten Mum und du mich eigentlich?«

»Aber …« Jetzt verstand Teddy rein gar nichts mehr. »Warum kommst du dann auf solche Gedanken? Du hast noch dein ganzes Leben vor dir, Dustin.«

Sein Sohn sah an die Decke und atmete tief durch. »Genau das ist der Punkt. Ich habe noch ein ganzes Leben vor mir. Und das kann ich ohne Probleme mit nur einer Niere leben, Dad. Aber nicht …«

»Aber nicht was?«

»… aber nicht ohne Junji.«

Teddy war sprachlos.

»Ich bin schwul, Dad.« Junji trat an Dustins Seite und Dustin nahm ihn in den Arm. »Wir lieben uns.« Dustin sah nach unten, als würde er sich vor Teddy verstecken wollen. Es brach Teddy das Herz, seinen Sohn so zu sehen. »Deswegen ist Mama so ausgeflippt.« Er fuhr sich mit der Hand übers Gesicht und atmete schwer. »Sie meint, ich wäre schwul, weil ich zu wenig Testosteron produziert habe.«

»So ein Blödsinn«, flüsterte Teddy. Jeder wusste, dass Homosexualität nichts mit Ernährung zu tun hatte. Dass ein schwuler Sohn für Benisha ein Schock war, konnte er verstehen. Klar, sie hatte Schwule in ihrem Freundeskreis. Nur der eigene Sohn? Wenn es auf einmal auch ihre ganze noch in Indien lebende Verwandtschaft betraf? Vor dem Hintergrund, dass in Indien Homosexualität erst seit 2018 nicht mehr strafbar war, löste das natürlich ganz andere Emotionen aus. Aber er würde das schon mit ihr klären, irgendwie. Er hatte etliche Schulungen zum Thema Diversität und dem Umgang mit

LGBTQs absolviert. Da kannte er sich aus. Und Kerby, der Blonde von der Holborn Police Station war ja auch schwul. Und ganz nett eigentlich. Der spielte sogar Football. Ziemlich gut für einen Schwulen. Teddy sah Dustin und Junji abwechselnd an. Trotzdem erschien ihm der Gedanke befremdlich. Dustin? »Hast du … hast du dir das denn gut überlegt?«

»Echt jetzt?« Dustin verschränkte die Arme vor der Brust. »So etwas überlegt man sich nicht, Dad. Entweder man liebt jemanden, oder man liebt ihn nicht.« Er verdrehte die Augen und schüttelte den Kopf. »Aber was rede ich. Ist ja nichts Neues, dass du in diesem Punkt völlig auf der Leitung stehst.«

Autsch. Auf diesen Frontalangriff war Teddy nicht gefasst gewesen. »Ich weiß, dass dich das mit Benisha belastet, Dustin.«

»Mich belastet überhaupt nichts, Dad.«

»Aber das mit deiner Mutter und mir ist nicht so leicht, wie es aussieht.«

»Mit dir und Mum? Wer redet denn hier von Mum? Mum hat schon seit Wochen gecheckt, was Sache ist.« Dustin beugte sich vor und schüttelte den Kopf. »Oh Gott, Dad, bist du denn echt der Einzige auf der Welt, der nicht schnallt, dass du hoffnungslos in Alison verknallt bist?«

Teddy stockte der Atem. Er wollte etwas sagen, würgte es aber wieder herunter. Ihm fröstelte. Nein, er schwitzte. Er …

»Was machst du überhaupt noch hier? Ich denke, sie ist im Krankenhaus? Ich wette, sie braucht dich.«

»Sie ist wo?«

Dustin sah ihn erschrocken an. »Das weißt du nicht? Ich dachte, deswegen veranstaltet ihr das ganze Theater hier. Sie hat Holden halbtot im British Museum gefunden und ist mit ihm zusammen im Krankenwagen ins University College Hospital gefahren. Ich habe extra Rosa und Mildred angerufen.«

Teddy riss sein Handy aus der Tasche. Deswegen hatte Alison ihn zweimal angerufen. Und er hatte sie zweimal weggedrückt. Und da sollte er in sie verknallt sein? Und wieso schon wieder das University College Hospital? Er hatte doch gleich so ein mulmiges Gefühl, als er mit Kilburn dort gewesen war. Sie und Alison mussten sich genau verfehlt haben. Und Holden hatte es ebenfalls erwischt? Dann hatten sie vielleicht wirklich etwas übersehen? Verdammt! Er schnappte sich seinen Autoschlüssel und rannte los. Gott sei Dank brauchte er von hier nicht einmal zehn Minuten mit dem Wagen bis zum UCH.

50

11:15 am, University College Hospital, Beaumont Place

Alison machte drei Kreuze. Endlich war der ältere Herr neben ihr wieder verschwunden. Erst hatte Alison innerlich geflucht, als er völlig aus dem Nichts neben ihr aufgetaucht war, sie nach dem Eingang ins Krankenhaus gefragt und urplötzlich begonnen hatte, ihr obendrein seine gesamte Lebensgeschichte zu erzählen. Dann hatte sie erkannt, was für ein Geschenk des Himmels ihre Begegnung mit ihm gewesen war. Er hatte ihr die perfekte Deckung geboten. So hatte sie ungehindert aus dem Augenwinkel beobachten können, wie sich der Fahrer des mysteriösen Rettungswagens ebenfalls in Richtung Notaufnahme entfernt hatte. Aber weder der Fahrer, noch sein Kollege mit dem gespaltenen Kinn waren zum Wagen zurückgekehrt. Jetzt bekam sie Zweifel und fürchtete, dass sie wertvolle Zeit verloren hatte. Sie blickte dem alten Mann hinterher, wie er nun in Richtung des Krankenhauseingangs ging und kurz vorher nach links abbog. Wieso ging er nicht ins Gebäude hinein? Er hatte doch … Alison stach der schwarze Anzug des Mannes ins Auge. Die ganze Zeit über war sie in Gedanken so sehr mit den beiden Männern aus dem Krankenwagen beschäftigt gewesen, dass sie weder groß auf das Gesicht des Mannes noch auf sein Outfit geschaut hatte. Jetzt aus der Distanz fragte sie sich, wie sie dieses entscheidende Detail nur hatte übersehen können. Der Schnitt des Anzuges war eindeutig identisch mit jenem des Mannes, von dem sie sich am frühen Morgen vor dem British Museum beobachtet gefühlt hatte. Das konnte doch kein Zufall sein. Genauso wenig, wie es ein Zufall sein konnte, dass genau in dem Moment, wo sich Roy, Holden und Mildred zeitgleich im Krankenhaus aufhielten, die zwei Männer mit ihrem Krankenwagen hier auftauchten. Sie sollte die Polizei rufen. Auf der Stelle. Und dann? Was sollte sie sagen? Dass sie Angst vor zwei Männern hatte, weil sie vor einem Tag einfach weitergefahren waren, nachdem sie den Notruf gewählt hatte? Mit einem Krankenwagen, der offenbar zwar wie einer aussah, aber überhaupt keiner war? Wieso meldete sich Teddy nicht zurück, verflucht noch mal?

Sie eilte zur Fahrertür. Vielleicht konnte sie etwas durch die Seitenscheibe entdecken. Einen Ausweis, eine Dienstmarke, einen Hinweis auf das, was hier gespielt wurde. Irgendwas! Ihr fiel das iPad auf, das in der Mitte des Armaturenbrettes angebracht war. Auf dem Display war das Logo einer Pyramide zu erkennen. Eine Pyramide! Alison fühlte sich, als habe sie in eine Steckdose gefasst. Jede Zelle ihres Körpers stand unter Strom. *Strom!* Das war das nächste Stichwort. Alisons iPad schaltete sich im Akkubetrieb bereits nach wenigen Minuten in den Standby-Modus. Hier aber strahlte zumindest der Bildschirmschoner mit voller Power. Also wurde dieses iPad noch immer mit Strom versorgt? Aber das würde doch bedeuten … Alison warf einen Blick unter das Lenkrad. Das durfte doch nicht wahr sein. Der Fahrzeugschlüssel steckte noch! Sie dachte zurück an Teddys Vorträge über die unzähligen Einsatzfahrzeuge, die jedes Jahr entwendet wurden. Jetzt wusste sie auch, warum. Wenn den Fahrern im Alltag solche fatalen Fehler unterliefen.

Sie sprang in den Wagen. Was, wenn sie das Fahrzeug entfernen würde? Sie musste es ja nicht stehlen, sondern es lediglich umparken. Was auch immer die Jungs hier vorhatten, es würde ihnen einen gehörigen Strich durch die Rechnung machen und Alison wertvolle Zeit verschaffen. Zeit, in der sie Teddy erreichen konnte.

Sie warf den Motor an, checkte die Gangschaltung, warf einen Blick in den Rückspiegel und setzte zurück. Ein Schrei ertönte. Alison trat so hart auf die Bremse, dass der Wagen schepperte. Im Rückspiegel sah sie eine aufgebrachte Mutter mit ihrem Kinderwagen auf die Seite flüchten. Alison fluchte. Sie dachte an all das Equipment, mit dem dieser Wagen ausgestattet war. Und da verfügte er nicht einmal über eine Rückfahrkamera? Ihr Blick fiel auf das iPad. Sie berührte das Display. Das Pyramidenlogo verschwand. Aber anstelle der erhofften Kameraperspektive ploppte ein simples Navigationsgerät auf. Kippschalter für Warnblinklicht, Leuchtbalken und Sirene. Sonst nichts. Ernsthaft? Egal. Sie hatte hinter dem Steuer eines Jaguars gesessen, da konnte es doch nicht so schwierig sein, einen Sprinter zu fahren. Sie setzte ein weiteres Mal zurück und dieses Mal hatte sie Glück. Sie gab Gas, fuhr den Beaumont Place hinunter und bog auf den Grafton Way ein. Das Fahrzeug geriet ins Schlingern und rutschte auf ein wartendes Taxi zu. Alison trat die Bremse bis zum Anschlag durch und riss das Lenkrad herum, sodass der Wagen diagonal über die Fahrbahn schlitterte. Es krachte. Im Seitenspiegel sah sie den Seitenspiegel des Taxis durch die Luft fliegen. »Shit!« Das hatte ihr jetzt gerade noch gefehlt. Sie gab

Gas und flüchtete auf die Tottenham Court Road. Die aufgebrachten Rufe des Taxifahrers hallten ihr hinterher. Dann ein:

»Bitte rechts abbiegen!«

War sie mit dem Lenken dieser störrischen Kiste nicht schon überfordert genug, musste sie da auch noch von einem Navigationsgerät genervt werden?

»In 50 Yards rechts abbiegen.«

Sie blickte auf das Navi. Man musste dieses Teil doch ausschalten können. Dabei fiel ihr der Button *Nach Hause* auf. Das musste die Basisstation dieses Krankenwagens sein. Sie drückte den Button.

»Route wird berechnet.«

Hinter ihr hupte es. Im Seitenspiegel sah sie den Taxifahrer ebenfalls auf die Tottenham Court Road einbiegen. »Nein, nein, nein!« Sie bog links ab auf den Torrington Place. Ein hysterisch hupender Sportwagen kam ihr entgegen. Sie war in eine Einbahnstraße gefahren, verflucht! Sie erinnerte sich an den Kippschalter für Leuchtbalken und Sirene. Sie legte ihn um. Ohrenbetäubendes Geheul hallte durch die Straße. Der Wagen vor ihr setzte zurück. Alison überholte ihn und raste auf die Gover Street zu, als sie aus dem linken Augenwinkel ein aufflackerndes Blaulicht wahrnahm. Instinktiv riss sie das Lenkrad nach rechts und raste die Gover Street hinab, als plötzlich das Navigationsgerät wieder ertönte.

»Dem Straßenverlauf folgen.«

Die Route an die Heimatstation war berechnet! Alison linste auf das Display. Sie brauchte die Adresse, einfach nur die Adresse. Hinter ihr heulte eine Polizeisirene auf und kam hörbar näher. »Verdammter Mist!« Sie schlug aufs Lenkrad und gab Gas. Jetzt oder nie. Sie würde nicht aufgeben, ehe sie herausgefunden hatte, wo diese Schweine herkamen. Ihr Handy klingelte. Rosas Name blinkte auf dem Display auf. Alison schaltete die Freisprecheinrichtung ein.

»Um Himmels Willen, was ist denn bei dir los?«, rief Rosa durch den Telefonlautsprecher.

Alison hatte alle Mühe, gegen Sirene und Motorlärm anzukommen. »Ich bin im Krankenwagen.«

»Du bist was?«

Die Polizeisirene kam näher.

»Das klingt eher nach einer Verfolgungsjagd.«

»Das ist auch eine!« Alison trat das Gaspedal durch. Der Motor heulte auf, die Räder drehten durch. Auf der schneevermatschten Fahrbahn geriet der Wagen erneut ins Schlingern. In letzter Sekunde gelang es ihr, ihn abzufangen.

»Alison!«, schrillte Rosas Stimme aus dem Hörer.

»Rosa, hör zu. Ich bin vor dem Krankenhaus auf die Leute gestoßen, die Roy entführen wollten. Ich habe ihnen den Krankenwagen geklaut. Er ist es. Ich bin ganz sicher.«

»Was?«

»Das Reifenprofil, es passt! Und die Pyramide!«

Rosas Stimme wurde laut und schrill. »Um Himmels Willen, fahr zur Polizei!«

»Die ist hinter mir.«

»Was?«

»Kontaktiere Teddy, hörst du?« Alison hörte, wie Rosa ins Schnaufen geriet. Sie rannte. »Der Wagen führt mich gerade direkt zu seiner Heimatstation. Ich muss da hin!«

»Wo bist du jetzt?«

»Das Navi führt mich über die Gover Street, Richtung Süden.«

Alison glaubte zu hören, wie Rosa mit jemandem sprach. »Alison, pass auf, ich habe die Untersuchungsergebnisse. Holden hat tatsächlich Kobragift im Blut …«

Alison krallte sich am Lenkrad fest. »Verdammt!« Nicht auch noch Holden. Tränen rannen über ihre Wangen. Wie war das möglich? Sie erreichte den Bedford Square und raste direkt am British Museum entlang. Wenn Holden von einer Schlange gebissen worden war, war sie vielleicht noch immer in der Skulpturengalerie. Sie wurde langsamer und blickte auf das Navi. Es leitete sie am British Museum vorbei. Die Polizeisirene wurde wieder lauter. Sie konnte jetzt nicht stehenbleiben. »So ein Dreck!«, brüllte sie und gab Gas. »Dustin ist vielleicht noch im Museum.«

»… Ich glaube nicht, dass es in diesem Fall von einer Schlange kommt«, rief Rosa.

»Was?«

»Also zumindest nicht direkt. Du weißt doch, Stoffe, die sich im Blutkreislauf befinden, lagern sich in den Haaren ein. Ich habe bei Holden Kobragift an mehreren Stellen in der Haarsträhne gefunden.«

»Haare wachsen aber nur maximal einen halben Zoll pro Monat«, antwortete sie.

»Ganz genau!«

»Jetzt links abbiegen!«, tönte es aus dem Navigationssystem. Alison riss das Steuer herum. Jetzt raste Alison die Oxford Street entlang, direkt auf den Co-Working-Space zu, von dem aus man die verlassene British Museum Station erreichte.

»Alison, verstehst du, was das bedeutet?«, rief Rosa ins Telefon.

»Was?« Sie wurde langsamer, aber das Navi leitete sie auch am Co-Working-Space vorbei. Das Ziel war noch mehrere Minuten entfernt. Wo zum Teufel führte es sie hin? Rosa redete weiter.

»Es kann natürlich sein, dass die Haarprobe kontaminiert war. Normalerweise müsste ich sie aufwendig reinigen und trocknen. Aber die Zeit hatten wir in diesem Fall nicht. Auch glaube ich kaum, dass er sich mit Kobragift die Haare gewaschen hat.«

»Rosa, wovon redest …«

»Jetzt rechts abbiegen!«

Alison trat so sehr auf das Bremspedal, dass sie in den Sitzgurt geschleudert wurde. Sie riss das Steuer herum und bog in die Drake Street ein. So langsam bekam sie dieses störrische Biest unter Kontrolle.

»Dem Straßenverlauf folgen.«

Das führte sie direkt auf die High Holborn. Und ihr Ziel war noch immer meilenweit entfernt. Wohin zum Teufel fuhren sie? Nach Rotherhithe?

»Das bedeutet, dass jemand Holden das Gift bereits seit längerer Zeit verabreicht haben muss. In kleinen Dosen und in regelmäßigen Abständen.«

»Was?« Alisons Stimme überschlug sich.

»Wenn die Ergebnisse stimmen, sicher schon seit drei Monaten.«

Drei Monate? Vor drei Monaten war das Chandelier Charity Concert gewesen. Holden war nur dafür vorzeitig von seiner Geschäftsreise zurück nach London gekommen. Hatte sie sich mit ihrer letzten Mörderjagd etwa Feinde gemacht? »Wo ist Mildred?«

»Ich weiß nicht. Sie ist sofort verschwunden, als ich ihr gesagt habe, was los ist.«

»Jetzt scharf rechts abbiegen.«

Die Reifen drehten durch, als Alison in die Farringdon Street hineinfuhr. Aber der Grip war erstaunlich gut. Sie trat wieder aufs Gas. Der Weg führte tatsächlich über die Themse hinweg auf die andere Seite der Stadt. Rotherhithe? Aber das ergab doch keinen Sinn. Holden hatte keinen Kontakt zu Leuten aus Rotherhithe. Aus Rotherhithe kannte sie nur Teddy, Dustin und Benisha.

»Alison, was hat Mildred mit der Sache zu tun?«

»Keine Ahnung. Nichts!« Hoffentlich.

»Was sagt das Navi? Wie weit ist es noch bis zum Ziel?«

Sie wagte einen kurzen Blick aufs Display. »Noch zehn Minuten.« Höchstens. Mit Warnlicht und Sirene kam sie locker doppelt so schnell durch die Stadt.

»Wo bist du?«

»Blackfriars. Ich fahre direkt auf die Themse zu.«

»Blackfriars?« Rosas Stimme klang genauso verwirrt, wie Alison sich fühlte. »Wieso Blackfriars?«

»Was weiß ich?« Alison hätte schreien können. Peggy war verschwunden. Holden wurde seit Monaten in kleinen Dosen vergiftet. Roy war nur knapp einem Mordanschlag entgangen. Das Einzige, was alle Fälle miteinander verband, war das British Museum, der Fluch einer Mumie, eine Kobra und ein Krankenwagen. »Das alles ergibt doch überhaupt keinen Sinn!«

»Was siehst du?«

Alison schwenkte ihren Blick über den Horizont, als sie über die Blackfriars Bridge fuhr. »Keine Ahnung!« Da war der Oxo Tower, dann dieser merkwürdig geformte Wolkenkratzer namens One Blackfriars, irgendwo auf der linken Seite musste das Globe Theatre sein und dann … »Oh mein Gott!«

»Was?« Rosas Stimme wurde schrill wie eine Trillerpfeife.

»Jetzt links abbiegen.«

Warum war Alison nicht früher darauf gekommen? Im Grunde lag es doch fast die ganze Zeit auf der Hand und das Navigationsgerät führte sie direkt darauf zu.

»Was siehst du, Alison?«

»Die Scherbe!«, brüllte sie ins Telefon.

»Die Scherbe?«

Unmittelbar vor Alison streckte sich eine gewaltige, über 300 Yards hohe gläserne Pyramide in den Himmel. »Der Wolkenkratzer The Shard. Verstehst du? Shard heißt Scherbe. Ich fahre zum The Shard.«

Für einen kurzen Moment wurde es im Telefonhörer still.

»Hallelujah. Mrs Tarassowna, das Überwachungsvideo. Du meinst …«

»Ganz genau!«, rief Alison. »Dass die Vase heruntergefallen ist, war tatsächlich nur ein Missgeschick. Sie meinte nicht die Scherben am Boden. Sie meinte den Wolkenkratzer: The Shard. Die Mumien kommen aus der Scherbe. Sie hat The Shard gemeint. Sie hat herausgefunden, dass die Mumien nicht echt sind, sondern aus diesem Wolkenkratzer kommen. Und deshalb musste sie sterben.« Sie fuhr links ran, aktivierte das Warnblinklicht und sprang gerade aus dem Wagen, als plötzlich unmittelbar vor ihr ein Rover Mini mit eingeschaltetem Blaulicht zum Stehen kam und ihr den Weg versperrte.

»Teddy?«

»Alison! Was ist in Sie gefahren?«

Gott, es tat so gut, seine Stimme zu hören. Sie hätte ihm um den Hals fallen können. »Dafür habe ich jetzt keine Zeit, kommen Sie!« Sie rannte in das Gebäude. Teddy folgte ihr. Das Pyramidenlogo war schon auf mehrere Yards Entfernung zu sehen. Aber es war eindeutig nicht das Logo vom Co-Working-Space. »Zum Teufel, was ist das?«, fuhr es ihr über die Lippen, als sie nah genug war, um den Namen zu lesen. Teddy griff nach ihrer Schulter und zog sie zurück.

»Alison, Sie sollten da jetzt nicht hineingehen.«

Und ob sie das sollte! Es ging um Peggy, Roy und Holden, und um die drei Mumien.

»Das ist eine Nummer zu groß für Sie, Alison.«

Sie haderte und blickte zurück auf das Firmenschild. Alles hatte mit drei Mumien begonnen und der angekündigten Ankunft des ägyptischen Ministerpräsidenten. Jetzt hatten sie ihre Ermittlungen zu einer Firma geführt, die sich in der wahrscheinlich weltgrößten Pyramide befand und den Namen Tomorrow Pharaos trug. Allein diese Kombination sorgte dafür, dass jede Zelle ihres Körpers auf die Barrikaden ging.

Trotzdem. Wenn sie eine echte Kriminalermittlerin werden und ihren Vater stolz machen wollte, dann musste sie das hier tun. Außerdem war sie nicht allein. Nicht mehr. Sie nahm Teddys Hand und sah ihm tief in die Augen. »Vielleicht haben Sie recht, und es ist eine Nummer zu groß für mich. Aber nicht für uns.«

Teddy erstarrte. Für einen kurzen Moment erschrak Alison über das Bedürfnis, ihn zu küssen. Dann wich er ihrem Blick aus, checkte seine Dienstwaffe und stürmte zu den Aufzügen. »Sie bleiben hinter mir!«

51

11:45 am, The Shard, St Thomas Street

Gebannt folgte Alison Teddys Bericht über die Festnahme von Dr. Geoffrey Hollande, während der Aufzug in die Tiefe rauschte. Prof. Reid hatte also in seinem Auftrag Mumien gefälscht, um Leichen von Menschen verschwinden zu lassen, deren Organe er auf dem Schwarzmarkt verkauft hatte? Sollte das heißen, Peggy war tot? Aber die Mumien waren doch schon vor ihrem Tod angefertigt gewesen. Das war wieder eine dieser Commander-Kilburn-Folgerungen, die einfach keinen Sinn ergaben. Mit einem lauten kurzen Pling sprang die LED-Anzeige des Aufzuges auf *-6*. Der Lift stoppte und die Tür öffnete sich. Teddy sah Alison tief in die Augen. »Sie sind nicht überzeugt, nicht wahr?«

Selbstverständlich nicht. Wie konnte sie auch. Spürte sie doch ganz deutlich, dass sogar Teddy selbst daran zweifelte. »Wenn wirklich Dr. Geoffrey Hollande hinter allem steckt, warum dann das hier, Teddy? Warum dann: *Die Mumien kommen aus The Shard?*«

Teddy schien kurz zu überlegen. Dann stieg er aus. Alison spürte sofort, dass sich mehr dahinter verbarg. Wieder war er ihrem Blick ausgewichen. Er wusste etwas. Etwas, das er nicht verraten, schlimmer noch: wovor er sie beschützen wollte. Sie blieb dicht hinter ihm.

»Ich denke, Prof. Reid hat zugegeben, die Mumien gefälscht zu haben. Dann können sie doch nicht aus diesem Wolkenkratzer ...« Alison versagte die Stimme, als sie ebenfalls den Fahrstuhl verlassen hatte. Im ersten Moment musste sie an Bernies Zooladen denken, an die aufwendige Deko der Wendeltreppe. Die krabbelnden Ameisen im Geländer, die fluoreszierenden Spinnweben in den Ecken und die bedrohlichen Tiergeräusche hatte sie dort noch als Entertainment à la Vergnügungspark abtun können. Aber das hier? Das hier war ernst gemeint. Und genau das verursachte Gänsehaut. Teddy und sie standen in einem düsteren, langen Gang – als wären sie in eine vergessene altägyptische Grabkammer hinabgefahren. Goldene Vertäfelungen funkelten von der Decke herab und dunkelbraune, handvernagelte, aber sichtbar hochwertigste Dielen veredelten den Boden. Mit der sich hinter ihnen schließenden Aufzugtür verschwand beides im Dunkel. Ein Gefühl, wie lebendig begraben zu sein. Nur das schwache Flackern der künstlichen Fackeln an den Wänden blieb bestehen. In ihren vielleicht einen Yard großen Leuchtkreisen erspähte Alison Textreihen aus ägyptischen Hieroglyphen. Sie streckte ihre Hand nach ihnen aus. Die Wand fühlte sich nach feinstem Sandstein an.

Das meisterhaft gestaltete Relief des Kobrakopfes, das die Wand am Ende des Ganges nahezu vollständig füllte, konnte Alison bereits aus der Entfernung erkennen. Kaum, dass sie sich ihm auf zwei Yard genähert hatte, bekam die Steinwand auf Höhe der Kobrazunge einen Riss. Mit dem krackselnden Geräusch zweier übereinander rutschender Sandsteinplatten, teilte sich die Wand in zwei Hälften, die jeweils in Decke und Boden verschwanden. Als würde sich der Rachen der Kobra öffnen und Alison und Teddy ins pechschwarze Nichts locken.

»Die Ewigkeit erwartet euch«, hallte eine Stimme aus dem Dunkel.

Ein leichter Windhauch wehte über Alisons Gesicht. Das Sandsteinknarzen hinter ihnen verriet, dass der Durchgang sich wieder geschlossen hatte. Mit lautem Zischen flammten an den Seitenwänden jeweils drei Kerzenleuchter auf. Alison atmete erschrocken ein. Für einen kurzen Moment glaubte sie ins Nichts zu fallen und griff nach Teddys Hand. Sie stand auf Glas. Boden und Decke des gute fünf Yards hohen Saals waren komplett verspiegelt, sodass die Grenzen zwischen Himmel und Erde sich aufzulösen schienen. Nur vier marmorweiße Tempelsäulen rechts und links von ihnen hielten die Welt aus vollständig vergoldeten und meisterhaft filigran gemusterten Wänden noch zusammen. Unmittelbar vor ihnen führte eine Marmortreppe zu einem Portal samt Altar hinauf. Von dem Altar aus und eingekesselt von zwei goldenen, beflügelten Löwenstatuen, sah eine junge Frau auf sie herab. Ihr bodenlanges, weißes Gewand erinnerte Alison an die Probe für Mildreds Feier. Das pechschwarze, glattgekämmte Haar ähnelte Peggys Kleopatra-Frisur.

»Wer führt euch zu mir?«, fragte die Frau mit derselben göttlich hallenden Stimme, die sie am geöffneten Kobramaul empfangen hatte. Teddy sah Alison fragend von der Seite an. Er schien dasselbe wie sie zu denken. Was wie eine harmlose Frage klang, konnte ebenso gut eine Prüfung sein. Hätte die Frau am Altar nicht eher *Was führt dich zu mir?* fragen sollen? Warum dann diese Betonung auf das *Wer?*

»Eine Wächterin?«, flüsterte Alison.

»Das würde zu dieser ganzen Inszenierung passen.«

Alison dachte nach. Was sich auch immer hinter dem Namen Tomorrow Pharaos verbarg – Alison kannte diese Clubs der High Society, Orte, zu denen man nur auf Einladung oder mit Passwort Eintritt erhielt. Aber was konnte das für ein Passwort sein? Sie musste an die geheime Forschungseinrichtung SFInKS denken, an den Co-Working-Space auf der High Holborn, der zugleich geheimer Zugang zu den verlassenen Tunneln der geschlossenen U-Bahnstation war. All das konnten entscheidende Puzzlesteine sein. Oder es waren reine Zufälle, Störbilder, die sie daran hinderten, das große Ganze zu erkennen. Sie sah Teddy in die Augen und sofort war ihr, als würde er im Geiste zu ihr sprechen. *Lektion 4: Falsche Daten erkennen. Das Wichtigste in der Kriminalistik ist die Fähigkeit, in dem Wirrwarr unzähliger Hinweise und Spuren die wichtigen von den irrelevanten Daten unterscheiden zu können.*

Alison hob ihren Blick und sah der Fremden vor dem Altar direkt in die Augen. Ob sie wusste, dass Alison den Krankenwagen gestohlen hatte? Was, wenn Alison sich durch eine falsche Antwort verraten würde? Auf der anderen Seite aber ließ sich eine Konfrontation ohnehin nicht vermeiden. Deswegen war sie hier. Das war ihr Job. Und eine Sache war Fakt: Von Anfang an war es um ihre Familie gegangen.

»Der Geist der Granvilles«, antwortete sie.

Die Dame hielt inne. Wie sie auf Alison und Teddy herabblickte. Wie ein Raubtier. Eine goldene Platte fuhr aus ihrem Altar empor. Alison merkte, wie Teddys rechte Hand sich in Richtung Dienstwaffe bewegte, als die Frau sich aus der Starre löste. Ihre Finger klackerten über etwas, das wie eine Tastatur klang, während sie ihre Augen auf die Platte richtete. *Ein Bildschirm,* dachte Alison. Im selben Augenblick zischte Nebel aus den Ecken des Raumes empor. Die Kerzenleuchter erloschen. Dunkelheit umfing Alison, wie in diesen alten James-Bond-Filmen, die sie immer mit ihrem Vater gesehen hatte. Wahrscheinlich würde sich jeden Moment eine Klappe im Boden auftun und sie mit Teddy in einem Becken blutdürstiger Krokodile landen. Das Wummern ihres Herzens hallte durch ihren Brustkorb. Teddys Hand packte sie und zog sie eng zu sich heran. Schützend lehnte sie sich an seine Schulter. Über ihr, dort wo bis eben noch die verspiegelte Decke gewesen war, erschien eine lebensgroße Lichtgestalt und lächelte auf sie beide herab. Alison erstarrte.

»Ich werd' verrückt«, flüsterte Teddy.

»Dad?«, hauchte Alison.

»Du hast mich also wirklich gefunden, mein Kind.«

Sie traute ihren Ohren nicht, schon gar nicht ihren Augen.

»Dad!«

Ihr Vater legte den Finger auf seine Lippen. »Ich weiß, du hast eintausend Fragen, Alison …«

Und ob! Eintausend würden gar nicht genügen. Mit nahezu allem hatte sie gerechnet, aber … »Dad«, flüsterte sie.

»… Im Moment ist nur eine Sache entscheidend.« Er legte seine Hände ineinander, wie er es immer getan hatte, wenn sie eine große Dummheit begangen hatte. Und so, wie es Teddy immer tat, wenn sie ihn mit ihren Fragen im Kurs um den Verstand brachte. »Ich weiß, wie sehr es dich grämt, bei der Metropolitan Police versagt zu haben«, sprach ihr Vater weiter. Er wusste es also. Er hatte es immer gewusst. Ein frostiger Schauer schlich über Alisons Haut. Teddys Hand streichelte ihn fort. »Aber wenn du mich hier an diesem Ort gefunden hast, dann brauchst du keine Prüfung, um dich zu beweisen. Dann *bist* du eine Detektivin. Und zwar eine unglaublich gute. Und deswegen werde ich immer stolz auf dich sein, Alison.«

Alison wischte sich die Träne fort, die über ihre Wange rann. Das Bild ihres Vaters flackerte, verschwand kurz und kehrte zurück. *Ein Hologramm,* dachte Alison. Sie heulte wegen eines Hologramms! Ein überwältigend gutes zwar – wie in dieser neuen ABBA-Show im Queen Elizabeth Olympic Park – aber eben auch nicht mehr. Wie auch? Ihr Vater war …

»Aber du bist auch eine ewige Zweiflerin!«, platzte er in ihren Gedanken. »Glaube mir, die Dinge sind nicht immer, wie sie scheinen. Ich bin vielleicht fort. Aber ich bin nicht tot …«

Alison spürte, wie ein Zucken durch Teddys Körper ging. Sie konnte es ihm nachempfinden. Wahrscheinlich fühlte er sich genauso hilflos wie sie. Nicht tot? War das einer von Daddys schlechten Scherzen, für den ihn seine Kollegen beim Scotland Yard immer so gehasst hatten? Natürlich war er tot. Sie war seinetwegen ins Krankenhaus gerast und … Alisons Kopf brummte. Für einen kurzen Moment schwindelte es ihr. Deswegen hatte ihr die Sirene des falschen Krankenwagens schon daheim am Thurloe Square einen derartigen Schauer über den Rücken gejagt. Das war die düstere Erinnerung, die sich tief in ihr vergraben hatte. Damals, als sie ins University College Hospital zu ihrem sterbenden Vater gerast war, hatte sie dieselbe Sirene gehört. Und ihren Vater nicht mehr sehen können. Weil er angeblich schon abgeholt worden war. Eine Armee aus Eis-Ameisen schien über ihren Körper zu rennen. Abgeholt? Von wem? Von demselben Krankenwagen, der sie an diesen Ort gebracht hatte?

»… So unglaublich es klingt, Alison«, sprach ihr Vater weiter. »Wir können den Tod besiegen. Und eines Tages, da sehen wir uns wieder. Ich verspreche es.«

Den Tod besiegen? Wie konnte ihr Vater so etwas sagen? Hatte er am Ende etwas mit all diesen schrecklichen Angriffen auf Peggy, Roy und Holden zu tun? War es das, wovor Teddy sie beschützen wollte? Was war das hier? Eine Sekte?

»Folge Isis. Sie wird dir alles erklären.«

Das Bild ihres Vaters löste sich auf. Die Kerzenleuchter entflammten wieder, der Altar versank im Boden und die Frau winkte sie die Stufen empor. Sie war also Isis. Alison ging voraus. Teddy folgte ihr wie ein schützender Schatten. Die Wand hinter Isis entpuppte sich als gekonnt getarnte Doppeltür und öffnete sich.

Eine Treppe, die von weißen, mit bunten ägyptischen Bildern bemalten Säulen eingerahmt war, führte noch weiter in die Tiefe hinab. Alison musste an den Geheimraum unter dem Granville Room denken, an den versteckten Kühlraum von Prof. Reid. All das schien dieselbe Handschrift zu tragen.

»Willkommen bei Tomorrow Pharaos«, sagte Isis.

Alison sah zu Teddy. Dabei bemerkte sie, wie er seine Hand in unmittelbarer Nähe seiner Dienstwaffe hielt, während Isis weitersprach.

»Sorgen Sie sich nicht. Die meisten reagieren mit Furcht, wenn sie von uns erfahren. Aber ich bin mir sicher, wenn Sie unsere Arbeit kennengelernt und verstanden haben, werden Sie unser Geheimnis genauso in Ehren halten wie alle anderen auch.«

»Welches Geheimnis?«, fragte Alison.

»Das der Tomorrow Pharaos. So wie Ihr Vater einer ist.«

Ihr Vater war ein Pharao? Sie stoppten inmitten einer überraschend futuristisch anmutenden Halle. Alison fröstelte. Im Gegensatz zu den restlichen Räumen dieses Tomorrow-Pharao-Tempels war dieser Ort wesentlich kühler und kahler. Der ägyptische Tempelstyle hatte sich in eine Mischung aus Bienenstock und Raumschiffhangar verwandelt. Alison und Teddy sahen sich von einer Armee aus mehr als zwei Yards hohen Edelstahltuben umzingelt, auf deren oberstem Drittel jeweils ein Display ein Portraitfoto präsentierte. »Moment mal«, murmelte Alison. »Sind das etwa Sarkophage?«

»Fast«, antwortete Isis. »Schon die alten Ägypter träumten davon, ihre Körper vor dem Verfall zu schützen, um so in die

Ewigkeit eingehen zu können. Allerdings mussten sie dafür sämtliche Organe entnehmen, was die ersehnte Wiedergeburt unmöglich machte. In unseren Dewars ist das anders.«

»Dewars?«, murmelte Alison mehr als dass sie es aussprach. »Soweit ich weiß, sind Dewars diese doppelwandigen und mit einem Vakuum gefüllten Gefäße, die sich in Thermoskannen befinden.«

»Ganz genau«, antwortete Isis.

Alison sah zu Teddy. Dann war es also das, was er über diesen Ort wusste und ihr nicht zu sagen wagte? Dass hier Menschen in überdimensionalen Thermoskannen aufbewahrt wurden? »Mein Vater hat sich einfrieren lassen? Und Sie haben es gewusst?«

Teddys Stimme wurde sanft und einfühlsam. »Dr. Geoffrey Hollande hat uns davon erzählt«, antwortete er. »Er hat diese Organisation zusammen mit Ihrem Vater gegründet.«

Natürlich, dachte Alison. Der Mumienwahn ihrer Familie, die unaufhörliche Suche nach ägyptischen Geheimnissen. All das war von der Angst vor dem Tod getrieben gewesen. Und von der Sehnsucht nach Unsterblichkeit.

»Ihr Vater und Dr. Hollande haben geahnt, wie die meisten Leute in London noch über Kryokonservierung denken«, sprach Teddy weiter. »Daher haben sie diese Firma vor der breiten Masse geheim gehalten.«

»Verständlich«, antwortete Alison. »Das ist auch verrückt.«

Isis trat zwischen sie. »Durchaus nicht. Die Kryokonservierung ist ein ausgefeiltes Verfahren, das es uns erlaubt, den menschlichen Körper in eine Kältestarre zu versetzen. Eizellen werden in der Medizin schon lange kryokonserviert und teilweise Jahrzehnte später wieder aufgetaut und befruchtet. Wir nutzen dasselbe Verfahren für den gesamten menschlichen Körper und halten ihn so in einer Art biologischem Schwebezustand, bis die Forschung einen Weg gefunden hat, die Krankheiten, an denen unsere Tomorrow Pharaos gelitten haben, zu heilen und den Körper wiederzubeleben. Deswegen bezeichnen wir unsere Tomorrow Pharaos auch nicht als tot. Sie sind Patienten.«

Alison sah sich um. Der Wolkenkratzer The Shard war 2013 eröffnet worden. Diese Anlagen schienen perfekt an die Baupläne angepasst, wie der Granville Room im British Museum. Und diese Organisation war bereits die ganze Zeit über im Geheimen aktiv? »Wie viele Patienten haben Sie?«

Isis führte sie durch das Dewar-Labyrinth. »Mehr Persönlichkeiten, als Sie denken, befinden sich im Kälteschlaf oder haben bereits entsprechende Vorkehrungen getroffen, zum Beispiel Walt Disney, Larry King, Seth McFarlane, Paris Hilton, Muhammad Ali oder Britney Spears, nur um einige zu nennen.« Sie blieben stehen. »Und die meisten von ihnen wollen ihr Vorhaben geheim halten. Genauso wie …« Sie deutete auf das Portraitbild auf dem Dewars rechts von ihr. »… Ihr Vater.«

Alison wusste nicht, was sie denken sollte. »Dad.« So kurz das Wort auch war, so schwer bekam sie es über die Lippen. Gerade als Alison sich wieder der Wächterin zuwenden wollte, verschwand das Bild ihres Vaters auf dem Dewar und ein Film startete. Wie gebannt starrte Alison auf das Display. Die Stimme ihres Vaters führte sie durch den gesamten Konservierungsprozess. Der Film zeigte, wie alles mit dem Abschluss des Vertrages begann. Aus rechtlichen Gründen musste der zukünftige Tomorrow Pharao seinen Körper nach dem Tod der Wissenschaft zur Verfügung stellen. Ab diesem Zeitpunkt überwachte eine App über das Smartphone oder eine spezielle Armbanduhr nonstop die körperlichen Vitalitätswerte. Sobald der Herzschlag aussetzte, machte sich ein sogenanntes Standby-Team der Tomorrow Pharaos umgehend auf den Weg zum Patienten. Alison erkannte den vermeintlichen

Krankenwagen wieder, mit dem sie hierhergekommen war. In diesem Krankenwagen war ihr Vater an eine Herz-Lungen-Maschine angeschlossen worden, um den Blutkreislauf während des gesamten Kühlprozesses aufrecht zu erhalten, mit dem bereits während des Transports begonnen wurde. Bis man ihn schließlich hier in diesem Container kryokonserviert hatte.

Eine unbeschreibliche Leere breitete sich in Alison aus. Sie fühlte sich allein. Sie sah sich um. Sie war plötzlich auch allein. Gerade als sie nach Teddy rufen wollte, entdeckte sie die in ägyptische Sandalen geschnürten Füße, die hinter dem nächsten Dewar links von ihr hervorragten. Alison versteinerte. Isis! Sie eilte auf sie zu. Völlig reglos lag die Wächterin am Boden, das Gesicht zu einer leblosen Fratze erstarrt. Alison kniete nieder, packte sie an den Schultern und schüttelte sie. Doch der in das ägyptische Götterkostüm gehüllte Körper wackelte leblos wie eine Schlenkerpuppe umher. Mit hastigen Griffen suchte Alison Isis nach Verletzungen ab. Vergebens. Wenigstens Puls und Atem schienen okay zu sein. Noch. Alison richtete sich auf und sah sich um, als plötzlich jemand wie aus dem Nichts ihr eine Hand über Mund und Nase presste und sie hinter einen der Dewars zog.

52

12:25 pm, The Shard, Dewar-Kammer

Alison schlug um sich. »Ruhig«, flüsterte jemand in ihr Ohr. Sie stoppte mitten in der Bewegung, als sie die Stimme erkannte und den Duft des Parfums, das ihr von ihrem Angreifer in die Nase stieg. Sie stoppte jede Gegenwehr, wartete, bis die Hand sich gelockert hatte, und drehte sich um.

Teddy stand hinter ihr und hielt demonstrativ seine Finger an die Lippen. Augenblicklich schärften sich alle ihre Sinne. Was war geschehen? Waren sie in eine Falle getappt? Sie hätte sich nicht von dem Film auf dem Dewar ablenken lassen dürfen. Teddy deutete auf sein Ohr. Alison lauschte. Jetzt hörte sie es auch. Schritte. Billiger Sohlengummi quietschte über den Boden. Das Geräusch kam von rechts. Als Alison ihren Blick in Richtung des Geräusches lenkte, erspähte sie zwischen den Dewarreihen hindurch einen Schatten an der Wand. Eine kräftige, aber gedrungene Gestalt schlich zwischen den Dewars entlang. Beim Anblick des Gegenstandes in der Hand des Schattens wurde Alison auch klar, was Isis so plötzlich außer Gefecht gesetzt hatte, ohne Spuren zu hinterlassen. »Eine Spritze«, flüsterte sie. »Und ich wette, sie enthält Kobragift.«

Der Schatten erstarrte. Sein Kopf bewegte sich. Alison schloss ihre Augen. Es war unmöglich, dass man ihr Flüstern gehört hatte. Dafür nahm sie jetzt ein weiteres Geräusch wahr. Ein Wimmern. War Isis etwa wieder zu sich gekommen? Nein, das Wimmern kam aus der komplett anderen Richtung. Es war noch jemand hier. Und wahrscheinlich hatte genau diese Person dafür gesorgt, dass der Angreifer mit der Spritze nach der Wächterin nicht ebenfalls Alison kaltgestellt hatte. Der Schatten bewegte sich wieder. Alison nickte Teddy zu. In der Deckung der Dewars schlichen sie dem Wimmern entgegen. Völlig unvermittelt blieb Teddy wieder stehen. Alison formte ein lautloses »Was ist los?« mit ihren Lippen.

Er deutete auf das Display des Dewars. »Das Portrait«, flüsterte er in Alisons Ohr. »Das ist eine der Personen, die Prof. Reid mumifiziert hat.«

Alison erstarrte. »Sicher?«

Teddy nickte. »Definitiv.« Er deutete auf die zwei nächsten Dewars, die in dieser Reihe folgten. »Mehr noch, diese zwei Dewars sind die zwei anderen Personen.«

Alison traute ihren Ohren nicht. »Dann stammen die drei Mumien, die morgen an den ägyptischen Ministerpräsidenten überreicht werden sollen, aus diesen drei Dewars?«

Teddy zuckte mit den Schultern und nickte.

Der Nebel in Alisons Kopf begann sich zu lichten. Deswegen lautete die Botschaft von Mrs Tarassowna *Die Mumien kommen aus The Shard*. Die zu mumifizierenden Körper stammten von Tomorrow Pharaos. Von wegen, sie hatten der Mumifizierung zugestimmt. Ja, sie hatten ihre Körper der Wissenschaft verschrieben. Aber damit sie eingefroren werden konnten, so wie Alison es in dem Informationsfilm auf dem Dewar ihres Vaters gesehen hatte, und nicht, damit man sie zu gefälschten Mumien verarbeitete. Genau das hatte Mrs Tarassowna herausgefunden und deswegen musste sie auch sterben. Alison überlegte. Aber würde das nicht bedeuten, dass die drei Dewars, an denen sie sich befanden, leer waren?

Alison kam eine Idee. Sie hielt nach dem Schatten Ausschau. Die Halle war riesig, wenn sich der Angreifer wirklich in die andere Richtung bewegt hatte, musste er mittlerweile ein ganzes Stück weit entfernt sein. Sie flüsterte Teddy zu. »Halten Sie nach dem Schatten Ausschau und geben Sie mir Deckung.« Teddy nickte und zog seine Dienstwaffe. Alison hechtete zum letzten Dewar in der Reihe, der definitiv voll war und klopfte vorsichtig dagegen. Er klang dumpf. Dann klopfte sie die drei vermeintlich leeren Dewars ab. Sie wagte es kaum zu glauben. Der Klang des ersten Dewars war wesentlich heller, der des zweiten ebenso. Der Klang des dritten Dewars hingegen ließ Alison erstarren. Er war dumpf. Sie spürte, wie ihr jegliche Farbe aus dem Gesicht wich. »Teddy«, flüsterte sie. »Der hier ist nicht leer.«

Er sah sie mit großen Augen an, trat an den Dewar und klopfte ebenfalls dagegen. Es änderte nichts. Er klang dumpf und träge, als wäre er randvoll gefüllt.

»Die Reifenspur«, kam es Alison über die Lippen. »Dann hatte ich recht mit meiner Theorie.«

Teddy sah sie mit großen Augen an.

»Peggy hat telefoniert, bevor sie auf dem Überwachungsvideo das Museum verlassen hat. Der Mörder muss gewusst haben, dass sie dort ist. Er hat sie angerufen und unter einem falschen Vorwand in den Krankenwagen gelockt.«

»Dort hat er sie außer Gefecht gesetzt«, sagte Teddy.

Alison nickte. »Wie Isis. Er hat sich ihren Mantel und die Mütze übergezogen, ist zurück ins Museum, hat Mrs Tarassowna erschlagen und hat dann dafür gesorgt, dass Peggy im Wagen gekühlt, ins The Shard gebracht und hier eingefroren wird.«

Teddy packte Alisons Hand. »Die zwei Männer!« Seine Stimme klang aufgeregt. Er glaubte ihr also. Aber bedeutete das nicht … »Dann sollte Roy auch hier kryokonserviert werden? Aber warum?«

Teddys Gesichtszüge froren ein. »Ich frage mich eher …« Er schluckte.

»Was?«, fragte Alison. »Was fragen Sie sich?«

Er nickte in Richtung des dritten Dewars. Alison fiel es wie Schuppen von den Augen. »Oh mein Gott. In diesem Dewar ist Peggy und die zwei leeren sind für Roy und für …«

Wieder war das leise Wimmern zu hören. Dieses Mal erklang es ganz in ihrer Nähe. Sie lugte zwischen den angrenzenden Dewars hindurch. Dieses Mal schaffte sie es nicht mehr, ihre Stimme zurückzuhalten. Alle angestauten Emotionen platzten aus ihr heraus. »Holden!«

Mit tränenüberströmtem Gesicht, gefesselten Füßen und Händen saß er am Boden gegen die Wand gelehnt. Sein Mund war mit Paketband verklebt. Darcy Diamonds Worte kamen Alison wieder in den Sinn. *Oh, ich sehe eine große Kälte, die Sie bedroht, Alison. Eine Macht, die sich über den Kreis des Lebens stellt und Sie mit sich in eine seelenlose Ewigkeit reißen will. Jemand, den Sie sehr, sehr lieben, ist in entsetzlicher Gefahr!* Warum war sie nicht früher darauf gekommen. Es ging gar nicht um die Mumien. Sie waren nur Mittel zum Zweck. Der Mörder brauchte die leeren Dewars, damit er Alison ihre liebsten Menschen nehmen und sie spurlos und für immer verschwinden lassen konnte. Niemand würde jemals auf die Idee kommen, sie an diesem Ort hier zu suchen. Aber warum? Damit sie zu ewiger Angst und Trauer verdammt war? Wer konnte nur so grausam sein? »Womit habe ich das verdient?«, flüsterte sie mehr zu sich selbst.

»Du hast alles«, ertönte eine bekannte Stimme hinter Alison. Sie drehte sich um und schrie auf vor Schreck.

»Rosa?« Mit einer aufgezogenen Spritze in der Hand stand sie hinter Alison. »Was willst du mit der Spritze? Lass Holden in Ruhe!«

»Holden?« Rosas Blick wirkte beängstigend verwirrt. »Holden hat seine Spritze schon bekommen.« Sie grinste. »Diese hier ist für dich. Nur zur Sicherheit.«

Alison stand wie festgefroren. Rosa? Das konnte doch nicht sein. Auf der anderen Seite: Sie war an Isis vorbei an diesen Ort gekommen. Sie kannte sich mit Giften aus. Sie hatte eine medizinische Grundausbildung. Und sie hatte es vom ersten Kurstag an auf Alison abgesehen. Sie hatte ihre Nähe gesucht. Ihr eine Freundschaft vorgegaukelt. All das nur, um sie auf diese entsetzliche Art verletzen zu können? Rosa bewegte sich geradewegs auf sie zu, als Teddy hinter dem Dewar neben ihr hervorsprang und mit einem einzigen, gezielten Schlag ausknockte. Alison war sprachlos.

Teddy atmete tief aus. »Tja, wenn man euch unterrichtet, kennt man eben auch eure Schwachstellen.«

Alison eilte zu Rosa, entriss ihr die Spritze und drückte das Gift heraus. Ihr fiel ein Stein vom Herzen.

»Rufen Sie Verstärkung«, sagte Teddy. »Ich kümmere mich um Holden.«

Ihre Hand zitterte, als sie in ihrer Tasche nach dem Smartphone griff. In ihrer Aufregung fand sie es nicht. Stattdessen holte sie Holdens iWatch heraus, welche die Sanitäter ihm im University College Hospital abgenommen hatten. Dabei berührte sie das Display. Eine Kurzübersicht der letzten Benachrichtigungen wurde sichtbar.

Kein Puls. Tomorrow Pharaos Alarm ausgelöst.

Alison fühlte sich wie vom Blitz getroffen. Das war die App, die sie in dem Informationsfilm am Dewar ihres Vaters gesehen hatte. Dann wollte Holden sich ebenfalls einfrieren lassen? Wahrscheinlich war der Alarm ausgelöst worden, als die Ärzte im University College Hospital ihm die iWatch abgenommen hatten. Die abgenommene Uhr hatte keinen Puls mehr messen können und deshalb die Tomorrow Pharaos benachrichtigt. Dann war der Krankenwagen von Tomorrow Pharaos seinetwegen im Krankenhaus aufgetaucht. Aber hieß das etwa, Holden rechnete mit einem frühen Tod? Warum?

Wie ein Tsunami rollte das Zittern in ihrer Hand über ihren ganzen Körper hinweg. Holdens Schwindelanfälle! Und hatte Rosa nicht gesagt, dass seinem Körper seit geraumer Zeit Kobragift zugeführt worden war? Als Teddy von Dr. Hollandes Festnahme erzählt hatte, war einer der Gründe der vermutete Besitz einer Kobra gewesen. Weil er das Gift benutzte, um Tumore zu behandeln. Was, wenn Holden genau das getan hatte? Was, wenn Holden einen Gehirntumor hatte? Einen unheilbaren Gehirntumor? Was, wenn er deswegen auch auf keinen Fall hatte ins Krankenhaus fahren wollen? Weil er seine Krankheit dann nicht mehr weiter hätte verbergen können?

»Und die Schuppe!«, fuhr es Alison über die Lippen. Hatte Bernie nicht gesagt, man müsse die Schlange schon wirklich halten, damit sich eine Schuppe lösen würde? Was, wenn nicht Dr. Hollande die Kobra besessen hatte, sondern Holden? Wenn er sie gehalten hatte, um sie regelmäßig melken zu können? Dabei konnte sich die Schuppe gelöst haben. Auf dem Überwachungsvideo hatte Mrs Tarassowna nach seinem Handgelenk gegriffen. Was, wenn dabei die Schuppe an ihre Hand und von dort an die Kanope gekommen war, als Mrs Tarassowna sie zu Boden gestoßen hatte? Das ergab auf erschreckende Weise einen Sinn. Mehr noch: Holden hatte Medizin studiert und war in der Lage das Gift zu verdünnen und sich zu injizieren. Und die Butler aus dem Savoy Hotel waren nicht nur dafür bekannt, dass sie ohne Wenn und Aber jede ihnen aufgetragene Aufgabe erledigten – also auch den Kauf einer Kobra –, sie trugen auch weiße Baumwollhandschuhe. Alison schrie auf. »Oh mein Gott, Teddy!« Er antwortete nicht. Sie fuhr herum. Teddy lag reglos am Boden. Holden stand vor ihr und lächelte sie verstört an. »Du bist wirklich auf die vorgetäuschten Fesseln reingefallen?«

»Was hast du getan?« Alisons Stimme brach.

»Ich habe es für dich getan, Baby. Du hast doch selbst gesagt: In einer Welt ohne Peggy, Roy und mich willst du nicht leben. So werden wir alle wieder vereint sein, wenn man mich heilen kann.«

Alison war unfähig sich zu bewegen. Tausende Gedanken rauschten durch ihren Kopf. Warum hatte sie es nicht eher erkannt. Im Grunde hatte es fast die ganze Zeit auf der Hand gelegen. Als Holden vor dem British Museum zu ihr gesagt hatte, dass er als Legende wieder auferstehen würde. Als Mildred ihn im Krankenhaus aus der Bewusstlosigkeit geohrfeigt hatte. *Wiederbeleben? Das hat funktioniert? Dann war ich wirklich tot? Was ist mit Peggy und Roy?* Er hatte Mildred tatsächlich für Alison gehalten und sich bereits in einer fernen Zukunft gewähnt. Holden hatte einen engen Draht zu ihrem Vater gehabt. »Du hast das von Dad die ganze Zeit gewusst.«

»Natürlich! Dein Vater hat mir sogar sein E-Mail-Passwort anvertraut, falls es Probleme bis zu seiner Wiederbelebung gibt.« Er wirkte, als wäre es das Selbstverständlichste der Welt. »Über meine Suche nach lebensverlängernden Maßnahmen habe ich deinen Vater doch erst kennengelernt.«

»Oh mein Gott! Dann hast du die Schlange zu mir nach Hause geschickt. Aus dem Savoy. Deswegen wolltest du auch unbedingt noch ins Thames Foyer. Du musstest sicherstellen, dass die Schlange vor uns am Thurloe Square ankommt.«

»Du musst das verstehen, Baby. Nachdem ich fast überfahren worden bin und du das mit den Mumien herausgefunden hast … Ich habe plötzlich begriffen, dass mir keine Zeit mehr bleibt.« Er streckte seine Hand nach ihr aus. »Ich liebe dich doch.«

Alison wich zurück. »Du wolltest mich im Dunkeln mit einem Hammer erschlagen!«

Für einen Moment wirkte er tief berührt. »Ich habe es nicht geschafft. Ich will, dass du genauso schön und unversehrt aussiehst, wenn wir gemeinsam wieder aufwachen.«

Alison schüttelte den Kopf. Ihr wurde schlecht, weil sie erkannte, wie sich plötzlich alles ineinanderfügte. Dann war Holden in der Skulpturengalerie allein wegen seines Tumors zusammengebrochen und hatte sich dabei den Kopf aufgeschlagen. Wahrscheinlich hatte er sogar absichtlich Mr Buckland in den Schnee gestoßen, um die Reifenspur zu zerstören. »Mit dir werde ich nirgendwo aufwachen!«, schrie sie ihm entgegen.

Holden riss Teddys Dienstwaffe an sich und hielt sie Alison unter die Nase. »Tut mir leid, Baby. Wir sind so weit gekommen. Und ich habe nichts zu verlieren.«

Sie schluckte. Sie nahm all ihren Mut zusammen. »Du konntest mich doch auch nicht mit einem Hammer erschlagen. Weil du mich heil wiederhaben willst.«

Teddys Dienstwaffe in Holdens Hand begann zu zittern.

»Du wirst nicht auf mich schießen.«

Holden schrie, machte einen Satz zurück und richtete die Dienstwaffe auf Teddy. »Aber auf ihn!« Eine Speichelfontäne schoss mit jedem Wort aus seinem Mund. Er schleuderte Alison über den Boden eine aufgezogene Spritze zu. »Entweder du spritzt dir das Gift und bleibst bei mir oder ich bringe ihn um.«

»Nein!« Alison fühlte sich, als drohte man, ihr bei lebendigem Leib das Herz aus der Brust zu reißen. »Nicht Teddy!« Ein Tränenschwall rann ihr aus den Augen. »Lass mich ihn retten, bitte.« Wieder hallte Darcy Diamonds Stimme durch ihren Kopf. *Jemand, den Sie sehr, sehr lieben, ist in entsetzlicher Gefahr.* Wie hatte sie nur so ignorant ihren eigenen Gefühlen gegenüber sein können? Sie liebte nicht Holden. Sie hatte ihn nie wirklich geliebt. Alles, was sie verband, waren die Erinnerungen an ihren Vater. Aber Teddy … Wie hatte es sie gequält, dass sie ihn enttäuscht hatte. Wie sehr genoss sie es, an seiner Seite ihren Traum zu leben. Wie hatte sie durch ihn wachsen und endlich der Mensch sein können, der sie schon immer hatte sein wollen.

Holden zog die Waffe zurück und entsicherte sie, als völlig unvorbereitet ein Gong hinter ihm ertönte. Er fuhr herum und entfernte sich einen Schritt. Alison nutzte die Gelegenheit, machte einen Satz auf ihn zu und sprang ihm in den Rücken. Er stürzte. Ein Schuss löste sich. Teddys Waffe schlitterte über den Boden.

»Scheiße!«, kreischte Rosa, die gerade wieder zu sich gekommen und dabei kurz zuvor gegen einen Dewar gestoßen war. »Was tust du?«

Holden wehrte sich. Für seinen körperlichen Zustand hatte er noch immer erstaunlich viel Kraft.

»Holden war es!«, rief Alison. »Er hat Peggy umgebracht.«

Rosa starrte Alison entsetzt an. »Er hat was?«

»Frag nicht. Hilf mir ihn zu fesseln, schnell!« Sie nickte in Richtung der Seile und des Klebebandes, mit dem Holden gerade eben noch vorgegeben hatte, gefesselt zu sein. Mit vereinten Kräften hatten sie ihn in Windeseile gesichert und ruhiggestellt.

Alison schnappte erleichtert nach Luft. »Es tut mir so leid, Rosa. Ich dachte … Wie bist du überhaupt hier reingekommen?«

»Ich bin nach unserem Telefonat sofort zurück ins Krankenhaus, um Holden und Mildred zu warnen, und dann ab ins Labor, um für alle Fälle das Gegengift und eine Ladung Dormicum zu holen. Ich meine, es war doch absehbar, was euch hier erwartet.«

Dormicum, dachte Alison, das war das Zeug, das ihr dieser Sanitäter namens Tom im Krankenwagen in die Nase gesprüht hatte, um sie zu betäuben.

»Kaum bin ich aus der Klinik raus«, sprach Rosa weiter, »da sehe ich, wie zwei Typen mit Holden in ein Taxi steigen. Ich dachte, er wird entführt. Daher bin ich natürlich sofort in einem anderen Taxi hinterher und ihnen gefolgt. Als ich hier im The Shard in letzter Sekunde zu ihnen in den Aufzug gesprungen bin, habe ich einem der Typen eine Ladung Dormicum in die Nase gejagt. Der sitzt jetzt mit Mullbinden gefesselt im Flur. Den anderen hat Holden mit einer Spritze bedroht, damit er uns hierherbringt. Den haben wir im Vorraum an einen Stuhl gefesselt.«

Ein Vorraum? Klar, dachte Alison. Natürlich musste es auch einen normalen Eingang neben diesem Spiegelsaal geben.

»Dann sind wir hier rein«, sagte Rosa. »Mensch, Alison, ich dachte, die Ägyptentante im Schlafrock will euch erledigen.«

»Dann hast du ihr auch Dormicum verpasst?«

Rosa hob beide Hände. »Natürlich!«

»Und ich dachte … Weil Holden so gefesselt dasaß …«

»Echt? Zu mir meinte er, wir teilen uns auf. Der Arsch!«, rief Rosa ihr zu. »Egal. Wo ist das Gegengift?«

Alison verstand nicht. »Gegengift?«

Rosa sah Alison entsetzt an. »Das, was ich dir geben wollte, bevor ihr mich K.O. geschlagen habt. Damit du auf der sicheren Seite bist, bis wir den Mörder haben. Falls dir vorher jemand was injiziert. Damit du dir dann umgehend selbst das Gegengift verabreichen kannst.«

»Das war ein Gegengift?«

»Ja, das habe ich doch gerade gesagt. Deswegen bin ich doch hier.«

Alison hätte schreien können vor Wut. »Ich habe es vernichtet.«

»Du hast was?«

»Wir dachten, es wäre Gift.«

»Ruf einen Krankenwagen, Alison. Sofort!« Rosa stürzte zu Teddy und fühlte seinen Puls. »Wie lange liegt er schon da?«

»Keine Ahnung. Zehn Minuten?«

»Bei Kobragift hat er höchstens fünfzehn«, rief Rosa. »Wir brauchen das Gegengift, sofort!«

Alison war wie gelähmt. Was hatte sie getan? Sie hatte das Gegengift zerstört. Warum hatte sie Rosa nicht besser zugehört? Wieso hatte sie nicht ihrem Gefühl vertraut, dem Zweifel in ihr, als plötzlich Rosa vor ihr gestanden hatte. Aber sie hatte sich von dem scheinbar gefesselten Holden täuschen lassen.

Holden!

Hatte Rosa auf Alisons Frage vorhin nicht gesagt, Holden habe seine Spritze schon erhalten? Dann war das auch eine mit Gegengift für den Notfall gewesen? Und Holden hatte die Spritze gar nicht verabreicht bekommen, sondern auch nur in

Reserve? Alison stürzte zu Holden und tastete ihn ab. Tatsächlich. In seiner Innentasche befand sich noch immer die aufgezogene und mit einer Kanüle verschlossene Spritze. »Rosa!« Kaum dass Rosa sich ihr zugewandt hatte, warf Alison ihr die Spritze zu.

»Dem Himmel sei Dank!« Rosa entfernte die Kanüle, setzte die Spritze an und injizierte Teddy das Gegengift. Alison atmete auf, zog endlich ihr Handy und rief einen Krankenwagen. Als sie wieder aufgelegt hatte, war Teddys Gesicht völlig zugeschwollen. Er krampfte. Schaum quoll aus seinem Mund. Alison stürzte zu ihm. »Wirkt das Gegengift nicht? Rosa? Was ist los?«

Rosa brachte ihn in die Seitenlage. »Ich glaube, er hat einen anaphylaktischen Schock.«

»Nein! Das darf doch nicht wahr sein!« Da hatten sie ihm in letzter Sekunde das rettende Gegengift verabreicht und nun drohte er genau daran zu sterben? Sie musste irgendetwas tun. »Bleib du bei ihm, Rosa. Du kannst ihm besser helfen als ich. Ich renne raus und lotse das Rettungsteam hierher.« Schließlich ging es um jede Minute. Hoffentlich kamen sie nicht zu spät.

Mildreds Geburtstag

53

08:00 pm, British Museum, ägyptische Skulpturengalerie

»Schauen Sie sich an, Miss Alison. Sie sehen aus wie eine geborene Herrscherin.«

Alison hätte dieses Kostüm lieber nicht noch einmal angezogen. Erst recht nicht unter diesen Umständen. Diese ganze Geschichte war einfach der absolute Wahnsinn. Inzwischen war auch klar, warum die zwei Komplizen von Holden absolut keine Angst hatten, geschnappt zu werden. Holden hatte für sie eine beachtliche Summe Geld angelegt und ihnen ebenfalls einen Platz bei den Tomorrow Pharaos versprochen. In ihrem aktuellen Leben waren sie nur Ex-Knackis mit ordentlich was auf dem Kerbholz. Wiederbelebt in einer fernen Zukunft wären sie dank Renditen und Zinseszins über vielleicht hunderte Jahre reiche Milliardäre gewesen. Vorausgesetzt, die Sache funktionierte. Auch wenn ihr Vater offenbar daran geglaubt hatte, Alison konnte darüber nur den Kopf schütteln. Sie fand es mehr als nachvollziehbar, dass Mildred nach dem Schock darüber, dass der Sarg in der Familiengruft tatsächlich leer war und ihr Bruder sich nach seinem Tod als Tomorrow Pharao hatte einfrieren lassen, einen Schwächeanfall erlitten hatte. Einem Auftritt dieser Art fühlte sie sich nicht mehr gewachsen. Das lange Stehen, die unruhige Fahrt des Wagens … Und das war ihr natürlich eine knappe Stunde vor dem Beginn der Feierlichkeiten eingefallen, als Alison sich längst in ihr samtrotes Ballkleid gezwängt und viereinhalb Stunden beim Friseur verbracht hatte. Obwohl sie so viel lieber bei Teddy im Krankenhaus gewesen wäre. Was war so eine dämliche Party wert, wenn der absolute Herzensmensch, der die Welt für einen für immer verändert hatte, im Koma lag?

Alison hätte dieses ganze Tohuwabohu am liebsten absagen wollen. Aber Mildred hatte mal wieder mit den schärfsten Waffen gekämpft. *Das können wir deiner Peggy nicht antun. Deine beste Freundin hätte sich unter Garantie gewünscht, dass du das hier durchziehst.* Dustin hatte ihr obendrein auch noch recht gegeben. Und ihr mit einem feuchten Auge erzählt, wie beeindruckt Teddy ganz tief in seinem Inneren gewesen war, als er Alison während der Probe hier auf der Sänfte gesehen hatte. Er hatte es nur nie zugeben wollen. Kurz, sie war einfach machtlos gewesen.

Jetzt drang bereits das laute Stimmengemurmel an ihr Ohr. Geschirr klapperte und durch die Ritzen am Rande der schwarzen Molltonwand, welche die Vorbereitungen für Alisons Sänftenfahrt vor Elton John, Adele, Theresa May, Camilla Parker Bowles, Ed Sheeran, Rowan Atkinson, J. K. Rowling und den restlichen zweihundertzweiundvierzig allerengsten Freunden von Mildred Granville fernhielt, konnte Alison die Aufregung spüren, mit der ihr Auftritt erwartet wurde. Aufregung, die auf Alison überschwappte, ob sie es wollte oder nicht.

»Alison!«

Sie zuckte zusammen. Dustin stand mit Headset und Klemmbrett neben der Sänfte und winkte zu ihr herauf. Wenn doch nur sein Vater ihn so sehen könnte.

»Keine Sorge. Du wirst großartig sein!« Er schickte einen Handkuss hinterher. Dann wurde er selbst von Junji in den Arm genommen. Sie waren so süß, die zwei.

Dann wurde es dunkel. Das Stimmengemurmel verstummte. Alison erkannte die Xylophonklänge wieder, die sie auch auf der Probe gehört hatte. Die Molltonwand wurde entfernt und Alisons Sänfte rollte zu den ersten zarten Melodien des

Orchesters auf Position. Ein dramatisches Violinentremolo erfüllte die Galerie. Alison hörte das Zischen der Nebelmaschine. Bläser ertönten. Wie geplant schwebte die Videoleinwand im Rhythmus der Musik der Decke entgegen. Aber der Film … Für einen kurzen Moment war Alison verwirrt. Dustin hatte den Film so kurz vor knapp tatsächlich noch einmal komplett umschneiden lassen. Der Teil über die Historie der Granville-Familie war wesentlich kürzer. Der Großteil drehte sich nun um den Fall der gefälschten Mumien. Stephen Frys Stimme berichtete, wie Holden seine Kenntnisse über das Privatleben von Alisons Vater ausgenutzt, Menschen wie die ahnungslose Prof. Reid zu seinem Spielball gemacht und aus reinem Egoismus und krankhafter Egozentrik beinahe dem ägyptischen Ministerpräsidenten gefälschte Mumien untergeschoben hätte. Die Fanfare ertönte. »Und nun feiern Sie mit mir die Frau, welche Großbritannien vor einer diplomatischen Blamage bewahrt und obendrein rechtzeitig zum 77. Geburtstag unserer geliebten Mildred Granville die echten und seit einem dreiviertel Jahrhundert als verschollen geglaubten Mumien wiedergefunden hat.« Laserstrahlen zuckten durch die Galerie. Unter tosendem Applaus erschien das Bild von Alison auf der Videoleinwand, während unter der Leinwand in dichten Nebelwolken die drei offenen Sarkophage mit den echten Mumien hereingerollt wurden. Alison spürte, wie sich die Sänfte zusammen mit dem Gänsehautklang majestätischer Pauken und Trompeten in Bewegung setzte. Nur dass nicht wie geprobt zwanzig ägyptische Soldaten sie begleiteten. Es waren zwanzig Polizisten der Metropolitan Police. Und sie trugen Zeremonienuniform.

Die Sänfte stoppte, drehte sich um ihre eigene Achse. Die Musik mündete in ein mitreißendes Finale und im Scheinwerferlicht unmittelbar vor Alison kam Premierminister Boris Johnson an der Seite des ägyptischen Ministerpräsidenten

Mustafa Madbuli zum Vorschein. Alison stockte der Atem. Was ging hier vor?

»Meine sehr verehrten Damen und Herren. Manchmal laufen die Dinge im Leben nicht so, wie man sie geplant hat. Dann ist es wichtig, dass es tapfere Menschen gibt, die uns und unser Land beschützen und sich für Recht und Ordnung auf der Welt einsetzen.« Er deutete auf die anwesenden Gäste. »Und glauben Sie mir, ich weiß, wie gefährlich das Feiern von Partys werden kann.«

Gelächter erfüllte die Skulpturengalerie.

»Daher ist es eine besondere Ehre für mich und unseren Gast, den ägyptischen Ministerpräsidenten Mustafa Madbuli ...« Er machte eine kurze Pause, um sich gemeinsam mit Mustafa Madbuli zu Alison umzudrehen und sie mit einer leichten, ehrenvollen Verbeugung zu begrüßen. »... dieser ganz besonderen Dame heute als erster und einzigen britischen Staatsbürgerin in der Geschichte des Vereinigten Königreiches im Namen der Queen den Ehrentitel *Honorary Private Investigator of the United Kingdom* zu verleihen.«

Tosender Beifall und Jubelgeschrei erfüllten die Skulpturengalerie. Hüte flogen. Goldene Konfettifetzen regneten auf Alison herab. Sie spürte, wie sich ihre Augen mit Tränen füllten, während sie von der Sänfte herabstieg, um die privaten Glückwünsche von Boris Johnson und Mustafa Madbuli entgegenzunehmen. Könnte doch nur Teddy an ihrer Seite sein.

Andächtige Musik erklang, als sie Titelurkunde und Ehrenmedaille in den Händen hielt. Langsam beruhigte sich der Saal wieder und Alison suchte sich einen Platz am Rand der Skulpturengalerie, wo Dustin sie strahlend und stolz in die Arme nahm.

»Leider, sehr verehrte Damen und Herren«, sprach Boris Johnson weiter, »gibt es einen ebenso mutigen Menschen, der heute nicht bei uns sein kann.« Bedrückende Stille erfüllte den

Saal. Wo eben noch Jubel und Beifall ertönt war, blickte Alison nun in betroffene Gesichter. Nur die zarten Klänge von Violinen waren zu hören. Alison kannte die Melodie. War sie nicht einmal aus Teddys Rover Mini gehallt, als er vor dem Working Men's College eingeparkt hatte? Boris Johnson atmete so tief durch, dass sein Schnaufen durch das Mikrofon in seiner Hand zu hören war. »Wie Sie vielleicht wissen, liegt Detective Chief Inspector Teddy Chan trotz der sofort ergriffenen lebensrettenden Maßnahmen durch Alison Granville und ihre Kollegin Rosa Richmond im Koma. Lassen Sie uns gemeinsam für ihn beten, mit einer ganz besonderen musikalischen Überraschung. Freuen sie sich nun auf Darcy Diamond mit ihrem Song *Sunset* gesungen im Duett mit unserem gefeierten Geburtstagskind, der einzigartigen, überraschenden und unübertroffenen Mildred Granville!«

Das British Museum drohte unter der Wucht des Beifalls zu explodieren, als Mildred in einem weißen Satinkleid mit einem weiten Rock, transparenten Dreiviertelärmeln und einer mit Glaskristallen in Schneeflockenform versetzten Schleppe ins Scheinwerferlicht trat. Darcy Diamond kam von der anderen Seite hinzu. Die Musik der Ballade *Sunset* erklang. Das Licht verdunkelte sich. Der Sternenhimmel aus Tausendundeiner Nacht hüllte sie ein, während Mildreds Haare im Wind der gekonnt verborgenen Dyson-Ventilatoren wehten und sie gemeinsam mit Darcy zu singen begann. Kamerablitze zuckten. Für einen kurzen Moment stand Alison tatsächlich der Mund offen.

»Ich fasse es nicht, meine Tante singt?«

Dustin grinste sie neckisch von der Seite an. »Mildred Granville hat seit dem Chandelier Charity Concert heimlich Gesangsunterricht bei Darcy Diamond genommen.« Er zwinkerte Alison zu. »Außerdem besteht der Song ja eh nur aus vier Tönen.«

Trotzdem. Alison kam aus dem Staunen gar nicht mehr heraus. Neben der kratzig-krächzenden, kaputten Stimme von Darcy Diamond klang Mildred eigentlich gar nicht so schlecht. Und mit ihrem neuen Gesicht sah sie obendrein sogar noch jünger aus als sie. Als auf der Videoleinwand hinter den beiden schließlich auch noch Bilder von Teddy eingeblendet wurden, brach ihr das Herz. Die Worte von Rosa und Teddys behandelnden Ärzten schossen ihr wieder durch den Kopf. Über die Ungewissheit, ob die Sauerstoffversorgung des Gehirns beeinträchtigt gewesen war. Über die Folgen des anaphylaktischen Schocks. Sie konnte ihre Tränen nicht mehr zurückhalten und suchte nach Dustins Hand. »Oh Gott, es tut mir so leid, was mit Teddy passiert ist. Er darf nicht sterben. Das darf er einfach nicht.«

Dustin drückte sie an sich. »Keine Angst, Alison. Dad haut so schnell nichts um. Er wird es schaffen. Ganz bestimmt.«

Fortsetzung folgt.

Für mehr Infos zu Alison oder Ronald:
www.ronald-ryley.com